Mia M

Märchentrümmer

Märchentrümmer ist der erste Teil einer Dilogie, ist aber in sich abgeschlossen.

VORWORT

AMERIKA IM JAHR 2035

Amerika hat das für 2030 festgelegte Klimaziel verfehlt und kämpft mit einer Wirtschafts- und Finanzkrise. Die aktuellen Erschütterungen des Systems haben die Kluft zwischen Arm und Reich im Land unüberwindbar gemacht. Groll und Gewaltbereitschaft brodeln in der Bevölkerung.

Bereits im Jahr 2028 hat Amerika das Bargeld abgeschafft. Auch wird seither jede:r US-Bürger:in im Alter von zwölf Jahren ein NFC-Tag implantiert – ein Mikrochip, auf dem alle personenbezogenen Daten gespeichert sind. Sämtliche Zahlungsströme sind digitalisiert und können ausschließlich mit dem NFC-Tag vorgenommen werden.

Flutkatastrophen, Wirbelstürme, Erdbeben und extreme Dürre-Perioden nehmen zu und sorgen für Elend und noch mehr Armut im Land.

NEW ORLEANS

JULI 2035

CNN breaking news

03.07.2035: Raquelle Ramirez berichtet live aus New Orleans

»Als vor zwei Jahren Katalina durch New Orleans wütete, haben die Wissenschaftler der State University einen Hurrikan der Stärke 4 prophezeit. Zeitweise hat Katalina jedoch die Stärke 5 erreicht. Wir erinnern uns: Katalina schob beim Überqueren des Golfs eine Flutwelle von fast fünfzig Kilometern landeinwärts. Auf dem Höhepunkt der Überschwemmung stand die Unterstadt sechs Meter tief unter Wasser – und das noch 33 Stunden, nachdem der Sturm erstmals die Küste erreicht hatte.

Über eine Million Personen wurden damals obdachlos. Etwa fünf Millionen Menschen hatten keinen Strom. Aufgrund von Unruhen und Plünderungen wurden der Ausnahmezustand, das Kriegsrecht und der Gesundheitsnotstand ausgerufen. Mehr als 30.000 Soldatinnen und Soldaten der Nationalgarde versuchten, das Chaos in Schach zu halten.

Die Bürgermeisterin hat uns versichert, dass die Stadt besser vorbereitet sei auf Phylis. Die Deiche seien regelmäßig aufgerüstet und gewartet worden und dementsprechend in einem stabilen Zustand.

Liebe Mitbürgerinnen und Mitbürger, ergreifen Sie dennoch die üblichen Schutzmaßnahmen – beginnen Sie bereits heute damit! Nutzen Sie beizeiten die Evakuierungsbusse und -züge, um die Stadt zu verlassen. Nun liegt es an Ihnen.

Gott beschütze Sie!

Gott beschütze uns alle.

Gott schütze Amerika.«

JO-ANN CARLSEN

13.07.2035

Die Sonne brannte erbarmungslos vom Himmel. Jo stapfte durch das Wasser, das bis zu ihren Knien hochschwappte. Ihre Chucks verursachten dabei quietschende Geräusche. Sie hatte den Rock gerafft und in den Bund gesteckt, so dass sie sich besser bewegen konnte.

Erschöpft wischte Jo sich mit dem Unterarm den Schweiß von der Stirn und band sich die Jeansjacke enger um die Hüften, um sie nicht zu verlieren.

Nur hin und wieder zogen kleine, helle Wolken über die Stadt, die gleichgültig und still in ihrer Zerstörung dalag. Die ehemals belebten und geschäftigen Straßen waren menschenleer.

Das von Phylis' Flutwelle übriggebliebene Brackwasser dümpelte vor sich hin und schleppte zum Teil groteske Gegenstände mit sich. Ein knallrotes Bobbycar, das mit den Rädern nach oben trieb, ein Stückchen Antenne und ein kaputter Plastikwäschekorb begleiteten sie eine Weile.

Jo löste den Blick von ihrer Umgebung und heftete ihn auf die Kuppel des Superdomes und die Skyline der City, um die Orientierung nicht zu verlieren. Deutlich konnte sie die Gebäude in der Ferne ausmachen.

Im Superdome hatten die Hilfskräfte und die Truppen ein Auffanglager mit Notversorgung eingerichtet. Sie wollte sich bis dorthin durchschlagen, um etwas zu essen zu bekommen. Jo schätzte, dass sie etwa zwei Stunden brauchen würde.

Je weiter sie nach Norden kam, umso mehr stieg das Land an, und das Wasser wurde seichter. Bald schon trat sie auf erste trockene Flächen, die sich mit Wasserpfützen abwechselten. Schutt, Scherben und angespülter Müll lagen auf der Straße. Mühsam suchte Jo sich einen Weg daran vorbei. Sie zwang sich, ihren Blick konzentriert auf den Weg vor ihr zu richten, um sich nicht zu verletzen. Dennoch schweiften ihre Gedanken immer wieder zurück zu Pam.

Habe ich wirklich richtig gehandelt? Oder war es ein Fehler, einfach abzuhauen und sie mit der Kneipe allein zu lassen? Ob sie mich wohl suchen lässt? Hoffentlich nicht! Ich will nie wieder zurück zu ihr und der verdammten Kneipe!

Jos Magen gab in regelmäßigen Abständen ein wütendes Grummeln von sich. Seit gestern Abend hatte sie nichts mehr gegessen und ihr war flau im Magen. Ihre Füße schmerzten, der Stoff ihrer Chucks war seit Tagen nass und rieb ihre Haut wund. Noch nie war sie diese lange Strecke zu Fuß gegangen. Vor wenigen Wochen noch wären die Straßen vollgestopft gewesen mit wütend hupenden Autos und wild ausscherenden Bussen und Taxen.

Jo war schon weit gekommen, als ihr auffiel, dass sich die Umgebung allmählich veränderte. Schimmelige Holzhäuser, Autowracks, verrammelte Fenster und verlassene Geschäfte wurden abgelöst von hohen Wohnhäusern und Shops. Pfandleiher und Payday Loan Shops, in denen man sich bis zum Zahltag am Ende des Monats zu horrenden Zinssätzen einen Vorschuss auf seinen Lohn leihen konnte, waren hier verpönt. Dennoch flößte Jo die Umgebung kein Vertrauen ein. Die Häuser standen eng beieinander und in den dunklen Ecken und Gassen, die dadurch entstanden, konnte sich leicht jemand verstecken.

Das Zentrum ist nicht mehr weit. Wahrscheinlich werde ich bald auf die ersten Menschen treffen.

Ihr war klar, dass es für ein Mädchen nicht ungefährlich war, sich allein auf den Straßen herumzutreiben. Vorsichtig scannte sie mit ihren Augen die Umgebung und zuckte zusammen, als ein kleiner, struppiger Köter vor ihr auftauchte und sie ankläffte. Er griff sie nicht an, sondern rannte stattdessen ein paar Schritte neben ihr her, ohne sein Gebell zu verringern. Dann trollte er sich plötzlich und Jo beobachtete, wie er sich hinter eine zerbrochene Haustür zurückzog. Dort tätschelte ihm aus dem Dunkeln heraus eine schmutzige Hand den Hals. Kurz zeigte sich ein ausgezehrtes Gesicht im Türspalt – dann war es wieder verschwunden.

Der erste Mensch seit Tagen!

Dennoch löste diese Begegnung keine Begeisterung in ihr aus. Menschen bedeuteten für sie in diesen Zeiten Gefahr. Schmächtig und klein, wie sie war, tat sie sich schwer damit, sich zu verteidigen.

Schnell ging Jo weiter und erreichte die Coliseum Street. Sie erkannte die beschädigten Fassaden der Cafés und Ladengeschäfte am Straßenrand. Sie ließ die St. Theresa of Avila Church links liegen und stand vor dem Abgang zum Tunnel, der den Expressway unterquerte. Es war nicht mehr weit zum Superdome. Auf der anderen Seite des Expressways begann bereits das

French Quarter.

Vorsichtig näherte sich Jo dem Eingang zum Tunnel. Sie war sich schmerzhaft bewusst, dass sie hier den Teil ihres Planes in die Tat umsetzen musste, den sie schon so lange vor sich hergeschoben hatte.

Um sie herum war es still. Die Sonne stand schon tief. Nervös fuhr Jo sich durch das glatte, blonde Haar. Ihre blauen Augen musterten die Umgebung. Die dunkle Öffnung zur Unterführung grinste sie hämisch an.

Bis jetzt hatte Jo die Angst erfolgreich unterdrückt, doch nun fuhr sie ihr ungebremst in die Glieder. Ihr Plan war gefährlich.

Wird er überhaupt funktionieren?

Soll ich es wagen oder lieber kneifen und nach einer anderen Lösung suchen?

Jo hatte diese Überlegungen schon tausendmal durchdacht und war nie auf eine bessere Idee gekommen. Sie ballte die Fäuste zusammen und knirschte mit den Zähnen. Eine vertraute Wut stieg in ihr auf, dass sie diese Entscheidung allein würde treffen müssen.

Keiner ist da, der mir hilft.

Keiner ist da, um mich zu beschützen.

Ich bin allein – wie immer!

Die Wut brodelte wie Säure in ihrer Magengrube und stachelte sie an.

Ich tu es jetzt einfach!

Mutig setzte sie einen Fuß vor den anderen.

Nur die Ruhe bewahren! Du schaffst das, Jo!

Es ist nur ein kleiner Schnitt. Danach fragst du dich, warum du dir in die Hosen gemacht hast.

Ein muffiger Gestank empfing sie im Tunnel. Es wurde von jetzt auf gleich düster um sie herum. Jo zuckte zusammen, als ihre eigenen Schritte unnatürlich laut von den alten Tunnelwänden widerhallten. Sie presste sich an die kalten Steine und spähte über die Schulter. Das helle Rund des Eingangs war keine zehn Schritte von ihr entfernt. Sie war allein. Niemand würde sehen, was sie tat. Jo löste ihren Matchsack von den Schultern und kramte darin, bis ihre Hand den Leatherman* ertastete. Vorsichtig klappte sie die Klinge aus und erinnerte sich lebhaft daran, wie scharf sie war. Mit zitternden Knien tastete sie die Stelle zwischen Daumen und Zeigefinger ihrer linken Hand ab. Der Mikrochip bewegte sich deutlich unter dem Druck ihrer Finger. Er hatte die Größe und Form eines Reiskorns. Jo setzte die Klinge an und drückte sie entschlossen in die weiche Haut.

Ein kurzer, brennender Schmerz durchzuckte sie. Im Dunkeln konnte sie nicht erkennen, ob sie die richtige Stelle erwischt hatte. Fieberhaft tastete sie nach dem Schnitt. Blut quoll aus der Wunde und floss warm an ihrem Unterarm entlang.

Verdammt! Habe ich etwa zu tief gestochen?

Jos zitternde Finger fanden den Schnitt und pressten ihn zusammen. Direkt darunter ertastete sie die Kontur des NFC-Tags. Erleichtert quetschte sie die Wunde, um das kleine Stück Mikrochip an die Hautoberfläche zu bugsieren.

Mit Tränen in den Augen und keuchend vor Schmerz versuchte sie dann, den Chip mit den Fingernägeln zu greifen.

---

*Multifunktionswerkzeug mit Taschenmesser, Zange u. Ä.

Das Blut machte ihn glitschig und er schob sich unter der Haut hin und her, als wolle er sie austricksen.

»Da! Hab ich dich!«, flüsterte sie erleichtert.

Vorsichtig und langsam, um ihn nicht wieder zu verlieren, zog sie den NFC-Tag aus der Wunde.

Als sie es endlich geschafft hatte, lehnte Jo für einen Moment den Kopf an die Tunnelwand und ihr Atem beruhigte sich. Sie riss mehrere Zentimeter vom Saum ihres Rockes ab. So gut sie es im Dunkeln vermochte, wickelte Jo einen Verband daraus und fixierte die Enden mit einem Knoten. Mit jedem Pochen ihrer Wunde wurde sie schmerzhaft daran erinnert, dass sie gerade ein Verbrechen begangen hatte.

Die nächste Herausforderung war, den Chip zu vernichten. Jo schob die Klinge des Leathermans wieder in sein Inneres zurück und öffnete ein anderes Tool. Sie fixierte den NFC-Tag zwischen den Backen der Zange und drückte mit aller Kraft zu, bis das Glasgehäuse knirschend nachgab und zerbrach. Jos Herz pochte wild vor Freude und setzte dann für einen winzigen Schreckensmoment aus. Ein tiefer Seufzer entrang sich ihrer Brust.

Ich habe es geschafft! Ich habe keine Identität mehr! Mein neues Leben kann beginnen! Wie seltsam und gleichzeitig verdammt wundervoll sich das anfühlt!

Jo rieb die Überreste des Chips in den Staub auf dem Tunnelboden und hoffte, dass niemand die Kleinteile hier finden würde.

Dann raffte sie sich auf. Ihr war schwindelig. Ob von der dilettantischen Operation oder vom Schrecken darüber, was sie getan hatte, konnte sie nicht sagen. Zitternd breitete sie die Arme nach rechts und links aus und tastete sich mit weit aufgerissenen Augen durch den pechschwarzen Tunnel.

Nach den Nächten, in denen Jo voller Angst vor dem Sturm und der Flutwelle in der Schule ausgeharrt hatte, waren die Akkus ihrer Taschenlampe leer. Ihr Flexphone* hatte sie absichtlich zu Hause gelassen, um nicht geortet zu werden.

Nach einer gefühlten Ewigkeit lichtete sich die Dunkelheit und sie sah plötzlich wieder ihre Hand vor Augen. Der Verband hob sich hell vom Rest des Armes ab. Nach einer leichten Linkskrümmung hatte sie das Ende des Tunnels erreicht.

Als Jo mit einem erleichterten Seufzer ins Tageslicht trat, dämmerte es bereits. Sie blinzelte, um ihre Augen an die veränderten Lichtverhältnisse anzupassen.

Ich bin im French Quarter angelangt.

Nachdem sie einige Häuserblocks hinter sich gebracht hatte, bog sie in die Julia Street ab und stutzte.

Die Fassade des Superdomes schimmerte hell hinter dem Hyatt Regency am Ende der Straße. Doch das war auch das Einzige, was auf Jo einen freundlichen Eindruck machte.

An Häuserwände gepresst standen Grüppchen von Menschen beisammen. Sie drängten sich um Mülltonnen, in denen sie ein Feuer entfacht hatten, oder um Lagerfeuer, die den Boden in regelmäßigen Abständen erhellten. Ihre Kleidung war schmutzig und abgerissen, ihre Gesichter grimmig. Sie sprachen aufeinander ein und gestikulierten dabei wild und ungeduldig. Die Atmosphäre knisterte vor

---

*flexibles Smartphone, das um den Arm getragen wird

unterdrückter Aggressivität und Wut. Das hier ähnelte den Gegenden in den Slums, in die man sich bei Anbruch der Dunkelheit lieber nicht verirren sollte, wenn man nicht Gefahr laufen wollte, überfallen zu werden. Jos Schritte wurden zögerlich, ihr Mut sank.

So habe ich mir mein Auffanglager nicht vorgestellt!

Zwei grauhaarige Männer und eine dürre Afroamerikanerin mit Dreadlocks hatten sie entdeckt und musterten sie abschätzend.

Was soll ich bloß tun? Wenn ich Hilfe bekommen will, muss ich an ihnen vorbei zum Superdome.

Sie gab sich einen Schubs und ging vorsichtig weiter, darauf bedacht, die Augen gesenkt zu halten. Sie wollte keine Aufmerksamkeit erregen. Als einer der Männer ihr den Weg versperrte, blieb Jo sofort stehen. Der Grauhaarige war einen Kopf kleiner als sie. Jo konnte sein Alter nur schwer schätzen. Sie vermutete, dass er weit über sechzig war. Urplötzlich verzerrte sich sein Mund und er schrie sie an: »Woher kommst du?«

»Ich … Ich komme von … dort …«, stammelte Jo, nicht sicher, ob ihre Stimme halten würde. Mit zitternder Hand wies sie in Richtung Gentilly und Ninth Ward.

»Hast du was zu essen dabei?«, fuhr sie der Alte an und packte ihren Oberarm. Die andere Hand griff nach ihrer Jacke und zerrte daran.

»Gib mir deine Jacke!«, keifte er.

Jo hatte den ersten Schreck überwunden und wand sich unter der unangenehmen Berührung des Mannes. Sein Griff war nicht sonderlich fest, so dass es ihr nicht schwerfiel, seine Hände abzuschütteln und ein paar

Schritte zwischen sich und ihn zu bringen.

»Nein, ich hab nichts!« Ihre Stimme überschlug sich. Sie machte drei weitere Schritte rückwärts und begann dann zu laufen. Sie schaute sich erst wieder um, als sie einen gehörigen Abstand zwischen sich und den Mann gebracht hatte. Ihr Herz schlug bis zum Hals und sie rang mühsam nach Luft. Der Alte starrte ihr mit giftigem Blick hinterher.

Keiner der Umstehenden hatte sich gerührt, um ihr beizustehen. Alle hatten stumm und teilnahmslos zugesehen, was sich abgespielt hatte. Unbehaglich zog Jo ihre Jacke zurecht.

Hätten die einfach alle kaltblütig zugeschaut, wenn mir der Alte etwas getan hätte? Sind sie so gleichgültig geworden, dass keiner hilft, wenn jemand in Not gerät? Und warum sind die Menschen nicht im Superdome? Kann es sein, dass dort keiner mehr reingelassen wird?

Wenn Jo sich so umschaute, beantworteten sich ihre Fragen fast von selbst. Es machte ihr den Anschein, als hausten sie wie Belagerer in den Geschäftshäusern und Läden am Straßenrand. Ihre Hoffnung, dass man sie im Superdome aufnehmen würde, schwand dahin.

Was, wenn man mich dort abweist? Wo soll ich denn sonst hingehen?

Auch hatte sie seit Tagen nichts Vernünftiges mehr gegessen, war müde und ausgelaugt. Ihre Hand pochte unter dem Verband.

Ich habe keine Wahl! Auf keinen Fall gehe ich zurück zu Pam! Dafür bin ich schon zu weit gekommen!

Jo drückte entschlossen den Rücken durch und ging weiter.

DIE GANG

Als ihr ein wenig später das zweite Mal jemand in den Weg trat, war sie besser gewappnet. Sie wich instinktiv ein paar Schritte zurück.

Den Blick gesenkt, sah sie zunächst nur zwei kräftige Armeestiefel aus abgetragenem Leder, die sich vor ihr aufgebaut hatten. Jos Blick kroch höher. Die Stiefel gingen über in lange Beine in ausgewaschenen Jeans mit Rissen an den Knien. Es folgte eine Lederjacke, wie sie Motorradfahrer trugen. Mutig machte Jo sich auf das Gesicht des Fremden gefasst, doch was sie sah, hatte sie auf keinen Fall erwartet.

Was für ein schöner Mann! Er sieht aus wie ein Model oder ein Schauspieler.

Spöttisch funkelten sie schwarze Augen an, die von dunklem, kinnlangem Haar halb verdeckt wurden. Er war etwa zehn Jahre älter als sie und hatte feine Lachfältchen um die Augen. Sein Mund war breit und sinnlich. Er war unrasiert, doch der Dreitagebart wirkte eher lässig als ungepflegt. Mit einer sinnlichen Geste strich er sich das Haar zur Seite und ein Undercut kam zum Vorschein.

»Na, Kleine? Was treibst du denn hier, so ganz allein?« Seine tiefe, weiche Stimme bescherte ihr Gänsehaut.

»Ich habe nichts zu essen, ehrlich«, flüsterte Jo. Sie biss sich auf die Lippen, als sie merkte, wie ängstlich sie klang.

»Das wollte ich gar nicht wissen.« Sein Mund verzog sich zu einem breiten Lächeln. »Wo kommst du her? Aus einem Vorort?«

»Ja, Ninth Ward.«

»M-hm ...« Er sah sie von oben bis unten an. Jo war gar nicht wohl bei dieser Musterung.

»Ich will zum Superdome, um etwas zu essen und einen Schlafplatz zu bekommen«, lenkte sie ihn ab.

»Und um deine Familie wiederzufinden?«

»Nein, ich habe keine Familie mehr.«

Seine Mundwinkel zuckten bedauernd. »Du bist eine Waise. Armes Kind ... Eltern im Sturm verloren?«

»Nein.«

Er schaute ihr tief in die Augen und wartete ab, ob sie ihm mehr über sich verraten würde. Doch nach mehreren Sekunden des Schweigens erwiderte er: »Na ja ... Das mit dem Superdome kannst du dir abschminken. Sie schicken alle wieder weg. Kein Platz und keine Vorräte. Und die Soldaten mit dem Nachschub sind noch nicht eingetroffen. Wenn du willst, kannst du von uns ein Stück Brot und Suppe haben.«

Sie wich einen weiteren Schritt zurück und sah ihn

ungläubig an.

Kann ich dir trauen?

Er lachte amüsiert und warf dabei den Kopf in den Nacken. »Keine Sorge! Ich verarsch dich nicht. Wir sind die ›Guten‹. Und das ist kein Spruch, um kleine Mädchen rumzukriegen. Setz dich zu uns und wärm dich auf.«

Er legte Jo die Hand auf die Schulter und führte sie zielstrebig zu einer Gruppe aus drei jungen Männern, die um ein Lagerfeuer am Straßenrand herumstanden. Jos Beine bewegten sich nur schwerfällig. Ihr war mulmig zumute. Doch sie konnte nicht leugnen, dass sich die Wärme seiner Hand, die durch ihre Klamotten bis zu ihrer Haut durchdrang, gut anfühlte.

»Hab keine Angst«, flüsterte er ihr ins Ohr und lächelte freundlich. Jos Blick krallte sich an seinem fest und sie folgte ihm wie hypnotisiert.

Zwei der Männer setzten sich unbeteiligt auf Holzklötze, die um das Lagerfeuer herum gruppiert waren. Der Dritte lehnte mit dem Rücken an der Hauswand und sah sie wachsam an.

Jo schluckte nervös. Pams Stimme in ihrem Ohr wurde lauter und lauter: »Überall nur Gauner unterwegs! Lass dich von keinem Fremden anquatschen, Kind! Du kannst keinem trauen!«

Instinktiv wollte sie nur verschwinden.

Jo warf einen Blick auf ihre nassen Chucks, die trotz des langen Marsches nicht wieder getrocknet waren. Die Wunde an ihrer Hand pochte und ihr Magen grummelte. Ihre Erschöpfung und ihr Hunger waren so stark, dass sie sich trotz ihrer Zweifel zu den Männern ans Feuer setzte.

Die Wärme der Flammen erzeugte alsbald ein wohliges Kribbeln in ihren Füßen und ein zufriedenes Lächeln breitete sich auf Jos Gesicht aus. Die Männer beobachteten sie schweigend.

Der Schönling war im Gebäude hinter ihr verschwunden und kam kurz darauf mit einem Kanten Brot und einer Blechtasse zurück. Er zwinkerte ihr zu und reichte ihr die Lebensmittel. Schüchtern lächelte Jo ihn an und nahm beides entgegen. Ihre Lippen nippten vorsichtig an dem Gebräu in der Tasse. Es war eine dünne Brühe ohne Geschmack.

Der Schöne setzte sich im Schneidersitz neben sie. »Wie ist dein Name?«, fragte er, nachdem Jo ein paar Augenblicke lang gekaut hatte. Sie schluckte einen Bissen Brot hinunter.

»Jo-Ann Carlsen. Kurz Jo.«

»Ich bin Ricardo Mendoza. Kurz Rick.« Er zwinkerte ihr erneut zu. Vermutlich wollte er damit ihr Vertrauen gewinnen und charmant sein.

Das gelingt dir echt gut, Rick Mendoza, dachte Jo verträumt. Sein Name und seine Gesichtszüge ließen auf Latino-Wurzeln schließen. Seine Mimik wirkte offen, seine Gesten sparsam und doch geschmeidig. Er strahlte Ruhe aus, und Jo fühlte sich auf seltsame Weise zu dem Unbekannten hingezogen. Jo versuchte, diesen Eindruck abzuschütteln, um sich mehr auf seine Worte konzentrieren zu können.

»Und das hier sind meine Buddys Javier, Alex und Kenneth«, unterbrach Rick Jos Gedanken. Er zeigte nacheinander auf die Männer.

Alex hatte blondes Haar, das über den Ohren kurzgeschoren war, und helle, stahlblaue Augen. Kenneth trug sein gelocktes, kupferfarbenes Haar etwas länger und hatte schwarze Tunnels in den Ohren. Der dritte Mann, Javier, war der, der sie so abschätzend angesehen hatte, als Rick sie ans Feuer begleitet hatte. Sein hageres Gesicht trug, ähnlich wie das seines Kumpels Rick, lateinamerikanische Züge. Das schwarze Haar reichte ihm bis über die Schultern und ein dünnes Bärtchen zierte seine Oberlippe. Er war Jo unsympathisch, obwohl sie es nicht an etwas Bestimmtem hätte festmachen können.

Was für ein zusammengewürfelter Haufen!

»Woher kommt ihr, Rick?«, wagte sie zu fragen, um Konversation bemüht.

»Wir kommen nicht von hier. Wir sind Saisonarbeiter und touren durchs Land. Dort, wo es Arbeit für uns gibt, bleiben wir. Wir wollen weiter nach Arkansas, da suchen sie jetzt Erntehelfer für die Saison. New Orleans war nur ein Zwischenstopp für uns. Mit der Flutwelle haben wir nicht gerechnet. Wir waren auf der Arbeit, als die Sturmwarnung ausgegeben wurde und die Evakuierung begann. Wir haben uns Zeit gelassen, bevor wir zum Superdome gegangen sind, weil die Alten und Kranken ja eh Vortritt haben. Dass wir am Ende gar nicht mehr reingelassen wurden, war übelst Pech.« Rick schimpfte darüber, dass im Superdome nur Platz für achthundert Personen war, man zehntausend hineingelassen hatte und nun über einhunderttausend Menschen auf den Straßen hungerten, ohne Chance auf Unterstützung.

Also ist es wirklich so, dass keiner mehr eingelassen wird. Mist! Was mache ich jetzt?

»Und du? Wie kommst du hierher, so ganz allein?«,

fragte Rick interessiert. Er musterte Jo intensiv. Jo wollte nicht viel über sich preisgeben. Als Ausreißerin musste sie sparsam mit Informationen sein und keinen Verdacht auf sich lenken. Minderjährig wie sie war, würde sie schneller wieder bei ihrer Pflegemutter landen, als sie »nein« sagen konnte. Dann wäre die ganze Mühe umsonst gewesen! Die Polizei griff hart durch, wenn sie jemanden von der Straße aufgabeln konnte, der eigentlich ein Zuhause hatte. Immerhin war jede zwanzigste Person in New Orleans obdachlos.

»Ich habe die Evakuierungsbusse verpasst, weil ich wie ihr dachte, es sei noch genügend Zeit. Ich habe die Flut in einer Schule abgewartet.«

Javier mischte sich ins Gespräch ein: »Da kannst du von Glück reden, dass dir nichts passiert ist. Durch die defekten Gasleitungen gab es überall Brände. Kein Telefon funktioniert mehr, weil auch das Strom- und Telefonnetz lahmgelegt ist. Die kriegen die umgestürzten Bäume und die herabhängenden Stromkabel nicht in den Griff. Und sie müssen erst einmal die ganzen Toten bergen, damit es bei der Hitze nicht zu einer Seuche kommt.«

Das war für Jo nichts Neues. Mit ihren siebzehn Jahren hatte sie schon einige Wirbelstürme erlebt. Die Hilfskräfte taten vermutlich ihr Bestes und kamen dennoch nicht schnell genug voran.

»Was hast du nun vor, Jo-Ann Carlsen?« Ricks Blick bohrte sich in Jos. »Willst du auch weg aus New Orleans?«

»Ja, das war mein Plan. Ich wollte im Superdome die Nacht verbringen und morgen dann versuchen, mit einem der Evakuierungsbusse in den Norden zu kommen.«

»Selbst wenn sie für dich noch ein winziges Plätzchen finden würden, Kleine … sie würden dich dennoch nicht reinlassen. Deine Hand macht dich verdächtig! Die überprüfen dich erst mal, ob du registriert bist.« Rick sah Jo nachdenklich an.

Jo starrte ertappt auf ihre Hand. Auf dem improvisierten Verband prangte ein verräterischer Blutfleck. Sie suchte fieberhaft nach einer vernünftigen Ausrede, um das zu erklären. »Warum sollte ich verdächtig sein? Ich habe mich bloß geschnitten. Daraus kann mir doch niemand im Superdome einen Strick drehen.«

»Ausgerechnet an dieser Stelle schneidest du dich? Mir brauchst du nichts vorzumachen, Süße. Ist mir auch egal, was dir passiert ist. Du kommst auf jeden Fall nur mit Chip in einen der Busse.« Rick hob eine Braue und betrachtete zweifelnd ihren Verband. »Und wenn der nicht funktioniert, hast du keine Chance, hier rauszukommen.«

Jo biss sich auf die Lippen und verfluchte sich selbst.

Das eine Problem habe ich gelöst, um mich dann direkt ins nächste zu stürzen. Gut gemacht, Jo!

Ihr war so wichtig gewesen, vor Pam und der Kneipe davonzulaufen und sich unsichtbar zu machen, dass sie an das Naheliegende nicht gedacht hatte.

»Mein Chip ist bestimmt noch intakt.« Ihre Stimme zitterte. Wenn er nur ein bisschen Menschenkenntnis hatte, würde er an ihren zart geröteten Wangen erkennen, dass sie log. Jo senkte den Kopf und zupfte an ihrem Verband herum.

»Na dann ist ja alles gut. Dann geh und versuch dein Glück.«

Sie schwiegen sich eine Weile an. Als Jo den Blick

wieder hob, ruhten Ricks dunkle Augen auf ihr. Las sie dort etwa Verständnis? Mitgefühl? Sie konnte es nicht deuten. Er schien sie auf jeden Fall nicht zu verurteilen.

»Habe ich denn überhaupt eine Chance? Du sagst, sie kommen nicht einmal mit der Verpflegung hinterher. Wie sollen sie denn dann die Evakuierungen hinkriegen?«

»Musst du so dringend raus aus der Stadt?«

»Ja.« Dieses Mal war ihre Stimme klar und entschlossen.

»Hey, wenn du unbedingt aus der Stadt raus musst, kann ich dir einen anderen Weg anbieten.«

»Welchen?«, fragte Jo misstrauisch. Sie konnte sich nicht vorstellen, dass Rick ihr aus der Patsche helfen würde, jetzt, wo er ahnte, dass sie ein Problem mit ihrer ID hatte.

»Meine Jungs und ich verlassen morgen die Stadt und könnten dich mitnehmen.«

Drei Köpfe zuckten ruckartig hoch und drehten sich zu Rick. Die Überraschung stand den Jungs ins Gesicht geschrieben.

»Wieso solltet ihr das?«

»Ich glaube, dass du in ein paar Schwierigkeiten steckst, die du uns nicht verraten willst. Das ist okay, jeder hat seine Geheimnisse. Du siehst nicht aus wie eine Schwerverbrecherin, und ich würde dir gerne helfen. Eine gute Tat könnte mein Karma-Konto aufpolieren. Wenn du willst, setzen wir dich irgendwo außerhalb New Orleans ab und fertig. Kein großes Ding.«

Jo betrachtete ihn.

Das Karma-Gedöns nehm ich dir nicht ab.

Was denkst du wirklich? Und was willst du von mir? Geld

und Essen hab ich nicht, das weißt du. Ist das eine Falle? Wirst du mich bei der Polizei anschwärzen? Ich weiß, dass das Entfernen des NFC-Tags strafbar ist, aber gibt es neuerdings vielleicht eine Belohnung für diejenigen, die andere verpfeifen?

Jos Gedanken ratterten in einer Art Endlosschleife und ihre Kiefergelenke verkrampften sich.

Der Satz mit der Schwerverbrecherin ließ sie nicht los. Auch er sah nicht aus, als sei er ein Verbrecher oder Serienmörder, auch wenn sie an nichts festmachen konnte, woran man denn einen Verbrecher oder Serienmörder erkennen würde.

Vergewaltigung? Möglich. Ich wäre das perfekte Opfer für euch. Wie könnte ich mich gegen vier Männer wehren?

Doch wenn es ihm darum ginge, hätte er sie dann nicht gleich in eines der Häuser oder eine dunkle Einfahrt gelockt und wäre über sie hergefallen? Hier vor den Augen der anderen Gestrandeten verhielt er sich höflich und zuvorkommend.

Er bietet mir sogar die Chance, mit ihm die Stadt zu verlassen!

Ich hatte einfach keinen Plan B für den Fall, dass man mich im Superdome nicht aufnehmen würde, musste sie sich eingestehen. Kurzerhand beförderte sie Rick und seine Freunde zu Plan A. Sie waren die schnellste Möglichkeit, New Orleans zu verlassen und eine große Wegstrecke zwischen sich und Pam zu bringen, für den Fall, dass man sie suchte.

Jo atmete noch einmal tief durch und gab sich schließlich einen Ruck. »Abgemacht. Ich komme mit euch.«

»Cool!« Rick strahlte sie an und nickte beifällig. Er

streckte ihr seine Hand entgegen und Jo schlug mit einem Lächeln ein, um das Geschäft zu besiegeln. Seine Hand war kräftig und warm und hielt die ihre einen Moment länger, als notwendig gewesen wäre. Jo versank in seinen schwarzen Augen und konnte nicht vermeiden, dass sich ihre Wangen erneut röteten. Dieser intensive Moment wurde jedoch abrupt zerstört, als sich ein Gedanke in ihren Kopf schlich: *Sex mit diesem Mann fühlt sich bestimmt niemals wie Vergewaltigung an. Welches Mädchen kann ihm schon widerstehen?*

Seine Anziehungskraft war gewaltig! Bereits seine Blicke ließen Schmetterlinge in Jos Bauch tanzen. *Wie ist das möglich?* Rasch senkte sie die Augen, um den Blickkontakt zu unterbrechen.

Du bist ganz sicher ein Womanizer, ein Playboy, ein Bad Boy, der jedes Mädchen um den Finger wickeln kann. Keine gute Idee, in dir mehr zu sehen als eine Mitfahrgelegenheit.

Für Gefühlsduseleien hatte sie keine Zeit und keinen Nerv. Sie musste pragmatisch denken!

Jos Gedanken wurden einmal mehr unterbrochen, als Rick in die Hände klatschte. »Also Jungs, ihr habts gehört. Wir sind eine Person mehr auf unserem Trip nach Arkansas. Welche Strecke nehmen wir?«

Die Männer schauten sich gegenseitig an und begannen in der nächsten Sekunde, über Straßen und Wege, die aus New Orleans herausführten, zu diskutieren. Jo hörte konzentriert zu und versuchte, dem Gespräch zu folgen. Aber nach einer Weile wurden ihre Augenlider immer schwerer. Sie gähnte und konnte sich nicht länger auf das Gespräch fokussieren. Bevor ihr die Augen zufielen, überkam sie ein Gefühl der tiefen Dankbarkeit, diese verfluchte Stadt verlassen zu können.

AUFBRUCH

Jo schrak auf, als jemand ihre Schulter berührte. Es war Rick, der sich über sie gebeugt hatte. Seine Silhouette war im Dunkeln kaum zu erkennen. Die Flammen des Lagerfeuers waren erloschen.

»Was ist los?«, fragte sie und rieb sich den Schlaf aus den Augen.

»Wir hauen ab von hier … Kommst du mit oder hast du es dir anders überlegt?«

»Dein Ernst? Natürlich komme ich mit!« Ihre Stimme klang belegt. Jo war noch ganz schlaftrunken. Sie schüttelte den Kopf, um ihn klar zu kriegen.

»Okay, dann lass uns los!« Rick zog sie auf die Beine. Ihr Kopf begann langsam, seinen Job zu machen. Und für einen kurzen Moment holten sie wieder Zweifel ein.

Tu ich das Richtige?

Doch Jo konnte es drehen und wenden, wie sie wollte, es sprach erst mal nichts dagegen, sich der Gang anzuschließen.

Nebelschwaden lagen über der Stadt. Kaum ein Geräusch durchbrach die nächtliche Stille. Die Stadt schlief noch. Jo fröstelte trotz der milden Nachtluft.

Ricks und Javiers Silhouetten hoben sich als gespenstische Schatten vor der Dunkelheit ab. Die anderen beiden Männer, Alex und Kenneth, entdeckte Jo nirgends. Javier drückte ihr mit einem kühlen Blick ein Bündel in die Hand. »Mach dich nützlich und hilf uns beim Tragen!« Sein Blick ließ Jo vermuten, dass er nicht damit einverstanden war, dass sie mitkam.

Nun gut, das ist nicht mein Problem. Deine Befindlichkeiten gehen mich nichts an. Ich muss mir jetzt selbst die Nächste sein!

»Wo sind die anderen?«, fragte Jo ihn und schulterte dabei das Gepäck.

»Wir treffen sie bei der Auffahrt zum Expressway.«

»Beim Expressway? Wenn wir den benutzen wollen, brauchen wir ein Auto.«

Rick trat zu ihnen und grinste. »Ja, wir nehmen den Expressway. Versprichst du mir, keine weiteren Fragen zu stellen?«

»Okay.«

»Wir haben Bikes organisiert.«

Organisiert? Was bedeutete das?

»Geklaut?«, erkundigte sich Jo erstaunt.

Rick hob eine Augenbraue und setzte wieder dieses

verschmitzte Lächeln auf, das Jos Knie weich werden ließ.

»Verstehe, ich soll ja keine Fragen stellen. Dann nimmst du mich mit? Keine weiteren Bedingungen?«

»Keine weiteren Bedingungen. Frag einfach nicht nach und misch dich nicht ein. Dann bist du dabei.«

Na fein, das ist also der Haken an der Sache! Wir verlassen die Stadt nicht auf legalem Weg. Das hätte ich mir ja denken können.

Jo seufzte ergeben.

Schweigend gingen sie den Dave Dixon Drive hinab, der am Superdome vorbei Richtung Expressway führte. Der Dome lag im schummrigen, grünen Licht der Notfallbeleuchtung. Er wurde nur von einer Handvoll Soldatinnen und Soldaten mit Maschinengewehren bewacht.

Jo sah ihre Frage bestätigt, was die Truppen anging: Wenn sie so wenig Präsenz zeigten, war es mit ihrer Hilfe nicht weit her. Ohne große Überraschung stellte sie fest, dass die gestrandete Menschenmasse vor dem Dome dagegen gewaltig war. Schlafende Körper lagen eng an eng auf dem Vorplatz und den angrenzenden Straßen. Viele der Obdachlosen schliefen auf dem blanken Boden, nur mit ihren Kleidern am Leib. Einige hatten ihre Kinder und ihr letztes Hab und Gut an sich gedrückt.

Rick, Javier und Jo bahnten sich vorsichtig den Weg an ihnen vorbei. Jo konnte ihren Blick kaum abwenden von all dem Elend und sie spürte, wie sich ein Kloß in ihrem Hals bildete. Sie wollte hier nur noch weg und fühlte sich an die Fernsehbilder aus früheren Zeiten erinnert.

Gibt es für New Orleans jemals bessere Zeiten? Ein Wirbel-

sturm jagt den anderen, nie kommt diese Stadt zur Ruhe.

Wenige Minuten später erreichten sie einen verlassenen Parkplatz. Kein Mensch war weit und breit zu sehen.

Rick ließ sein Bündel auf den Boden sinken und streckte sich. Javier starrte angespannt in alle Richtungen, seufzte und flüsterte: »Hoffen wir mal, dass alles glatt geht. Wäre superscheiße, wenn …« Ertappt blickte er zu Jo, so als hätte er sich verplappert. Sie erinnerte sich an Ricks Ausspruch »organisierte Bikes« und fühlte sich bestätigt: *Ganz sicher sind die Bikes gestohlen!*

Jo hieß das sicher nicht gut, andererseits hatte sie nicht wirklich ein schlechtes Gewissen deswegen. Sie selbst war nicht in den Diebstahl involviert. Die Bikes waren für sie ein Mittel zum Zweck, um aus diesem Hexenkessel herauszukommen. Sie beruhigte Javier: »Hör mal, mir ist es egal, woher ihr die Bikes habt. Ich will hier weg und bin euch dankbar, dass ihr mich mitnehmt. Ich werde euch nicht zur Last fallen und schon gar nicht verpfeifen!«

Ich kann eh nicht verstehen, warum ihr mich überhaupt mitnehmt. Lieber frage ich nicht. Ich will es gar nicht wissen, fügte sie in Gedanken hinzu.

Ricks tiefer, schwarzer Blick ruhte auf ihr und seine Lippen kräuselten sich zu einem amüsierten Lächeln. Jo starrte fasziniert auf seinen breiten, sinnlichen Mund. Schlagartig wurde ihr heiß und kalt.

In diesem Moment schälte sich ein Schatten aus dem Dunkel der Bäume heraus und lenkte sie von Ricks Lippen ab. Es war Kenneth.

»Gott sei Dank, Alter«, raunte Javier. »Wo wart ihr bloß? Und wo bleibt Alex?«

Kenneth stand vornübergebeugt und schnaufte laut und vernehmlich. Er strich sich das verschwitzte Haar aus dem Gesicht.

»Was ist passiert?«, erkundigte Rick sich.

»Alles gut! Wir haben die Bikes. Alex steht eine Straße weiter und bewacht sie. Wir wollten nicht näherkommen, weil uns vielleicht die Soldaten vom Dome aus sehen könnten«, erklärte Kenneth. »Bro, es hat ewig gedauert, überhaupt in die Garage einzusteigen. Zum Glück war der Typ nicht zu Hause. Er hatte die Bikes am Strom. Die Batterien sind also voll.«

»Gut gemacht!« Rick tauschte mit Kenneth einen fist bump aus und schlug ihm anerkennend auf die Brust. »Jetzt lasst uns abhauen!«

Wie Kenneth versprochen hatte, wartete Alex eine Straße weiter mit drei Elektromotorrädern und Helmen. Es handelte sich um drei unterschiedliche Bikes, jedoch schienen alle drei brandneu zu sein. Eine Lightning Strike, eine ALYI und eine Metacycle schimmerten im aufziehenden Licht der Morgendämmerung.

»Jo fährt mit Alex. Javier mit Kenneth. Damit ist das Gewicht optimal verteilt.« Routiniert gab Rick seine Anweisungen und teilte dann das Gepäck und die Helme zwischen ihnen auf. Das meiste davon schnallte er auf sein eigenes Bike.

Das war Jo nur recht. Sie wäre vor Nervosität gestorben, wenn sie hinter Rick hätte aufsteigen müssen. Diese plötzlich für ihn aufwallenden Gefühle verunsicherten sie.

Alex schwang sich auf seine Maschine, zog sich den Helm über, und Jo tat es ihm gleich. Ihre Bündel behielt sie auf dem Rücken. Sie rutschte unruhig auf dem schmalen Sitz hin und her, fand aber keine bequemere Position. Gepolstert war die schlanke Maschine nicht. Und ihr dünner Rock war nicht das geeignete Outfit für eine Motorradfahrt.

Alex startete die Maschine und Jo griff reflexartig nach seiner Jacke, um sich festzuhalten. Stetig nahmen sie Fahrt auf und strebten auf den Expressway zu. Dabei pfiff der Wind so wütend um Jos Körper, als wolle er sie aufhalten.

UNTERWEGS

Sie waren in Jackson, Mississippi angelangt, wie das Straßenschild ihr zeigte. Müde und mit wackeligen Beinen stieg Jo vom Bike. Ihr kam die Rast mehr als gelegen. Sie streckte sich und gähnte. Dies war die zweite Pause, die sie einlegten. Sie waren seit mehr als drei Stunden unterwegs. Zunächst hatten sie sich Richtung Westen gehalten, um aus der Stadt zu gelangen. Einige Straßen waren gesperrt, zerstört oder schlicht blockiert gewesen und sie hatten sich Umwege suchen müssen. Nach der Stadtgrenze aber hatten sie sich auf der I-55 stur gen Norden halten können.

Der Rastplatz war bis auf wenige Autos und Trucks leer. So früh am Morgen war hier wohl niemand unterwegs.

Rick war ebenfalls abgestiegen und griff sich mit schmerzverzerrtem Gesicht in den Schritt. Jo grinste. Sie konnte nachvollziehen, wie es ihm ging. Auch ihr schmerzte der Po vom harten Sattel der Maschine. Außerdem hatte der Fahrtwind konstant an ihrem dünnen Rock gezerrt, den sie unter ihrem Gesäß festgesteckt hatte. Ihr Körper war ausgekühlt und verspannt. Sie musste auf die Toilette. Ihre Hand schmerzte und sie sollte dringend den Verband wechseln. Außerdem hatte sie Hunger.

Jo war unangenehm bewusst, dass sie nicht würde bezahlen können. Ohne Chip war sie aufgeschmissen. Sie würde entweder verzichten oder die Jungs bitten müssen, ihre Portion für sie auszulegen.

Nachdem sie die Bikes an die Elektrotankstelle angeschlossen hatten, betraten sie das Diner. Eine köstliche Duftmischung aus Kaffee und frisch gebratenem Speck empfing sie. Zwei ältere Männer saßen am Tresen und blickten schweigend in ihre Tassen. An einem der Ecktische hockten Straßenarbeiter in schmutziger Arbeitskleidung. Keiner der Männer beachtete sie.

Jo entschuldigte sich kurz, um zur Toilette zu gehen. Sie sah aus dem Augenwinkel, wie sich die Jungs an einen Tisch am Fenster setzten. Von hier aus hatten sie die Bikes im Blick. Jo war sich im Klaren darüber, wie wertvoll diese

Beute für sie war.

Auf der Damentoilette wickelte sie den schmutzigen Rockfetzen von ihrer Hand. Das Blut hatte ihn an die Haut geklebt und er ließ sich erst lösen, als Jo ihn mit warmem Wasser tränkte.

Mist! Jetzt blute ich wieder!

Jo schmiss den nassen Verband in die Mülltonne. Ihrem Matchsack entnahm sie ein weißes Top, das sie zerriss und sich erneut um die Hand wickelte.

Als Jo sich dem Tisch mit den Jungs näherte, konnte sie ihre Retter der gestrigen Nacht im Morgenlicht endlich genauer in Augenschein nehmen.

Ihre Klamotten waren abgerissen, wie ihre eigenen. Und da sie nicht viel Gepäck bei sich hatten, grübelte Jo ein wenig darüber nach, wie man als Saisonarbeiter ohne Beförderungsmittel in New Orleans landen konnte, in dem ein Hurrikan getobt hatte. Ihre Gedanken mussten sich in ihrem Gesicht widergespiegelt haben, denn Rick bedeutete ihr mit einem beruhigenden Lächeln näherzukommen. Sie setzte sich ihm gegenüber.

»Was geht dir durch deinen hübschen Kopf, Jo? Überlegst du dir, ob es eine Scheißidee war, mit uns mit zu fahren?«

Ihre Augen wurden groß. *Wie peinlich!*

Doch Rick grinste und erlöste sie, indem er sich selbst eine Antwort gab: »Nun ja, ich glaube, ich würde uns auch nicht trauen. Was, Jungs?«

Alle lachten.

Hunde, die bellen, beißen nicht!

Jo ließ den Blick schweifen. Wie sie schon vermutet hatte, war Rick der Älteste unter ihnen. Die anderen Jungs schienen um die zwanzig zu sein. Lässig plauderten und scherzten sie, bis eine Kellnerin mit weißem Schürzchen an ihren Tisch trat.

Rick strahlte die junge Frau an, auf deren Namensschild »Samantha« stand. Sie hatte eine Stupsnase und Sommersprossen. Ihr brünettes Haar war mit einem hohen Pferdeschwanz aus dem Gesicht gebunden. Umständlich kaute sie an einem Kaugummi. Ihre aufgespritzten Lippen hatte sie mit einem rosafarbenen Lipgloss betont.

»Hi. Was kann ich euch bringen?«, fragte Samantha in gedehntem Südstaaten-Slang.

»Kriegen wir für zehn Dollar ein anständiges Frühstück, wir alle zusammen?«, fragte Rick keck.

Samantha sah ihn zweifelnd an. »Ich glaub nicht, dass das reicht.«

»Na, dann bring einfach mal für alle Kaffee und einen großen Teller mit Rührei und Speck, Süße!« Rick zwinkerte ihr zu und zog dabei einen Mundwinkel nach oben.

Jo beobachtet fasziniert, wie Samantha zuerst auf seinen Mund starrte und dann in seine Augen. Samantha nickte gebannt. Mit flatternden Händen strich sie ihre Schürze glatt und eilte in Richtung Küche.

Jo gluckste. Rick hatte anscheinend auch auf andere Frauen diese hypnotische Wirkung. Alex, der neben Rick saß, stieß ihm unsanft den Ellbogen in die Seite. »Du kannst es einfach nicht lassen, Alter! Immer musst du den Playboy raushängen lassen«, zischte er.

»Hab ich doch gar nicht!«

Jo wechselte rasch das Thema: »Es ist mir total unangenehm, Rick, aber ich weiß nicht, ob mein Chip …«

Sie stockte. Wie sollte sie den Satz formulieren, ohne zu verraten, dass sie gar keinen Chip mehr hatte?

»Alles gut, ich regle das schon. Keine Sorge!« Er ergriff ihre Hand und fuhr vorsichtig über den neuen Verband. Jo zuckte zurück. Seine Berührung hatte einen Stromschlag in ihr ausgelöst. Rick betrachtete sie aufmerksam und sagte dann nachdenklich: »Ich glaube, wir sollten dir lieber ein paar Hosen und andere Schuhe besorgen. Du frierst dir sonst auf dem Bike deinen Hintern ab.«

Wider Willen lachte sie. »Ja, das hab ich mir auch schon gedacht.«

Der Bann war gebrochen und sie war froh darüber. In dem Moment tauchte Südstaaten-Samantha mit einer Kanne Kaffee und fünf Tassen auf. Ein wohliges Gemurmel entstand, als sie einschenkte und die Tassen herumreichte.

Als Samantha wenig später einen großen Teller mit Rührei mittig auf dem Tisch platzierte, langten die Jungs hungrig zu.

Rick und Alex plauderten darüber, dass sie in Richtung Memphis weiterfahren und nach Farmarbeit Ausschau halten würden. Hier, drei Stunden nördlich von New Orleans, hatte der Sturm keine Schäden hinterlassen. Die Felder, an denen sie vorbeigefahren waren, trugen reich an Getreide und Gemüse.

Jo hatte keine konkreten Pläne gemacht, bevor sie davongelaufen war. Ihr oberstes Ziel war gewesen, raus aus New Orleans zu kommen. Auf einer der Farmen Fuß zu fassen, klang durchaus verlockend für sie. Sicher bekam man ganz locker Arbeit in der Erntesaison. Doch wie sollte sie erklären, dass sie keinen NFC-Tag hatte?

Die Ausrede, dass sie ihn durch eine Verletzung verloren hatte, war waghalsig. Wenn man ihr nicht glaubte, standen ihr eine Anzeige und eine Gefängnisstrafe bevor.

Doch welche Alternative blieb ihr?

Ob ich wohl noch ein Weilchen bei Rick und seiner zwielichtigen Gruppe bleiben und mich von ihm aushalten lassen kann?

Sie sah ihn verstohlen an, als er mit Alex diskutierte. Etwas Fett vom Rührei ließ seine Lippen glänzen. Er gestikulierte wild und seine dunklen Augen sprühten vor Energie. Die Augen und die schwarzen Haare hoben sich markant gegen seine helle Haut ab. Um den Hals trug er eine lange Silberkette mit einem Kreuz. Er hatte die Lederjacke ausgezogen und zum Vorschein war ein löcheriges, graues T-Shirt gekommen, das sich an seinen muskulösen Oberkörper schmiegte. Jo konnte kaum den Blick von ihm abwenden.

Reiß dich zusammen, Jo! Er ist der Inbegriff eines Bad Boys, wie ihn sich jedes Girl in seinen Träumen zusammenfantasiert. Wehe, du verliebst dich in den! Du musst jegliche Gefühle unterdrücken!

Als der Teller mit dem Frühstück leer war, seufzte Jo, wusste sie doch, dass sie bald wieder auf das verflixte Bike steigen musste. Sie hatte keine Lust, ihren bequemen und warmen Platz im Diner gegen den harten Sattel des Bikes zu tauschen.

Rick erhob sich. »Ich geh noch schnell meinen Kaffee wegtragen. Bleibt ruhig noch nen Moment sitzen und ruht euch aus.«

»Da hab ich nichts dagegen«, stöhnte Alex zufrieden und lehnte sich zurück, die Arme auf der Rücklehne ausgestreckt. Jos Blick fiel auf das Tattoo an seinem sehnigen Unterarm. Es war ein Tribal, das sich um einen Schriftzug schlang. Doch sie konnte es nicht entziffern.

Alex legte den Kopf schief und fixierte Jo. »So, Kleine. Nun, da unser geschätzter Playboy weg ist, bin ich einfach mal neugierig. Wie kommt es, dass du allein in New Orleans unterwegs warst? Hast du keine Eltern?«

Das mit ihren Eltern hatte Jo nur Rick anvertraut. Es überraschte sie also nicht, dass Alex sie so direkt konfrontierte. Und sie hatte ja geahnt, dass der Augenblick der Wahrheit kommen und früher oder später jemand genauer nachfragen würde.

Sie betrachtete Alex. Er war sicher ein paar Jährchen jünger als Rick und optisch das komplette Gegenteil von ihm. Sein kurzes, strohblondes Haar stand ihm wirr vom Kopf ab. Seine Nase hatte einen Knick, und sah man genau hin, erkannte man eine feine Narbe darauf. Womöglich hatte er sie sich einmal gebrochen. Sie gab seinem schmalen Gesicht einen verwegenen Touch. Er hatte helle, stahlblaue Augen, die zu seiner unterkühlten Ausstrahlung passten. Sein abschätzender Blick traf sie und erinnerte sie an seine Frage.

»Offensichtlich traust du mir nicht«, behauptete Jo mutig. Sie hatte sich zwar eine Geschichte ausgedacht, die der Wahrheit recht nahekam, doch warum sollte sie vor ihm ihr Privatleben breittreten, wenn sie selbst nichts von den Jungs wusste?

»Ich finde, du schuldest uns zumindest deine Geschichte. Schließlich haben wir dich mitgenommen und Rick bezahlt dir dein Essen«, konterte Alex.

In Jo rührte sich ein Fünkchen schlechten Gewissens. Doch so leicht wollte sie sich von Alex nicht unterbuttern lassen. »Also schön, aber dann erzählt auch ihr mir ein bisschen über euch. Ich frage mich schon die ganze Zeit, was für ein seltsamer Haufen ihr seid.«

»Abgemacht! Fang an!« Alex spitzte amüsiert die Lippen und fuhr sich nachdenklich über die Bartstoppeln.

WER IST JO-ANN?

Jo-Ann Carlsen war am 31.10.2017 in New Orleans zur Welt gekommen. Gemäß Jos NFC-Tag hieß ihre Mutter Linda Carlsen. Ihr Vater: unbekannt.

Jo wuchs in einem Kinderheim in 11th Ward auf. Erst viel später erfuhr sie, dass ihre Mutter im Alter von siebzehn Jahren schwanger geworden war. Zum Zeitpunkt von Jos Geburt lebte Linda in einer Pflegefamilie, da sie keine Eltern mehr hatte. Sie schwieg sich beharrlich über den Vater des Kindes aus. Linda war drogenanfällig und labil. Sie war nicht fähig, für ihr Baby zu sorgen. Daher wurde Jo ein Fall für das Jugendamt.

Jo konnte sich nicht mehr an all die Pflegefamilien erinnern, in denen sie als Kind gelebt hatte. Als sie sieben Jahre alt wurde, schickte man sie zu Pamela Drews und ihrem Mann Roger.

Sie waren nett zu ihr. Sie störten sich nicht daran, dass Jo ein zurückhaltendes, schweigsames und ernstes Kind war. Pam war selbst nicht die Gesprächigste. Jo war es nicht gewohnt, ihre Gefühle auszudrücken und sich mitzuteilen – Pam ebenfalls nicht.

Pam und Roger betrieben gemeinsam eine Kneipe in 9th Ward. Pam kam aus den Bayous und hatte sich mit Energie und Zielstrebigkeit in Rogers Kneipe hochgearbeitet. Sie hatte dort als Kellnerin angefangen und wurde kurze Zeit später seine Ehefrau. Obwohl Roger gerne Kinder mit Pam gehabt hätte, klappte es nicht.

Zwei Jahre nachdem Jo bei den beiden eingezogen war, verstarb Roger an einem Herzinfarkt. Tief getroffen schien

Pam nicht zu sein. »Unsere Ehe war ziemlich unspektakulär. Ich glaube, wir haben beide gesehen, wie praktisch es ist, zusammen zu arbeiten und miteinander zu schlafen. Weißt du, Kleine, eines sage ich dir: Männer wollen nur Sex. Sie denken nur mit dem Schwanz. Roger war da nicht anders. Aber immerhin hat er mich nie betrogen. Und das rechne ich ihm hoch an. Und er hat mir die Kneipe hinterlassen, Gott hab ihn selig.«

Pam brachte Jo bei, nicht zurückzuschauen und über ihre Kindheit zu grübeln.

»Ich bin wie du ein Waisenkind und wurde hin- und hergeschoben von Bürokratismus und lieblosen Pflegeeltern. Ich hatte zeit meines Lebens das Gefühl, ungewollt zu sein. Das macht etwas mit dir. Aber im Leben kannst du die Uhr nicht zurückdrehen, Schätzchen. Du kannst dir nicht aussuchen, was das Schicksal für dich bereithält. Beiß die Zähne zusammen und mach das Beste draus. Nur du selbst kannst dir helfen. Das tut kein anderer für dich.«

Jo war ein aufmerksames Mädchen, das mit seinen großen blauen Augen reifer wirkte, als es war. Pams pragmatische Art, sich den Dingen anzunehmen, versuchte Jo in den kommenden Jahren zu übernehmen. So war es für sie ganz normal, nach der Schule in der Kneipe zu helfen. Sie fand es nur fair, dass sie als Neunjährige die Hafenarbeiter mit Bier und Schnaps versorgte, während sie nebenher ihre Hausaufgaben machte. Schließlich konnte sie Pam damit beweisen, dass sie dankbar dafür war, bei ihr leben zu dürfen.

Freundinnen oder Freunde hatte Jo keine. Ihre zurückhaltende, ernste Art schreckte die anderen in ihrer Klasse ab und Jo fand schwer Zugang zu ihnen. Für Jungs interessierte sie sich nicht besonders, da sie nicht recht wusste, wie sie mit ihnen umgehen sollte und was diese von ihr erwarteten. Und die Mädchen waren ihr alle zu unreif und kindisch. Als ob sie diese Abneigung spüren würden, unternahm auch niemand den ersten Schritt für eine Freundschaft. Und dass Jos Pflegemutter eine Kneipe führte, machte es nicht leichter. Hinter ihrem Rücken – und manchmal von besonders Mutigen auch direkt – wurde Jo verspottet als Tochter der Schlampe aus 9th Ward.

Als Jo vierzehn war, fasste ihr einer der Kunden an den Hintern. Der Kerl hatte sich von ihr ein Bier und eine Suppe servieren lassen und legte dann eine Hand auf ihren Po. Kauend grinste er sie an und rülpste. »Danke, Schätzchen!«

Jo war entsetzt und hatte keine Ahnung, wie sie reagieren sollte. Mit wackeligen Knien und schweratmend verschwand sie auf der Toilette, um sich zu beruhigen. Es hatte keinen Sinn, etwas gegen den Typen zu unternehmen.

Ich bin ein Kind! Was kann ich schon ausrichten? Stelle ich ihn zur Rede, wird er mich doch bloß auslachen, dachte sie bei sich.

Mit Pam wollte sie darüber nicht sprechen. Es war ihr zu peinlich. Niemals würde Pam Jos Empörung verstehen. Für Pam gehörte das zum Business. Ihren prallen Hintern fanden viele ihrer Kunden appetitlich. Pam schwang gekonnt die Hüfte, lachte keck und brachte sich aus der Gefahrenzone, wenn sich eine Hand näherte. Manchmal verteilte sie Kopfnüsse oder schlug einem Kunden auf die Finger.

War der betreffende Typ aber gutaussehend, so konnte es sein, dass er ihr nach oben in ihr Zimmer folgen durfte, sobald sie die Kneipe zugesperrt hatte. Und es spielte sich immer dasselbe ab: Jo, die im Hinterzimmer des Erdgeschosses schlief, wurde alsbald vom Geräusch der quietschenden Federn von Pams Bett geweckt. War ihr Lover gut, hörte man Pam stöhnen. War er es nicht, knarrten stattdessen nach wenigen Minuten die Stufen, wenn sich der Betreffende zur Hintertreppe hinunterschlich und verschwand.

Es blieb nicht aus, dass Jos mageren Hintern weitere Klapse trafen. »Beiß die Zähne zusammen und mach das Beste draus!«, hatte Pam gesagt. Jo versuchte, sich also daran zu gewöhnen und ebenfalls auszuweichen. Überzeugen konnte sie damit niemanden, vor allem nicht Pam. Irgendwann sprach sie Jo auf den Spießrutenlauf an: »Hey, Kleine. Schau nicht so ernst! Du hast einfach einen süßen Po, und die Jungs mögen deine schüchterne Art. Die tun dir nichts. Und wenn doch, dann ist das nicht so schlimm. Es ist nur Sex. Du kommst langsam in ein Alter, in dem du darüber nachdenken solltest.« Sie zwinkerte ihr zu und wuschelte Jo durchs lange Haar. »Sei nicht so prüde! Gönn dir einfach ein bisschen Spaß mit den Jungs.«

Allein bei der Vorstellung wurde Jo schlecht. Ihr graute vor diesen Männern, die ihre schmutzigen Finger nicht bei sich lassen konnten. Es fiel ihr schwer, sich vorzustellen, mit einem von ihnen Spaß zu haben. Niemals würde sie »einfach nur so« mit einem Mann schlafen. In ihrem Kopf gehörte zu Sex untrennbar Liebe und die Vorstellung, dass ihr Boyfriend alles für sie tun würde. Sie sehnte sich nach dieser »ganz besonderen Liebe«, die auf ewig halten würde, am besten sogar die Liebe auf den ersten Blick. Sie würden beide sofort wissen, dass sie füreinander bestimmt waren! Es wäre eine Liebe, die ihr den nötigen Halt geben würde, so dass sie Geborgenheit und Nähe zulassen konnte. Sie wollte ihrem Boyfriend vertrauen und in ihm gleichzeitig den besten Freund an der Seite haben. Und ginge das möglicherweise mit prickelnder Leidenschaft, dann würde sie nicht nein sagen. Ja, sie war romantisch, das war ihr klar. Ein bisschen stellte sie es sich so vor wie im Märchen: Dornröschen, das schlafend auf den richtigen Kuss wartete, um erlöst zu werden.

Stattdessen kam sie sich in der Kneipe vor wie das Aschenputtel. Still und leise verrichtete sie ihre Arbeit, ohne je Widerworte zu geben, stets sanftmütig und geduldig. Sie fühlte sich ausgenutzt. Hatte sie Pams Lebenswandel früher nur für unangemessen gehalten, so machte sie sich als Teenager immer mehr Gedanken darüber, ob es das war, was sie für sich selbst wollte.

Das kann nicht mein Schicksal sein! Ich gehöre nicht zwischen diese stinkenden Arbeiter, die nichts anderes im Kopf haben als Fressen, Saufen und Sex! Ich will nicht so enden wie Pam, die vom Nächstbesten, der ihr über den Weg läuft, gevögelt wird.

In der Schule war sie eher mittelmäßig. Ob sie jemals auf ein College gehen würde, bezweifelte sie. Unabhängig von ihren Noten konnten sie sich das schlicht nicht leisten.

Pam würde niemals das Geld erübrigen können, um sie weiter auf die Schule zu schicken.

Anfang des Jahres, Jo war siebzehn, passierte das, was ihrem Leben eine jähe Wende verpassen sollte: Einer der Stammgäste, ein rotgesichtiger Glatzkopf mit Bierbauch, erwischte Jo eines Abends, als sie zur Toilette wollte. Er kam gerade aus dem Männerklo und zog den Reißverschluss seiner Hose zu. Der Flur war schmal und Jo versuchte, sich dünn zu machen, um ihn vorbei zu lassen. Sein Geruch ekelte sie. Er roch säuerlich, nach Schweiß und Bier.

Er ergriff ihren Arm. »Wohin denn so rasch, meine Hübsche?« Er drückte sie schwer atmend an die Wand und presste sein Gesicht in ihre Halsbeuge.

Jo keuchte erbost: »Lass mich in Ruhe!« und versuchte, ihr Knie zu heben, um sich zu wehren. Er stemmte sich mit seinem gesamten Gewicht gegen sie, so dass kein Hauch Platz zwischen ihren Körpern war. Jo hatte keine Chance, ihr Knie auf die richtige Höhe zu bringen. Er rieb sich heftig an ihr und sein Reißverschluss drückte sich unsanft in Jos Haut. Sein Gemächt wurde hart. Sie spürte es deutlich an ihrem Oberschenkel. Er rieb und rieb und keuchte und keuchte. Sein Gesicht war nach wie vor in ihrer Halsbeuge begraben. Jo begriff, dass er sich an ihrem Körper einen herunterholte und konnte ihren Ekel nicht verbergen.

»Du Arschloch, geh weg von mir!«, knurrte sie, doch der Dicke hatte nicht die Absicht, dem nachzukommen.

»Gleich vorbei, Süße, oh jaaaa, halt still!«

Er grunzte laut, dann erschlaffte er.

Was für ein Widerling!

Er packte Jos Kinn mit seiner großen Hand und presste ihr einen feuchten Kuss auf die Wange. »O mein Goldstück, das war fein!«

Damit verschwand er lachend wieder auf dem Männerklo, vermutlich um sich zu säubern.

Jo wischte sich angeekelt seine Spucke ab und rannte ebenfalls aufs Klo. Ihr war speiübel und ihre Hände zitterten unkontrolliert. Doch als sie sich über die Kloschüssel beugte, um sich zu übergeben, kam nur Galle. Sie ließ sich an der Tür hinab auf den Boden gleiten. Nach wenigen Augenblicken hörte sie, wie die Tür der Herrentoilette zuschlug und seine Schritte den Flur entlang stapften.

Wie sollte sie sich nur je wieder selbst in die Augen sehen können – geschweige denn, wieder die Kneipe betreten?

Fünfzehn Minuten später, die Tränen rannen ihr noch immer still über die Wangen, klopfte jemand an die Tür. Es war Pam.

»Mach auf, Jo! Was soll denn das? Wo bleibst du?«

Als kleines Häufchen Elend öffnete Jo ihr heulend die Tür.

»Was ist los?«, fragte Pam alarmiert. Sie ergriff Jos zitternde Hände. »Hey, beruhige dich. Was ist passiert?«

Mit unsicherer Stimme erzählte Jo ihr, was der Glatzkopf mit ihr getan hatte. Pam nickte still und schickte Jo für den Rest des Abends auf ihr Zimmer.

Am nächsten Morgen setzte Pam sich an ihr Bett. »Süße, so langsam finde ich deine prüde Art anstrengend … Nur wenige Frauen sind mit siebzehn noch Jungfrau! Du solltest dich daran gewöhnen, dass Männer Sex mit dir wollen. Du lebst quasi von ihnen und ihrem Geld. Es wäre nicht schlecht, du würdest etwas netter zu unseren Kunden sein. Das wäre auch besser fürs Business. Ich verlange ja nicht, dass du gleich mit jedem in die Kiste steigst, aber es ist auch kein Weltuntergang, wenn dich einer anfasst …«

Anfassen?

Was am Tag zuvor passiert war, hatte mit »nur« Anfassen nichts zu tun! Jo hatte erwartet, dass Pam ihr erzählen würde, dass sie den Typen vor die Tür gesetzt und ihm Hausverbot erteilt hätte oder ähnliches.

Sie war sprachlos. Pams Ansage verletzte sie. Sie fühlte sich erniedrigt und beschmutzt, mehr, als dieser Typ es je vermocht hätte. Die Frau, die sie aufgezogen hatte, riet ihr ernsthaft, sich diese Aufdringlichkeiten gefallen zu lassen?

Erstarrt vor Wut lag sie auf ihrem Bett, nachdem Pam ihr befohlen hatte, sich anzuziehen und sich für die Schule fertig zu machen. Hass und Abscheu stiegen in ihr auf.

Einige Wochen lang rumorte es in Jo.

Bin ich tatsächlich zu prüde? Sollte ich Pam den Gefallen tun und netter zu den Kunden sein?

Nein! Das ist nicht meine Welt!

Dafür bin ich mir zu schade!

Keine Ahnung, was ich jemals aus meinem Leben machen will – das ist es jedenfalls nicht! Ich will mich diesen rohen Widerlingen nicht länger aussetzen!

Für Jo gab es nur eine Möglichkeit: Sie musste Pam und die Kneipe verlassen. Als minderjährige Ausreißerin hätte sie auf der Straße aber keine Chance. Sie war schulpflichtig.

Wie soll ich überleben? Wie kann ich verhindern, dass die

Polizei auf mich aufmerksam wird? Was, wenn sie mich aufgabeln und meinen Chip auslesen? Sie wüssten sofort, wo ich herkomme, und würden mich direkt zurück zu Pam schicken.

Der Chip war das Problem! Er machte sie gläsern. Sie musste ihn loswerden! Sie grübelte hin und her, nichtsahnend, dass wenige Wochen darauf Hurrikan Phylis sie aus ihrer Lage retten würde.

Als die Hurrikan-Warnung ausgerufen wurde, begann Pam, routiniert wie immer, mit den Vorbereitungen für den Sturm. Jo half ihr eifrig dabei, im Kopf beschäftigt mit einem Fluchtplan.

Sie hatte ein paar wenige Klamotten zum Wechseln, einige Schokoriegel, eine Tüte mit Nüssen, einen Tetrapack Wasser, eine Taschenlampe und einen Leatherman in ihren Matchsack gestopft. Als Pam bereit für den Aufbruch zum Evakuierungsbus war, versteckte sich Jo. Pam rief mehrmals Jos Namen und suchte im ganzen Haus nach ihr.

Sie beobachtete, wie Pam nervöser und nervöser wurde und am Ende ohne sie zum Bus rannte.

Ach, dein eigenes Leben ist dir also wichtiger als das deiner Pflegetochter!

Jo verspürte einen kurzen Stich, als sie die Frau zum letzten Mal sah. Schwerer wog, was Pam von ihr verlangt hatte.

Das verzeihe ich dir nie!

Jo machte sich in fliegender Hast auf den Weg, nachdem Pam verschwunden war. Der Sturm nahm an Stärke zu. Bevor er seine volle Kraft erreicht hatte, verkroch sich Jo in einer Schule. Sie war durch die Hintertür eingebrochen und in die oberen Stockwerke gehastet. Sie hoffte, dort oben sicher zu sein.

Sie hatte recht: Die Schule hielt dem Sturm und der Welle stand. Das Wasser drang nicht bis ins Obergeschoss vor. Ängstlich und frierend harrte Jo die Nacht über im Krankenzimmer der Schule aus. Sie lauschte den ungewohnten und beängstigenden Geräuschen und brachte kaum ein Auge zu. Der Strom war ausgefallen und Jo war sehr froh über ihre Taschenlampe. Ihr Flexphone hatte sie aus Angst vor einer Ortung zu Hause gelassen. Denn Pam würde ihr Fehlen bestimmt dem Jugendamt melden und sie suchen lassen, sobald die Flut abgeflossen war.

Jo versuchte, sparsam mit ihren Vorräten zu sein. Dennoch war bald nichts mehr davon übrig.

Erst am dritten Tag zog sich das Wasser so weit zurück, dass Jo wagte, die Schule zu verlassen.

JACKSON, HOSE UND SCHUHE

Den Jungs verschwieg Jo den Großteil ihrer traurigen Lebensgeschichte. Sie bekamen die abgespeckte Version plus eine kleine Notlüge über ihr wahres Alter aufgetischt: »Ich habe keine Eltern mehr. Ich bin in einer Pflegefamilie aufgewachsen, doch seit ich achtzehn bin, lebe ich allein. Ich bin Kellnerin, was mir aber nie Spaß gemacht hat. Ich habe die Evakuierungsbusse verpasst, weil ich nach meiner letzten Schicht zu lange geschlafen habe. Als ich dann gestern gesehen habe, wie viele Menschen noch in der Stadt sind, war ich ganz schön schockiert. Damit habe ich nicht gerechnet! Deswegen fand ich die Möglichkeit, mit euch zusammen aus der Stadt zu kommen, deutlich besser, als ewig auf Hilfe von außen zu warten, die womöglich nie kommt. Die Truppen scheinen reichlich überfordert zu sein.

Ich will ein neues Leben irgendwo anders anfangen. Ich habe New Orleans und meinen Job so satt! Ich bin euch dankbar, dass ihr mich mitgenommen habt. Ich hoffe, ich gehe euch nicht auf den Nerv.« Sie zuckte mit den Achseln und klang aufrichtig zerknirscht.

Gute Show, dachte sie bei sich. Doch Alex schien nicht überzeugt. Er sagte nichts, starrte sie aber mit skeptisch zusammengekniffenen Augen an. Die Jungs bestellten sich nochmals eine Tasse Kaffee, nachdem Rick in der Zwischenzeit noch nicht aufgetaucht war. Auch die Kellnerin war nicht mehr da, fiel Jo auf. Als Ersatz kam der dicke Wirt hinter dem Tresen hervor, um die Bestellung aufzunehmen. Man sah an seiner vor Dreck starrenden Schürze, dass er sonst hinter dem Grill stand.

»Wie kommt es, dass ihr in New Orleans gelandet seid?«, wechselte Jo das Thema, um von sich selbst abzulenken. »Das ist doch die denkbar schlechteste Wahl für Saisonarbeiter – noch dazu in der Hurrikan-Saison.«

Alex verzog das Gesicht. Es sah fast so aus, als bereue er die Abmachung, seine Geschichte preiszugeben. Kenneth half ihm aus der Patsche.

»Da hast du recht. War ne Scheißidee. Wir waren bis vor kurzem noch in Lafayette. Dort haben wir bei Atmos Energy gearbeitet. Die beuten einen aus bis aufs Blut!«

»Aha. Und warum nun New Orleans?« Jo ließ nicht locker. Alex räusperte sich und erwiderte: »Es war schlicht auf dem Weg. Wir wollten uns vorübergehend Arbeit an den Docks suchen und dann weiter nach Arkansas, sobald die Erntesaison losgeht.«

Jo runzelte die Stirn.

Rund klingt das Ganze nicht, denn will man auf direktem Weg nach Arkansas, nimmt man niemals den Umweg über New Orleans.

War es nicht eher so, dass ein anderer Ruf die Jungs angezogen hatte? Die Not der Mitmenschen in einer Krise auszunutzen, war verlockend. Verlassene Villen, Ladengeschäfte und Boutiquen schrien förmlich: »Mich kannst du ausrauben! Es ist keiner da, der auf mich aufpasst!«. Die gestohlenen Bikes zeigten, dass Rick und seine Freunde keine Skrupel hatten, sich am Elend ihrer Mitmenschen zu bereichern. Ihr Gefühl sagte Jo, dass es genau so war. Sie seufzte tief. Sie hatte sich von Ricks coolem Auftreten um den Finger wickeln lassen. Hatte sie sich spontan und naiv einer organisierten Diebesbande angeschlossen?

Andererseits war Jo als minderjährige Ausreißerin auch kein unbeschriebenes Blatt. Rick hatte sofort erkannt, dass mit ihrem Chip etwas nicht stimmte. Sie schienen vorübergehend ein zweckmäßiges Gespann abzugeben. Jo nahm sich vor, aufmerksam und vorsichtig zu sein.

Rick trat an den Tisch und beendete die etwas betretene Stimmung. Er grinste über beide Ohren und hielt eine Jeans und ein paar alte Cowboy-Boots in die Höhe.

»Hey Jo, ich hab was für dich!«

Überrascht starrte Jo ihn an. Hinter Rick huschte unauffällig die Kellnerin mit dem Südstaaten-Akzent in Richtung Küche. Ihr Pferdeschwanz war unordentlich und ihre Wangen gerötet. Das Lächeln, das sie Ricks Hinterkopf zuwarf, war verträumt. Es sah so aus, als hätten Rick und sie sich ein bisschen Spaß miteinander gegönnt. Es gab Jo einen kurzen Stich ins Herz.

Doch sie verdrängte den Gedanken an Rick und die Kellnerin rigoros und fragte ehrlich überrascht: »Für mich?«

»Ja. Ich hab dir doch gesagt, mit dem Rock und den dünnen Schühchen kommst du nicht weit. Samantha hat sich für ´n Appel und ´n Ei von ihren alten Sachen getrennt.«

»Ich wette, du hast ihr was ganz anderes gegeben«, prustete Kenneth in seinen Kaffee. Die Jungs brachen in schallendes Gelächter aus.

Jo war sprachlos, hin und hergerissen zwischen der Freude, dass er ihr wärmere Klamotten besorgt hatte, und der Tatsache, dass er dafür die Kellnerin flachgelegt hatte. Jo fühlte sich, als hätte sie in eine Zitrone gebissen. Ihr Gesicht verzog sich zu einer gequälten Grimasse. »Ich bin mir nicht sicher, ob ich Samanthas alte Sachen auftragen möchte …«

»O doch, das wirst du! Ich habe mich für dich ins Zeug gelegt. Das kannst du nicht ausschlagen! Es ist ein Geschenk von mir an dich. Komm schon, probier sie an!« Er reckte ihr die Sachen entgegen.

»Die werden nicht passen«, wich Jo aus.

»Samanthas Hintern ist definitiv besser gepolstert als deiner, richtig. Aber ich wette, das lässt sich mit dem Gürtel wettmachen.«

Meinen Hintern magst du also nicht. Alles klar, Rick! Das war deutlich!

Sie runzelte die Stirn.

»Bist du etwa sauer auf mich? Das ist nicht fair, Kleine. Ich habe es nur gut gemeint.« Er sah Jo tief in die Augen und sie konnte nicht verhindern, dass ihr Herz flatterte.

Sie erhob sich, reckte stolz das Kinn und schnappte sich Hose und Schuhe, um damit auf die Damentoilette zu verschwinden.

»Hab ich was falsch gemacht?«, hörte sie Ricks Stimme hinter sich.

»Ja, Mann, du Vollidiot! Du vögelst die Kellnerin, verdienst dir damit deren Klamotten und schenkst sie der Nächsten. Ich würde die auch nicht wollen«, hörte sie Alex antworten.

Mit hochrotem Kopf schloss Jo die Tür zur Damentoilette hinter sich und wäre am liebsten vor Scham im Boden versunken.

Sie hörte gerade noch, wie Rick Alex anfuhr: »Ach, halt

die Klappe, du Klugscheißer, und kümmer dich lieber um die Nummernschilder!«

Die ausgebleichten Jeans standen Jo gut. Die Hose lag an den Waden an und hatte an der Taille Bundfalten. Jo hatte sie mit dem Gürtel enger gemacht. Die Stiefel waren leider eine Nummer zu groß und ohne Socken unbequem. Deswegen packte sie die Chucks in ihren Matchsack, um für den Fall, dass sie Blasen von den Stiefeln bekam, eine Alternative zu haben.

Den Vorteil ihrer neuen Bekleidung spürte sie sofort, als sie wieder unterwegs waren. Durch die Hose und die Schuhe drang kaum Fahrtwind mehr. Sie musste diesem Idioten Rick also auch noch dankbar sein für seine Aktion!

Von Jackson aus fuhren sie nach Vicksburg. Auf dem Farmers' Market wollten sie sich nach Jobs erkundigen. Vicksburg lag auf einer Anhöhe über dem Mississippi. Auf Jo wirkte das Städtchen verschlafen und pittoresk mit seinen alten, viktorianischen Häusern. Die Sonne strahlte vom Himmel und Vicksburg schien nichts von den Schrecken mitbekommen zu haben, die nur ein paar Stunden entfernt die Küste des Landes heimgesucht hatten.

Sie suchten sich wieder ein Diner, um etwas zu essen. Jos Magen grummelte. Beim Frühstück in Jackson hatte sie nicht gewagt, zuzulangen, weil sie Ricks Großzügigkeit nicht überstrapazieren wollte. Es fühlte sich unangenehm an, ihm etwas schuldig zu sein.

Soviel dazu, sich von ihm aushalten zu lassen.

Sie war sich nicht sicher, wie sie das Thema Geld erneut

ansprechen sollte. Rick hatte ihr das Essen bezahlt und ihr zudem flugs neue Klamotten besorgt. Und sie würde ihm noch länger auf der Tasche liegen müssen, bis sie eine Lösung für ihren Chip gefunden hatte.

Doch das Thema hinauszuzögern hatte keinen Sinn. Entschlossen ging Jo, die Hände in der Jackentasche vergraben, zu ihm hinüber. »Rick, können wir kurz reden?«

Er hängte sich eine der Gepäcktaschen über die Schulter. Jo deutete ihm mit einer Kopfbewegung an, dass sie ihn allein sprechen wollte und ging ein paar Meter weiter, um aus der Hörweite der anderen zu gelangen. Rick folgte ihr.

»Was gibts?«, fragte er mit hochgezogenen Augenbrauen, als sie stehen blieb.

Jo sah ihm besorgt in die Augen und kaute an ihrer Unterlippe. Sie hoffte darauf, dass sein männliches Ego auf diesen hilflosen Frauenblick anspringen würde.

»Es ist sehr nett, dass du mich bis hierher mitgenommen hast. Du hast für mein Essen bezahlt und mir neue Klamotten ... sagen wir mal ... besorgt.« Sie zwang sich, nicht näher auf die ungewöhnliche Art einzugehen, mit welcher er an die Sachen gekommen war. »Ich kann dir das Geld für deine Auslagen im Moment nicht geben. Aber ich möchte dir einen Vorschlag machen. Lass mich noch ein bisschen bei euch bleiben. Sobald ich Arbeit habe, werde ich dir das Geld zurückgeben und dann künftig für mich selbst bezahlen. Kannst du damit leben?«

Er zögerte einen Moment mit seiner Antwort, fast so, als wolle er auskosten, wie unangenehm ihr die Sache war. Doch dann grinste er und ergriff ihre Hand, um einzuschlagen.

»Abgemacht, Süße! Damit kann ich leben.«

Ihr fiel ein Stein vom Herzen. »Danke, Rick. Ich bin dir echt was schuldig.«

»Das fühlt sich gut an«, neckte er sie, »und ich bin froh, dass du noch ein klein wenig meine Gesellschaft genießt.«

»Ernsthaft?«

»Ja. Ich bin neugierig, Jo. Du bist so ein Mädchen, das nicht viel redet. Das mag ich. Ich habe das Gefühl, wir könnten gute Freunde werden.«

Wie soll ich das jetzt verstehen? Ist das freundlich oder anzüglich gemeint?

Jo versuchte, in seinen Augen zu lesen. Es gelang ihr nicht. Sein Blick war ernst, doch sein Mund verzog sich zu einem Schmunzeln. Er legte ihr eine Hand in den Rücken und jagte ihr dadurch einen Schauer über das Rückgrat.

Langsam geleitete er sie zu den anderen zurück.

»Lass uns was essen, damit dein magerer Hintern etwas Polster bekommt«, raunte er ihr ins Ohr. Jo war erleichtert, das Thema »Geld« erst mal geklärt zu haben – trotz der anzüglichen Bemerkungen und des provokanten Schlusssatzes.

LOWELL, EVANS-FRUIT-FARM

Sie fanden einen Farmer, der sie als kompletten Trupp einstellte. Seine Kürbis- und Mais-Farm lag in Rolling Fork, Mississippi.

Die erste Hürde für Jo und ihren nicht mehr vorhandenen NFC-Tag war, dass der Farmer ihre Daten nicht auslesen konnte. Sie erklärte ihm stockend, dass sie sich während der Flut verletzt habe. Zum Glück nahm er es nicht so genau. Er bezahlte sie schwarz, mit einem Pay-Cheque, wie es früher üblich gewesen war. Doch diesen konnte Jo ohne ihren Chip auf keiner Bank einlösen.

Zu dumm! Mal angenommen, Pam sucht mich gar nicht … womöglich war dann die ganze Aktion im Tunnel völlig unnötig!

Sie verfluchte ihr vorschnelles Handeln. So schön es sich im ersten Moment angefühlt hatte, frei zu sein, so problematisch war es in der gelebten Umsetzung.

Es vergingen zwei Wochen auf der Farm, bis sich Javier mit einem der anderen Arbeiter anlegte, ihn böse zusammenschlug und sie kurzerhand vom Hof flogen. Sie zogen weiter.

Sie hatten den Tipp bekommen, es auf der Evans-Fruit-Farm in Lowell zu versuchen. Hier gab es angeblich die besten Pfirsiche, Äpfel und Trauben im Nordwesten Arkansas'. Das klang für Jo nach einem sauberen und ehrlichen Geschäft.

Brenda Evans, die Chefin, war eine stämmige, kleine Mittfünfzigerin mit roten Wangen und kurzen grauen Haaren. In barschem Ton hieß sie sie auf der Farm willkommen: »Ich kann euch für die laufende Saison anstellen. Probezeit zwei Wochen, ohne Gehalt, versteht sich. Wenn ihr euch gut anstellt, könnt ihr bleiben. Willkommen auf der Evans-Fruit-Farm!«

Das schien Brenda Evans bei allen Vorstellungsgesprächen so durchzuziehen, denn sie erwartete keine Gegenworte. Sie quartierte die Jungs in die Arbeiterunterkünfte ein. Jo dagegen führte sie ins Haupthaus und wies ihr ein kleines Zimmerchen unterm Dach zu.

»Ich habe momentan keinen Platz mehr im Frauenhaus. Und ich werde den Teufel tun und dich in eines der Arbeiterhäuser zu den Männern zu stecken. Ich bin Protestantin und kann sowas nicht verantworten.«

Es war stickig warm hier oben und Jo riss das kleine Gaubenfenster auf. Das Zimmer war voll mit Gerümpel, unter dem sich aber auch ein Bett, eine Kommode und ein Nachttischchen befanden.

Brenda stand abwartend im Türrahmen. »Fred, mein Mann, wird die Sachen hinausschaffen, die du nicht brauchst. Ich schick ihn gleich hoch. Und, Mädchen … wenn du hier einen deiner Männer empfängst, kannst du gleich wieder deine Sachen packen und gehen«, brummte sie lauernd.

»Nein, Ma'm, das werd ich sicher nicht. Das sind nur meine Freunde«, beteuerte Jo.

»M-hm, natürlich.« Brendas abschätziger Tonfall ließ vermuten, dass sie Jo nicht glaubte, oder aber, dass sie die

Männer nicht für geeignete Freunde hielt – je nachdem. Sie drehte sich um und ließ Jo allein.

Im Laufe des nächsten Tages teilte Brenda die Jungs in Schichten für die Pfirsich-Ernte ein.

»Wir haben rund 200 Hektar Gewächshäuser. Die ersten Pfirsiche sind bereits verpackt und versendet. Bis September ernten wir schätzungsweise noch mal 10 Millionen Kilo.«

Brenda wandte sich an Jo: »Kannst du rechnen?«

»Natürlich, Ma'm.«

»Dann kommst du mir wie gerufen. Du wirst mir drüben im Hofladen zur Hand gehen. Mir wird die Arbeit zu viel.«

Brenda führte Jo über den Hof zu einem Blockhaus, über dessen Eingangstür ein Holzschild mit der Aufschrift »Evans-Fruit-Market« prangte.

Der Laden war klein, aber gemütlich eingerichtet. Die alten Holzdielen waren sorgfältig geölt und an den Wänden hingen robuste Holzbretter, die als Regale dienten. Die Fenster waren mit rot-weiß-karierten Gardinen verziert.

»Hier verkaufe ich hauptsächlich Obst, also frisches und eingelegtes, aber auch Honig und Pies. Und seit neuestem auch etwas Gemüse aus meinem Garten.«

Jos Blick überflog fasziniert tiefrote Arkansas-Tomaten, übergroße Zucchini, samtweiche Pfirsiche und knackige Äpfel. In den Regalen standen, penibel aufgereiht, hübsch dekorierte Gläser mit Marmelade, Gelee und Honig. Eine Holztheke, die aus verwitterten Scheunenbrettern gezimmert war, trennte den Raum in zwei Hälften. Gibson-Körbe waren sorgfältig neben dem Eingang gestapelt und dienten als Einkaufskörbe.

Jo fühlte sich sofort wohl und freute sich wie ein kleines Mädchen darauf, hier arbeiten zu dürfen.

Ich komm mir vor wie Schneewittchen im Märchen vor dem zuckersüßen Zwergenhäuschen! Das ist definitiv kein Vergleich zu Pams Kneipe oder zu der Produktionshalle in Rolling Fork! Was für ein Glück, dass wir hier gelandet sind!

Jos Augen strahlten.

»Gefällt dir der Laden?«, fragte Brenda und warf ihr zum ersten Mal ein kleines Lächeln zu.

»O ja, Ma'm, er ist wunderhübsch! Man fühlt sich sofort wohl, so als würde gleich eine nette Omi um die Ecke kommen mit einem Kakao.«

»Da magst du recht haben, Kind. Die Omi in dem Fall wäre dann ich, was?« Brenda schmunzelte und Jo erstarrte. »O nein! So habe ich das nicht gemeint!«

»Schon gut, Kleine. Ich fasse es als Kompliment auf. Genau das Gefühl macht den Laden aus.«

Jo atmete erleichtert auf. *Brenda kann richtig nett sein!*

»Die Farm und der Laden wurden übrigens von Freds Vorfahren gegründet. Der erste Evans hieß ebenfalls Fred. Seine Frau war Kaylene. Das war 1910«, erzählte Brenda.

»Ein richtiges Familienunternehmen also?«, beeilte sich Jo, zu antworten.

»Ganz genau. Nur wenn der Chef selbst nach dem Rechten schaut, stimmt die Qualität. Das darf man nicht aus der Hand geben und erwarten, dass es ein anderer besser macht«, dozierte Brenda mit erhobenem Zeigefinger. Dabei riss sie die Augenbrauen streng in die Höhe.

Die Geschäftsvorgänge im Laden funktionierten nicht anders als in Pams Kneipe. Das Abrechnungssystem und die Scan-Abläufe waren modern und einfach zu bedienen. In der Kneipe hatte Jo neben dem Tagesgeschäft die Bestellungen organisiert und das Lager sauber und übersichtlich gehalten. Das Prinzip des Evans-Fruit-Markets war nichts Neues für Jo, und sie erfasste es schnell.

Als Brenda sie nach drei Tagen im Laden allein ließ, war Jo klar, dass die Alte das erkannt hatte und ihr einen Vertrauensvorschuss gab. Jo wollte sich auf keinen Fall einen Fehler erlauben. In ihr keimte ein Funke Hoffnung auf: Gab ihr die Farm womöglich die Chance auf den ersehnten Neuanfang?

Tatsächlich schien es so.

Nach wenigen Tagen bereits verblasste New Orleans mit all seinen Schrecken im Licht des gemütlichen Hofladens zu einer unwirklichen Erinnerung. Nur die Sorge um den fehlenden Chip nagte nach wie vor an Jo. Ihr altes Leben würde sie wohl doch nicht so schnell loslassen.

Sie waren etwas mehr als eine Woche auf der Farm, als Rick Jo abends zur Seite nahm.

»Können wir einen kurzen Spaziergang machen?«, frage er leise.

Jos Herz hüpfte vor Freude.

Das klingt beinahe romantisch! Was hat er vor?

Als sie außer Hörweite des Farmhauses waren, hielt Rick an. Sie lehnten sich an den Gartenzaun.

»Jo. Ich glaube, dir ist nicht bewusst, in welchen Schwierigkeiten du steckst«, begann er.

»Was meinst du?« Sie gab sich verwundert, doch Jo ahnte bereits, worauf er anspielte.

»Ohne Chip keine Anstellung und kein Gehalt. Keine Bank löst deine Cheques ein, wenn du dich nicht ausweisen kannst. Hast du deine Daten wenigstens auf dem Smartphone?«

In Jos Kopf jagten sich die Ausreden.

Was soll ich jetzt bloß sagen? Er hat mir die Geschichte von der Verletzung von vornherein nicht abgenommen.

Aus ihrem Schweigen zog er seine eigenen Schlüsse. »Also nein. Okay. Das ist wirklich übel.«

Jo konnte keinen klaren Gedanken fassen. »Wirst du mich jetzt verpfeifen, Rick?«

Damit würde er diese Chance des Neuanfangs mit einem Schlag zunichtemachen! Tränen stiegen in ihr hoch, und sie versuchte angestrengt, sie zu unterdrücken.

»*Darüber* machst du dir Gedanken? Ernsthaft? Ich weiß seit New Orleans, dass du keinen Chip mehr hast. Ich habe dich bis hierher begleitet, ohne dich anzuschwärzen. Ich habe nicht vor, dich zu verraten.«

Jo atmete erleichtert auf.

Rick stieß sich vom Zaun ab und wandte sich ihr zu. Er sah ihr eindringlich in die Augen.

»Das ist aber dein geringstes Problem. Du wirst keinen Monat überleben ohne Chip. Du kannst dir nicht einmal ein Brötchen kaufen. Was hast du vor?«

»Keine Ahnung … Hierbleiben? Ich hatte keinen genauen Plan. Ich wollte einfach nur weg aus New Orleans.« Nun brachen sich die Tränen doch Bahn und kullerten ungewollt über Jos Wangen.

»Okay, beruhige dich. Wir lassen es so weiterlaufen wie bisher. Du sagst zu den Evans dasselbe wie in Rolling Fork. Ich lasse mir etwas einfallen.« Er legte ihr den Arm um die Schultern und begleitete Jo zurück zur Farm. Verlegen fuhr sie mit den Händen über ihre Wangen, um die Tränen wegzuwischen. Sie konnte nicht fassen, was geschehen war. Hatte sie in Rick soeben einen Verbündeten gefunden?

Der Laden schloss täglich um fünf. Nachdem Jo abgesperrt hatte, musste sie Brenda in der Küche zur Hand gehen. Brenda hatte ihr erklärt, dass in den Arbeiterunterkünften meist zwischen 20 und 50 Saisonarbeiter wohnten.

»Der Großteil der Farmarbeiterinnen und Farmarbeiter ist aber festangestellt und kommt aus der Gegend um Lowell. Diese Leute gehen abends nach Hause zu ihren Familien.«

Brenda hatte in den Unterkünften ein striktes Kochverbot ausgesprochen. Sie duldete nicht, dass sich die Angestellten auf die unmöglichste Art und Weise Essen aufwärmten und mit Kochplatten, Bunsenbrennern oder anderem unsinnigen Gerät hantierten.

»Alles schon passiert! Die zünden mir das Haus überm Kopf an, wenn ich nicht aufpasse!«, schimpfte Brenda, als Jo sie nach dem Grund fragte.

Brenda kochte zusammen mit einer etwa gleichaltrigen Frau namens Clara allabendlich gigantische Mengen an Essen für die Arbeiterinnen und Arbeiter. Es waren nie luxuriöse Mahlzeiten, sondern meist Eintöpfe oder Maiskolben mit Hafergrütze. Maisbrot mit Eiern und Schinken war ebenfalls ein Standardgericht. Doch allein schon die rauen

Mengen, die gekocht werden wollten, bedeuteten viel Arbeit für die Frauen. Und da Jo in der Küche nicht routiniert genug war, forderte sie diese Aufgabe wirklich heraus.

Die Angestellten konnten das Essen in der Küche abholen und in ihren Unterkünften verzehren. Sie durften sich aber auch zusammen mit den anderen in den Vorbau setzen, der an die Küche angegliedert war. Dort standen zwei lange Tischreihen nebst passenden Bänken bereit. Erneut wurde Jo zur Kellnerin. Drei Teller auf einmal zu tragen, stellte für sie kein Problem dar. Sie war geschickt und flink.

»Du machst das gut. Clara ist viel langsamer als du. Und sie ist manchmal etwas ungeschickt. Dann wird Clara also in der Küche für Nachschub sorgen und du übernimmst das Kellnern«, beschloss Brenda alsbald und Jo war den Job als Köchin wieder los. Das war ihr nicht unrecht.

Wenn die Männer versorgt waren, trugen Jo, Brenda, Fred und Clara ihre eigenen Portionen zur Tafel und setzten sich. Jo kam sich bald nicht mehr wie die Kellnerin vor, die sie war, sondern fast wie ein Familienmitglied.

Brendas Mann Fred war ein großer, stiller Mann mit grauen Haaren, einem korrekt gestutzten Schnäuzer und einem klaren Blick. Ihn schloss Jo sofort ins Herz. Er schien gut 10 Jahre älter als Brenda zu sein. Vermutlich hatte er Brenda zur Frau genommen, weil sie resolut zupacken und die Farm mit links managen konnte. Im Bett konnte Jo sich die beiden auf jeden Fall nicht vorstellen.

Dennoch gab es zwei Söhne, die auf der Farm als Vorarbeiter mithalfen. James war fünfunddreißig Jahre alt,

Matthew dreißig. Jo sah die beiden selten. Sie wohnten mit ihren Familien nicht auf der Farm. Sie kamen stets im Morgengrauen, um mit den Arbeitern zu frühstücken, und fuhren dann mit ihnen auf die Felder.

ERLEICHTERUNG

Für Jo waren es lange, arbeitsintensive Tage. Doch das störte sie nicht. Brenda schien ihre Arbeit zu schätzen. Das erkannte Jo an dem zufriedenen Blick, den sie ihr ab und zu zuwarf. Brenda sprach zwar selten ein Wort des Lobes aus, aber es kam auch keine Rüge.

Als die zwei Wochen Probezeit um waren, legte Brenda einen befristeten Vertrag auf den Tisch. Nervös biss Jo sich auf die Lippen. Rick saß neben ihr und warf ihr einen ermutigenden Blick zu.

»Mrs. Evans, ich muss Ihnen was gestehen. Ich bin nicht sicher, ob mein Chip noch funktioniert. Ich habe mich verletzt, als ich in New Orleans während der Flut verunglückt bin. Und mein Smartphone habe ich verloren.«

Brenda warf ihr einen skeptischen Blick zu. »Zeig mal her«, befahl sie.

Jo reichte ihr die Hand mit dem Verband. Als Brenda ihn

löste, breitete sich ein übler Gestank aus. »Das passiert jeden Abend, wenn ich den Verband wechsle. Es heilt gar nicht richtig zu«, erklärte Jo hilflos. Die Wundränder waren rot geschwollen und eiterten. Brenda nickte grimmig.

»Tja, Mädel, wärst du mal früher zu mir gekommen! Das hat sich entzündet. Hätte auch leicht ne Blutvergiftung werden können. Ich gebe dir jetzt eine Salbe, die die Entzündung hemmt. Mit der behandelst du die Wunde. Und nimm um Gottes willen sterile Wundverbände. Mit deinen Stofffetzen wird das nix. Wenn es geheilt ist, sehen wir weiter.«

Rick beruhigte Jo, als er sie abends wieder zu einem Spaziergang aufforderte. »Du hast jetzt etwas Zeit gewonnen. Ich habe einen meiner Kontakte spielen lassen. Es gibt eine Möglichkeit, wie ich dir helfen kann. Das ist aber nicht ganz billig.« Er sah sie bedauernd an.

»Was heißt das?«, fragte Jo vorsichtig.

»Ich kann dir einen Chip besorgen. Mit gefälschten Daten.«

»Was?« Ihr Gesicht hellte sich schlagartig auf. »Das ist fantastisch, Rick!« Niemals hätte sie mit dieser erleichternden Nachricht gerechnet!

Doch dann wurde Jo klar, was das bedeutete.

Wer oder was bist du, dass du einen Fälscher kennst?

Rick musste Kontakte ins Darknet oder zu einem ID-Dealer haben. Beides war illegal, strafbar und zutiefst fragwürdig. Jos Freude bröckelte.

»Und was kostet mich das?«

Sie machte sich auf alles gefasst.

»Mein alter Freund hat mir einen absoluten Freundschaftspreis genannt: Er will bis übermorgen einen Bitcoin transmittet haben, sonst macht er es nicht.«

Einen Bitcoin? Das sind 18.000 Dollar! Wie soll ich jemals so viel Geld auf die Seite sparen?

Ihre Hoffnung sank ins Bodenlose. »Das ist völlig utopisch!«

Rick hob ihr Kinn an.

»Nein, Jo. Das ist es nicht. Du bekommst eine ganz neue Identität! Egal, was dir in der Vergangenheit passiert ist: Keiner kann dir dann mehr was anhaben. Das ist es dir doch wert, oder?«, fragte er sie mit sanfter Stimme, die Jo Gänsehaut bescherte. Nachdenklich biss er sich auf die Unterlippe.

O Gott! Er ist so sexy!

»Ich kann dir den Betrag leihen, setze mich dabei aber komplett blank. Wie kann ich mir sicher sein, dass ich mein Geld von dir zurückbekomme?«

»Du hast so viel Geld?« Jo war sprachlos.

»Ja. Und mein Vorschlag ist: Wenn du mir deinen Lohn komplett überschreibst, hast du den Betrag in etwa eineinhalb Jahren abbezahlt. Hier auf der Farm kriegen wir Essen und Unterkunft für lau. Es dürfte dir nicht schwerfallen, ohne Kohle auszukommen. Wenn du etwas Geld brauchst, frag mich. Und falls wir dann weiterziehen, wirst du wohl oder übel mitkommen müssen. Du wärst in dieser Zeit an mich gebunden.«

Er hob bedauernd die Hände, zwinkerte ihr aber schelmisch zu.

Jo war hin- und hergerissen.

Sie wäre vollkommen von Rick und seiner Willkür abhängig. Im Gegenzug bot er ihr eine Zukunft.

Wenn ich jetzt ablehne, kommt so eine Chance nie wieder! Und was sind schon eineinhalb Jahre?

Ein Lächeln breitete sich über ihr Gesicht aus. »Das würdest du für mich tun?«

»Ja. Das tue ich für dich.« Seine Hand hob sich langsam und legte sich federleicht an Jos Wange. Sein Daumen bewegte sich zärtlich und Jos Atem ging plötzlich schneller. Schüchtern lächelte sie ihn an, unfähig, etwas Vernünftiges zu sagen. Er senkte die Hand und sofort vermisste sie seine warme Berührung.

Was macht dieser Kerl bloß mit mir?

»Und ich vertraue dir jetzt ein Geheimnis an: Alex und Kenneth haben auch einen Fake-Tag. Beiden habe ich geholfen, als sie in der Scheiße steckten. Dein Geheimnis ist bei uns in guten Händen, Jo-Ann Carlsen.«

Wenige Tage später hatte Rick ein Fedex-Päckchen aus Los Angeles in der Hand, als er Jo im Laden besuchte. Mit bedeutsamem Blick schob er es über die Ladentheke und raunte: »Es ist gerade angekommen. Nimm es und versteck es gut. Heute Nacht geht es los, Kleine!«

Sachte legte er seine Hand auf ihre verletzte. Sie atmete tief durch, sah ihn dankbar an und genoss die Wärme seiner Finger. Ihre Blicke verharrten ineinander versunken.

»Wann und wo?«

»Bei mir. Ich sorge dafür, dass die anderen nichts mitbekommen. Schleich dich um Mitternacht aus dem Haus. Da müssten die Alten tief und fest schlafen. Und komm zur Rückseite meiner Unterkunft.«

Alles lief glatt. Keiner bemerkte, dass Jo zur Geisterstunde das Haus verließ und zu Rick schlich. Er öffnete für Jo das Badezimmerfenster und sie stieg wie eine Diebin in die Arbeiterunterkunft ein.

Er schloss die Badezimmertür ab und flüsterte: »Die anderen spielen Karten und saufen. Ich wette, die kriegen gar nichts mit. Setz dich.« Er wies auf den geschlossenen Toilettensitz. Routiniert wickelte er ihr den Verband ab. Die Wunde, mit Brendas Salbe regelmäßig behandelt, war nicht mehr geschwollen. Die Narbe hob sich rot von Jos heller Haut ab.

»Ich werde den Chip nicht an genau dieselbe Stelle setzen, sondern etwa einen Zentimeter daneben. Sonst ist es zu auffällig.«

Jos Herz klopfte wie vor einer Prüfung. Ihre Handflächen wurden feucht.

»Du brauchst nicht nervös sein. Ich habe das schon einmal gemacht«, beruhigte Rick sie. Jo starrte ihn an und wagte gar nicht zu fragen, bei wem und unter welchen Bedingungen. Hatte er Alex und Kenneth ebenfalls selbst den Chip gesetzt?

Schlussendlich ist es egal. Ich muss ihm jetzt vertrauen.

Wie auch der Arzt, der ihr vor fünf Jahren ihren Chip gesetzt hatte, benutzte Rick einen Applikator. Die Nadel auf der Spritze war lang und dick. Jo musterte das Gerät skeptisch.

»Die Nadel ist riesig, Rick! Was ist das für ein Teil?«

»Hab keine Angst. Die Applikatoren für Menschen kriegt man nicht so einfach im Handel. Deswegen habe ich mir dieses Teil besorgt. Das nimmt man bei Hunden und

Katzen, wenn sie gechippt werden.«

Rick desinfizierte ihren Handrücken mit einem Wattepad und einem stechend riechenden Spray. Als er zustach, presste Jo die Augen fest zusammen und hielt den Atem an. Der Schmerz war kurz und dennoch scharf, als die Kanüle unter die Haut drang.

Jordan Fine

* geb.	01.10.2015
* Geburtsort:	New Orleans
* Eltern:	Angelina + Nicolas Fine
* Geschwister:	-
* Covid-19:	negativ
* letzte Impfung:	07.01.2035
* Bank:	Citibank
* Beruf:	Verkäuferin
* wohnhaft:	New Orleans

… spuckte das Lesegerät aus, als es sich mit Brendas Tablet verbunden hatte. Nach einem Moment erschienen eine Sozialversicherungsnummer und eine Kontoverbindung bei der Citibank.

Sogar sämtliche Impfdaten sind angegeben! Der Fälscher hat mir nicht nur den Arsch gerettet, sondern mich nebenbei noch volljährig gezaubert!

Brenda fuhr konzentriert mit dem Finger alle Daten auf dem Display nach und nickte dabei. »Du hast Glück gehabt. Deinem Chip ist nichts passiert.«

Es hat funktioniert: Ich habe ein neues Leben! Bye bye, Jo-

Ann Carlsen! Und willkommen in meinem Leben, Jordan Fine, jubilierte Jo in Gedanken. Eine imaginäre, aber tonnenschwere Last fiel ihr von den Schultern. Unmerklich straffte sie sich und wuchs in einem neuen Selbstvertrauen. Mühsam unterdrückte sie ihre Freude und antworte gelassen: »Da bin ich aber froh. Ich hatte wirklich Angst, dass er kaputt ist.«

»Nein, alles bestens, Mädchen. Jetzt habe ich dich im System und kann dir deinen ersten Gehalt transmitten.«

»Danke, Mrs. Evans.«

Draußen vor der Tür wartete Rick auf Jo, die Augenbrauen fragend gehoben. Sie fiel ihm vor Freude und Erleichterung in die Arme. »Danke, danke, danke! Du hast mir das Leben gerettet, Rick!«

Beruhigend strich er ihr über die Haare und den Rücken. Sein flacher Bauch presste sich an ihren und sie waren sich so nahe, dass sie seinen Herzschlag spürte. Wie elektrisiert fuhr sie zurück. »Sorry, ich wollte nicht aufdringlich sein.«

Er legte ihr die Hand auf die Schulter und sah ihr tief in die Augen. Einen Moment lang dachte sie, dass er sie küssen würde, doch dann grinste er. »Jetzt kannst du dich entspannen, Kleines.«

Er spielte natürlich auf das gelöste Problem mit dem Chip an. Jo jedoch war so, als beziehe sich die Andeutung auch auf die knisternde Spannung zwischen ihnen. Und die, das war ihr erschreckend klar, diente ganz sicher nicht zu ihrer Entspannung!

Rick und Jo fuhren am Samstag mit dem Bike nach Springdale. Es war an der Zeit, Jos Versprechen einzulösen, und dazu brauchte sie ein neues Smartphone.

Sobald sie hinter Rick auf dem Bike saß und ihre Hände um seinen muskulösen Oberkörper schlang, klopfte ihr Herz wie wild. Ein merkwürdiges Rauschen dröhnte in ihren Ohren.

Ist das der Fahrtwind?

Fest presste sie ihren Helm an Ricks Rücken, doch das Rauschen ließ nicht nach. Ihre Hände ertasteten seine harten Bauchmuskeln unter der Lederjacke. Vor Jos Augen stieg das Bild auf, als er in Jackson in seinem engen T-Shirt vor ihr gesessen hatte und sie seinen Sixpack hatte erahnen können. Und ihr Bauch erinnerte sich instinktiv an die wenigen Sekunden, in denen er sich an den seinen gepresst hatte. Gespenstisch real meinte sie, seinen Geruch von Leder und Aftershave wahrzunehmen – herb und männlich.

Sie genoss jede Minute der kurzen Fahrt und redete sich die ganze Zeit über ein, dass es nicht so war.

Sie hielten vor einer großen Shopping-Mall und stiegen ab. Jos Wangen waren gerötet und sie suchte nach einem Weg, ihre Verlegenheit zu übertünchen. Umständlich zupfte sie an ihrer Kleidung.

»Du wirkst nervös. Alles okay bei dir, Jo?«, fragte er leise.

»Ja, ja, alles bestens. Ich hoffe nur, dass bei der Bank alles klappt. Ich möchte gleich den Cheque aus Rolling Fork einlösen.«

»Es wird alles gut gehen, du wirst sehen. Den ersten Test hat dein Chip schon bestanden. Und dann kaufen wir dir ein Smartphone und ein paar neue Klamotten. Du kannst ja nicht immer in denselben Sachen herumlaufen.« Mit nachsichtigem Lächeln betrachtete er Jo, die Samanthas Jeans und Boots trug. »Na komm! Das wird Spaß machen!«

Er ergriff ihre Hand und zog sie mit großen Schritten zum Eingang der Mall. Jo hastete hinter ihm her und starrte dabei auf seine große Hand, die ihre kleine fest umfasste. Für Fremde würde es so aussehen, als seien sie Freund und Freundin. War ihm das bewusst?

Sie betraten die angenehm klimatisierte Mall. Die Geschäftsstelle der Citibank war ihr erstes Ziel. Dort zahlten sie den Cheque auf Jos Konto ein, das der ID-Dealer für sie eingerichtet hatte. Jo war angespannt, doch das war völlig unnötig. Der Angestellte am Schalter war ein junger Bursche, der höflich und zuvorkommend war. Auf dem Konto war bereits die erste Lohnzahlung der Evans-Fruit-Farm eingegangen, genau wie Brenda versprochen hatte. Jo fiel ein Stein vom Herzen.

Danach steuerten sie den nächstbesten AT&T Mobility Laden an und suchten ein schickes Smartphone, ein ReFlex, für Jo aus und schlossen einen günstigen Vertrag ab.

Als sie danach in einem kleinen Café einen Donut und eine Coke zu sich nahmen, stießen sie darauf an, dass alles so gut geklappt hatte.

»Auf dich, Jo!«

»Auf mein neues Leben!«

Unfassbar, dass ich hier gerade mit Rick sitze und sich all meine Probleme in Luft aufgelöst haben! Ich feiere hier gerade meine neue Identität, einen Neuanfang in Lowell und vor allem diesen schönen Mann an meiner Seite! Ob es sich wohl so anfühlen wird, seine Freundin zu sein? Wie ein ewiges Fest?

Nichtsahnend von ihren Gedanken nahm Rick das neue ReFlex aus der Tüte und der Verpackung. Er lud die Banking-App herunter und stellte die Verbindung zwischen dem ReFlex und ihrem Chip her, so dass sie sich auch mit dem Smartphone identifizieren konnte. Die Kopplung zwischen Banking-App und Chip funktionierte auf Anhieb.

Er zwinkerte ihr zu. »So. Jetzt können wir einstellen, dass dein nächster Lohn automatisch an mich transmittet wird.«

»Das heißt, du lässt mir den Lohn aus Rolling Fork und meinen ersten von der Farm?«, hakte sie verwundert nach.

Süffisant lächelte er sie an. »Ja. Ich gehe davon aus, dass wir davon heute unter anderem deine Klamotten bezahlen.«

»Wie großzügig«, antwortete sie grinsend und zwinkerte ihm zu. Dabei kam sie sich sehr erwachsen vor. »Nein, im Ernst! Ich meine es, wie ich es sage: Das ist mehr als großzügig von dir. Du hast mir das Leben gerettet. Ich weiß nicht, wie ich das je wieder gutmachen soll.«

Dass er in Zukunft über ihre Finanzen verfügen würde, tat Jo nicht weh. Wie viel mehr wert war ihre neue ID als ein bisschen Geld? Sie war seit jeher mit wenig zurechtgekommen.

Die eben noch lockere Stimmung wurde schlagartig ernst. Rick musterte sie nachdenklich und ergriff ihre Hand.

»Gern geschehen, Jo-Ann Carlsen alias Jordan Fine. Wer auch immer du bist, vielleicht vertraust du mir irgendwann so sehr, dass du mich in deine Vergangenheit einweihst. Bis dahin fühlt es sich gut an, dass du mir etwas schuldig bist.«

Jo verzog das Gesicht. Diesen Satz hatte sie doch schon einmal von ihm gehört!

»Wenn du meinst?! Aber falls du das noch öfter sagst, fasse ich es als Drohung auf.«

Da lachte er laut und herzlich und der Schatten der düsteren Stimmung verflog.

Wieder zu Hause angekommen, rannte Jo ohne Umwege nach oben in ihr Kämmerchen. Mit Freds Hilfe und kräftigem Schrubben und Putzen hatte sie es sich hier gemütlich gemacht. Das Bett war ein altes Metallgestell, dessen Matratze schon recht dünn war. Doch da Jo keine Vergleiche hatte, die besser abgeschnitten hätten, fand sie es ganz in Ordnung. Daneben hatte sie das Nachtkästchen platziert, und am Fenster stand ein altmodischer Ohrenbackensessel. Eine der Kommoden hatte sie ebenfalls behalten. Sie hatte zwar nur drei Schubladen, doch Jos Besitztümer hielten sich in Grenzen.

Jo freute sich wie ein kleines Kind über ihre Einkäufe. Nach dem kurzen Imbiss hatte Rick sie geduldig zu ›The Gap‹ und einem Drogeriemarkt begleitet. Lächelnd breitete Jo ihre Schätze auf dem Bett aus. Kosmetikartikel und Unterwäsche hatte sie dringend gebraucht. Sie hatte zwei T-Shirts, zwei Tops und einen Rock gefunden, die hübsch und gleichzeitig praktisch für die Arbeit waren. Daneben lagen eine schwarze und eine weiße Jeans.

Auch neue Schuhe hatte sie sich gekauft: ein Paar Ballerinas und weiße Chucks. Die Stiefel, die nicht so recht passten, durften nun getrost in die unterste Schublade der Kommode und ihre alten Chucks in die Mülltonne wandern.

Gleich am nächsten Morgen zog Jo gutgelaunt die weiße Hose, ein schwarzes Top und die Ballerinas an. Ihre Haare band sie sich zu einem hohen Pferdeschwanz zusammen. Sie lächelte sich im Spiegel an und Jordan Fine lächelte zurück.

Ein warmes Gefühl von Freude über ihr neues Leben strömte durch ihren Körper, mit Rick als Beschützer an ihrer Seite.

Es scheint, als meine es das Leben plötzlich gut mit mir. Ob Rick wohl mein neues Outfit gefällt?

Fröhlich hüpfte sie nach unten, um das Frühstück vorzubereiten.

Als Alex und Kenneth wenig später in den Speiseraum traten, hatten Jo und Brenda schon alles vorbereitet. Jo kam mit dem Kaffee aus der Küche und grüßte mit einem gutgelaunten: »Morgen, Jungs!«

Alex gähnte und wuschelte sich durchs Haar. Als er Jo sah, wanderte sein Blick mit hochgezogenen Brauen über ihren Körper. Da es Alex war, störte es sie ausnahmsweise nicht. Vielleicht auch deswegen nicht, weil sie Bewunderung in seinen Augen las. Jo lächelte ihn an. In New Orleans in der Kneipe hätte sie ihn für seine Blicke gehasst. Konnte es sein, dass ihr Selbstvertrauen Männern gegenüber plötzlich gewachsen war? Oder lag es an dem Wortwechsel zwischen ihr und Alex in Jackson? Sie hatte ihn als ehrlich und direkt wahrgenommen.

»Wo sind Rick und Javier?«, fragte sie, als die beiden nach weiteren zehn Minuten noch immer nicht aufgetaucht waren. Sie setzte sich neben Alex und nippte an ihrem Kaffee. Jo hoffte, dass man ihr nicht anmerkte, wie enttäuscht sie war. Alex goss sich eine zweite Tasse Kaffee ein.

»Vermisst du ihn?«

Jo verschluckte sich beinahe.

Ertappt!

»Pff, wie kommst du darauf?«

»Na ja, du scheinst dich extra für ihn hübsch gemacht zu haben.«

»Ein Kompliment von dir, Alex? Das sieht dir gar nicht ähnlich.«

»Auch ich kann charmant sein. Wundert dich, was?«, brummte er und sah miesepetrig in seine Kaffeetasse. Wenig später holte er tief Luft und löste das betretene Schweigen, indem er sagte: »Die beiden waren gestern noch aus und haben ein paar Bier zu viel getrunken. Die schlafen ihren Rausch aus.«

»Aha.« Jo hatte erwartet, dass Rick auf sie und ihr neues Outfit gespannt sein würde. Da hatte sie sich wohl zu viel eingebildet. Es war wie ein Schlag in die Magengrube. Die gute Laune war dahin.

Auch zum Abendessen erschienen Rick und Javier nicht und Jo erkannte mit Schrecken, dass Ricks Anblick die Macht hatte, ihre Laune zu heben oder zu verderben.

WHAT'S LOVE GOT TO DO WITH IT?

Jo konnte in den nächsten Tagen mit ihren eigenen Gefühlen nichts anfangen. Eine Mischung aus Nervosität, Enttäuschung und Hoffnung begleitete sie permanent und das konnte sie absolut nicht leiden.

Es schien, als ginge Rick ihr aus dem Weg. Er erschien nur selten im Speiseraum und auch sonst machte er sich rar.

Was ist bloß los mit ihm? Ist ihm der Tag, den wir gemeinsam in der Mall verbracht haben, unangenehm? Oder ist es ihm peinlich, mit mir gesehen zu werden?

Mist! Warum lasse ich zu, dass er mir dauernd im Kopf herumspukt? Ich habe keine Lust darauf! Ich habe definitiv Wichtigeres zu tun, als mir Gedanken über Rick Mendoza zu machen!

Zumindest die Arbeit lief ihr gut von der Hand. In der Küche und im Speiseraum hatte sich ein Rhythmus unter den drei Frauen eingestellt. Der Saal sah allabendlich wie ein Schlachtfeld aus und sie packten stets kräftig an, um wieder Ordnung zu schaffen.

»Wie kommt es eigentlich, dass du zusammen mit diesen Männern hier angekommen bist?«, fragte Brenda eines Abends beiläufig, »Es ist doch nicht normal, dass ein anständiges Mädchen wie du mit einer Bande Kerle durchs Land tingelt!«

In Brendas Ton schwang Tadel mit. Oder war es Sorge? Es schmeichelte Jo lächerlicherweise, dass Brenda sie als »anständig« bezeichnete.

Und das, obwohl sie so gut wie nichts von mir weiß! Doch meine Verbindung zu den Jungs war ihr schon seit unserer Anreise ein Dorn im Auge.

Jo erinnerte sich lebhaft an die strenge Anweisung, keine Männer in ihrem Zimmer zu empfangen.

Ja, es war schmeichelhaft, dass Brenda sie unvoreingenommen als »anständig« bezeichnete. Dennoch musste sie ihr gegenüber vorsichtig sein. Es tat Jo leid, Brenda anlügen zu müssen, doch es diente zu ihrem eigenen Schutz. Wüsste Brenda über ihre Herkunft oder die Flucht aus New Orleans und den getauschten Chip Bescheid, würde sie nicht fackeln und die Polizei rufen.

Das darf ich nicht riskieren!

Brenda kannte die Eckdaten, die auf Jordan Fines Chip gespeichert waren. Damit Jo sich nicht verzettelte, würde sie ihre eigene Vergangenheit Jordans Geschichte so nah wie möglich anpassen.

Jo-Ann Carlsen gibt es nicht mehr – das darf ich nie vergessen! Es wird Zeit, Jordans Geschichte für Brenda aufleben zu lassen.

Mit leiser Stimme begann Jo zu erzählen: »Ich bin in New Orleans geboren. Meine Eltern sind gestorben, als ich noch ganz klein war. Aufgewachsen bin ich im Kinderheim und bei unterschiedlichen Pflegefamilien.«

Angelina und Nicolas Fines Todesdatum war auf dem Chip nicht gespeichert. Jo hoffte inständig, dass Brenda nicht weiter nach ihren angeblichen Eltern fragen würde. »Mit achtzehn, also vor fast zwei Jahren, musste ich das Heim verlassen und für mich selbst sorgen. Ich habe als Kellnerin gearbeitet und mich ganz gut durchgeschlagen. Ich mochte New Orleans noch nie, habe mich nie wohlgefühlt in der Stadt. Die Hurrikans und die Flutwellen haben mir schon immer Angst gemacht. Dieses Mal, als sich alle auf Phyllis vorbereiteten, habe ich mir vorgenommen, wegzugehen und nie wieder zu kommen. Ich habe die Flut in einer Schule abgewartet und mich danach zum Superdome durchgeschlagen. Der war aber hoffnungslos überfüllt. Sie haben keinen mehr eingelassen. Auch die Evakuierungen stockten. Es war erschreckend, wie viele Menschen vor dem Superdome auf Nahrung, Hilfe und Transport warteten! Mir war klar, dass es ewig dauern würde, bis die Army all diese Menschen aus der Stadt schaffen konnte. Da habe ich Rick und seine Jungs getroffen. Er hat mir seine Hilfe angeboten und, verzweifelt wie ich war, habe ich sie angenommen. Allein aus der Stadt heraus hätte ich es vermutlich nie geschafft.« Jo senkte dramatisch die Stimme: »Ich weiß, dass es unklug war, mich diesen Jungs anzuschließen, Ma'm. Wer weiß, was nicht alles hätte geschehen können? Aber ich habe nicht nachgedacht. Ich hatte Angst und wollte einfach nur raus aus der Stadt.«

Zunächst herrschte Stille in der Küche. Clara knetete betreten das Geschirrtuch und starrte ihre Schuhe an. In Brendas Augen schimmerte Mitleid. »New Orleans …

wahrlich kein guter Ort! Ich bin froh, dass du es hierhergeschafft hast. Hier haben wir zum Glück ein sicheres, beschauliches Leben. Auch Arkansas hat seine Wirbelstürme, ja, und manchmal sind sie verheerend für die Ernte. Doch wir kommen meist glimpflich davon. Du bist ganz schön mutig für eine so junge Frau!«

Wenn du wüsstest, dass ich in Wahrheit noch viel jünger bin, dachte Jo wehmütig. Und da wurde ihr zum ersten Mal so richtig bewusst, dass sie ihren eigenen Geburtstag am 31. Oktober nie wieder feiern würde. Jordans Geburtstag war der 1. Oktober.

Ich werde mich daran gewöhnen, Jordan zu sein. Ich muss es!

Brenda stand seufzend auf, um eine Flasche Pfirsichlikör aus dem Kühlschrank zu holen. Sie schenkte drei Gläschen voll und schob sie über den Tisch. Die drei Frauen prosteten sich zu. Dann nippte Jo zögerlich an der klaren Flüssigkeit. Die fruchtige Schärfe rann ihre Kehle hinab und verteilte sich warm in ihrer Magengrube. Brenda hatte ihr Glas in einem Zug geleert und leckte sich die Lippen.

»Da hast du sicherlich einiges mitgemacht. Ich hoffe und wünsche dir, dass du hier ein wenig zur Ruhe kommst. Wobei … vielleicht ist Ruhe ja gar nicht das, was du willst. Dein Rick ist ein hübscher Bengel. Habt ihr was miteinander?«

Brenda – direkt wie immer!

Jo hustete und Schamesröte stieg ihr in die Wangen – oder lag das am Likör?

»Nein, natürlich nicht, Ma'm«, beteuerte sie rasch.

»Aber er gefällt dir.« Brenda schmunzelte.

»Ja, das kann ich nicht leugnen.« Jo senkte verlegen den Blick.

»Pass bloß auf, dass er dich nicht schwängert und dann verschwindet. Wäre nicht das erste Mal, dass das einem netten Mädel wie dir passiert. Du darfst mich übrigens Brenda nennen.« Die Alte schenkte ihr ein freundliches Lächeln. Jo war überrascht.

Was für ein Vertrauensangebot!

Jetzt schämte sie sich noch mehr für die Lüge, mit der sie diese Beziehung hatte beginnen müssen.

»Ich hoffe nur, dass deine Männer keine Halunken sind, die uns noch vor Saisonende ausrauben und abhauen. Hatten wir alles schon. Ich bin vorsichtig geworden.«

Jo hätte sie gerne beruhigt und ihr versprochen, dass man sich auf Rick und seine Jungs verlassen könne. Doch sie schwieg, wohlwissend, dass sie sich nach der kurzen Zeit kein Urteil erlauben konnte. Sie hegte selbst die Befürchtung, dass sie sich womöglich einer Diebesbande angeschlossen hatte. Für sich selbst zu lügen war eine Sache, für andere zu lügen etwas ganz anderes.

Am Abend betrat Jo müde das Dachbodenzimmer und ließ sich auf ihr Bett fallen. Normalerweise schlief sie ein, sobald ihr Kopf das Kissen berührte. Doch heute war das anders. Das Gespräch mit den Frauen ging ihr nicht aus dem Kopf.

Was, wenn Brenda recht hat und Rick und die Jungs vorhaben, die Farm zu beklauen?

Der Raub der Bikes stand Jo deutlich vor Augen. Das

Geld, das Rick für ihren Chip »auf der hohen Kante« gehabt hatte, ebenfalls.

Einen ungewöhnlichen Weg raus aus einer misslichen Lage zu finden, war in Jos Augen verzeihlich.

Manchmal muss man sich selbst der Nächste sein, wenn man nicht untergehen will.

Eine organisierte Diebesbande, die durch das Land zog, um Leute auszunehmen, war jedoch kein kleines Vergehen mehr, sondern darauf ausgelegt, anderen zu schaden. Rick und seine Jungs waren in New Orleans, als die Flut kam. Es wäre ein Leichtes für sie gewesen, in die leerstehenden Häuser einzubrechen und dort zu stehlen. Waren sie schlau, so würden sie nur schnell verkäuflichen Schmuck und Wertsachen entwenden. Damit ließe es sich leicht von Ort zu Ort reisen.

Es passt alles zusammen.

Je mehr Jo darüber nachdachte, umso plausibler klang das Ganze. Und dann war da noch die Sache mit dem gefälschten Chip und die Tatsache, dass auch angeblich Alex und Kenneth einen solchen implantiert hatten. Jemand, der nichts zu verbergen hatte, würde sich keinen Fake-Tag einpflanzen lassen! Das war Betrug und ein Verbrechen!

Damit hat er dir aber das Leben gerettet! Vergiss das nicht!

Jo seufzte. Sie saßen alle im selben Boot.

Rick und seine Jungs hatten Jo aufgenommen, ohne zu hinterfragen, wer sie war und ohne sie zu verurteilen. Sie hatten sie weder begrapscht noch unsittliche Dinge von ihr verlangt im Austausch gegen den Schutz, den sie ihr boten. Sie sollte sie ebenfalls nicht vorschnell verurteilen.

Und ganz unabhängig von Jos Zweifeln, was Ricks

weiße Weste anging: Sie konnte nicht länger vor sich selbst leugnen, was sie für ihn empfand. Schon seit ihrer ersten Begegnung war ihr klar, dass er ihr gefährlich werden konnte. Die erste Berührung und der Stromschlag, der durch ihren Körper gejagt war, hatten Jo gezeigt, wie sehr sie ihn wollte. Niemals hätte sie so etwas für möglich gehalten! Ausgerechnet sie, die die Männer mied wie der Teufel das Weihwasser, war seiner Anziehungskraft erlegen wie jedes andere Girl auch.

Verdammt! Noch vor wenigen Wochen hab ich mir fest vorgenommen, ihn nur als Mitfahrgelegenheit zu sehen! Niemals wollte ich mich auf ihn einlassen! Wo ist meine eigene Regel hin?

Er hatte es offensichtlich geschafft, sie zur Seite zu fegen!

Doch wie konnte man seinem Herzen und seinen Gefühlen sagen: »Du darfst nichts für ihn empfinden! Er ist ein Playboy und wird dir das Herz brechen!«

Sein Gesicht mit den betörenden schwarzen Augen und sein ausdrucksstarker Mund hatten sich in ihr Gehirn eingebrannt. Sie hätte jede seiner Konturen nachzeichnen können, so genau hatte sie diese vor Augen. Seinen Duft würde sie sofort überall herausschnuppern können. Ricks dunkle, sinnliche Stimme und seine Berührungen bescherten ihr Gänsehaut. Allein beim Gedanken an ihn wurde ihr heiß und es kribbelte in ihrem ganzen Körper.

Gott, Jo, vergiss den Typen! Der vögelt einfach jede Kellnerin, die ihm über den Weg läuft!

Sie warf sich auf ihrem schmalen Bett herum.

Ja, das hat er. Aber nur, um dir Klamotten zu besorgen! Wie süß ist das denn?!

Verzweifelt schlug sie die Hände vor die Augen und unterdrückte mit Gewalt die romantischen Gefühle, die in ihr aufstiegen.

Du bist so naiv, Jo! Er hat dich damals gar nicht gekannt! Er hat es nur aus Mitleid getan, nicht um dich zu beeindrucken. Und er hat dabei verdammt viel Spaß gehabt!

Insgeheim regte sich wieder der Stachel der Eifersucht in Jo.

Die Kellnerin kannte er ebenfalls nicht. Dennoch hat er sich mit ihr amüsiert.

Jo hingegen hatte er bisher nicht gezeigt, dass er mehr von ihr wollte als Freundschaft oder ihr Geld. Die letzten Tage waren ein Beweis dafür, dass er sich nichts aus ihr machte! Womöglich hatte er nicht einmal wahrgenommen, welchen Sturm an Gefühlen er in ihr ausgelöst hatte!

Es ist auch total lächerlich: Mr. Playboy und eine Jungfrau! Er kann jede haben, die er will!

Theoretisches Wissen in Sachen Sex hatte Jo zu Genüge. Das hatte sich nicht vermeiden lassen, wenn man mit jemandem wie Pam zusammenlebte und in einer Kneipe aufwuchs. Sie hatte die dreisten Berührungen der Männer nicht vergessen. Kein Wunder, dass sie bislang keine Lust auf Sex hatte.

Doch bei Rick war das anders. Mit jeder Faser seines Körpers strahlte er aus, dass er ein Anführer war. Er hatte sich als ihr Beschützer erwiesen und sich für sie eingesetzt. Er hatte ihr das Gefühl gegeben, sie sei etwas Besonderes. Die wenigen Tage, in denen sein Licht nicht mehr auf sie gestrahlt hatte, zeigten ihr, dass ihr sein Leuchten fehlte. Es fühlte sich an, als vermisse der Mond die Sonne.

Wie ist es möglich, dass es so wehtut?

Konnte die Aufmerksamkeit eines anderen Menschen plötzlich so wichtig für sie sein?

Ja!

Jo musste es sich eingestehen: Ricks erotische Ausstrahlung traf sie wie ein Hammer! Sie ersehnte eine Berührung von ihm, ein Lächeln, seine Nähe! Sein schönes Gesicht geisterte in ihrem Kopf herum und ließ sie träumen. Sie stellte sich vor, wie es wäre, wenn er seine Hände über ihren Körper gleiten ließe und wenn sich seine Lippen den ihren näherten.

Müde fuhr Jo sich mit den Händen über das Gesicht und stöhnte. Allein an ihn zu denken, ließ winzige, nervöse Schmetterlinge in ihrem Bauch aufflattern. Seine Blicke auf sich zu spüren, ließ dagegen einen ganzen Schwarm von Schmetterlingen auffliegen und einen wilden Tanz in ihrem Inneren aufführen!

Schmetterlingstanz!

Was für ein wunderschönes Wort!

Und was für ein wunderbares und gleichzeitig ungewohntes Gefühl! Will ich das wirklich fühlen?

Mit brennenden Augen warf sich Jo erneut im Bett herum und starrte Löcher in die Luft. An Schlaf war nicht zu denken! Ihr Blick fiel auf das Nachtkästchen. Erst da bemerkte sie die kleine, unscheinbare Schachtel, die dort lag. Sie griff überrascht nach ihr und studierte die Aufschrift. Es war ein Medikament: Levonorgestrel – die »Pille danach«.

Jo wurde eiskalt.

Wer hat das da hingelegt? Das kann doch nur Brenda

gewesen sein!

Schlagartig wurde ihr heiß und ihr Gesicht flammend rot vor Scham. Brenda hatte sie, beiläufig in einem Nebensatz verpackt, vor einer ungewollten Schwangerschaft gewarnt. Mit dem Medikament bot sie Jo einen Ausweg für den Fall, dass sie ungeschützt Sex mit Rick haben würde. Brenda unterstellte ihr, dass sie nicht klar denken konnte. Sie unterstellte ihr, dass sie sich Rick hingeben würde, ohne an die Konsequenzen zu denken.

So weit lasse ich es nicht kommen. Ich kämpfe gegen meine Gefühle an! Er hat mir die letzten Tage über die kalte Schulter gezeigt? Warte ab, Rick – das kann ich auch!

Am nächsten Morgen war Jo wie gerädert und ihr Kopf brummte. Bei jeder leisesten Augenbewegung schmerzte er. War sie krank oder waren es schlicht die Auswirkungen der schlaflosen Nacht? Sie biss die Zähne zusammen, schlich durch die Küche und kochte Porridge. Haferbrei, Honig, Äpfel und Milch stellte sie auf den langen Esstisch und verteilte Teller und Tassen. Als sie in die Küche zurückkehrte, traf sie dort Brenda, die summend Kaffee brühte.

»Guten Morgen, Liebes«, begrüßte Brenda sie und warf ihr ein warmes Lächeln zu.

»Guten Morgen«, antwortete Jo leise, »und danke schön für … du weißt schon …« Beschämt senkte sie den Blick. Es war ihr peinlich, Brenda auf das Medikament anzusprechen.

»Nicht dafür«, antwortete die Ältere und klopfte ihr kurz im Vorbeigehen auf die Schulter.

RICK

Nun war Jo es, die Rick aus dem Weg ging. Abends am Tisch sah sie ihn nicht mehr an und sie vermied es auch, ihn anzusprechen. Stattdessen konzentrierte sie sich auf die anderen. Er schien zu bemerken, dass sie sich anders verhielt. Er warf ihr häufig düstere, nachdenkliche Blicke zu. Wenn sie seinen Teller vor ihm auf den Tisch stellte, richtete er es so ein, dass sich ihre Hände leicht berührten.

Jo ersehnte sich diese kleinen Berührungen und gleichzeitig fürchtete sie sie. Die weichen Knie und der *Schmetterlingstanz* danach zeigten ihr, wie süchtig sie nach ihnen war. Sie schämte sich dafür, denn es bewies ihr, wie schwach sie war. So viel zu »Ich kämpfe gegen meine Gefühle an!«.

Wie lange kann ich das durchhalten?

Gehen Gefühle von selbst weg, je länger man sie ignoriert?

Jo fragte sich insgeheim, ob es Sinn machte, die Farm zu verlassen. Dann würde sie Rick nicht mehr über den Weg laufen und ihre Gefühle würden sich bestimmt wieder beruhigen. Doch die Verbindung zu ihm ließ sich nicht so einfach kappen, indem sie weglief. Schließlich schuldete sie ihm eine ganze Menge Geld.

Davonlaufen ist keine Option!

Und das Leben auf der Farm gefiel Jo. Brenda war in Ordnung. Der Laden und die Arbeit bereiteten ihr Freude. Nein, sie wollte nicht weg von hier. Und sie wollte nicht weg von Rick, wenn sie ehrlich zu sich selbst war.

Als sie hier auf der Farm angekommen waren, hatte Brenda den Jungs erlaubt, ihre Bikes in einem der Schuppen unterzustellen. Dort standen auch einige verstaubte Traktoren und Farmgeräte, von denen sich Brenda und Fred nicht hatten trennen wollen. Heutzutage wurden sie nicht mehr benutzt. Brenda und Fred hatten sich neue Maschinen angeschafft, die dem aktuellen Stand der Technologie entsprachen und den Ertrag erheblich gesteigert hatten. Diese waren Tag und Nacht im Einsatz und verbreiteten nachts auf den Feldern ein unheimliches, grünes Licht. Sie waren schwer und stabil und hielten den Stürmen stand.

Nach einem langen Arbeitstag sehnte sich Jo oft nach einer Abkühlung und ein bisschen Privatsphäre. Deshalb hatte sie sich in eben jenem Schuppen einen Waschzuber aufgestellt. Im Erdgeschoss des Farmhauses gab es direkt neben Brendas und Freds Schlafzimmer ein Badezimmer. Auch in den Arbeiterunterkünften gab es Waschräume, doch Jo wollte sich weder Brendas und Freds Badezimmer unter den Nagel reißen, noch bei den Männern duschen.

Das Wasser für den Zuber entnahm Jo dem Wasserhahn an der Außenseite des Schuppens. Den Zuber zu füllen, war mühselig. Deswegen gönnte sie sich das Vergnügen meist nur einmal in der Woche. Ihre Befürchtung war außerdem, dass einer der Jungs einmal durch Zufall den Schuppen betrat und ihr Geheimnis entdeckte. Aus diesem Grund hatte sie hinter den Traktoren eine Ecke mit Heuballen abgetrennt und ihren Zuber dort platziert. Vom Tor aus war der versteckte Bereich nicht einsehbar. So war sie sich sicher, dass niemand hinter ihr Geheimnis kommen würde.

Nach einer Woche, in der Ricks düstere Blicke sie stets verfolgt und ihr zittrige Beine beschert hatten, beschloss Jo eines Abends, sich ein Bad zu gönnen. Der Tag war heiß und anstrengend gewesen. Etwas Entspannung würde ihr guttun. Erschöpft ging sie zum Schuppen hinüber.

Sie war gerade dabei, das schwere Tor zu öffnen, als sie plötzlich Schritte im Kies knirschen hörte. Erschrocken fuhr sie herum.

Rick stand im Dunkeln vor ihr, die Hände in den Hosentaschen. Ihre bereits auf seinen Duft konditionierte Nase roch sein After-Shave. Sein Gesicht war kaum zu erkennen, doch sein weißes T-Shirt strahlte im Mondlicht.

»Was tust du hier?«, brachte sie hervor. Ihr Herz klopfte wild. Sie presste sich mit dem Rücken ans Tor und schmerzhaft bohrte sich ein Splitter Holz in ihre Haut.

Er kam näher und legte bedächtig beide Hände rechts und links von ihrem Gesicht auf die Schuppenwand. Sie sah in seine dunklen Augen und erstarrte. Sie glitzerten vor Wut.

»Du weichst mir aus. Warum?«, knurrte er zwischen zusammengebissenen Zähnen hervor.

»Ich weiche dir nicht aus. Wie kommst du darauf?«

»Du redest nicht mehr mit mir, haust direkt nach dem Essen ab. Und wenn ich dich ansehe, siehst du weg. Wie würdest du das denn nennen?«

»So ein Blödsinn«, schnaubte sie.

Du bist derjenige, der nach dem Tag in der Mall unnahbar geworden ist!

Zu gerne würde sie ihm diesen Gedanken direkt ins Gesicht sagen, doch sie fand, das klang allzu dramatisch.

»Hab ich dir was getan?«, fragte er.

»Das ist lächerlich!« Jo versuchte, nach rechts auszuweichen und unter seiner Hand hindurch zu tauchen, doch er war schneller. Er griff nach ihrer Schulter und hielt sie fest. »Jo, was soll das?«

Ihre Selbstbeherrschung war dahin, als sie die Wärme seiner Hand auf ihrer Haut spürte. Sie schloss die Augen und holte tief Luft.

Na gut, du willst es so. »Du bist seit dem Tag in der Mall anders. Du hast mich plötzlich ignoriert. Ich habe einfach beschlossen, es zu akzeptieren.«

Jo hielt den Kopf gesenkt, da sie seine Reaktion nicht sehen wollte. Sanft strich er ihr eine Haarsträhne aus dem Gesicht, griff nach ihrem Kinn und hob es an. Jo unterdrückte ein Stöhnen.

O Gott, seine Finger brennen eine Spur aus Feuer in meine Haut!

»Du bist so jung und verletzlich. Du hast etwas Besseres verdient als mich. Aber ich kann dir einfach nicht widerstehen. Und ich will es auch nicht mehr. Ich kann nicht ohne dich sein. Es zerreißt mir das Herz!« Ricks Stimme – leise und rau – hinterließ Schauer auf ihrer Haut.

Er brachte sein Gesicht so nah an ihres, dass sein warmer Atem ihre Wange streifte. Sein After-Shave und sein unverwechselbarer Duft nach Heu, Leder und sich selbst krochen ihr erneut in die Nase. Jo fasste sich ein Herz und öffnete die Augen. Sein Gesicht war dem ihren ganz nahe. In Ricks Augen las sie dasselbe Verlangen, das in ihr loderte. Wie hypnotisiert starrte sie auf seine Lippen, die sich langsam den ihren näherten. Als sie warm und fest ihren Mund berührten, fielen Tonnen des Drucks von Jo ab und zerbarsten in einem Meer von Gefühlen.

Schmetterlingstanz!

Es war Jos erster Kuss. Instinktiv öffnete sie leicht den Mund und genoss die Sanftheit seiner Lippen mit jeder Faser ihres Körpers.

Seine Finger fuhren ihren Hals entlang und legten sich um ihren Hinterkopf. Rick zog sie näher und ihre Körper berührten sich. Er drückte sie gegen die Schuppenwand. Der Splitter war vergessen.

Als sich ihre Lippen nach gefühlten Ewigkeiten voneinander lösten, keuchten sie atemlos. Rick presste seine Stirn an Jos und ihre Blicke verschmolzen.

»Schon bei unserer allerersten Begegnung wollte ich deine sinnlichen Lippen küssen. Schau mich nicht so überrascht an, Jo! Ja, ich wollte dich vom ersten Moment an, als du mir gegenüberstandest. Dein ängstlicher, unschuldiger Blick traf mich mitten ins Herz! Ich komme nicht damit klar, dass du mich ignorierst. Hör damit auf, ja?«

Sein Geständnis überraschte Jo.

Dann hat auch er dieses Knistern verspürt, dort auf der Straße in New Orleans!

Er fuhr mit dem Daumen über ihre Unterlippe. Sein nächster Kuss war leidenschaftlicher, fordernd und kein bisschen zärtlich. Plötzlich fürchtete sie sich davor, wohin das Ganze führen würde.

»Du und ich … ist das eine gute Idee?«, hauchte sie.

»Fühlst du dich noch nicht bereit dazu? Soll ich dir noch Zeit lassen?«

Zeit lassen? Nein, auf gar keinen Fall!

Sag mir, was du für mich empfindest, damit ich weiß, ob ich das Richtige tue!

»Das ist es nicht. Ich will mir nur sicher sein …«

»Ich bin mir ganz sicher. Ich habe lang genug gewartet. Ich habe das Gefühl, in dir endlich jemanden gefunden zu haben, der zu mir passt. Du bist einfach so perfekt, Jo! Ich will dich nicht wieder aus meinem Leben lassen! Ich weiß, dass ich dich vermutlich damit überfordere, aber ich muss wissen, ob du mich auch willst.«

Jo wurde heiß und kalt. Er sagte all die Dinge, die sie sich gewünscht hatte zu hören. Die elektrische Spannung, der Bann zwischen ihnen war kaum erträglich. Ihre Nerven vibrierten. Sie musste nun springen und sich fallen lassen oder aber für immer von diesem Abgrund zurücktreten.

Sie schlug die Hände vor die Augen, um zu verbergen, dass ihr die Tränen kamen. Tagelang hatte sie sich nach diesem Geständnis und nach einer Berührung von ihm gesehnt. Und gleichzeitig hatte sie Angst davor, sich auf ihn einzulassen, Angst davor, dass er ihr Herz brach, Angst vor all den Gefühlen, die womöglich auf sie zukamen.

»Baby …« Seine Stimme war samtweich. Rick nahm sie in die Arme und küsste ihren Scheitel. »Warum weinst du? Hast du Angst?«

Jo versuchte, sich zu sammeln. »Ich weine, weil ich

nicht weiß, was ich von dir halten soll. Weil ich nicht weiß, was du von mir willst, und ob ich dir das geben kann. Weil ich Angst davor habe, dass du mir wehtust. Du wirst mir das Herz stehlen und damit abhauen.«

Sein Lachen vibrierte tief in seiner Brust und somit auch in ihrem Ohr. »Wer hat dir denn so einen Blödsinn eingeredet? Brenda? Du willst wissen, was ich von dir will? Ich will dich lieben, bis dir schwarz vor Augen wird. Werde ich dein Herz stehlen? Das hoffe ich doch …« Er streichelte mit dem Daumen über ihre Wange, um die Tränen wegzuwischen. »Darum geht es doch in der Liebe. Ich will dein wundervolles, sensibles, schüchternes Herz, denn meins hast du bereits schon geklaut. Hast du jetzt immer noch Angst?«

Zögerlich löste sie sich von ihm und hob eine Hand an seine Wange. Seine Bartstoppeln stachen in ihrer Handfläche.

»Nein, jetzt habe ich keine Angst mehr.«

»Ich weiß, Jo, ich bin nicht der Typ Mann, den deine Mutter für dich aussuchen würde.«

»Meine Mutter wird niemals jemanden für mich aussuchen. Das muss ich selbst tun. Und ich will, dass du es bist. Egal, ob es vernünftig ist oder nicht!« Jo stellte sich auf die Zehenspitzen und zog gleichzeitig seinen Kopf zu sich hinab. Sie küsste ihn erneut, kostete ihn ungebremst. Ihre Zähne schlugen gegeneinander. Wieder drückte er sie gegen die Wand. Seine Hände fuhren an ihrem Körper entlang und er liebkoste ihren Hals. Jo lehnte genießerisch den Kopf gegen die Scheunenwand.

Das ist besser als alles, was ich mir je vorgestellt habe!

»Du bist so besonders, Jordan Fine! Weißt du das

eigentlich? So stark und gleichzeitig so schwach, so tiefsinnig, so unendlich süß … Ich kann dir einfach nicht widerstehen«, raunte er und biss zärtlich und dennoch besitzergreifend in ihr Ohrläppchen.

Seine Hände umgriffen ihren Po und mühelos hob er sie vom Boden. Jo umschlang ihn mit ihren Beinen. Ihre Küsse wurden leidenschaftlicher. Rick presste Jo gegen die Schuppenwand, so dass er die Hände frei bekam, um sie in ihren Haaren zu vergraben. Atemlos schmiegten sie sich aneinander. Seine Lippen wanderten zu ihrem Hals, zu ihren Schlüsselbeinen und dann hinab zu ihrem Brustansatz. Dann löste er sich stöhnend von ihr. »Wir sollten aufhören, Jo … Sonst vergesse ich mich.« Seine Stimme war rau vor unterdrücktem Verlangen. Er ließ sie ab und strich sich das Haar zurück, das ihm wild ins Gesicht gefallen war. Jo brauchte ein paar Sekunden, bis sie wieder zu sich kam.

»Komm, ich bring dich rüber zum Haus. Nicht, dass du mir im Dunkeln verloren gehst.«

Seine Hand ergriff die ihre und sie schlenderten zurück zum Haus. Wie damals in der Shoppingmall genoss Jo das Gefühl seiner großen Hand, die die ihre so sicher und beschützend umfasste. Doch dieses Mal war es echt, keine Wunschvorstellung von Freund und Freundin. Er hatte sie geküsst und ihr gestanden, dass er sich in sie verliebt hatte. Sie konnte ihr Glück gar nicht fassen!

Doch eine Sache gab es da, die Jo ihm besser nicht verheimlichen wollte, um keine falschen Erwartungen in ihm zu wecken. Entschlossen straffte sie die Schultern.

»Rick, ich muss dir was sagen. Und ich hoffe, es enttäuscht dich nicht total … Ich bin noch Jungfrau.«

Er schwieg und Jo fürchtete, dass sie ihn mit dieser Nachricht völlig vor den Kopf gestoßen hatte. Bange wartete sie auf eine Reaktion von ihm.

Als sie bei den Stufen zum Haupthaus angelangt waren, wandte er sich ihr zu. Seine Hände hielten die ihren immer noch fest. »Lass das mal meine Sorge sein, okay?« Er sah ihr tief in die Augen und Jo schmolz dahin. Ihr Herz flog ihm entgegen. Sie hätte gerne etwas Passendes geantwortet, fand aber keine Worte.

»Versprich mir, dass du nicht weiter darüber nachgrübelst«, sagte er lächelnd.

»Okay, versprochen.«

Er beugte sich nochmals zu ihr, um sie zu küssen. »Schlaf gut, Süße, und träum von mir!«

Damit drehte er sich um, warf ihr eine Kusshand zu und schlenderte hinüber zu den Arbeiterunterkünften.

»Das tu ich jede Nacht«, flüsterte Jo mit heißen Wangen. Ihr Bad im Zuber hatte sie vollkommen vergessen.

In dieser Nacht schlief Jo bemerkenswert gut. Sie schlief mit einem Lächeln auf den Lippen ein und erwachte wieder mit einem Lächeln.

Am nächsten Morgen ergriff Rick im Speisesaal Jos Hand und ging mit ihr zusammen zu den Tischen. Zustimmendes Gejohle und ein paar Pfiffe schallten durch den Raum.

»War ja klar, dass das kommen musste!« Alex' Stimme triefte vor Sarkasmus.

»Wurde auch Zeit«, kommentierte Javier trocken und fläzte sich grinsend auf seinem Stuhl.

»Jetzt ist klar, warum du sie mitgenommen hast, Alter! Warum hast du so lange gewartet?«, kam es schnippisch von Kenneth, was Rick nur mit einem verächtlichen Ton quittierte.

Fred schmunzelte und Brenda verzog säuerlich den Mund.

Nach dem Frühstück kam Jo kaum in die Küche, als Brenda auch schon die Tür hinter ihr schloss. Besorgt mustere sie Jo. »Nun ist es also passiert. Ihr habt zueinander gefunden. Pass bitte auf dich auf, Liebes. Lass ihn nicht gleich ran, das sage ich dir aus Erfahrung.« Sie hob den Zeigefinger. »Besser ist es, die Jungs zappeln zu lassen. Mach es ihm nicht zu leicht. Er ist ein Schürzenjäger.«

»Ich werds mir merken«, antwortete Jo kleinlaut.

Leichter gesagt als getan!

Jo und Rick sahen sich beim Frühstück und beim Abendessen. Die Zeit dazwischen verging Jo viel zu langsam. Sie konnte es nicht erwarten, ihn wiederzusehen. Ständig war sie in Gedanken bei Rick. Ihr war erschreckend klar, was passiert war: Sie war verliebt und ließ sich bereits mit Haut und Haaren auf ihn ein.

Seine Küsse und die Zärtlichkeiten, die sie austauschten, weckten in Jo ungeahnte Sehnsüchte. Ricks gezügelte Leidenschaft war zuckersüß und schmeckte nach mehr. Jo war klar, dass Rick das auf Dauer nicht befriedigen würde – und sie ebenfalls nicht. Sie malte sich ihr erstes Mal in allen Facetten aus, wusste aber weder, was sie genau erwartete, noch was sie selbst erwartete. Das machte ihr ein wenig Angst. Rick war ihr um einiges an Erfahrung voraus.

Was wird er von mir erwarten?

Der September ging zu Ende – voller Sehnsucht, Hoffnung und prickelnder Vorfreude. Doch stets gingen diese Gefühle einher mit der Angst, ihm nicht das geben zu können, was er wollte, und dann von ihm fallengelassen zu werden.

Der erste Oktobertag erwachte mit Sonnenschein und strahlend blauem Himmel. Als Jo die Augen aufschlug, war ihr erster Gedanke: *Heute ist Jordans zwanzigster Geburtstag! Heute ist mein Geburtstag!*

Jo-Ann Carlsen war noch immer siebzehn Jahre alt. Sie würde erst in dreißig Tagen achtzehn werden. Doch der heutige Geburtstag war Jo wichtiger als ihr echter. Er bedeutete ihr etwas. Jordans Geburtstag war mehr eine Geburt als ein schlichter Tag, den man einfach wiederholt feierte. Jo hatte vor, dieser »Neugeburt« die Bedeutung zukommen zu lassen, die sie verdiente. Sie hatte auch schon eine Idee, wie.

Brenda überraschte Jo zum Frühstück mit einer Torte, die sie breit lächelnd in den Speisesaal balancierte. Auf der Torte prangten zwanzig flackernde Kerzen.

»Ohhh, wie schööön! Echt jetzt, Brenda, du hast an meinen Geburtstag gedacht«, seufzte Jo überwältigt und schlug die Hände vor den Mund. Es war das erste Mal in ihrem Leben, dass ihr jemand einen Kuchen backte. Pam hatte sich nie die Mühe gemacht.

Brenda stimmte »happy birthday« an und etwa vierzig müde Männerkehlen brummelten mit. Jo kamen die Tränen und sie versuchte tapfer, das mit einem Lachen zu überspielen.

»Puste aus und wünsch dir was«, forderte Brenda sie auf.

Jo malte sich den Wunsch mit geschlossenen Augen aus. Damit, dass er sich prompt am selben Tag erfüllen würde, rechnete sie in diesem stillen, geheimen Augenblick nicht.

Der Tag verging wie im Flug.

Beim Abendessen saßen Rick und sie wie immer nebeneinander und er hielt ihre Hand. Als sie aufgegessen hatten, fragte er sie leise: »Hast du Lust auf einen kleinen

Spaziergang, Süße?«

Jos Augen leuchteten auf und sie nickte enthusiastisch. Voller Vorfreude rannte sie in ihr Zimmerchen hoch, schnappte sich ihre Jeansjacke und ihren Matchsack und eilte zu ihm auf die Veranda hinaus.

Dann setze ich meinen Plan einfach zusammen mit Rick um!

Sie spazierten eine Weile Hand in Hand von der Farm weg. Als es dämmerte, langten sie an einer großen Esche an, die einsam im Feld stand. Glühend ging die Sonne hinter dem stolzen Baum unter. Jos Herz lief über vor Glück.

Was für eine bezaubernde Szenerie für einen perfekten Geburtstag!

Rick ließ ihre Hand los, umkreiste den Baum und kam mit einer Decke und einem Korb zurück. »Wie? Ich verstehe nicht ganz. Du warst schon hier? Hast du … hast du das etwa für mich vorbereitet?«

Jo legte ergriffen die Hand auf ihr hüpfendes Herz, um es zu beruhigen. Rick grinste verschmitzt und breitete die Decke unter dem Baum aus. Dann verbeugte er sich theatralisch und bat sie: »Madam, bitte nehmen Sie Platz!«

»Du bist verrückt, Rick«, prustete Jo und ließ sich mit strahlenden Augen auf der Decke nieder. Rick ging neben ihr auf die Knie und öffnete den Korb. Er zauberte ein Schälchen Erdbeeren, zwei Sektgläser und eine Flasche zum Vorschein.

»Zu deinem offiziell zwanzigsten Geburtstag, meine süße Jordan Fine, möchte ich mit dir anstoßen, mit dir das Leben feiern und deinen Neuanfang!«

Jo war so gerührt, dass ihr keine Erwiderung einfiel. Sie kämpfte mit den Tränen.

»Du bist einfach wundervoll, Rick! Dieser Platz ist

magisch! Das ist der beste Geburtstag meines Lebens!« Ihre Stimme zitterte, so ergriffen war sie. *Dieser Mann, dieser Abend, das Picknick, der Platz unter der Esche: Es ist einfach überirdisch!*

Jo konnte kaum glauben, dass ihr das gerade wirklich widerfuhr. Es war so weit weg von New Orleans und ihrem alten Leben!

Rick schmunzelte und köpfte mit einer gekonnten Handbewegung die Sektflasche. Nachdem er vorsichtig die Gläser gefüllt hatte, reichte er ihr eines: »Auf deinen Geburtstag! Alles Gute, Baby!«

Sie stießen an und sahen sich dabei tief in die Augen. Sie genossen einige Schlucke im gemeinsamen Schweigen. Dann griff Rick nach der Schale mit Erdbeeren. »Hier, probier mal die dazu!« Er reichte ihr eine Beere und Jo knabberte daran. Wieder erhellte sich ihr Gesicht, als der Geschmack der süßen Erdbeere sich mit dem herberen des Sektes mischte. Rick lehnte sich entspannt an den Baumstamm und beobachtete sie lächelnd. Dann deutete er Jo, sie solle sich zwischen seine Beine setzen. So saßen sie eine Weile unter der Esche und nippten an ihrem Sekt.

»Woran denkst du?«, fragte Rick.

»Ich versuche, mein altes Leben zu vergessen, um ein neues zu beginnen.«

»Das hast du bereits. Schleppst du noch alte Geister mit dir herum, die dich nerven?«

Was für eine seltsame Formulierung.

Dennoch traf das den Punkt. »Mag sein, ja«, antwortete sie nachdenklich. Jetzt wäre wohl ein guter Zeitpunkt, Rick in ihre Vergangenheit einzuweihen und ihm ihre wahre Geschichte zu verraten. Ihr Geheimnis um den Chip kannte er bereits.

Warum ihm also nicht alles anvertrauen?

Zögernd begann sie, ihm von ihrer Mutter und dem Kinderheim zu erzählen. »Ich kann mich nicht mehr an alle Pflegefamilien erinnern. Mit sieben kam ich zu Pam und Roger. Die waren ganz in Ordnung. Roger ist aber nach zwei Jahren an einem Herzinfarkt gestorben. Ich habe bereits mit acht in der Kneipe ausgeholfen. Das war normal für mich. Was mich aber irgendwann abschreckte, waren all die unangenehmen Typen dort, die ihre Finger nicht bei sich lassen konnten.« In Jo stieg wieder der alte Ekel auf. Sie spürte, wie Rick sich hinter ihr verkrampfte. »Pam sah das alles nicht so streng. Als einer der Kerle sich an mir einen runterholte, hat sie mir tatsächlich geraten, mir einfach etwas Spaß mit den Kunden zu gönnen. Schließlich würden die ja auch ihr Geld bei uns lassen. Es war …« Jo stockte. Selbst die Erinnerung daran schmerzte sie, obwohl das bereits mehrere Monate zurücklag.

Rick griff nach ihrer Hand, wie um ihr Mut zu machen.

»Es widerte mich echt an! Ich … hielt es dort nicht länger aus. Ich hab die Flut als Ablenkungsmanöver genutzt und bin abgehauen. Ich hatte Angst, dass Pam mich suchen würde. Jeder Polizist hätte mich zu ihr zurückgeschickt, weil ich noch minderjährig bin. Offiziell ist sie meine Pflegemutter. Deswegen kam ich auf die Idee, mir einfach den Chip herauszuschneiden und ihn zu zerstören … Jo-Ann Carlsen wird vermisst. Wahrscheinlich ist sie ertrunken, ein Opfer von Hurrikan Phylis«, sinnierte Jo.

»Das war sehr, sehr mutig von dir«, flüsterte Rick mit

rauer Stimme. Er hob ihre Hand an seinen Mund und küsste sie. Seine Lippen liebkosten die kleine unscheinbare Narbe, die von der dilettantischen Operation zurückgeblieben war. Und darunter lag ihr gemeinsames Geheimnis – ihre neue Identität. Jo schauderte.

»Ist dir kalt?«

»Nein, gar nicht. Deine Küsse bescheren mir Gänsehaut, nicht die Nacht.«

Da fuhr er fort, sie zu liebkosen. Er küsste ihre Ellenbogenbeuge, um sich dann langsam zu ihrem Oberarm und ihrer Schulter vorzuarbeiten. Als er ihren Hals küsste, seufzte Jo vor Wonne und genoss die Wärme seines Atems. Seine rechte Hand hob sich behutsam und legte sich wie eine Feder auf ihre Brust. Seine Haare, die ihre Haut kitzelten, rochen nach Sonne. Jo drehte ihren Kopf, um ihm ihren Mund zu bieten. Der Kuss begann vorsichtig, doch bald schon wurden sie gieriger. Rick zog ihr T-Shirt aus und bettete sie auf den Rücken. Erwartungsvoll sah Jo zu ihm auf. Sie war unendlich nervös und gleichzeitig klopfte ihr Herz vor Erregung.

Rick setzte sich auf sie und presste ihre Hände in die Decke. Zärtlich biss er in ihre Unterlippe und wanderte dann hinab zu ihrem Brustansatz. Seine Lippen bedachten ihre Brüste mit heißen Küssen. Behutsam griff er in ihren Rücken und öffnete den Verschluss ihres BHs. Rick zog sein eigenes T-Shirt aus und Jo betrachtete atemlos seinen nackten Oberkörper. Er war muskulös und unbehaart. Seine Blässe war einer sexy Bräune gewichen.

Der Sommer auf der Farm ist nicht spurlos an dir vorbeigegangen. Wie schön du bist!

Voller Bewunderung hob Jo die Hände, um über seine Muskeln zu streicheln. Ihre Sehnsucht nach mehr stieg ins Unermessliche!

Ich will deine nackte Haut fühlen, dich riechen, schmecken und dich am liebsten in mir spüren!

»Rick, ich will, dass es heute passiert … Ich will, dass du mit mir schläfst«, flüsterte sie.

Rick nahm Jos Hand und legte sie auf seine Erektion, die sich unter dem Jeansstoff verbarg. »Ich will es auch, Baby … Spürst du das? Ich warte schon so lange darauf. Dass ich dich gefunden habe, ist wie ein Wunder, Jo! Ich will, dass du weißt, wie ernst es mir mit dir ist. Du bist mein und ich dein – für immer! Ich will, dass du mich nie verlässt, hörst du? Schwörst du mir das?«

Seine Worte rührten sie zutiefst.

»Ich will dich nicht verlassen … nie im Leben!«

Da öffnete er ihre Jeans und zog sie langsam aus. Sachte strichen seine Finger über den Saum ihres Höschens, zunächst am Bauch, dann an ihrem Oberschenkel. Sein Daumen fuhr unter den Stoff und streichelte sie, während sein Mund ihren Bauchnabel liebkoste und dann tiefer glitt. Er zog den Slip nach unten.

»Möchtest du mehr, Baby?« Ricks Stimme war heiser vor Verlangen.

»O ja, hör bitte nicht auf!«

Voller Staunen genoss Jo die Wonnen, die er ihr mit seiner Zunge bescherte. Sie gab sich ihm völlig hin und schnappte nach Luft, als ihre Emotionen ins Unermessliche anschwollen.

Als Jo wieder zu Atem kam und die Augen öffnete, sah

sie Ricks Silhouette vor den Sternen. Er zog sich langsam vor ihr aus und legte sich dann wieder zu ihr. Sie küsste ihn voller Leidenschaft. Seine Lippen schmeckten nach ihr selbst. Sie tastete nach seinem Glied und streichelte es vorsichtig. Wie weich seine Haut war! Sie wollte ihn so dringend in sich spüren, dass Jo zu zittern begann. »Hast du Angst?«

»Nein.«

»Willst du, dass wir aufhören?«

»O Gott, nein, Rick, ich will dich ... Ich will dich so dringend, ich kann es kaum noch erwarten ...«

Da zauberte er ein kleines, silberfarbenes Päckchen zutage und riss es mit den Zähnen auf. *Er hat an ein Kondom gedacht! Brendas Sorge war umsonst!*

Fasziniert beobachtete Jo, wie er es sich schnell und routiniert überstreifte.

»Ich hätte wissen müssen, dass du an alles denkst.« Jo schlug verlegen die Hände vor das Gesicht.

»Nein, nicht wegschauen, Jo. Sieh mich an.« Sanft schob er ihre Finger weg und sah ihr tief in die Augen. Er legte sich zwischen ihre Beine und liebkoste sie mit seinem Glied. Langsam und vorsichtig schob er sich in sie, zunächst nur ein paar Zentimeter. Jo keuchte auf.

»Tu ich dir weh?« Seine Stimme, so rau, so sexy, bescherte ihr wieder einmal Gänsehaut.

»Ja, es tut weh, aber ich möchte nicht, dass du aufhörst«, flüsterte Jo und griff nach seinen Pobacken, um ihn näher zu ziehen. Sie bewegte sachte die Hüften, um den Druck zu lindern. Jos Körper öffnete sich langsam für seinen. Sie versuchte sogar, ihm mit jedem Zentimeter entgegenzukommen. Ihr Unterkörper folgte seinem Rhythmus wie in einem intimen Tanz. Als sie plötzlich einen brennenden Schmerz verspürte, unterdrückte sie einen Schrei.

Vorsichtig stieß er in sie und das Brennen ebbte ab. Jo schloss die Augen, um jeden Moment in sich aufzusaugen. Als Rick schneller wurde, begann er zu stöhnen und legte besitzergreifend seine Hände auf ihre Brüste. »Du fühlst dich so gut an, Baby! O Gott, ich kann mich nicht mehr zurückhalten …«

Sein Glied pulsierte und genießerisch sog er Luft durch die Zähne. Seine Finger umschlossen die ihren. Sie spürte seinen wilden Herzschlag. Sein Herz klopfte im selben Takt wie das ihre.

»Nicht schlimm«, sagte Jo lächelnd.

Unglaublich! Es ist passiert! Rick hat mit mir geschlafen und er liebt mich. Was für ein Geburtstagsgeschenk!

Jo grinste breit. Sie fühlte sich herrlich erwachsen. Die Sterne leuchteten über ihr und Ricks warmer Körper schmiegte sich an sie. Gerne hätte sie diesen Moment für ewig eingefroren.

»Das habe ich mir zum Geburtstag gewünscht, Rick«, gestand sie.

»Ehrlich?« Er küsste ihre Stirn und legte sich dann neben sie. »Und wie fühlst du dich jetzt, Baby?«

»Es war wundervoll, Rick!«

»Du flunkerst! Aber glaub mir: Beim nächsten Mal wird es schöner. Ich verspreche es dir!«

Die Nacht war lau und der Schweiß auf ihren Körpern trocknete bereits.

»Wollen wir langsam zurückgehen?«, fragte Rick nach

einer Weile. Da fiel Jo wieder ein, was sie sich heute Morgen vorgenommen hatte.

»Eine Sache will ich noch erledigen. Hilfst du mir?« Sie sprang auf und zog sich eilig an. Auch Rick erhob sich und kramte seine Sachen zusammen. Er schlüpfte in seine Kleider und beobachtete sie mit zusammengezogenen Augenbrauen, als sie in ihrem Beutel stöberte. Jo zog schließlich den Leatherman hervor und begann, neben der Esche im Erdreich zu scharren.

»Was tust du da?«

»Ich begrabe Jo-Ann Carlsen.«

»Warte, ich helfe dir.«

Spontan übernahm er das Graben für sie. Als die Mulde tief genug war, bettete Jo den Matchsack und den Leatherman hinein und bedeckte alles mit Erde, die sie dann mit den Füßen festtrat. Jo räusperte sich, faltete die Hände und hob mit leiser, ernster Stimme an: »Wir sind heute hier versammelt, um uns von Jo-Ann Carlsen zu verabschieden. Jo-Ann hatte leider keine schöne Kindheit und ist viel zu früh von uns gegangen. Sie hat ihren achtzehnten Geburtstag nicht erlebt. Gott sei ihrer armen Seele gnädig. Amen!«

»Gott sei ihrer armen Seele gnädig. Möge sie in Frieden ruhen. Amen«, wiederholte Rick todernst. Jo sah ihn mit glühenden Augen an.

»So. Jetzt können wir nach Hause gehen.«

Lächelnd drückte er sie an sich und sie machten sich auf den Weg zurück zur Farm.

Jo-Ann ist begraben.

Jordan lebt und ist glücklich!

Sie hat an ihrem zwanzigsten Geburtstag ihre Jungfräulichkeit verloren und hat den heißesten Boyfriend, den man sich vorstellen kann.

Von diesem Tag an konnten Jo und Rick kaum die Finger voneinander lassen. Es war wie eine Sucht: Ihre Körper suchten sich und fanden nur Erlösung, wenn sie sich vereinigten. Rick war ein geduldiger Liebhaber. Er zeigte Jo, was er mochte und wie er es mochte. Dabei vergaß er aber nie, auch ihr Lust zu bereiten.

Jo teilte ihren geheimen Badeschuppen mit Rick. Sie trafen sich dort, wenn alle schliefen. Sie füllten gemeinsam die Wanne mit kaltem Wasser und genossen die Zweisamkeit ihrer Körper. Rick hatte die Decke, die er bei der Esche dabeigehabt hatte, in den Schuppen geschafft. Jo hatte alte Handtücher von Brenda entwendet, die diese zu Lappen hatte verarbeiten wollen, und ein Stück Seife aus dem Laden gekauft. So konnten sie sich nach einem langen Arbeitstag den Schweiß vom Körper waschen.

Da sie nicht bequem zu zweit in die Wanne passten, wechselten sie sich ab. Mit Zärtlichkeit und Hingabe wusch Rick Jos Haare und ihren Körper und trocknete sie ab. Dasselbe tat sie für ihn. Danach legten sie sich auf die Decke und gaben sich einander hin. Jo genoss es, wenn sie unter ihm lag und er ihre Hände festhielt. Ihm so wehrlos ausgeliefert zu sein, steigerte ihre Lust: Er bestimmte den Takt und die Intensität ihrer Bewegungen. Sie konnte nicht genug von ihm kriegen!

Sie liebte seinen Geruch, selbst wenn er vom Feld kam

und schwitzte, seine glänzende Haut, sein schweißnasses Haar … einfach alles an ihm. Jo war klar, dass sie sich unsterblich in diesen Typen verliebt hatte. Und sie hatte nicht vergessen, dass sie das ursprünglich nicht gewollt hatte.

Sie behielt stets Brendas Warnung im Hinterkopf und war um jeden Tag froh, an dem Rick und die Jungs noch auf der Farm waren und alles gut zu sein schien.

Der Oktober bedeutete Hochsaison für die Farm. Die Ernte war mitten im Gange und die Jungs wurden hart eingespannt. Brenda kochte wie eine Wilde ein. Der Vorrat für den Laden quoll über. Das frische Obst und Gemüse war in der Region bekannt und beliebt. Die Kund:innen nahmen oft eine halbe Stunde Fahrt in Kauf, um den Hofladen zu besuchen.

Jo backte morgens Cookies und zwei Kuchen für den Laden. Sie hatte Brenda überredet, eine Kaffeemaschine aufzustellen. So konnten die Kund:innen bei Kaffee und Kuchen ein Schwätzchen halten.

Eines Abends, als Jo den Laden schließen wollte, kam Brenda zur Tür herein. Sie balancierte ein Tablett mit Honiggläsern auf der Hüfte und trällerte: »Nachschub!«

Jo stapelte die Neuzugänge auf das Regal hinter die übrigen Honiggläser. Als sie sich wieder umdrehte, lehnte Brenda an der Theke und hatte sich in den Rechner eingeloggt.

»Mädchen, du bist ein Gottesgeschenk für mich.« Brenda lächelte sie vergnügt an. Jo trat näher und sah auf dem Monitor die Umsätze des Oktobers.

Sie verstand Brendas Freude, denn sie hatten gut verkauft. Brenda wechselte in die Banking-App.

»Hast du dein Smartphone hier, Mädchen?«

»Ja, natürlich!«

Brenda tippte auf der Tastatur herum und plötzlich gab Jos ReFlex ein leises »Pling« von sich. Jo checkte erstaunt ihr Display und las: »Sie haben eine Überweisung in Höhe von 300,00 Dollar erhalten.«

Mit großen Augen starrte sie ihr Flexphone an. »Brenda, das musst du nicht!«

»Ich will es aber! Du arbeitest hart, ohne je zu jammern. Du denkst mit. Du hast neue Ideen und packst mit an. Die Leute kommen gerne, weil sie dich mögen und mit dir plaudern wollen … Ich finde, du hast dir diesen Bonus verdient. Fertig!«

Jos Wangen röteten sich und sie lächelte verlegen. Die Geschichte vom Aschenputtel kam ihr wieder in den Sinn, die brave, fleißige Dienstmagd, die sich nie beschwerte und nie einen Dank für ihre Dienste bekam.

Ich bin kein Aschenputtel mehr! Ich habe mich verändert.

Unbewusst hob sie das Kinn ein wenig und freute sich. »Danke, Brenda. Dein Lob bedeutet mir viel! Noch mehr als der Bonus … Den nehm ich natürlich auch sehr gerne an.« Jos Lächeln konnte breiter nicht sein.

Die Ältere tätschelte ihr gerührt die Hand. Gemeinsam schlossen sie ab und schlenderten zum Haupthaus hinüber.

Als Jo an diesem Abend in ihrem Bett lag, überlegte sie, was genau sich verändert hatte. Seit sie in New Orleans auf Rick getroffen war, hatte sich ihr Leben verbessert.

Hab ich das verdient?

Ja, verdammt!

Sie strich sich unbewusst über die Narbe zwischen Daumen und Zeigefinger.

Sie hatte den undankbaren Job und die Trunkenbolde in Pams Kneipe hinter sich gelassen. Sie hatte die gebeutelte Stadt verlassen, die jedes Jahr duldsam von derselben Katastrophe heimgesucht wurde. Sie hatte sich gewaltsam von ihrem alten Ich befreit und war in eine ungewisse Zukunft gestolpert. Sie hatte sich einer Gruppe Unbekannter angeschlossen, was mehr als riskant gewesen war – eine Verzweiflungstat.

Und alles hatte sich zum Positiven gewandelt. Sie hatte ihre erste große Liebe gefunden. Rick war es auch gewesen, der es ihr ermöglicht hatte, ein neues Leben zu beginnen. Nun hatte sie plötzlich ein Zuhause, einen wunderbaren Job und in Brenda eine mütterliche Freundin. Dass sie den Bonus vielleicht an Rick würde abgeben müssen, war ihr herzlich egal.

Lob bleibt Lob. Liebt das Universum die Mutigen? Die, die für sich einstehen und handeln?

Ob diese Macht »Universum«, »Gott« oder wie auch immer hieß – das war Jo egal. Wichtig war, dass diese Macht auf einmal für sie war und nicht mehr gegen sie arbeitete! Jo fiel dankbar in einen tiefen, traumlosen Schlaf.

ERNTEDANKFEST

An Jo-Ann Carlsens achtzehntem Geburtstag brütete eine Gluthitze über dem Land. Jo hatte kaum Zeit, an ihren »alten« Geburtstag zu denken. Auf der Farm war Hochbetrieb rund um Halloween. Selbst im November sandte der Wettergott noch milde zwanzig Grad nach Arkansas und sie bereiteten sich fieberhaft auf Thanksgiving vor, das Erntedankfest.

Offiziell läutete das Fest das Ende der Saison ein. Über den Winter benötigte die Evans-Fruit- Farm keine Arbeiter.

Der Laden war noch geöffnet, um die eingelegten und eingemachten Lebensmittel wie Säfte, Honig, Marmelade und Konserven zu verkaufen. Doch Jo merkte spürbar, dass sich die Saison dem Ende neigte. Es kamen nur noch wenige Kund:innen in den Laden. Jo fragte sich bang, wie es weitergehen würde. Weder Brenda noch Fred hatten sie darauf vorbereitet, was nach der Saison passieren würde.

Als Jo abends den Tagesabschluss machte, erschien Rick im Laden. Er grinste und zog dabei einen Mundwinkel lässig nach oben. Es war das Lächeln, das Jo stets dahinschmelzen ließ und ihr weiche Knie bescherte.

Schmetterlingstanz!

Er kam um die Theke herum und küsste sie, die Hände dabei um ihr Gesicht gelegt.

»Hi Babe, wie geht es dir? Bist du fertig hier?« Er roch wie immer nach seinem speziellen After-Shave, Heu und frischer Luft und Jo sog diesen Duft gierig ein.

»Ja, ich bin fertig«, sagte sie. Seine Hände wanderten liebkosend zu ihren Hüften und drückten ihren Po gegen seinen Unterleib. Doch bevor ihre Gefühle sie übermannen konnten, sprach Jo aus, was sie bedrückte: »Rick, hör mal …«

»M-hm …«

Er knabberte an ihrem Hals und Jo ahnte, dass er ihr nicht wirklich zuhörte.

»Bitte lass uns kurz reden.« Sie stoppte ihn, indem sie ihre Hände gegen seine Brust stemmte und versuchte, etwas Abstand zu gewinnen. Er quittierte es mit erhobener Augenbraue.

»Was geschieht jetzt, wo die Saison vorbei ist? Willst du mit den Jungs weg von hier?«

Rick sammelte kurz seine Sinne und antwortete dann: »Na ja, es gibt hier bald nichts mehr für uns zu tun. Ich denke, wir fahren nach Springfield weiter. Das liegt nur knapp zwei Stunden von hier. Dort können wir uns Jobs für den Winter suchen.«

Jos Gesicht wurde aschfahl und er bemerkte es. Er legte einfühlsam die Hand an ihre Wange. »Süße, kann es sein, dass du nicht wegwillst?«

In Jos Augen schimmerten Tränen, als sie zu ihm aufsah und nickte. »Ja, so ist es. Ich würde gerne hierbleiben.«

»Aber Baby, hier gibt es für uns über den Winter nichts zu tun! Das verstehst du doch? Womöglich behalten sie dich für den Shop oder als Unterstützung für Brenda … Aber ich glaube kaum, dass die Evans mich und die Jungs weiterbeschäftigen würden.«

»Und wenn ihr hier in der Nähe bleiben würdet? Ihr könntet in Lowell oder in Springdale nach Jobs suchen.«

Rick schnaubte: »Lowell ist zu klein und Springdale

nicht viel größer. Da gibt es doch kaum vernünftige Jobs. Und selbst wenn … Dann sitzt du hier auf der Farm und ich in Springdale. Wir würden uns kaum sehen.«

»Aber wir hätten doch das Wochenende! Dann kommst du mit dem Bike und besuchst mich«, versuchte Jo, ihm diese Lösung schmackhaft zu machen.

»Süße!« Er schaute sie skeptisch an. »Und dann vögeln wir in deinem Zimmer und Brenda haut mit dem Besenstiel von unten an die Decke und schreit, dass wir um Gottes willen nicht so laut sein sollen.« Spöttisch verzog er das Gesicht und hob die Schultern in einer Geste des Zweifels. Das leuchtete Jo ein. Brenda war nie gut auf Rick zu sprechen gewesen.

»Aber in unserem Schuppen …«, hob Jo an.

»Im Winter, Babe? Nicht dein Ernst! Da wird es hier arschkalt! Schlag dir die Idee lieber aus dem Kopf, Jo. Was ist denn so schlimm daran, nach Springfield zu gehen? Ich will, dass du mich begleitest. Ich liebe dich doch, Engel!«

Jo senkte den Kopf.

Es war das erste Mal, dass er ihr es so deutlich sagte. Dennoch schmeckte die Freude schal. Dass er es in diesem Moment gesagt hatte, ließ es beinahe wie einen berechneten Schachzug aussehen. Aber er hatte recht: Es schien alles gegen Lowell zu sprechen.

Springfield also? Anscheinend habe ich keine Wahl.

Folgte sie ihrem Herzen, dann musste sie mit Rick ziehen. Rick war schlicht und ergreifend ihre große Liebe und Jo hatte das untrügliche Gefühl, dass es eine Bindung auf ewig war.

Jos Verstand dagegen riet ihr, auf der Farm bei Brenda

zu bleiben. Hier war sie glücklich, hier ging es ihr gut. Die Farm vermittelte ihr zum ersten Mal im Leben Sicherheit.

Doch wollen die Evans mich überhaupt weiterhin behalten?

Jo beschloss, den Stier bei den Hörnern zu packen. Wenn Brenda sie weiterhin hier haben wollte, könnte sie mit ihr zusammen nach einer Lösung für Rick und die Jungs suchen. Brenda hatte womöglich eine Idee, auf die Jo allein nicht kommen würde.

Beim Abwischen der Tische am Abend sprach sie Brenda an. »Es kommen immer weniger Kunden in den Laden, Brenda. Willst du über Winter schließen?« Sie rechnete mit dem Schlimmsten. Brenda sah sie aufmerksam an.

»Ja, mein Kind. Normalerweise schließe ich den Laden für ein paar Wochen und öffne im Frühling wieder.« Sie hielt mitten in der Bewegung inne und stemmte die Arme in die Hüften. »Geht es dir darum, ob du bleiben kannst? Wenn ja, dann sprechen wir einfach nach dem Fest mal in Ruhe darüber, wie es weitergehen soll.«

Damit fuhr Brenda in ihrer Arbeit fort. Das Gespräch schien für sie beendet. Für Jo war dies ein positives Zeichen. Brenda hatte davon gesprochen, wie es weitergehen könnte, nicht ob.

Am Morgen von Thanksgiving war die Hektik der Vorbereitungen deutlich zu spüren. Im Mittelpunkt des Festes stand das große Abendessen mit gefülltem Truthahn und so vielen Beilagen, dass sich die Tische bogen. Brenda hatte Clara, ihre beiden Schwiegertöchter und zwei weitere Frauen aus Lowell dazu verpflichtet, in der Küche zu helfen. Sie werkelten bereits seit dem frühen Morgen geschäftig in der Küche herum. Brenda führte das stramme Kommando wie ein Offizier.

Fred sollte sich um das Arrangieren der Tische kümmern und Jo durfte das Eindecken und die Dekoration übernehmen. Sie erwarteten mehr als einhundert Gäste. Nicht nur Brendas Söhne würden mit ihren Familien da sein, sondern auch alle Angestellten, die nicht zu Hause im eigenen Heim feiern konnten oder wollten.

Da der Tag warm und trocken war, stellten Fred und Jo die Tische im Freien vor dem Schuppen auf. Kein Lüftchen wehte. Stattdessen flirrte die Luft, als Jo die Tische mit weißen Tischdecken, bunten Servietten, Kerzen, Gartenblumen in Einmachgläsern und Efeu schmückte. Als der Abend nahte, überprüfte Jo ein letztes Mal, ob alles perfekt war. Zufrieden schweifte ihr Blick über die hübschen Blumen und sie freute sich, wie schön die Farben im Licht der Abendsonne leuchteten. Jo kannte ähnliche Feste nur aus Büchern. In New Orleans hatte es für sie nie eine solche Gelegenheit gegeben. An den Feiertagen war in der Kneipe stets Hochbetrieb gewesen.

»Worüber denkst du nach?«

Jo schrak zusammen, entspannte sich aber sofort, als sie den Klang von Ricks dunkler Stimme und seinen unvergleichlichen Duft hinter sich wahrnahm. Er hatte sich ihrem Rücken genähert und schmiegte sich nun von hinten an sie. Seine Arme umschlangen sie und er küsste ihre Halsbeuge.

»Du siehst bildhübsch aus in diesem Rock. Beinahe so wie damals, als ich dich zum ersten Mal sah.« Zärtlich biss er in ihr Ohrläppchen und seine Hände fuhren über ihre

Hüften. Durch den dünnen Stoff spürte Jo seine Hände heiß auf ihrer Haut brennen. Er wirbelte sie herum und küsste sie ausgiebig. Als Jo wieder zu sich kam, sah sie erstaunt, wie schick er sich gemacht hatte.

Er trug dunkle Jeans und ein weißes Hemd, dessen Ärmel er nach oben gekrempelt hatte. »Wow, wie gut du aussiehst! Warst du etwa shoppen?«

Er grinste Jo schelmisch an und breitete die Arme aus. »Gefällt dir, was du siehst?«

»Ja, du siehst umwerfend aus«, lobte Jo mit großen Augen. Das Hemd betonte die Bräune auf seinen muskulösen Unterarmen. Es war eng geschnitten, so dass man seinen flachen Bauch erahnen konnte. Was ihn absolut unwiderstehlich machte, war die schmale, schwarze Lederkrawatte, die er sich locker umgebunden hatte.

Er verneigte sich vor ihr wie ein Tänzer und bot ihr seinen Arm. »Das freut mich, Miss Fine. Ich hoffe doch, Sie erweisen mir heute Abend die Ehre, meine Tischnachbarin zu sein?«

Jo lachte.

Wie gestelzt er reden kann! Er steckt voller Überraschungen! Was für ein wundervoller Mann!

Es wurde ein rauschender Abend. Die Leckereien am Buffet schmeckten vorzüglich, Bier und Schnaps flossen in Strömen. Rick achtete darauf, dass ihr Glas stets gefüllt war. Jo war sich bewusst, dass sie einen leichten Schwips hatte.

Sie betrachtete ihn und seine Jungs aus glasigen Augen. Vor wenigen Monaten erst hatte Jo sie kennengelernt. Sie erinnerte sich an die düstere Straße in New Orleans und die verzweifelten Gestalten, die sich im Schatten des Superdomes angesammelten hatten. Vor ihren Augen sah sie wieder, wie sie in abgerissenen Klamotten und nassen Schuhen am Lagerfeuer saß und die dünne Suppe schlürfte, die ihr Rick in einer Tasse gereicht hatte. Wie krass der Unterschied zu heute war! Das Essen türmte sich im Überfluss auf den Tischen, es war warm und die Menschen um sie herum lachten zufrieden und unbekümmert.

Die Jungs hatten sich für den Anlass ebenfalls schick gemacht. Alex trug enganliegende schwarze Lederhosen und über seinem T-Shirt eine Sakko-Weste. Das Tattoo hob sich von seiner gebräunten Haut ab. Er hatte sich die kurzen blonden Haare nach hinten gegelt, was ihm richtig gut stand. Kenneth dagegen war etwas legerer gekleidet. Er hatte ein Jeanshemd und Cargohosen an. Javier trug wie immer schwarz und schaute düster in die Runde. Das lange Haar hatte er im Nacken zu einem lockeren Bun gebunden. Als er Jos Blick auf sich spürte, verzog er spöttisch das Gesicht.

»Na, Bonnie? Verträgst du keinen Alkohol? Da wird dein Clyde heute aber gut auf dich achtgeben müssen!«

Ernsthaft? Er vergleicht uns tatsächlich mit Bonnie und Clyde? Einem Gangster-Pärchen? Warum nicht mit Romeo und Julia oder etwas Ähnlichem?

Jo spürte Ärger in sich brodeln. Sie wollte gerade etwas Bissiges erwidern, als Rick nach ihrer Hand griff und knurrte: »Ach, halt einfach die Klappe, du Idiot! Du willst wieder nur stänkern. Lass einfach gut sein!«

Javier warf ihnen einen verächtlichen Blick zu, entgegnete aber nichts mehr.

Da hat Rick dir aber mal eine Ansage gemacht. Geschieht dir recht, freute sich Jo insgeheim.

»Alle mal herhören!«, unterbrach Fred das Fest mit lauter Stimme. Mit winkenden Armen zog er die Aufmerksamkeit auf sich und die Gespräche ebbten langsam ab. Seine Söhne schoben sich an den Tischen vorbei nach vorn.

»Ob er jetzt eine Trauerrede halten wird?«, flachste Kenneth.

»Er wird eher eine patriotische Ehrennummer abziehen, schätze ich«, giftete Javier und nippte an seinem Bier.

Rick boxte ihm in die Seite. »Halt jetzt einfach den Mund, Jav! Benimm dich!«

»Die Erntesaison ist zu Ende«, hob Fred an, »und es war eine verdammt gute Ernte dieses Jahr.«

Die Gäste klatschten und gaben zustimmende Kommentare von sich. Zwei, drei Pfiffe ertönten – einer davon von Rick. Auch Jo applaudierte.

»Brenda, die Jungs und ich haben euch heute Abend zu einem traditionellen Thanksgiving eingeladen, mit dem wir dem Herrn Dank sagen für seine Güte und seine Großzügigkeit.«

Jo bemerkte aus den Augenwinkeln, wie Javier die Nase rümpfte und die Augen verdrehte. *Patriotisch und religiös, so wie du es erwartet hast.*

»Ihr alle habt euer Bestes gegeben, um euren Beitrag zu leisten. Brenda und ich wissen das wirklich sehr zu schätzen und danken euch. Es gab in diesem Sommer keine nennenswerten Komplikationen. Die Stürme hielten sich zum Glück in Grenzen und die neuen Maschinen haben sich bewährt und rentiert. Was den Ertrag anbelangt, so haben wir wirklich einen Ausnahme-Sommer hingelegt. Nun wird James uns noch ein paar Zahlen vorlesen, damit ihr euch das besser vorstellen könnt.«

James trat nach oben zu seinem Dad und fischte ein paar Blätter aus seiner Hosentasche. Es folgte ein kurzer, aber eindrucksvoller Zahlenbericht. Die Evans-Fruit-Farm hatte ein Drittel mehr an Obst und Gemüse eingefahren als im Vorjahr. Bei den Pfirsichen und Trauben hatten sie dank des warmen sonnigen Wetters einen Rekord erzielt. Fred fügte ein paar abschließende Worte hinzu: »Leute, da habt ihr es nun gehört. Brenda und ich sind uns einig, dass wir das gebührend feiern sollten. Als ganz besondere Freude darf ich euch verkünden, dass wir für jeden von euch einen Bonus, eine Prämie, vorgesehen haben. Brenda überweist euch morgen den ausstehenden Lohn und die Prämie on top.«

Ein Raunen ging durch die Menge und die Angestellten sahen sich verwundert an. Auch Jo war überrascht.

»Ihr habt es euch verdient. Und ich würde mich freuen, wenn ihr nächstes Jahr wiederkommt.«

Er wollte noch etwas sagen, doch die Frauen und Männer machten ihrer spontanen Freude Luft, indem sie pfiffen, klatschten, mit den Füßen stampften und Lob nach vorne riefen.

Jo schmiegte sich zufrieden an Rick und flüsterte: »Ist er nicht ein Ehrenmann? Es war eine gute Entscheidung, hierherzukommen, nicht wahr? Denk bitte noch mal darüber nach, ob wir nicht hierbleiben sollten. Wir können morgen mal mit Brenda reden. Sie hat es mir angeboten.«

Rick starrte konzentriert nach vorne zur Veranda und

gab keine Antwort. Jo meinte zu sehen, wie seine Kieferknochen mahlten, doch es war zu finster, um sicher gehen zu können.

Habe ich etwas Falsches gesagt?

Als sich die Menge etwas beruhigt hatte, verstreute sie sich langsam und die ersten verließen das Fest. Rick schenkte nochmals nach. Jos Kopf schwirrte bereits von der ungewohnten Menge an Alkohol. Sie versuchte, ihn zu bremsen: »Lass gut sein, Rick, ich mag nicht mehr.«

»Hey, Babe, wir sollten diesen Abend so richtig feiern! Einen Schluck noch, danach verspreche ich dir eine Überraschung!«

»Eine Überraschung?«

Gott, was hat er denn so spät noch vor? Ich bin müde und mir schwirrt der Kopf!

Als die Jungs sich eine halbe Stunde später zu ihren Unterkünften aufmachten, zog Rick sie auf die Beine und raunte ihr zu: »So, mein Herz, jetzt lass uns verschwinden. Ich habe noch etwas vor mit dir.«

Jo war nicht mehr imstande, Widerworte zu geben. Ihr Kopf dröhnte. Der Einfachheit halber nickte sie nur, was ihr einen fiesen Schmerz durch den Schädel jagte. Ihr Blick verschwamm.

Rick führte sie zu ihrem gemeinsamen Schuppen und zog sie hinter die Heuballen. Jo ahnte, was er vorhatte. Sie war nicht in der Stimmung für Zärtlichkeiten. Ihr Bett wäre ihr unendlich lieber gewesen. Sie fuhr sich durch das Gesicht, um ein wenig zu sich zu kommen.

Rick entzündete Kerzen und Jo erkannte, dass er ein

gemütliches Eckchen vorbereitet hatte, in dem er Stroh angehäuft und Decken, Kissen und Schlafsäcke daraufgelegt hatte. Im Badezuber glänzte dunkel das Wasser. Sie tat sich schwer, ihre Überraschung in sinnvolle Worte zu fassen. »Wann hast du das denn vorbereitet?«

»Ich wollte den Abend und die Saison mit dir ausklingen lassen. Es wird ja unser letzter Abend hier sein«, erklärte er ihr mit samtener Stimme.

Jos Magen zog sich schmerzhaft zusammen. »Rick, lass uns nochmals darüber reden. Ich will morgen nicht …«, begann sie weinerlich.

Er legte ihr einen Finger auf die Lippen. »Zerstör diesen Augenblick nicht. Ich will dich so dringend, ich muss dich spüren. Mach es nicht kaputt, indem du mir widersprichst.«

Er küsste sie so ungestüm, dass es Jo schwindelte. In rasender Eile zerrte er ihr die Kleider vom Leib. Als sie nackt und zitternd vor ihm stand, schob er seine Arme unter ihre Kniekehlen und trug sie zum Zuber. Jo war zu schwach und zu benebelt, um zu reagieren. Sie konnte gar nicht recht fassen, was passierte, da ließ er sie auch schon in das kalte Wasser gleiten. Sie japste nach Luft und riss die Augen auf. Ihr Hirn fror regelrecht ein und verlangsamte das Denken. Rick knöpfte seine Hose auf und zog sich aus. Dann stieg er, ohne zu zögern, zu ihr in den Zuber.

Das Wasser schwappte wild über. Jo zog reflexartig die Beine an, um ihm Platz zu machen. Rick kniete sich dazwischen und drückte dabei ihre Knie gegen die Wand des engen Zubers. Mit beiden Händen griff er nach dem Holzrand hinter ihr, um sich abzustützen. Dann drang er in sie ein und Jo keuchte vor Schmerz. Noch nie hatte Rick sie ohne jegliches Vorspiel genommen. Er stieß heftig zu, wie um sich abzureagieren. Jo versuchte, ihn zu bremsen, doch er presste ihre Hände gegen das Holz und verschlang ihre Lippen mit seinen Küssen. Seine hemmungslose Lust gepaart mit diesem Egoismus machten ihr Angst. Nichts ließ vermuten, dass er sonst ein hingebungsvoller, achtsamer Liebhaber war. Nach wenigen Stößen hielt Rick plötzlich inne und ergoss sich warm in sie. Schwer ließ er sich auf sie fallen und Jo rang nach Luft. Einen Augenblick später hob er den Kopf und flüsterte: »Ich hoffe, ich habe dir nicht wehgetan.«

Jo schwieg.

Ich werde dich nicht anlügen. Ja, du hast mir wehgetan.

Ihre Knie waren aufgeschrammt und ihr Unterleib brannte. Ihre Augen füllten sich mit Tränen, doch er schien es nicht zu bemerken.

»Weißt du eigentlich, wie sehr ich dich begehre, Jo? Ich kann nicht mehr ohne dich sein. Ich liebe dich so sehr, dass es wehtut. Kein anderer wird dich jemals so sehr lieben wie ich.«

Vorsichtig erhob er sich aus dem Zuber und reichte Jo die Hand, um ihr aus dem Wasser herauszuhelfen. Dachte er, damit sei die Sache erledigt? Jo war eiskalt. Ihre Knie zitterten.

Ich kann nicht glauben, dass du das gerade getan hast, Rick!

Er führte sie zu den Decken, nahm ein Handtuch und trocknete sie langsam und sanft ab. Die schmerzenden Schürfwunden schimmerten auf ihrer blassen Haut. Dann drückte er Jo auf die Decke und begann, sie mit Küssen und Streicheleinheiten zu verwöhnen. Er arbeitete sich von den Ohrläppchen abwärts und berührte sie an all den Stellen, die sie mochte. Er ließ sich Zeit dabei. Langsam entspannte sich Jo.

Das ist mein Rick, wie ich ihn kenne …

Sanft drehte er sie auf den Bauch und küsste ihren Nacken und ihren Rücken. Er ergriff ihre Handgelenke, breitete ihre Arme zur Seite aus und presste sich an sie. Langsam drang er erneut in sie ein. Wieder war Jo ihm völlig ausgeliefert, doch dieses Mal empfand sie die erotische Note als wohltuend und gab sich hin. Der gewaltvolle Moment, der sie vor wenigen Minuten schockiert hatte, verblasste. Rick steigerte den Rhythmus und trieb sie stetig näher dem Orgasmus, bis sie beide wenige Augenblicke später kamen. Gemeinsam entwich ihnen ein genussvolles Stöhnen.

Vor Jos Augen explodierten Sterne. Ihr wurde erneut schwindelig. Ihre schweißnassen Körper klebten aneinander und sie atmeten heftig. Sein Herz hämmerte gegen ihren Rücken, schnell und hart. Jo versuchte, sich zu sammeln. Innerhalb weniger Minuten war sie aus der Hölle in den Himmel katapultiert worden!

O mein Gott, wie sehr bin ich ihm verfallen …

»Aufwachen, Prinzessin! Du siehst aus, als hätte dich ein Traktor überrollt.«

Sie drehte sich erschöpft auf den Rücken und blickte in seine glänzenden, schwarzen Augen. Er lächelte verführerisch und eine Haarsträhne fiel ihm ins Gesicht.

»Genauso fühle ich mich.« Jo setzte sich auf und griff sich an den schmerzenden Kopf. Sie sah Rick an und wusste nicht, was sie sagen sollte. Ihr Liebesspiel war so ekstatisch, so voller glühenden Lust gewesen, dass es ihr jetzt schwerfiel, zur Normalität zurückzukehren. Doch das nahm er ihr mühelos ab, indem er sich zur Seite neigte und ihr eine Flasche Cider reichte.

»Hier, meine Süße. Trink. Du bist bestimmt völlig ausgelaugt nach unserem Ritt.«

Jos Hand zitterte ein wenig, als sie nach der Flasche griff. Sie nahm ein paar kleine Schlucke und fühlte sich besser. Er packte Erdbeeren und ein Schälchen Sahne aus.

»Wie konntest du das denn hier hereinschmuggeln? Brenda wird dich lynchen, wenn sie bemerkt, dass etwas von ihrem Service fehlt«, tadelte Jo ihn mit einem schiefen Lächeln.

»Scheiß auf Brenda. Das ist es wert«, schnaubte Rick und tauchte eine Beere in die Sahne.

»Hier, probier!«

»Mmmmm!« Jo leckte sich wie ein Kind die Lippen. Zufrieden lagen sie zwischen den Kissen und Decken und teilten sich einträchtig die Flasche Cider und die Erdbeeren.

Versonnen tunkte Rick den Zeigefinger in die Sahne und tupfte sie auf ihre Unterlippe, nur um diese sofort lasziv abzulecken. Sein tiefer Blick bohrte sich in ihren und fuhr ihr direkt in die Magengrube.

Er weiß genau, wie er mich betören kann, aber liebt er mich wirklich?, schoss es Jo durch den Kopf.

Gerade eben hatten sie sich innig geliebt. Doch vor wenigen Minuten noch hatte er sie im Zuber ohne Rücksicht auf ihre Gefühle überfallen. So kannte sie ihn nicht.

Womöglich haben ihn einfach Javiers Kommentare auf dem Fest geärgert, so wie mich auch. Oder es ist eine absonderliche neue Art von Liebesspiel, die er mit mir versuchen will?

Wenn ja – will ich das? Spaß hat es mir ganz sicher keinen gemacht! Ob ich ihn darauf ansprechen soll? Womöglich lacht er mich dann aus, weil ich so wenig Erfahrung habe. Noch schlimmer aber wäre, wenn er die Kritik falsch versteht und am Ende mit mir Schluss macht, weil er mich für prüde hält. Auf gar keinen Fall will ich ihn verlieren …

Vielleicht sollte sie die Szene einfach vergessen und nicht überbewerten.

»An was denkst du?«, fragte er sie versonnen und zeichnete zärtlich mit dem Zeigefinger die Konturen ihrer Brust nach. Jo durchfuhr ein angenehmes Kribbeln und das gewohnte Ziehen im Unterleib breitete sich aus.

»Ich liebe dich, Rick Mendoza«, flüsterte sie. Er zog sie an sich und belohnte sie mit einem leidenschaftlichen Kuss, der nie mehr enden wollte. Dann lächelte er sie an.

»Meine süße Jo, das wollte ich hören.«

»Liebst du mich auch?« Ihre Stimme zitterte ein wenig.

»Natürlich, mein Engel!«

Da strahlte Jo. Sie konnte nicht anders.

Er liebt mich und alles ist gut.

Soll ich ihn jetzt doch auf den Moment im Zuber ansprechen? Oder auf die Farm? Vielleicht kann er mir meinen Wunsch jetzt nicht abschlagen?

Dieser intime Moment war zu schön, um ihn zu zerstören. Aber sie wollte auch nicht die Gelegenheit verpassen, ihn umzustimmen. Diese eine Sache war ihr wichtiger als alles andere!

Ich muss es versuchen!

»Willst du immer noch morgen gehen?«, fragte sie zögerlich.

»Und du willst immer noch hierbleiben?«

»Du antwortest mir nicht …«

»Ja, morgen sind wir weg.«

Eine Woge der Enttäuschung schwappte über Jo hinweg. »Kann ich denn nichts tun, um dich umzustimmen? Ich möchte nicht weg von hier.«

Es war ihr so wichtig und trotzdem fiel ihr kein schlagkräftiges Argument ein, um Rick zum Bleiben zu bewegen.

»Nein. Es ist einfach Zeit. Die Jungs halten es hier nicht mehr aus.«

»Und wenn du die Jungs ziehen lässt und mit mir hierbleibst?«

»Baby, ich habe dir neulich schon gesagt, dass Brenda in mir keinen Nutzen sieht. Ich bin nur ein lästiger Esser mehr über den Winter, den sie durchfüttern muss.«

»Und wenn ich mit ihr rede?«

»Vergiss es.« Seine Stimme klang abfällig. »Das hat keinen Sinn. Ich will gar nicht bleiben. Und ich will, dass du mit mir kommst. Wirst du das?«, fragte er eindringlich.

Jo schwieg.

»Wirst du das, Jo? Du hast geschworen, mich nicht zu verlassen«, erinnerte er sie mit einem intensiven, dunklen Blick.

Ihr Kopf schmerzte so sehr, dass sie sich unbehaglich die Schläfen massierte. Rick biss die Zähne zusammen und seine Kieferknochen traten deutlich hervor. »Ist vielleicht auch der falsche Zeitpunkt. Ich sehe, du bist durcheinander. Ruh dich aus, Süße. Wir reden morgen weiter.«

Damit gab er ihr ein Fünkchen Hoffnung und Jo gab sich zufrieden. Sie war so müde. Sie kuschelte sich eng an ihn. Er streichelte ihr übers Haar. Die zärtliche Geste und sein warmer Atem beruhigten sie und wenig später war sie eingeschlafen.

FLUCHT

Jo schreckte auf. Ein Knall hatte sie geweckt.

Wo bin ich?

Als sie das Stroh unter ihren Händen ertastete, erinnerte sie sich: Sie war im Schuppen eingeschlafen, nachdem Rick und sie sich geliebt hatten.

Er war nicht mehr da, der Platz neben ihr leer. Es drang kaum Licht in den Schuppen. War es bereits Tag oder noch finstere Nacht? Plötzlich öffnete sich knarrend das Tor und eine Sekunde später stand Rick vor ihr.

»Jo, steh auf, zieh dich an! Beeil dich!«

Im Dunkeln konnte sie sein Gesicht kaum ausmachen, aber sie hörte die Panik in seiner Stimme. Sie sprang auf.

»Was ist los?«

Rick warf ihr Jeans und Stiefel zu. »Los, los, zieh das

an! Beweg deinen Arsch! Wir müssen weg hier!«

»Wie bitte?«

»Mach schon! Die Jungs kommen gleich. Wir müssen von hier verschwinden!«

»Rick, bitte sag mir, was passiert ist«, flehte Jo ohnmächtig.

Er packte ihren Oberarm. »Stell jetzt einfach keine dummen Fragen! Javier hat Scheiße gebaut, und wir müssen weg! Das ist alles, was ich dir jetzt sagen kann. Wir dürfen keine Zeit verlieren!«

Scheiße gebaut … von hier verschwinden …

O Gott, was bedeutet das?

Die wenigen Informationen tanzten wirr und zusammenhanglos durch Jos Hirn, das noch benebelt war vom Schlaf. In fliegender Hast zog sie sich an, während Rick mit fahrigen Bewegungen die paar Sachen in eine Tasche stopfte, die verstreut auf dem Boden lagen: ihren Rock, die Ballerinas, sein Hemd.

»Meine Kleider und all die Sachen aus meinem Zimmer«, fiel Jo ein.

»Hab ich alles schon hier drin, keine Sorge.« Rick klopfte auf die Tasche. »Ich war oben und habe einfach alles reingeschmissen, was ich finden konnte. Los jetzt, Babe, raus hier!«

In diesem Moment stürzten Javier, Alex und Kenneth in den Schuppen. Sie schnallten hastig die gepackten Taschen und Rucksäcke auf die Bikes. In verbissenem Schweigen lösten sie die Motorräder von den Steckdosen und schoben sie aus dem Schuppen. Rick schwang sich auf sein Bike und startete es.

Er sah Jo an – grimmig, abwartend.

Dann streckte er die Hand nach ihr aus, als wolle er sie an die Verbindung zwischen ihnen erinnern. »Steig auf, Baby! Komm schon! Du hast keine Wahl! Ich erkläre dir alles später! Vertrau mir! Hier zu bleiben wäre zu gefährlich. Sie würden dich verantwortlich machen.«

Jo konnte keinen klaren Gedanken fassen. Gerade noch hatte sie tief und fest geschlafen und dann war dieses Chaos ausgebrochen! Wie hypnotisiert schwang sie ihr Bein über das Bike, ohne den Sinn seiner Worte zu verstehen. Rick brauste los, kaum dass sie sich den Helm aufgesetzt und die Arme um ihn geschlungen hatte.

Verantwortlich machen wofür? Mein Gott, was hat Javier bloß angestellt?

Schmerzhaft krampfte sich Jos Herz zusammen. Voller Sorge sah sie sich um, als Rick auf den Feldweg zuhielt, der sie nach Lowell führte – weg von der Farm. Die anderen beiden Bikes folgten ihnen dicht und wirbelten Staub auf. Der Schuppen und das Haupthaus hoben sich schemenhaft gegen den kupferfarben glühenden Nachthimmel ab.

Was ist das für ein Geräusch im Hintergrund?

Neben dem Surren der Elektrobikes und dem Fahrtwind nahm Jo noch ein anderes Geräusch wahr, ein Prasseln und Knistern, das trotz der Nebengeräusche und der Dämpfung durch den Helm zu ihr durchdrang. Sie spitzte die Ohren und fokussierte den Blick. Grauer Qualm stieg vom Haupthaus auf. Da realisierte Jo, was sie sah und hörte: *Es brennt! Die Farm brennt!*

Entsetzt hämmerte Jo mit der rechten Faust auf Ricks Rücken ein. »Halt an, Rick! Wir müssen umkehren!«, schrie sie, so laut sie konnte. »Die Farm brennt!«

Er reagierte nicht. Stoisch gab er Gas. Jo lief es eiskalt über den Rücken, als sie verstand, was geschah.

Wir fliehen! Javier hat die Farm in Brand gesetzt!

Der Schmerz der Enttäuschung zerriss ihr das Herz. Ihre geliebte Farm brannte – und sie flüchteten!? Tränen der Verzweiflung und Wut liefen über Jos Wangen.

Aus der Traum!

Aus die Hoffnung auf ein besseres Leben!

Erneut Flucht.

Erneut Chaos und Leid.

Erneut Ungewissheit.

SPRINGFIELD

WENIGE STUNDEN SPÄTER

Mit leerem Blick starrte Jo durch das schmutziggraue Fenster des Diners nach draußen. Alex, Kenneth und Javier standen mit den Bikes unter einer großen Kastanie und warteten. Im Hintergrund des Gastraumes hörte sie, wie Rick mit der Kellnerin sprach, die nebenbei mit Geschirr klapperte.

Jo war müde und ihr Schädel drohte zu platzen.

Können Bier und Cider solche Kopfschmerzen verursachen?

Ein schaler Geschmack hatte sich in ihrem Mund breitgemacht und ihre Glieder fühlten sich unendlich schwer an.

Nein, nicht nur meine Glieder … Mein Herz ist unendlich schwerer.

Ihre Gedanken schweiften ständig zurück zur Farm, zu Brenda und Fred.

Wie geht es ihnen bloß? Sind sie verletzt? Ist die Feuerwehr rechtzeitig eingetroffen, um den Brand zu löschen?

Rick trat an den Tisch und legte ihr die Hand auf die Schulter. »Steh auf, Babe, wir müssen weiter.«

»Rick, wir müssen in Erfahrung bringen, wie es ihnen geht. Ich mache mir wirklich Sorgen!«

»Sei still, Babe! Willst du etwa, dass man uns mit dem Brand in Verbindung bringt? Womöglich haben Brenda und Fred uns zwischenzeitlich sogar bei der Polizei angezeigt«, zischte er und drückte seine Finger warnend in ihre Schulter.

Sie starrte Rick entsetzt an. »Kannst du mir nicht endlich sagen, was genau ihr angestellt habt?«

Er schnitt ihr mit einer Bewegung der Hand das Wort ab. »Du musst nicht alles wissen. Es ist besser so. Ich will dich nur beschützen. Es gibt hier um die Ecke ein Motel, das ganz billig sein soll, hat mir die Kellnerin verraten. Da fahren wir jetzt hin und ruhen uns aus.« Er zog sie auf die Beine und führte sie hinaus auf den

Parkplatz. »Etwas Schlaf wird uns guttun. Dann sehen wir weiter.«

Das Motel wirkte vernachlässigt, beinahe schäbig. Es schien nicht stark frequentiert zu sein. Dennoch buchten sie sich vorsorglich für eine Woche ein und Rick bezahlte im Voraus. Es wurden ihnen zwei Zimmer am Ende des Flügels zugewiesen, in die sie ihre wenigen Gepäckstücke hineinschafften. Jo und Rick hatten ein Zimmer für sich allein. Javier, Alex und Kenneth teilten sich das andere.

Im Türrahmen drehte sich Rick um und befahl leise: »Alex und Javier, ihr kümmert euch um die Nummernschilder. Am besten wartet ihr, bis es dunkel ist.«

Seine Worte drangen durch den Nebel in Jos Gehirn.

Diesen Satz habe ich doch schon einmal gehört! War es in Jackson oder Vicksburg?

Er schloss die Tür hinter ihnen und warf die Taschen aufs Bett.

»Was bedeutet das mit den Nummernschildern, Rick?«, fragte sie, als er sich zu ihr aufs Bett setzte. Er musterte sie nachdenklich.

Wägt er ab, ob er mir wenigstens diese Story anvertrauen kann?

Rick fuhr sich durchs Haar und seufzte tief. Er wirkte erschöpft. Unter seinen Augen zeichneten sich dunkle Schatten ab. »Falls der Kerl in New Orleans den Diebstahl gemeldet hat, haben die Bullen die Beschreibung und die Kennzeichen. Genauso könnte es sein, dass Fred diese an die Polizei gemeldet hat und sie uns suchen. Es ist besser, die Schilder regelmäßig zu wechseln.«

Jo verstand und schluckte schwer. Rick hatte offensichtlich Erfahrung damit. Ihr Bild vom strahlenden Helden bröckelte. Ja, sie hatte gewusst, dass Rick keine reine Weste hatte. Dennoch traf sie dieses weitere Eingeständnis seiner kriminellen Erfahrungen.

»Das ist nur zur Vorsicht, Baby. Uns wird nichts geschehen, dafür sorge ich.«

Hatte er etwa in ihren Augen Angst gelesen? Wenn ja, dann lag er falsch. Es war keine Angst, die sie verspürte. Es war Enttäuschung.

»Grübel nicht. Leg dich ein wenig aufs Ohr, Baby, du bist müde.« Er drückte sie in die Kissen und deckte sie fürsorglich zu.

Als Jo wieder erwachte, fühlte sie sich etwas besser. Es war dunkel im Motelzimmer. Sie sah sich nach Rick um, doch der Platz neben ihr im Bett war unbenutzt. Jo schlürfte ins Badezimmer und benetzte ihr Gesicht mit Wasser. Gierig trank sie ein paar Schlucke aus dem Wasserhahn, um ihre trockene Kehle zu befeuchten. Ihr Spiegelbild starrte sie blass und mit rot geränderten Augen an. Da hörte sie plötzlich die Tür schlagen.

»Rick?«

»Ja, Baby, ich bin es. Gut, dass du wach bist.«

Sie trat ins Schlafzimmer und er warf ihr einen unergründlichen Blick zu. Jo wurde mulmig zumute. »Was ist los?«

Er zog etwas aus seiner Jackentasche und warf es ihr mit einer unwirschen Bewegung zu. Jo griff reflexartig zu. Es waren die Pillen, die stets auf ihrem Nachttisch gelegen hatten.

»Das Päckchen habe ich in deinem Zimmer gefunden. Ich will gar nicht erst wissen, wie du an die Tabletten kamst. Aber sie kommen uns jetzt gelegen. Nimm eine. Ich hab gestern kein Kondom benutzt. Und das wollen wir jetzt sicher nicht büßen.«

Zweimal haben wir uns geliebt.

War das erste Mal wirklich Liebe gewesen? Maximal Leidenschaft. Doch was bedeutet Liebe und was Leidenschaft?

Sie hatte keine Erfahrung mit Männern und vielleicht kam es einfach mal vor, dass man körperlich Frust beim Sex ablassen musste, auch wenn man sich liebte. Rick wirkte jedenfalls keineswegs schuldbewusst deswegen. Jo war sich nicht sicher, ob sie das Vorgefallene überbewertete. Er hatte es ja danach ausgiebig und liebevoll wieder gutgemacht.

Schließlich entnahm sie der Verpackung eine der kleinen Pillen und schluckte sie trocken hinunter. »Die sind von Brenda«, erklärte sie, obwohl er gar nicht gefragt hatte.

»Das habe ich mir schon gedacht. Brenda hatte offenbar keine gute Meinung von mir.«

Und sie hat recht behalten, zumindest für das eine Mal.

Jo setzte sich aufs Bett.

»Rick, bitte. Können wir über das reden, was vorgefallen ist? Was auf der Farm passiert ist? Ich muss wissen, ob Brenda und Fred etwas zugestoßen ist.«

Er verdrehte genervt die Augen, setzte sich aber dennoch zu ihr und legte ihr die Hand auf den Oberschenkel.

»Süße, du machst dir umsonst Sorgen, glaub mir. Es ist ihnen nichts passiert. Das Feuer wurde wenige Minuten später von der Feuerwehr gelöscht. Der Schaden ist nicht so schlimm, wie es ausgesehen hat.«

Argwöhnisch sah sie ihn an. Gestern hatte er diese Information für sie nicht gehabt.

»Woher weißt du das?«

»Als du schliefst, habe ich Andy angerufen. Kennst du Andy? Er hat mit mir im selben Haus gewohnt auf der Farm.«

Ja, ich erinnere mich vage.

»Wollte er nicht wissen, warum du abgehauen bist? Wie hast du ihm unser Verschwinden erklärt?«

»Ich kann ihm vertrauen, keine Sorge. Pass auf, ich erzähle dir jetzt, was sich abgespielt hat. Sonst nervst du mich damit noch ewig. Aber raste nicht aus!«

»Nein. Versprochen.«

»Jav ist mit James in Streit geraten. Es ging um diesen Bonus. Jav hat James darauf angequatscht, weil wir ja am nächsten Tag abdüsen wollten. Er hat ihn gefragt, ob wir alle den Bonus noch am selben Abend bekommen würden. James hat nein gesagt und war regelrecht sauer, weil Jav so dreist war. Er hat ihn beschimpft als gierigen Beaner*.«

Ricks Stimme troff vor Abscheu. Jo war klar, dass er auf Javiers Seite stand, ganz egal, wie James reagiert hätte. »Da ist auch Jav ausfällig geworden und am Ende sind aufeinander losgegangen. Das Feuer hat sich entzündet, als sie sich in der Küche geprügelt und dabei die Kerzen vom Tisch gefegt haben. Die Flammen haben die Tischdecke und die Gardinen in Brand gesetzt. Das alles ging so

---

*beaner = Bohnenfresser, umgangssprachlich abwertend für Mexikaner

schnell, dass es keiner mehr aufhalten konnte. Andy hat mir erzählt, dass niemand verletzt wurde. Nur James hat Blessuren davongetragen. Nicht wegen der Flammen, sondern wegen Javs Prügel.«

Jo versuchte, sich das Ganze vorzustellen. Es klang nicht rund, doch sie war zu müde, um genauer darüber nachzudenken, was sie an dieser Version der Geschichte störte.

»Hey, Baby, wir wollten die Farm doch eh verlassen. Passiert ist passiert. Wir können froh sein, wenn Brenda uns nicht nachträglich die Polizei auf den Hals hetzt wegen des Brandes. Jetzt fangen wir einfach ein neues Leben an und vergessen, was in Lowell geschehen ist. Und ab sofort will ich über das Thema auch nicht mehr mit dir diskutieren.«

SPRINGFIELD

DEZEMBER 2035

Jo tat sich schwer dabei, sich in Springfield einzugewöhnen. Auch konnte sie Ricks Rat nicht aus freien Stücken beherzigen und die Farm vergessen. Im Gegensatz zu den Jungs hatte Jos Herz an dem Ort und den

Menschen gehangen, obwohl sie nur wenige Monate in Lowell verbracht hatte.

Es war einfach so perfekt gewesen!

Wäre es nach ihr gegangen, wäre sie ewig dort geblieben.

Sie hatte ein schlechtes Gewissen Brenda gegenüber, da sie ohne ein Wort mit Rick abgehauen war. Sie nahm sich vor, Brenda so bald wie möglich anzurufen, um ihr alles zu erklären. *Wenn der Abend im Streit zwischen Javier und James geendet hat, war das Ganze ein schrecklicher Unfall.*

Routiniert gingen Rick und die Jungs auf Job- und Wohnungssuche. Jo nahm an, dass er, Javier, Kenneth und Alex im Gegensatz zu ihr Übung darin hatten, einen Ort schnell und emotionslos zu verlassen.

Die Woche im Motel war kaum vergangen, da unterschrieb Rick bereits einen Arbeitsvertrag bei ›Pep Boys Autoservice‹ als Automechaniker und am übernächsten Tag den Mietvertrag zu einem Haus in der Walnut Street.

Die Maklerin vermietete es für ein älteres Pärchen. Rick hatte Jo erklärt, dass nur sie beide das Haus besichtigen würden. Jo hatte rasch verstanden, warum: Die Maklerin war etwas altmodisch, und Rick hatte Eindruck schinden wollen. Er trug bei dem ersten Treffen das weiße Hemd, das er vor wenigen Tagen beim Erntedankfest in Lowell getragen hatte. Er hatte Jo gebeten, ihren Rock anzuziehen. Sie beide gaben ein hübsches Bild ab als junges Paar, das sich in Springfield sesshaft machen wollte. Dass drei weitere Männer einziehen würden, hatte Rick der Maklerin wohlweislich verschwiegen.

Rick stellte sich als Richard Montgomery und Jo als

seine Verlobte Jordan Fine vor. Jo hatte überrascht die Augenbrauen hochgezogen.

Seine Verlobte?

Seinen wahren Namen Ricardo Mendoza erwähnte er nicht.

Erneut ein dunkles Puzzlestück aus seiner Vergangenheit?

Dass Kenneth und Alex eine Fake-ID besaßen, hatte er Jo verraten, nicht jedoch, dass auch er mit seiner echten Identität kollidiert war. Sie nahm sich vor, ihn in einer ruhigen Minute zur Rede zu stellen.

Als Rick der Maklerin traurig und leise von ihren tragischen Erlebnissen während der Flut in New Orleans erzählte, hatte er sie am Haken. Am selben Abend noch bekamen sie die Hausschlüssel.

Als sie zurück im Motel waren, ergriff Jo die Gelegenheit zu einem ernsten Gespräch. »Richard Montgomery hat sich also mit mir verlobt. Wer ist das und will ich überhaupt etwas mit ihm zu tun haben?«

Rick warf spielerisch die neuen Hausschlüssel in die Luft, um sie geschickt wieder aufzufangen. Er lächelte sie verführerisch an, trat näher und umarmte sie. »Es tut mir leid, Baby, dass ich dir noch nicht von Richard Montgomery erzählt habe. Ich mag ihn nicht besonders. Er ist langweilig! Wichtig aber ist: Er hat sich nie was zuschulden kommen lassen. Richard hat eine weiße Weste.«

»Warum hast du dich mir dann als Rick Mendoza vorgestellt? Deinen Fake-Namen hast du mir nie verraten. War das nicht gefährlich?«

»Du bist schlau, Jo!« Er streichelte über ihre Wange. »Rick ist Rick, alle nennen mich so, egal ob Richard oder

Ricardo. Deshalb habe ich mir nichts dabei gedacht. Genauso wie bei Jo, Jo-Ann und Jordan. Aber es war ein Fehler, dir das nicht anzuvertrauen. Da hast du recht. Du hast mich damals auf der Straße in New Orleans ganz einfach verzaubert. Ich habe in deine blauen Augen geschaut und alles um dich herum vergessen …«

Jo schnaubte: »Du Schmeichler … Warum hast du mir dann später nicht erzählt, dass du eine Fake-ID hast? Spätestens, als du von Kenneth und Alex erzählt hast, hättest du es mir doch sagen können. Du weißt alles von mir. Und ich weiß im Gegenzug *nichts* von dir. Gibt es da so vieles, das du verschweigen musst?«

Schon als Jo diese Frage stellte, begriff sie, dass sie die Antwort nicht wissen wollte. Was da Dunkles in seiner Vergangenheit schlummerte, sollte vielleicht besser verborgen bleiben. Jo wollte nicht, dass noch mehr von der heilen Fassade abbröckelte. Tief in ihrem Inneren war ihr aber bewusst, wie fahrlässig das war.

Die Wahrheit kannst du nicht verdrängen, Jo. Ist es schlau, nicht zu wissen, mit wem du es wirklich zu tun hast?

»Ich habe dir absichtlich nicht alles über mich erzählt, Baby, um dich nicht zu erschrecken. Vertrau mir: Rick Mendoza ist einiges an Scheiße passiert, von der du lieber nichts wissen willst. Ich bin aber einer der Guten, das habe ich dir schon einmal gesagt. Glaubst du mir das?«

Konnte er ihre Gedanken lesen? Jo senkte den Blick, damit er die Zweifel in ihren Augen nicht sehen konnte. All diese Widersprüche, die nach und nach zu Tage traten, verwirrten sie. Nicht nur die Lügen, nein, auch sein Verhalten im Schuppen passte nicht zum Bild ihres wundervollen, schönen Liebhabers.

Es passte vielmehr zu dem berechnenden, skrupellosen Bad Boy, der alles bekam, was er wollte. Sie erinnerte sich deutlich an seine Leidenschaft gepaart mit dieser speziellen Grobheit im Schuppen. Sie wollte hoffen, dass diese Art Gewalt nicht eines seiner verborgenen Hobbys war, die er ihr verschwiegen hatte. Wie sehr hätte sie sich dann in ihm getäuscht?

Sie versuchte sich an einem Lächeln und wechselte das unangenehme Thema: »Und wie kamst du auf den Gedanken, uns als Verlobte auszugeben?«

»Das war eine spontane Eingebung. Ich glaube, das hat bei der Dame mächtig Eindruck gemacht, oder nicht? Und ganz ehrlich: Ich finde, das hat was! Es ist so oldschool-romance …« Er legte besitzergreifend beide Hände an ihre Wangen und zwang sie damit, seinem Blick standzuhalten. »Ich hätte nichts dagegen, dich etwas fester an mich zu binden, Baby«, schnurrte er und küsste sie zärtlich. Jo bekam weiche Knie. Ihr Herz setzte vor Freude ein paar Takte aus.

Da ist er wieder, mein romantischer, liebevoller Freund!

»Das ist wirklich oldschool. So hab ich dich gar nicht eingeschätzt, Rick! Es ist aber auch süß. Ich mag die Vorstellung.«

»Du magst die Vorstellung? Warte erst, bis ich dir zeige, was ich dir sonst noch biete. Enjoy the show, Baby!« Sanft schubste er sie auf das Bett und zeigte sich von seiner verführerischen Seite. Und Jo vergaß für eine Weile ihre Zweifel an seinem tadellosen Charakter.

In der Nacht schoben sie die Bikes über das Grundstück in der Walnut Street und in die Garage. Niemand aus der

Nachbarschaft bekam mit, dass im Haus nebenan nicht etwa ein junges Pärchen einzog, sondern stattdessen vier Männer und eine Frau – völlig sittenwidrig!

Das kleine Haus war mindestens 200 Jahre alt und etwas verwahrlost. Es stand auf einem Eckgrundstück, das nach hinten von alten Bäumen beschützt wurde. Von der Straße aus führte ein schmaler Weg bis zu den Verandastufen. Von der Veranda aus gelangte man zu der dunkelgrün gestrichenen Eingangstür. Das Häuschen hatte eine weiße Beplankung, die dringend einen Anstrich nötig hatte. Ein Erker mit hohen Fenstern, der von einem spitzen Giebel gekrönt wurde, zeigte nach vorne zur Straße.

Betrat man das Häuschen, lag linker Hand die Küche und ein kleines Badezimmer. Rechts befand sich ein gemütlich eingerichtetes Wohnzimmer. Es war das Zimmer mit dem Erker. Die steile Treppe, die nach oben führte, quietschte mitleidig. Im Obergeschoss gab es drei Schlafzimmer und ein Badezimmer mit Dusche und Badewanne.

Das Zimmer direkt über dem Wohnzimmer war das schönste und hellste. Es lag unter dem Giebel und hatte spitz zulaufende Decken. Es stand ein hohes French-Size-Bett mit einem Metallgestell, ein großer, altertümlicher Schrank und eine Kirschholz-Kommode mit Klauenfüßen darin.

Als Rick dieses Zimmer betrat, zog er Jo zu sich heran und bestimmte: »Jungs, ihr teilt die anderen beiden Zimmer unter euch auf. Jo und mir gehört dieses Zimmer.«

Erst jetzt wurde Jo bewusst, dass dies einen Neuanfang für sie bedeuten konnte.

Rick und ich wohnen zusammen und teilen uns ein Schlafzimmer. Und er hat von Verlobung gesprochen!

Ein überwältigendes Gefühl der Freude und Dankbarkeit überrollte sie mit Wucht. Wurde hier endlich ihr Wunsch wahr: der Wunsch nach Liebe und Stabilität, nach Sicherheit, Geborgenheit und Nähe? Und das alles mit ihrer ersten großen Liebe? *Dieser wunderschöne, begehrenswerte Mann hat sich ausgerechnet in mich verliebt und spricht sogar von Verlobung! Kann es denn noch besser werden?*

Jede Beziehung hat ihre Höhen und Tiefen. Dass wir uns nicht immer einig sind, muss nichts bedeuten. Und dass Rick Launen, Ecken und Kanten hat, sollte mich nicht aus der Bahn werfen. Die habe ich auch.

In ihren einsamen Nächten auf der Farm hatte sie sich genau das gewünscht, wenn sie von Rick geträumt hatte: eine gemeinsame Zukunft mit ihm. Sie wollte die unangenehmen Vorfälle der letzten Zeit vergessen und sich einfach nur auf den Neuanfang freuen.

Ihr Gewissen machte ihr jedoch einen Strich durch die Rechnung. Bis tief in die Nacht kreisten ihre Gedanken wieder um die brennende Farm und ließen sie schlaflos zurück. Was nach dem Fest vorgefallen war, hatte Rick ihr erzählt. Es erklärte jedoch nicht, warum sie Hals über Kopf geflohen waren.

Ja, Javier musste befürchten, dass Brenda und Fred ihn zur Verantwortung ziehen würden.

Körperverletzung und das fahrlässige Verursachen eines Brandes machen sich nicht gut in seiner Polizei-Akte. Hätte es da nicht viel mehr Sinn gemacht, gemeinsam den Brand zu löschen, sich zu entschuldigen und dann im Guten die Farm zu verlassen?

Davonzulaufen war falsch.

Warum sind wir überhaupt als Gruppe abgehauen? Außer Javier war doch niemand in diesen Streit involviert! Ging es da um so eine Art Gang-Zusammenhalt?

All diese Fragen plagten Jo und brachten sie um den Schlaf. Ricks Atem ganz nah an ihrem Ohr konnte sie nicht beruhigen. Auch die Geräusche des alten Hauses waren neu und ungewohnt und hielten sie wach. Immer wieder spielten sich in ihrem Kopf die Szenen und Gespräche der vergangenen Tage ab. Irgendetwas störte sie an dem Bild, das Rick ihr gezeichnet hatte.

Und dann ging Jo spät in der Nacht ein Licht auf. Das eine Puzzlestück, das ihr die ganze Zeit über gefehlt hatte, lag plötzlich vor ihr!

Die gepackte Tasche!

Während Jo im Schuppen schlief, war Rick verschwunden und mit der halbfertig gepackten Tasche zurückgekommen.

Wie konnte er wissen, dass wir fliehen müssen? Ist er geistesgegenwärtig nach dem Streit zwischen James und Javier in mein Zimmer gerannt, um meine Sachen zu packen, während sich unten das Feuer ausbreitete?

Möglich, aber unwahrscheinlich.

Wahrscheinlicher ist, dass er bereits geplant hat, am nächsten Tag die Farm zu verlassen. Dann hat er vorsorglich meine Sachen gepackt.

Das bedeutet aber, dass er davon ausgegangen ist, dass ich mitkomme oder dass er über meinen Kopf hinweg einfach eine Entscheidung für mich getroffen hat.

Weder das eine noch das andere behagte ihr.

Mit der Flucht hatte er sie gezwungen, seine Entscheidung zu akzeptieren, obwohl er wusste, dass sie nicht von der Farm wegwollte. Er hatte ihr keine Chance gelassen, für sich selbst zu wählen. Und das ärgerte sie am meisten.

Als sie nach unten in die Küche trat, war der Tisch gedeckt. Croissants und frisch duftender Kaffee empfingen sie. Alex versuchte, ein Feuer im Kamin zu entfachen. Als er Jos überraschten Blick sah, grinste er schief. »Guten Morgen! Ich war bereits bei Starbucks, um Frühstück zu holen, da unser Kühlschrank noch so verdammt leer ist.«
Wenig später saßen sie alle gemeinsam um den Küchentisch und knabberten an den trockenen Croissants. Keiner außer Alex sah besonders ausgeruht oder gut gelaunt aus.

Jos Kopf platze beinahe vom nächtlichen Grübeln und sie konnte nicht an sich halten: »Lasst uns ehrlich sein. So toll wie auf der Farm ist es hier nicht. Ich finde, es war eine blöde Idee, zu gehen. Sind wir echt alle wegen Javier von der Farm abgehauen? Ich verstehe dieses Solidaritätsding zwischen euch nicht. Wäre es nicht sinnvoller gewesen, du hättest dich bei James entschuldigt und wir hätten alle bleiben können?« Jo fixierte Javier. An seinem bösen Blick erkannte sie, dass er keine Lust hatte, ihr Rede und Antwort zu stehen.

Ricks Hand umschloss wie eine Handschelle Jos Unterarm und er fuhr sie unwirsch an: »Kannst du nicht endlich den Mund halten? Du gehst mir auf die Nerven mit deiner Fragerei. Vergiss endlich diese beschissene Farm! Wir sind jetzt hier und müssen ein neues Leben anfangen. Gewöhn dich dran und zick nicht rum!«

Jo zuckte zurück. Sein aggressiver Ton und die rüden Worte verletzten sie. Blut schoss ihr in die Wangen und sie starrte auf seine Finger, die sich in ihr Fleisch gebohrt hatten.

Dennoch wollte sie nicht so schnell klein beigeben. »Ich verstehe ja, dass wir hier ein neues Leben beginnen. Geschehen ist geschehen. Aber ich komme einfach nicht darüber hinweg, dass wir die Farm brennend hinter uns gelassen haben! Was wäre so schlimm daran gewesen, sich zu entschuldigen und beim Löschen des Feuers zu helfen? Ich finde, das gehört sich! Wir hätten am nächsten Tag immer noch gehen können. Das ist in meinen Augen Solidarität!«

»Jo, hör auf, den Moralapostel zu spielen und halt dich verdammt noch mal da raus! Wann wir aufbrechen, entscheide ich! Und wage es ja nie wieder, meine Entscheidungen anzuzweifeln! Du hast versprochen, keine dummen Fragen zu stellen, erinnerst du dich?« Ricks Stimme hatte sich bedrohlich gesenkt.

»Ja, das war aber noch in New Orleans! Da ging es doch um etwas völlig anderes! Und außerdem hat sich ja wohl ein bisschen was geändert, seit wir zusammen sind …«

Ricks Gesicht wurde ausdruckslos. Mit gefährlich leiser Stimme zischte er: »Du meinst, nur weil ich dich ficke, kannst du dich hier aufspielen? Schmink dir das ab, Süße, sonst bist du ganz schnell von der Bildfläche verschwunden.«

Die Drohung stand wie eine Ohrfeige im Raum. Jo erstarrte und ihr wurde eiskalt.

Meint er das ernst?

Wieder sah sie eine Facette Ricks, die ihr fremd und unheimlich war. Um ihn nicht noch mehr zu reizen, schluckte sie weitere Widerworte hinunter, senkte den Blick und versuchte, sich zu beruhigen.

Rick wechselte das Thema, nachdem Jo keine Anstalten mehr machte, den Streit zu vertiefen.

»Da Jo sich nun beruhigt hat, können wir uns den wichtigen Dingen widmen, die anstehen. Alex, ich muss zur Arbeit. Nimm Jo und geh ein paar Lebensmittel einkaufen. Kenneth, du checkst mal das Internet nach Jobs ab. Jav, du bringst an der Garage Schlösser an, damit uns niemand die Bikes klaut.«

Er erhob sich und verließ die Küche. Im Hinausgehen schnappte er sich seine Motorradjacke und die Schlüssel für sein Bike. Jo würdigte er keines Blickes. In ihren Gedanken versunken strich sie über die schmerzende Stelle an ihrem Arm und versuchte, den Streit und das Gesagte zu verdauen. Alex räusperte sich.

»Wann wollen wir los, Jo? Musst du dich noch fertig machen?«, fragte er leise.

»Ja. Ich zieh mich kurz um. Gib mir zehn Minuten«, presste Jo hervor und rannte dann nach oben in ihr Zimmer. Dort kullerten ihr Tränen der Erniedrigung und der Enttäuschung übers Gesicht, während sie sich eine Jeans und die Chucks anzog.

Sie war so aufgewühlt, dass sie ihre Gefühle nicht richtig ordnen konnte. Ricks abfällige Worte trafen sie tief. Sie passten nicht zu dem Rick, der behauptete, sie zu lieben. Niemals würde sie im Zusammenhang mit ihrer Liebe das Wort »ficken« in den Mund nehmen. Für sie war das absolut respektlos. Ging es ihm in ihrer Beziehung nur darum, sie zu »ficken«?

Hält er so wenig von mir? Meine Meinung darf ich nicht kundtun? Will er lieber ein Dummchen, das sich von ihm sagen lässt, was es zu denken und zu tun hat?

Was war das nur für ein Rick, der nun schon zum zweiten Mal gewaltvoll hervorbrach, der so gänzlich anders war als dieser liebevolle Rick, den sie kannte?

Hatte er ihr in den ersten Wochen etwas vorgespielt, um sie ins Bett zu kriegen?

Aber nein, das macht keinen Sinn …

Rick hatte sich so viel Zeit gelassen und sich solche Mühe gegeben, sie zu verführen.

Er hatte ihr wirklich das Gefühl gegeben, etwas Besonderes zu sein, jemand, den er unbedingt in seinem Leben haben wollte, der ihm wichtig war. Warum regte er sich dann so sehr darüber auf, dass sie ihre eigene Meinung hatte?

Wenn es um das Thema Farm ging, schien er immer wieder auszurasten.

Warum sträubt er sich so dagegen, über den letzten Abend auf der Farm zu reden? Ist es nicht normal, dass ich mir Sorgen um Fred und Brenda mache? Dass es mir leidtut, was geschehen ist?

Sie entschied sich, das einzig Richtige zu tun: Sie würde Brenda anrufen und ihr sagen, wie leid ihr das alles tat. Sie musste wissen, wie es ihr ging und wie groß der Schaden war.

Das bin ich Brenda schuldig. Das bin ich vor allem mir selbst schuldig. Sonst kann ich mir nicht mehr in die Augen sehen.

Jo lauschte. Unten war alles still. Sie hatte noch fünf Minuten Zeit. Sie holte das ReFlex aus ihrer Hosentasche und suchte mit fliegenden Fingern im Netz nach der Telefonnummer. Sie tippte sie an und wartete ungeduldig, bis sie das Tuten in der Leitung hörte. Es dauerte nicht lange, da nahm Brenda ab.

»Ja?«

Beim Klang der vertrauten Stimme hatte Jo plötzlich einen Kloß im Hals.

»Brenda? Hier ist Jo«, begann sie mit brüchiger Stimme. Sie räusperte sich.

»Wo bist du, Mädchen?« Brendas Ton war nicht gerade freundlich. Das wunderte Jo nicht.

Wie fange ich nur an?

»Ich bin mit den Jungs in Springfield. Brenda, hör mir bitte zu. Es tut mir so schrecklich leid, was passiert ist. Rick hat mich in der Nacht des Brandes total überrumpelt. Ich finde es schrecklich, dass Javier sich mit James gestritten hat, bloß wegen des Bonus. Aber schlimmer ist, dass das Feuer ausgebrochen ist. Wie geht es euch und wie groß ist der Schaden?«

Zunächst war Stille in der Leitung und Jo befürchtete bereits, dass der Kontakt abgebrochen war. Doch da atmete Brenda tief durch. »Jo, ich weiß nicht, was sie dir erzählt haben. Ich weiß nichts von einem Streit. Javier hat versucht, uns auszurauben. Das ist die Wahrheit. Mit dem Bonus hatte das nichts zu tun. James hat ihn dabei erwischt, wie er in der Nacht das Haus nach Wertgegenständen durchsucht hat. Javier hat ihn angegriffen und seinetwegen hat James eine Gehirnerschütterung und einen gebrochenen Arm. Das Feuer konnten wir Gott sei Dank löschen. Die Küche ist im Eimer. Aber das lässt sich alles wieder herrichten. Ich habe Javier bei der Polizei angezeigt.«

Atemlos hörte Jo zu. Die Härchen auf ihren Armen richteten sich auf. Javier hatte versucht, die Farm auszurauben, so wie Brenda es vorhergesehen hatte. Das war von vornherein der Plan gewesen. Rick hatte sie abgefüllt, um sie still und gefügig zu halten. Und während Javier im Erdgeschoss nach Wertgegenständen suchte, war Rick vermutlich im Obergeschoss gewesen, wo er die Gelegenheit hatte, ihre Sachen zu packen. Somit war auch das Rätsel um die Tasche gelöst. Jetzt ergab alles einen Sinn.

»Ich dachte, du wüsstest das. Sie haben deinen Schlüssel benutzt, um ins Haus zu kommen. Und nachdem du ebenfalls verschwunden warst, nahm ich an, du wärst eingeweiht gewesen.« Brendas Stimme hatte noch immer einen vorsichtigen Unterton.

»O mein Gott, Brenda, nein!«, schluchzte Jo auf. »Das würde ich nie im Leben tun! Jetzt verstehe ich erst, was passiert ist, und warum Rick mir gesagt hat, dass ihr mich verantwortlich machen würdet«, stammelte sie, als sich ihr die gesamte Wahrheit erschloss. »Du musst mir glauben, Brenda! Niemals hätte ich gewollt, dass euch etwas passiert!«

In diesem Moment hörte sie ein Knarren auf den Stufen und erschrak. »Brenda, ich muss Schluss machen. Ich melde mich so bald wie möglich wieder bei dir«, flüsterte Jo und beendete hastig das Gespräch. Sie steckte das ReFlex in ihre Gesäßtasche und öffnete die Tür. Unten am Treppenabsatz stand Javier.

Hat er gelauscht?

»Alex wartet draußen auf dich, soll ich ausrichten. Er hat das Bike schon gestartet, also beeil dich«, befahl er ihr.

»Ist okay, bin schon fertig.« Jo schluckte nervös, schlüpfte in ihre Jacke und hastete nach unten. Ob er wohl von dem Gespräch etwas mitbekommen hatte?

Sie verbrachten den Tag mit Einkaufen, Haus putzen und damit, sich im Netz nach geeigneten Jobs umzuschauen.

Jo versuchte, sich normal zu verhalten und ihre innere Unruhe abzuschütteln. Um sich abzulenken, rief sie bei Starbucks und bei mehreren Restaurants an, doch dort gab es keine freien Stellen als Kellnerin. Insgeheim wollte Jo gar nicht hier in Springfield bleiben. Aber was wäre die Alternative?

Gerne wäre sie wieder zurück nach Lowell auf die Farm gegangen. Das würde aber bedeuten, dass sie sich von Rick trennen musste.

Bin ich dafür schon bereit?

Ihre Beziehung hatte durch die letzten Ereignisse und sein Verhalten einen Riss in ihrer Perfektion erhalten.

Wie tief ist meine Liebe zu ihm noch?

Er war kein Musterknabe. Das hatte sie bereits bei ihrer ersten Begegnung geahnt, wenn sie ganz, ganz ehrlich zu sich selbst war. Und war es nicht genau das gewesen, was sie magisch zu ihm hingezogen hatte? Seine maskuline, dunkle Aura? Sein Bad-Boy-Charme?

In Jo kämpften ihre Gefühle für Rick gegen die schmerzende Erfahrung, von ihm getäuscht und ausgenutzt worden zu sein.

Wie sollte sie mit ihrem neuen Wissen um den verhängnisvollen Abend auf der Farm umgehen? Sie hoffte inständig, dass Brenda ihr abgenommen hatte, dass sie Rick den Schlüssel niemals freiwillig gegeben hätte.

Entgegen Brendas Meinung war Jo sich sicher, dass Javier nicht allein für den Diebstahl verantwortlich war. Dafür war er zu planlos und aufbrausend. Der Kopf hinter dem Ganzen musste Rick sein. Er hatte als Einziger die Möglichkeit gehabt, ihr den Schlüssel zu entwenden.

Dieser Vertrauensmissbrauch wog schwer, fast genauso schwer wie der Versuch, die Farm zu berauben. Konnte sie darüber hinwegsehen, welch schwarze Seele ihr Freund hatte?

Kann ich Rick verzeihen, dass er mich angelogen und getäuscht hat? Kann Liebe all das wettmachen?

Und wenn ja, könnte er hier in Springfield zusammen mit ihr einem anständigen Lebenswandel nachgehen? Vielleicht war sie die einzige Chance für ihn, ein geregeltes Leben zu beginnen. Durfte sie ihn und ihre Beziehung dann so schnell aufgeben? Jeder hatte doch eine zweite Chance verdient, so wie sie selbst …

Bis Jo sich darüber im Klaren war, wie sie damit umgehen sollte, würde sie vor Rick und den Jungs verheimlichen, dass sie mit Brenda telefoniert hatte und nun die Wahrheit kannte.

FOLGENSCHWER

Jo bereitete das Abendessen vor, als Rick und Javier die Küche betraten. Mit wenigen großen Schritten war Rick bei ihr. Er packte mit einer Hand ihren Oberarm. Mit der anderen griff er in ihr Haar und zog ihr Gesicht zu sich heran.

Jo japste erschrocken. »Aua, Rick, du tust mir weh!« Seine Augen quollen beinahe aus ihren Höhlen, als er mit leiser, eiskalter Stimme fragte: »Was höre ich da? Du hast auf der Farm angerufen? Da lasse ich dich nur einen Tag allein, und du fällst mir so dermaßen in den Rücken?«

Er griff nach ihrem ReFlex, das in ihrer Gesäßtasche steckte und nahm es an sich.

»Damit du nicht noch mal auf dumme Gedanken kommst«, zischte er.

»Ich wollte einfach nur wissen, wie es Brenda geht, Rick. Das ist doch nichts Schlimmes! Bitte lass mich los, du tust mir weh«, wimmerte Jo.

»Entweder lügst du mich an oder bist einfach nur dumm!« Sein Tonfall war ätzend. Und in diesem Moment schlug er sie zum ersten Mal: Seine Hand klatschte so hart gegen ihre Wange, dass ihr Kopf zur Seite flog. Aus den

Augenwinkeln konnte sie noch Javiers boshaftes Lächeln sehen, bevor Rick sie an ihm vorbei zur Treppe zerrte. Alles ging so rasend schnell, dass Jo nicht wusste, wie ihr geschah und verstört die Stufen nach oben stolperte. Rick stieß sie ins Schlafzimmer und knallte die Tür hinter ihnen zu. Ihr Blick war trübe und ihre Wange brannte wie Feuer.

»Was hast du ihr erzählt?«, schrie er. »Und wage es ja nicht, mich anzulügen!«

Jo hatte mehr Angst vor seiner Reaktion, wenn sie ihm *tatsächlich* die Wahrheit sagte. Sie versuchte, ihre galoppierenden Gedanken zu sortieren. Spontan entschied sie sich für die Hälfte des Gespräches: »Ich habe nichts Schlimmes gefragt, Rick, ehrlich! Ich wollte wissen, wie es ihr geht und ob das Feuer großen Schaden angerichtet hat. Sie sagte ›nein‹, die Feuerwehr sei rechtzeitig da gewesen, um den Brand zu löschen. James hat eine Gehirnerschütterung und einen gebrochenen Arm. Sie sagte, sie habe Javier bei der Polizei angezeigt.«

Sie verschwieg, dass sie ihren Wohnort verraten und Brenda ihr das mit dem Schlüssel und dem geplanten Raub erzählt hatte. Er drückte sie gegen die Tür und nahm ihren Kopf zwischen seine Hände.

»Mehr nicht?«

»Nein, mehr nicht! Ich habe ein Geräusch gehört und sah Javier an der Treppe. Da habe ich das Gespräch beendet.«

Seine Augen funkelten gefährlich.

»Hör mir jetzt gut zu, Jo! Das war wirklich dumm, was du da heute angestellt hast. Jeden anderen hätte ich bestraft für diesen Verrat! Da du aber nichts ausgeplaudert hast, verzeihe ich dir noch einmal. Aber merk dir eins: Ich kann es nicht leiden, wenn man nicht ehrlich zu mir ist und mich hintergeht. Da werde ich sehr, sehr böse. Und wag es ja nie wieder, mich vor meinen Jungs bloßzustellen! Keine Widerworte, kein Spott, keine Alleingänge! Ganz klare Regeln. Hast du das verstanden?«

Jo zögerte, aus Angst das Falsche zu sagen. Sie verstand nicht ganz, warum er den Anruf als Verrat wertete. Und hatte sie ihn tatsächlich bloßgestellt? Hatte er nicht vielmehr sie am Frühstückstisch bloßgestellt?

Da brüllte er: »Ob du das verstanden hast, will ich wissen!«

»Ja! Ja, natürlich, Rick, es tut mir so leid! Es wird nie wieder vorkommen«, stammelte Jo und kniff die Augen zusammen, um seinem wütenden Blick auszuweichen. Da spürte sie plötzlich seine Lippen auf ihren. Zärtlich liebkoste er ihre Mundwinkel.

»Das ist mein Mädchen!«, raunte er und küsste ihren Hals. Jo versteifte sich. Als würde er einen Schalter umlegen, war der alte Rick wieder da – der zärtliche Liebhaber. Seine Hände wanderten zu ihren Brüsten und berührten sie, streichelten sie. Er hob Jo hoch und trug sie zu ihrem gemeinsamen Bett, in welches er sie vorsichtig legte und sie langsam entkleidete.

Er liebte sie auf eine beängstigend intensive Art, indem er ihr die ganze Zeit über in die Augen schaute. Es war, als wolle er ihr tief in die Seele blicken … oder als wolle er ihr einbläuen, dass sie ihm zu gehorchen habe. Jo ließ es mit sich geschehen. Sie hoffte inständig, dass sie nicht mit einer unbedachten Reaktion diesen unsichtbaren Schalter betätigte und sich Rick wieder in den Psychopaten zurückverwandelte.

Mit weit aufgerissenen Augen versuchte sie, in seinem

Blick zu lesen, so wie er es vermutlich in ihrem tat. Als er bereits wenige Sekunden später kam, küsste er ihren Hals und raunte: »Es tut mir leid, wenn ich dir wehgetan habe. Kannst du mir verzeihen?«

Jo strich über sein schönes, glänzendes Haar. »Ja, ich verzeihe dir«, log sie und hoffte inständig, dass ihn das besänftigte.

Wer ist dieser Mensch und was geschieht hier?

Diese Verwandlung von lieb zu böse und von böse zu lieb war völlig unberechenbar! Tränen kullerten unaufhaltsam über Jos Wangen.

Sie musste dringend darauf achten, ihn nicht zu provozieren. Doch wie sollte sie wissen, was genau ihn reizte und was nicht? War es ihm nicht möglich, diese Wut zu kontrollieren?

Wie soll das weitergehen? Kann es jemals wieder so werden wie früher? Oder ist es dafür schon zu spät?

Sie erinnerte sich an die wunderschönen und sorgenfreien Wochen auf der Farm, voller Leidenschaft und Neugier. Der Schmerz der Enttäuschung und die Sehnsucht nach dem Verlorenen bohrte sich tief in ihre Seele.

Will ich unter diesen Umständen mit ihm zusammen sein? Will ich das für mein Leben? Ganz sicher nicht! So eine Beziehung will ich nicht!

Am nächsten Abend brutzelte Javier ein undefinierbares Reis-Gericht in der Pfanne und sie setzten sich alle mit einem Bier um den Küchentisch.

Jo kam sich vor wie ein Fremdkörper. Nach der Ohrfeige und dem Streit mit Rick hatte sie das Gefühl, dass Alex und Kenneth sie mitleidig und Javier mit Genugtuung beobachteten. Sie tat sich schwer, so zu tun, als sei alles in Ordnung.

Nun, da sie von Brenda die Wahrheit erfahren hatte, waren die Jungs nicht mehr wie Brüder oder Freunde. Sie hatten Jo benutzt und ihren Schlüssel verwendet, um Brenda und Fred auszurauben.

Was sind das nur für Menschen, dass sie so gut schauspielern können? Oder sind sie schlicht kaltblütig und gefühllos?

Javiers Blick ruhte auf ihr und Jo zwang sich, nicht nervös zu werden. Jetzt, da sie wusste, dass er sie bei Rick angeschwärzt hatte, mochte sie ihn noch weniger leiden als zuvor. Ihr Smartphone würde sie dank Javier vermutlich nicht so schnell wiedersehen.

»Wollen wir darüber reden, dass du uns verraten wolltest, Jo?«, fragte Javier lauernd.

»Wie meinst du das, Javier? Ich wollte *niemanden* verraten! Ja, es war dumm, bei Brenda anzurufen. Aber ich musste einfach wissen, wie es ihr geht! Offensichtlich seid ihr kaltherzig genug, dass euch das nicht wichtig ist!«

Am liebsten hätte sie hinzugefügt: »Wollen wir nicht besser darüber reden, warum du mich bei Rick verpetzt hast oder was du auf der Farm angerichtet hast?«

Doch Jo bremste sich. Sie durfte ihn oder Rick nicht provozieren. Sonst würde sie es wieder büßen. Sie senkte den Blick.

»Jo hat ihre Strafe bekommen, Jav. Lass gut sein. Sie hat es verstanden. *Eine* gute Sache hatte es jedoch, dass sie bei Brenda angerufen hat: Nun wissen wir, dass du eine Anzeige am Hals hast.«

»Was? Diese alte Hexe!«, brauste Javier auf. Sein Gesicht lief rot an vor Wut. Er sprang auf und knallte die Fäuste auf den Tisch. Der Stuhl fiel krachend um.

Rick erhob sich ebenfalls. »Beruhige dich, bro.« Er hob beschwichtigend die Hände. »Ja, der worst case ist eingetreten. Das ist scheiße, aber kein Weltuntergang. Lass uns darüber reden, was zu tun ist.«

Javier pfefferte den Teller vom Tisch und Reis- und Maiskörner flogen durch das Zimmer. Er tigerte die Küche auf und ab.

»Jav, wir haben das oft genug durchgespielt. Die Gefahr war immer groß, dass sie dich erwischen. Jetzt gilt es, die Füße stillzuhalten!«

»Spinnst du, Alter? Wie soll ich die Füße stillhalten? Die Jobsuche kann ich vergessen! Ich muss mich im Haus verstecken, damit ich keinem Cop begegne oder einen Scanner passiere!«

»Sie wissen nicht, dass wir in Springfield sind. Und deinen Chip hast du hier noch nicht verwendet. Es wird nichts passieren, solange du achtgibst. Aber du hast recht – reguläre Arbeit kannst du vergessen.«

»*Fuck, fuck, fuck!*« Javier fuhr sich panisch durch die langen Haare.

Rick setzte sich. »Ich schlage vor, du machst weiter wie bisher. Schaff mir Ware an und ich verticke sie für dich. Bald hast du das Geld zusammen für den Chip.«

»Eigentlich könntest du mir den Chip vorstrecken, Alter. Es kann doch gar nicht mehr viel Geld fehlen.« Javiers Stimme war weinerlich. Auf einmal wirkte er wie ein kleiner, verschreckter Junge auf Jo.

Rick kniff die Augen zusammen. Er lehnte sich auf dem Stuhl zurück und räusperte sich. »Sorry, Jav. Ich kann dir das Geld nicht vorstrecken. Ich habe es ausgegeben für Jos neuen NFC-Tag.«

Die plötzliche Stille, die sich in der Küche ausbreitete, war gespenstisch. Javier und Jo starrten Rick mit offenem Mund an und Rick starrte kühl zurück.

Im nächsten Augenblick explodierte Javier: »Du hast was? Tickst du noch richtig, Alter? Du hast deiner Fotze mein Geld gegeben? Ich kann nicht fassen, dass du mich hängen lässt!«

Rick erhob sich gefährlich langsam.

»Du gehst zu weit, Jav. Halt lieber die Fresse, bevor ich sie dir einschlage. Jo hatte keine Alternative. Ohne Chip wäre sie aufgeflogen. Jetzt ist es an ihr, anzuschaffen. Das Geld für deinen Chip haben wir bald zusammen.«

Jo glaubte, ihren Ohren nicht zu trauen.

Ich soll Geld anschaffen, um Javiers neuen Chip zu finanzieren? Ich denke nicht im Traum daran!

Doch wenn es stimmte, was Rick angedeutet hatte, so war das Geld, das Rick für ihren NFC-Tag ausgegeben hatte, für Javier vorgesehen gewesen.

»Javier, das wusste ich nicht«, flüsterte sie. Als ob sie damit Javier die Erlaubnis gegeben hätte, stürmte er auf sie zu, packte sie an ihrem Shirt und riss sie vom Stuhl. Er stieß Jo gegen die Wand und legte ihr die Hände um den Hals.

»Machst einen auf blödes Opfer, was? Seit du bei uns bist, du dumme Kuh, ist Rick nicht mehr der Alte. Du bringst nur Ärger! Du hast ja keine Ahnung, was das für mich bedeutet! Du bist so naiv wie ein Baby! Dir hat das

Leben wohl immer schön den Arsch gepudert«, giftete er.

Jo spürte seinen Speichel im Gesicht, kniff die Augen zusammen und drehte angewidert den Kopf zur Seite. Da drückte er ihr die Kehle zu und Jo schnappte röchelnd nach Luft. Rick sprang hinzu, packte Javier von hinten und schleuderte ihn durch den Raum. Javier stürzte.

Rick hechtete hinterher und schlug mit grimmigem Gesicht auf den am Boden Liegenden ein. Javiers Augenbraue platzte auf und Blut lief über sein Gesicht. Er versuchte, sich mit den Armen zu schützen, doch er hatte keine Chance. Ricks Schläge prasselten auf ihn ein.

Alex sprang auf. Er versuchte, Rick von Javier wegzuzerren. Javier witterte seine Chance, rappelte sich auf und stolperte aus der Küche, Richtung Haustür.

»Hör auf, Rick, beruhige dich!«, brüllte Alex und griff nach Ricks Arm, um ihn daran zu hindern, Javier hinterherzujagen. Rick schüttelte ihn ab und fuhr sich über die Nase. Erst jetzt sah Jo, dass auch er blutete. »Fass mich nicht an! Warum hast du ihn abhauen lassen?«, fauchte er Alex an. Rick schien vor Wut zu kochen.

In dem Moment hörten sie, wie Javier eins der Bikes anschmiss und davonbrauste.

»Verdammt! Dieses Arschloch!«, knurrte Rick.

»Der wird sich wieder beruhigen und zurückkommen. Wo soll er auch hin? Wir sind sein einziger Schutz«, redete Alex beschwichtigend auf ihn ein.

»Und was, wenn er uns bei den Bullen verpfeift? *Fuck!*« Rick stieß grob mit dem Fuß nach einem der am Boden liegenden Stühle.

»Wieso sollte er? Damit liefert er sich doch selbst ans

Messer«, entgegnete Alex.

Rick starrte aus dem Fenster. Er schien zu überlegen. Jo atmete tief durch und rieb sich den schmerzenden Hals. Dann richtete sie vorsichtig die Stühle wieder auf. Sie konnte selbst nicht sagen, warum ihr das jetzt wichtig war. Vielleicht, um sich von dem Schock des eben Erlebten abzulenken? Oder einfach, um wieder Normalität einkehren zu lassen?

Alex und Rick setzten sich. In diesem Moment gewahrte Jo, dass Kenneth völlig ruhig am Tisch saß und Reis in sich hineinschaufelte. Er grinste. »Was für eine Show!«

Jo schnaubte ungläubig.

Wie kann er nur so ruhig bleiben? Ist er Javiers Wutausbrüche schon gewohnt?

Mit unsicheren Beinen wankte sie zum Waschbecken, um ein Handtuch zu befeuchten. Das reichte sie Rick, damit er seine Wunde säubern konnte.

»Ich kann verstehen, dass er ausgetickt ist«, wagte Alex, ihn anzusprechen.

»Willst du jetzt auch noch Ärger?«, fuhr Rick ihn an und presste mit schmerzverzerrtem Gesicht das Handtuch auf die Wunde. Er durchbohrte Alex mit einem bösen Blick.

»Nein, Mann. Aber an seiner Stelle wäre ich auch ausgerastet. Wieviel von seinem Geld hast du für Jos Chip liegenlassen?«

Jo beobachtete angespannt Ricks Reaktion. Er blieb überraschenderweise ruhig.

Steht Alex ihm so nahe, dass er sich diese Frechheit erlauben darf?

»Etwa die Hälfte«, antwortete Rick.

Jo schluckte. Alex sprach aus, was Jo durch den Kopf schoss: »Wie soll Jo so viel Geld auftreiben, Mann? Du kannst mit Chip nur bedingt krumme Dinger drehen. Sie darf sich keinen Schnitzer leisten, sonst ist ihr brandneuer Chip beschmutzt!«

»Das ist doch zweitrangig. Sie brauchte einen. Was hättest du an meiner Stelle getan?«

»War das denn *dein* Problem? Javier wartet schon viel länger auf einen Chip. Auch er braucht ihn dringend.«

Jo sah beschämt zu Boden. Jetzt wurde ihr so einiges klar. Wäre sie nicht zu den Jungs gestoßen, wäre das nie passiert. Sie hatte ungewollt einen Keil zwischen sie getrieben.

»Es tut mir leid. Ehrlich. Ich werde einfach gehen. Dann mache ich euch keinen Ärger mehr«, flüsterte sie.

Rick schnaubte: »Das würde dir so passen! Einfach abzuhauen mit deinem brandneuen Tag! Nein, Jo. Du musst jetzt die Kohle anschaffen, um Jav aus der Klemme zu helfen. Mir war klar, dass das passieren kann. Auch Jav wusste um das Risiko. Dass er früher oder später Scheiße bauen würde, habe ich kommen sehen. Das hat jetzt erst mal mit dir nichts zu tun.«

Dennoch war es ungerecht, dass Jo das Geld für den Chip von Rick vorgestreckt bekommen hatte und Javier nicht. Jo seufzte erschöpft. Es war müßig, sich darüber den Kopf zu zerbrechen. Sie hatte den Chip gebraucht – und Rick hatte geliefert. Auf Kosten von Javier. Es war nicht mehr rückgängig zu machen.

In was bin ich hier nur hineingeraten?

Kenneths Gedanken gingen in eine andere Richtung: »Jav hat Glück im Unglück. Er kam doch in Lowell gar nicht dazu, etwas mitgehen zu lassen. Dann lautet die Anklage bestimmt auf versuchten Diebstahl und Körperverletzung. Brandstiftung ist es keine, da der Brand bei der Schlägerei entfacht wurde. Es wäre also kein Weltuntergang, wenn die Polizei ihn fasst.« Seine Worte hatte er an Rick gerichtet.

»Das ist nicht ganz richtig, mein Freund. Er ist bei den Bullen kein unbeschriebenes Blatt. Es wäre besser für ihn, wenn er zu uns zurückkäme und sich bei uns verstecken würde.«

»Denkst du wirklich, er kommt zurück?«, fragte Jo vorsichtig.

Alex verzog besorgt das Gesicht. »Hoffen wir, dass er sich beruhigt und sein Gehirn benutzt. Er hat echt nicht viele Möglichkeiten, die ihm bleiben.« In Alex' undurchdringlichem Blick konnte Jo nicht lesen, was er dachte.

Gibt er mir die Schuld für Javiers Abgang? Vermutlich.

Jo hatte das Gleichgewicht der Gruppe empfindlich gestört, indem Rick sich auf ihre Seite schlug. Damit hatte er indirekt ein Zeichen gesetzt: Jo war ihm wichtiger als seine Freunde.

Ob sie mir das so einfach verzeihen werden?

Es war ihr äußerst unangenehm, so zwischen die Fronten zu geraten. Doch auch das war nicht mehr rückgängig zu machen.

Nach der Eskalation in der Küche und Javiers Verschwinden verhielt Rick sich Jo gegenüber wieder zuvorkommend und entspannt. Jo atmete vorübergehend auf. Anscheinend konzentrierte sich Ricks Wut momentan auf Javier.

Im Haus spielte sich eine gewisse Routine ein: Während

Rick arbeiten war, kümmerte Jo sich um das Kochen und Putzen. Alex und Kenneth halfen ihr beim Abwasch und reparierten das eine oder andere. Jo fühlte sich nicht recht wohl in ihrer Haut, war ihr doch bewusst, dass sie bei den Jungs einen schlechten Stand hatte.

Zeitgleich bewarben sie sich für die unterschiedlichsten Jobs, um für Miete und Lebensmittel aufkommen zu können.

In meinem Fall geht es nicht mal um die Fixkosten, sondern darum, meine Schulden bei Rick und Javier zu begleichen.

Auch sie täte gut daran, so schnell wie möglich einen Job zu bekommen. Sie hatte ein schlechtes Gewissen, obwohl sie für die Situation nicht wirklich etwas konnte.

Jo hatte angenommen, dass Rick abends müde von der Arbeit nach Hause kommen und sie in Ruhe lassen würde. Doch da hatte sie sich getäuscht. Selbst wenn Jo Kopfschmerzen vortäuschte und früh zu Bett ging, weckte er sie auf, sobald er ins Zimmer kam. Er flüsterte ihr ins Ohr, wie schön sie sei und wie sehr er sie liebe, um dann ziemlich schnell zum Sex überzugehen. Das Vorspiel hielt er kurz, verglichen mit seinen Bemühungen zu Beginn ihrer Beziehung. Jo beklagte sich nicht. Meist spielte sie ihm etwas vor, damit es rasch vorbei war. Seit der Ohrfeige konnte sie Sex mit ihm nicht mehr genießen. Rick fiel das gar nicht auf – oder aber es interessierte ihn nicht. Es schien ihr das kleinere Übel, im Moment keinen Streit deswegen vom Zaun zu brechen. Rick schlief danach meist schnell ein, doch Jo lag oft wach und grübelte.

Solange sie Rick nicht reizte, war alles in bester Ordnung. Dennoch war die Situation im Haus angespannt.

Bei jeder falschen Reaktion könnte er wieder austicken. Daher hatte Jo Angst davor, etwas zu unternehmen, um ihre Lage zu verbessern. Sie war sich sicher, dass ein Gespräch mit Rick nichts nützen würde. Er erwartete von ihr, dass sie sich gehorsam fügte und seinen Anweisungen Folge leistete.

Und dass ich liebevoll für ihn die Beine breitmache.

Das stieß ihr bitter auf. Sie kam sich wie ein Opferlamm vor, das ungewollt zur Schlachtbank geführt worden war.

Soll ich einfach abhauen? Wenn ja, wohin? Etwa auf direktem Weg zurück zur Farm?

Das war eine schöne Vorstellung, doch völlig utopisch. Dort würde Rick sie zuallererst suchen. Ihre Schulden bei ihm waren immens hoch. Sie bedeutete erhebliches Kapital für ihn. Er würde sie niemals gehen lassen. Egal, wohin sie sich begab, er würde sie anhand ihrer neuen Chip-Daten finden, sobald sie sich registrierte. Und das würde sie tun müssen, wenn sie sich eine Wohnung oder Arbeit nahm. Sie waren alle gläsern!

Wieder einmal wurde ihr klar, in welche Abhängigkeit sie sich mit dem Chip gebracht hatte.

Jo erinnerte sich daran, dass sie sich hatte vor Rick in Acht nehmen wollen. Sie hatte sich vorgenommen, ihn und seine Jungs so bald wie möglich zu verlassen.

Verdammt, wieso bloß habe ich mich nicht daran gehalten? Jetzt stecke ich so richtig tief drin!

Jo wusste zu viel über die Jungs und ihre räuberischen Aktivitäten. Die Ironie war nun: Das konnte sie gar nicht gegen sie ausspielen! Denn im Umkehrschluss kannte Rick Jos Geheimnis. Er hatte sie in der Hand! Wenn er sie verriet und der Polizei meldete, war Jo geliefert!

Mir bleibt gar nichts anderes übrig, als bei ihm zu bleiben und meine Schulden abzuarbeiten.

Wie schnell sich das Blatt doch gewendet hatte! Vor wenigen Wochen noch war er ihr Held gewesen und sie hatte sich unbedingt eine gemeinsame Zukunft mit Rick gewünscht. Nun würde sie am liebsten die Zeit zurückdrehen. Was hatte Pam immer gesagt? »Du kannst die Uhr nicht zurückdrehen. Beiß die Zähne zusammen und mach das Beste draus.«

Von Javier war weit und breit keine Spur. Er war nicht wieder aufgetaucht.

Nach einer Woche bekam Alex eine Anstellung als Hausmeister im Mercy Hospital. In der zweiten Woche fand Kenneth einen Job am Band bei ›Regal Plastic Supply‹. Nur Jo war das Glück nicht so hold. Sie hatte sämtliche Restaurants in der Gegend abgeklappert. Auch bei McDonald's und Arby's hatte sie es versucht. In fußläufiger Nähe war nichts zu finden. Sie sah ein, dass sie ihren Radius erweitern musste.

Rick machte ihr Druck, da er Miete und Kaution für das Haus hatte bezahlen müssen. Er forderte von ihr, sich bei der Arbeitssuche mehr anzustrengen. »Es kann doch nicht so schwer sein! Sogar Alex und Kenny haben was gefunden. Kann es sein, dass du gar keinen Bock hast?«

Die Stimmung drohte wieder zu kippen, darum strengte sich Jo mehr an. Über die Website der Arbeitsvermittlung fand sie heraus, dass Battlefield Mall in der Glenstone Ave Verkäufer:innen suchte. Jo hatte keine Hoffnung, dort genommen zu werden. Dafür war sie schlicht nicht qualifiziert genug. Nichtsdestotrotz wollte sie es tags darauf bei der Mall versuchen.

»Wieso auch nicht, Baby? Du hast den Hofladen ganz gut allein geschmissen. Du wirst sehen, wenn du deine blauen Augen strahlen lässt, bekommst du den Job«, erwiderte Rick, als sie ihm von der Ausschreibung erzählte. »Morgen ist Samstag, da hab ich frei. Ich begleite dich.«

Jo war nicht ganz wohl bei dem Gedanken. Es kam ihr so vor, als würde er ihr nicht recht vertrauen.

Will er mich beobachten oder kontrollieren?

Sie verkniff sich aber eine unwillige Bemerkung, um ihn nicht zu reizen. Die momentan herrschende Ruhe wollte sie nicht riskieren und einen Sturm verursachen.

DAS DILLARD'S

»Wie alt sind Sie?«, fragte der kleine, elegant gekleidete Herr vor ihr und zwirbelte einen Kugelschreiber zwischen den Fingern. Er saß mit übereinandergeschlagenen Beinen an seinem Schreibtisch wie eine vornehme Dame. Sein Haar war glatt nach hinten gegelt und glänzte pechschwarz.

Er ist bestimmt schon über 50 Jahre alt. Ob er sich die Haare färbt?

»Ich bin zwanzig, Mister Foggerty«, antwortete Jo. Sie biss sich auf die Lippen und senkte den Blick, damit er die Lüge nicht in ihren Augen lesen konnte. Rick drückte ihr die Hand, um ihr Mut zu machen. Sofort konzentrierte sie sich wieder auf das Gespräch.

»Welche Referenzen haben Sie?«

Jo leierte den Text herunter, den sie mit Rick einstudiert hatte: »Ich komme aus New Orleans. Dort habe ich in einer Bar gearbeitet. Ich war für die Einkäufe und für das Lager zuständig. Außerdem natürlich für die Kundschaft. Nach der Flut im Juli bin ich aus New Orleans weggezogen. Ich habe den Hofladen der Evans-Fruit-Farm in Lowell geleitet. Da Mrs. Evans den Laden aber über den Winter zumacht, bin ich auf der Suche nach einem neuen Job.«

»Was Sie in New Orleans erlebt haben müssen, ist tragisch. Tut mir leid zu hören.« Er wippte mit dem gelackten Schuh. Die schwarzen Strümpfe waren so streng nach oben gezogen, dass kein Zentimeter Haut zu sehen war. »Und Sie sind …?«, fragte Foggerty Rick plötzlich.

»Ich bin Rick Montgomery, Jordans Verlobter, Sir. Ich begleite sie heute, weil Jordan keinen Führerschein hat und ich sicher gehen will, dass sie wieder gut nach Hause kommt.«

Foggerty schien zu überlegen. Er musterte das Pärchen vor sich. Jo straffte die Schultern und setzte ihr liebenswertestes Lächeln ein.

Ich muss diesen Job bekommen! Ich will keinen Ärger mit Rick.

»Ich bin wirklich gut im Verkauf, Sir. Ich habe den Umsatz des Hofladens verdoppelt. Fragen Sie ruhig Mrs. Evans. Sie wird Ihnen das gerne bestätigen. Kundenservice ist für mich eine Selbstverständlichkeit. Es macht mir viel Freude, Menschen zu beraten und ihnen ein gutes Gefühl zu geben.« Jo fiel eine Möglichkeit ein, wie sie ihn ködern konnte. Ihr Gesicht hellte sich auf. »Ich kann Ihnen beweisen, was ich kann, Sir. Was halten Sie davon, wenn ich eine Woche lang für Sie probearbeite? Unentgeltlich natürlich. Dann können Sie sich ein Bild von mir machen.«

Foggerty zögerte nicht lange: »Also schön, ich nehme Ihr Angebot an, Miss Fine. Für den Fall, dass ich Sie einstelle, vereinbaren wir eine sechsmonatige Probezeit. Und Ihr Gehalt wird zu Beginn nicht dem entsprechen, was ich meinem ausgebildeten Personal bezahle.«

»Das ist kein Problem für mich, Mr. Foggerty. Ich arbeite gerne und werde Ihnen beweisen, dass Sie sich richtig entschieden haben. Ich freue mich auf die Chance. Wann darf ich beginnen?«

»Sind Sie geimpft? Ich brauche für alle Angestellten eine aktuelle Covid-Impfung.«

»Selbstverständlich. Jedes Jahr.«

Das ist nicht gelogen, wenn auch meine Impfdaten nicht mit denen auf dem Chip übereinstimmen.

Foggerty erhob sich.

»Gut, dann kommen Sie am Montag um acht Uhr wieder.«

Nie hätte ich gedacht, dass ich ausgerechnet hier eine Chance bekomme! Aber ich habe Mr. Foggerty überzeugt! Nun kann ich endlich meine Schulden bei Rick abbezahlen.

Jo konnte ihr Glück kaum fassen! Foggerty führte sie hinaus aus dem fensterlosen Büro und sie standen im künstlichen Licht des Dillard's.

Sie verließen das Ladenlokal und Rick drückte ihre Hand ganz fest. Als sie außer Sichtweite waren, grinste er sie an, umfasste ihre Taille und wirbelte sie wild im Kreis herum.

»Du hast es geschafft, Baby, gut gemacht! Du hast ihn einfach umgehauen!«, gratulierte er ihr mit stolzem Blick. »Dass du Brenda erwähnt hast, war schlau, aber waghalsig. Es wäre fatal, wenn er wirklich bei ihr anrufen würde!«

»Das wird er nicht. Ich werde ihm keinen Anlass dazu geben.« Jo lächelte unverbindlich. Der Erfolg schmeckte ein wenig schal nach Ricks Bemerkung.

»Na, wenn du deinem neuen Boss keinen Anlass zur Kritik geben willst, solltest du nicht mit deinen alten Klamotten da auftauchen.« Er kniff die Augen zusammen und musterte sie prüfend. Offensichtlich sah auch er, dass der Hofladen eine Nummer kleiner war als das schicke Dillard's. Es führte nicht nur gewöhnliche Damen- und Herren-Bekleidung, sondern auch hochpreisige Kleidung von Boss und Armani. Selbst die Accessoires wie Handtaschen und Schmuck waren exklusiv.

Der gemütliche Hofladen ist deutlich mehr mein Fall. Das Dillard's fühlt sich nicht an wie meine Welt.

»Du hast recht. Hier tragen die Angestellten Kostümchen und Anzüge«, antwortete Jo.

»Ich finde, du solltest so gut wie möglich für deinen Neuanfang vorbereitet sein. Lass uns shoppen gehen, wenn wir schon mal hier sind. Ich möchte dir ein paar hübsche Sachen kaufen.«

Jo durchschaute sein Motiv. Das, was sich wie eine nette Geste anhörte, war in Wahrheit eine Entschuldigung für die Ohrfeige und den Streit.

Das eine wiegt das andere nicht auf. Doch ich lasse die »Entschuldigung« gelten. Auf meinem Chip ist kein Cent mehr. Und ich sehe ein, dass neue Klamotten wichtig sind, um bei Foggerty zu punkten.

Sie lächelte angestrengt. »Gute Idee. Können wir machen.«

»Mehr hast du nicht dazu zu sagen?«

»Ich danke dir Rick. Das ist sehr großzügig!« Sie küsste rasch seine Wange, um ihm zu zeigen, dass sie dankbar war.

»Das find ich auch, Baby.«

Sie gingen zu »dress for less« und Jo probierte einige biedere Kostüme. Keines war wirklich schick oder ihrem Alter angemessen. Am Ende fanden sie einen schwarzen und einen grauen Hosenanzug, die Jo passten und ihre schmale Figur betonten. Mit zwei schlichten, einfarbigen Blusen konnte sie die Anzüge problemlos kombinieren. Zusätzlich kauften sie einen engen, schwarzen Rock, der bis zu den Knien reichte, und somit nicht zu aufreizend war. Jo fand noch einen seidenen Schal und ein Paar schwarze Pumps, um die Outfits ein wenig aufzupeppen. Als sie an der Dessous-Abteilung vorbeikamen, strichen Ricks Finger beiläufig über die weiche, schwarze Seidenunterwäsche. Kurzentschlossen griff er je ein schwarzes und ein weißes Set aus Spitze und Seide in Jos Größe heraus.

Als die Kassiererin eine große Tüte über den Tresen

reichte, lächelte sie strahlend und nannte ihnen einen Betrag von über 300 Dollar!

»Mein Gott, Rick, war das teuer! Ich fühle mich ganz schlecht dabei. Danke, danke, danke, dass du das übernommen hast«, flüsterte Jo beim Verlassen des Geschäftes, doch Rick grinste.

»Ein wenig hab ich ja auch davon.«

Ihr wurde mulmig bei dieser Ankündigung. Wieder stieg dieses unangenehme Gefühl in ihr auf, ihm ausgeliefert zu sein. Und sie begann, es zu hassen.

Alex und Kenneth waren nicht zu Hause, als sie zurückkamen. Sie gingen nach oben in ihr Zimmer. Jo hängte schweigend die neuen Sachen auf. Rick beobachtete sie dabei und näherte sich dann von hinten. Er drehte sie zu sich um und nahm ihr Kinn in die Hand.

»Baby, ist dir aufgefallen, dass ich versuche, für dich ein besserer Mensch zu werden? Das erste Mal, als ich dir Klamotten besorgt habe, waren die ganz und gar nicht gekauft …« Seine Augen blitzten schelmisch, doch Jo verzog das Gesicht.

»Was denn? Glaubst du mir nicht?«

»Doch, doch, Rick. Natürlich.«

»Ich will dich in dieser Unterwäsche sehen …«

Ich habe es gewusst!

Er streckte ihr das schwarze Set entgegen und langsam, beinahe unwillig, entkleidete sie sich und streifte die neue Wäsche über.

Sie passt wie angegossen.

Jo betrachtete sich im Spiegel und fand, dass sie sehr

blass war. Das Schwarz ließ ihre Haut wie Porzellan schimmern. Rick trat hinter sie und küsste ihre Schulter. Sein Blick traf den ihren im Spiegel. »Ich mag es nicht, wenn du so trotzig schaust. Dir ist doch klar, dass du ohne mich und meine Großzügigkeit aufgeschmissen wärst. Ein wenig Dankbarkeit fände ich angebracht.«

Er griff nach dem Schal, der achtlos am Boden neben der Tüte gelegen hatte. Ohne dass Jo es verhindern konnte, verband er ihr die Augen. Als alles um sie herum im Dunkeln versank, ergriff er ihre Hände, um sie zum Bett zu führen.

O Gott, was hat er vor? Bitte lass es keine SM-Spielchen sein.

Diese Art erotische Richtung würde sie Rick neuerdings durchaus zutrauen, nach dem zu urteilen, wie er im Schuppen mit ihr umgegangen war.

Er drückte sie auf die Laken und streifte ihr die hochhackigen Pumps über. Ein leiser und anerkennender Pfiff ertönte und Jo meinte zu hören, wie er sich erhob und sich selbst entkleidete. Durch den Schal konnte sie nichts erkennen. Das Bett gab nach, als er sich neben sie legte. Seine warme Haut streifte die ihre. Ja, er war nackt. Seine Hände glitten über die Seide auf Jos Körper.

»Baby, das sieht so unglaublich scharf aus!«, flüsterte Rick ihr ins Ohr und bedeckte ihre Haut mit lasziven Küssen. Langsam zog er ihr das Höschen aus. Eine Gänsehaut überzog ihren Körper. Dass sie nichts sah, versetzte ihren Körper in Alarmbereitschaft. Jeden Moment erwartete sie einen Schlag oder einen Schmerz, den er ihr zufügte. Stattdessen legte er sich auf sie und Jo fiel das Atmen schwer – nicht nur wegen seines Gewichts, sondern weil sie plötzlich überall um sich herum seinen Duft wahrnahm. Sie zwang sich, ruhig ein- und auszuatmen, um nicht in Panik auszubrechen.

Sie spürte Gummi, als sein Glied ihre Haut streifte. Rick presste sich zwischen ihre Schenkel, und sie spreizte die Beine leicht für ihn. Er ergriff ihre Handgelenke und drückte sie gegen das Bettgestell. Dann stieß er langsam in sie. Jo versuchte, sich zu entspannen. Sein heißer Atem streifte ihre Wange und er flüsterte nah an ihrem Ohr: »Das macht mich total an, Jo. Drück deine Schuhe gegen meinen Po. O ja, Baby!«

Mit wenigen Stößen kam er. Und wieder einmal ließ er sie unbefriedigt zurück. Nicht, dass Jo noch darauf Wert gelegt hätte. Er löste den Schal von ihrem Gesicht.

»Du bist so heiß, Baby! Die Sachen stehen dir perfekt!« Seine Stimme war rau vor Leidenschaft. Früher einmal hätte sie seinen Tonfall sexy gefunden. Heute ekelte er sie an. Jo verzog die Lippen zu einem Lächeln. Antworten wollte sie ihm darauf nicht. Ihre Gefühle für Rick schienen zu Eis zu gefrieren. Bei jeder neuen Form von Erniedrigung ein kleines bisschen mehr. War es die Angst vor ihm oder die Enttäuschung, die das verursacht hatten? Jo konnte es nicht sagen.

SAFE?

An ihrem ersten Probearbeitstag fuhr Rick sie zur Mall und gab ihr einen langen Abschiedskuss, während er ihren Nacken streichelte. »Ich wünsche dir viel Glück, Süße.«

Angespannt zupfte Jo an den ungewohnten Kleidern. Sie hatte sich für den schwarzen Hosenanzug mit der roséfarbenen Bluse entschieden und sich die Haare zu einem hohen, strengen Pferdeschwanz zurückgebunden.

»Du siehst gut aus, Jo, so sexy!« Rick grinste.

»Findest du? Sehe ich nicht wie eine Sekretärin aus?«

»Mag sein. Es gibt auch sexy Sekretärinnen! Lass dich nicht von deinem Chef vernaschen!«

»Du bist eklig«, schimpfte Jo und verkniff das Gesicht, als hätte sie in eine Zitrone gebissen. »Ich muss jetzt rein, Rick. Wir sehen uns heute Abend. Ich komme mit dem Bus nach Hause.«

Sie winkte ihm und er warf ihr eine Kusshand zu, bevor er das Bike wendete und davonfuhr. Einem Beobachter wäre niemals aufgefallen, dass das alles nur Show war. Jo gab sich zwanghaft Mühe, die brave und liebende Freundin zu mimen, um Rick bei Laune zu halten.

Mr. Foggerty musterte anerkennend Jos Outfit, als sie zehn Minuten vor Arbeitsbeginn an seine Tür klopfte.

»Guten Morgen, Miss Fine. Sie sind vorbildlich gekleidet. Es freut mich, wenn ich meinen Angestellten keinen Vortrag über ein angemessenes Business-Outfit halten muss. Aber kommen Sie, ich führe Sie durch die Abteilungen und mache Sie mit Ihren Kolleginnen und Kollegen bekannt.«

Es waren einige Gesichter und Namen, die nun auf Jo einprasselten. Nervös, wie sie war, konnte sie sich nur Kate und Ariana merken. Kate war eine vollbusige Rothaarige mit Sommersprossen, deren lautes Lachen Jo in den Ohren klingelte. Ariana hatte dichtes, beinahe dunkelblau glänzendes Haar. Ihr makelloser Teint erinnerte Jo an Milchkaffee. Die beiden Mädchen hatten in etwa Jos Alter. Sie lächelten sie herzlich an und tauschten Nettigkeiten mit Jo aus, bevor Foggerty sie weiterführte.

Nachdem sie eine halbe Stunde durch das Dillard's geschlendert waren, erklärte er ihr das Scanner- und Kassensystem. Er teilte sie der Abteilung mit den Koffern und Taschen zu. Womöglich vermutete er, dass sie dort an ihrem ersten Tag keinen großen Schaden anrichten würde. Danach ließ er Jo allein, mit dem Hinweis, ihn jederzeit rufen zu können, wenn sie Hilfe bräuchte. Doch das tat sie nicht. Gleich am ersten Tag beriet sie selbständig einige Kunden und verkaufte eine Handtasche, eine Sporttasche und ein Koffer-Set.

»Das war nicht schlecht, Miss Fine«, lobte Mr. Foggerty am Abend. »Kommen Sie morgen pünktlich wieder und machen Sie Ihre Sache genauso gut wie heute.«

Damit entließ er sie und Jo hüpfte vor Freude aus dem Gebäude.

Die Arbeit hatte ihr Spaß gemacht und es war ein gutes Gefühl, dass der Chef zufrieden mit ihr war. Sie hatte sich in ihrer Pause mit Kate und Ariana in der Teeküche unterhalten und fand beide sehr nett. Diese Stunden ohne Rick und die Grübeleien zu ihrer ausweglosen Lage hatten es vermocht, sie kurzzeitig abzulenken.

Kaum war Jo unten durch den Personalausgang getreten, sah sie auch schon Ricks Bike an derselben Stelle auf sie warten, an der er sie heute Morgen verlassen hatte. Jos Laune sank augenblicklich und sie ärgerte sich. Zu gerne hätte sie den Bus genommen, um noch ein wenig Zeit für sich zu haben.

»Worauf wartest du, meine süße Sekretärin? Hier ist dein Ritter auf dem weißen Schimmel, der dich nach Hause bringen will«, rief er ihr zu.

Sie zwang sich, ein freudig überraschtes Gesicht zu machen und ihm entgegenzugehen. Rick umarmte sie. Dann zupfte er lachend an ihrem Pferdeschwanz, bis der Haargummi sich löste, und er in ihr offenes Haar greifen konnte.

»Erzähl, wie lief es? Hat er dich vernascht?«

»Es lief fantastisch. Er war sehr zufrieden mit mir!« Jo erkannte sofort, wie missverständlich das klang, doch da knurrte Rick schon, zog sie heftig zu sich heran und küsste sie.

»Ich will dir diesen Hosenanzug vom Leib reißen und …«

»Ach Rick, du bist immer nur geil«, seufzte Jo. Die Prise

Ärger entging ihm zum Glück.

»Vergib mir, meine spröde Schöne, dass ich immer nur an das Eine denken kann. Schwing dich aufs Bike, ich hab Hunger. Hoffentlich ist Alex schon zu Hause und hat was gekocht. Ich kümmere mich nachher um diesen Hosenanzug.«

Sie stießen mit ein paar Dosen Bier auf Jos gelungenen ersten Arbeitstag an.

»Das lässt hoffen, dass du dort bleiben darfst, Jo«, lobte Alex und Jo lächelte.

»Ja, das hoffe ich auch.«

In Jo wuchs ein kleiner Hoffnungsschimmer, gepaart mit einem rebellischen Gedanken: *In der Mall kann ich mir unbemerkt ein neues Smartphone besorgen und es dann in meinem Spind verstecken. Dann rufe ich so bald wie möglich bei Brenda an. Ich habe es ihr versprochen.*

Rick hatte ihr das ReFlex nach dem Streit nicht mehr zurückgegeben. Auch war es wie vom Erdboden verschluckt. Jo hatte versucht, es in einigen unbeobachteten Augenblicken in ihrem Schlafzimmer zu finden, doch ohne Erfolg. Rick hatte es gut versteckt. Womöglich war es im Zimmer der Jungs. Dort konnte sie unmöglich herumschnüffeln – das war zu gefährlich.

In dieser Nacht träumte Jo schlecht.

Sie träumte, dass Mr. Foggerty sie beschuldigte, »falsches Zeugnis« abgelegt zu haben. Er trug ein schweres Holzkreuz, brabbelte wirres Zeug und trieb Jo vor sich her. Jo weinte und flüchtete in einen Tunnel, der merkwürdigerweise dem Tunnel in New Orleans ähnelte, in dem sie sich den Chip herausgeschnitten hatte. Vor dem Eingang hörte sie Mr. Foggerty zetern. Er betete sämtliche gruselige Psalmen, um Jo vom Bösen zu befreien. Jo schmiss sich zu Boden, um dort nach den Überresten ihrer Vergangenheit zu suchen. Sie wollte ihm zeigen, dass sie sich nichts zuschulden hatte kommen lassen. Sie schluchzte verzweifelt, da sie nichts mehr finden konnte außer Asche und Staub.

Da erwachte sie, weil Rick sie schüttelte.

»Du träumst nur, Babe! Wach auf!« Voller Grauen presste sie sich an ihn, dankbar, von ihm für den Moment Wärme und Sicherheit zu erhalten. Sie versuchte, den wilden Traum zu verdrängen. Sie hatte selten schlechte Träume, doch dieser hier musste getriggert worden sein durch die Hilflosigkeit und die Lügen, die sie in ihr Leben gelassen hatte.

Am Abend ihres dritten Arbeitstages rief Mr. Foggerty Jo kurz vor Feierabend in sein Büro.

Was hat das zu bedeuten? Habe ich etwas falsch gemacht? Wird er mir jetzt sagen, dass ich morgen nicht wiederkommen brauche?

Jo zupfte an ihrem Blazer und starrte ihn erwartungsvoll an.

»Miss Fine, ich danke Ihnen für Ihren Einsatz.« Er machte eine kunstvolle Pause und Jo hielt den Atem an. »Ich habe mir bereits ein ausreichendes Bild Ihrer Arbeit machen können. Kommen Sie morgen früh zu mir ins Büro. Dann besprechen wir die Konditionen für Ihren

Vertrag. Ich freue mich, Sie im Team willkommen heißen zu dürfen.«

Als Jo auf den Parkplatz trat, wartete dort Rick mit seinem Bike auf sie wie bereits gestern und vorgestern. Sie konnte die Neuigkeit nicht für sich behalten und strahlte. »Ich bekomme morgen meinen Arbeitsvertrag! Foggerty will mich behalten.«

Ricks Augen weiteten sich vor Überraschung. »Das sind ja fantastische Neuigkeiten, Süße!« Er umarmte sie. »Ich habe dir doch gleich gesagt, dass du gut bist. Du hast den alten Sack einfach umgehauen!«

So hätte Jo es nicht ausgedrückt. Aber ja, sie hatte Mr. Foggerty überzeugt und war selbst stolz auf sich. Und es schmeichelte ihr, dass Rick ihr seinen Stolz ungefiltert zeigte. Sie schwang sich hinter ihm aufs Bike und konnte sich das zufriedene Lächeln auf der Heimfahrt nicht verkneifen.

Kaum, dass sie zu Hause angekommen waren, ergriff Rick Jos Hand und führte sie nach oben. Als er die Tür des Schlafzimmers hinter ihr schloss, lehnte er sich mit dem Rücken dagegen und betrachtete Jo ernst. »Bitte setz dich.«

Zögernd ließ sich auf das Bett sinken.

Was kommt jetzt?

»Javier ist wieder da.«

Sein Blick schien Jo zu durchdringen.

Sie atmete tief ein und aus. Ihr wurde schlecht bei dem Gedanken, dass Rick den verlorenen Sohn Javier wieder aufnehmen würde. Die Anfeindungen würden weitergehen. Da Javier sich bewusst war, dass das Geld für seinen Chip in Jos geflossen war, würde er sie das büßen lassen. Im Gegenzug konnte Jo ihm nicht verzeihen, dass er den Telefonanruf Rick gepetzt hatte.

Keine perfekten Voraussetzungen für einen Neustart zwischen ihm und mir. Jetzt muss ich mich also wieder vor Rick und vor Javier in Acht nehmen. Shit!

»Mir ist klar, dass du ihn nicht leiden kannst. Und umgekehrt ist es genauso. Aber er war nun mal vor dir da. Und wie die Dinge so liegen, hast du jetzt die Chance, ihm aus der Patsche zu helfen.«

»Wie meinst du das?«

»Es war nicht ganz in Ordnung von mir, dass ich sein Geld hergenommen habe für deinen Chip. Ich habe ihm nochmals erklärt, dass du sonst ins Gefängnis gewandert wärst und ich dir helfen musste. Ich habe ihm erzählt, dass du einen Job im feinen Dillard's hast. Damit verdienst du gutes Geld. Trotzdem dauert es sehr lange, bis du die Kohle wieder reingeholt hast. Zu lange für Jav. Auch er ist dummerweise in eine Lage geraten, in der er *jetzt* einen neuen Chip braucht. Deswegen musst du außer der Reihe was dazu verdienen.«

»Und wie soll ich das anstellen?«, fragte Jo argwöhnisch.

»Du wirst immer wieder mal etwas aus dem Laden mitgehen lassen.«

»Wie bitte?« Jo sprang auf. Wütend starrte sie ihn an. »Rick, ich unterschreibe morgen erst meinen Vertrag. Du kannst nicht von mir verlangen, dass ich meine Stelle aufs Spiel setze wegen Javier!«

»Süße, du kommst nicht drum herum«, antwortete er kalt.

»Warum soll das *mein* Problem sein? Du hast doch Javiers

Geld angegriffen. Ich wusste doch gar nichts davon!«

Mit wenigen Schritten war er bei ihr und knallte ihr eine. Jo schrie auf und fasste sich an die brennende Wange. Er stach mit dem Zeigefinger auf ihre Brust ein.

»Du gehst mal wieder zu weit, Jo! Wage es ja nicht, mich anzuzweifeln, du undankbares Miststück!« Er packte ihren Nacken und zog ihr Gesicht zu sich heran. »Ich habe dir deinen kleinen Arsch gerettet! Du bist mir was schuldig, schon vergessen? Du hast mir versprochen, dein Geld an mich abzutreten. Die Bedingungen handle aber *ich* aus! Und nun bin ich der Meinung, dass du deutlich zu wenig einbringst. Da muss *mehr* von dir kommen. Deine zickige Art geht mir dermaßen auf den Zeiger! Das muss aufhören, kapiert?«

Jo versuchte zu nicken. Tränen rannen ihr über das Gesicht. Sie konnte sie nicht zurückhalten.

Die Tatsache, dass Mr. Foggerty ihr am nächsten Tag den Vertrag unter die Nase hielt, konnte Jo nicht recht erfreuen. Die Szene vom Vorabend stand ihr zu präsent vor Augen und verließ sie auch während der nächsten Tage nicht.

Das einzig Gute ist, dass ich täglich acht Stunden hier in der Mall verbringe. Weit weg von Rick und seinen Ausrastern. Weit weg von Javiers verächtlichem Blick.

Jo erinnerte sich wieder einmal wehmütig an die erste verliebte Zeit auf der Farm, als noch alles so leicht und voller Leidenschaft gewesen war. Von dem Moment an, als sie in jener Straße in New Orleans einen Blick auf seine Stiefel geworfen hatte, war sie fieberhaft verliebt in ihn und seine Bad-Boy-Attitude gewesen. Die Zeit in Lowell hatte Jo davon überzeugt, dass unter Ricks harter Schale ein weicher Kern steckte.

Was ist nur passiert, dass er sich so verändert hat? Oder bin wirklich ich es, die mit meiner aufmüpfigen Art diese Reaktionen bei ihm auslöst? Bin ich wirklich undankbar?

Ja, vielleicht zeigte sie nicht genügend Dank und Respekt. Das hatte ihr noch nie wirklich gelegen. Schließlich hatte sie sich immer auf sich selbst verlassen müssen. Dennoch wollte sie die Schuld für die Reibereien nicht allein auf sich nehmen. Ricks Wutausbrüche waren so heftig und unkontrolliert.

Das ist doch nicht normal, oder? Kann ein Mensch innerhalb von Sekunden sein Wesen so derartig verändern?

Seit jener Nacht des Brandes und ihrer Flucht von der Farm war er ein anderer Mensch. Und vor diesem neuen, aggressiven Rick fürchtete sie sich. Die ständige Bedrohung schüchterte sie ein und machte sie unsicher. Jedes Wort, jede Tat, jede Geste musste sie auf die Goldwaage legen, um »Psycho-Rick« nicht zu verärgern und ihn bei Laune zu halten.

Dass sie zusätzlich versuchte, Javier aus dem Weg zu gehen, machte das Leben im Haus für Jo zur Hölle. Sie hielt es in der Walnut Street und im Dunstkreis der beiden Männer kaum noch aus.

Jos Lebensmut schrumpfte von Tag zu Tag. Sie hatte keinen Appetit mehr und fühlte sich krank und antriebslos. Sie wurde zusehends schmaler und blasser. Es war, als sauge ihr die Situation allen Lebenswillen aus dem Körper.

Das halte ich auf Dauer nicht aus. Es macht mich kaputt,

gestand sie sich ein. Jo sehnte sich danach, mit jemandem über ihr Problem zu sprechen. Doch wem sollte sie erklären, in welche Lage sie sich gebracht hatte? Sie gefährdete damit ihre neue Identität! Gleichzeitig schämte sie sich, irgendjemandem von Ricks Übergriffen zu erzählen.

Jo würde sich so gerne Brenda anvertrauen. Doch ihr war klar, dass sie Brenda nicht in alles einweihen konnte. Dass Rick sie geschlagen hatte, musste sie für sich behalten. Auch die Tatsache, dass Jo Rick viel Geld schuldete und sie ihn nicht so ohne weiteres verlassen konnte, durfte sie Brenda nicht wissen lassen.

Jo hatte versprochen, sich bei ihr zu melden, und es würde guttun, Brendas Stimme zu hören.

Doch wie sollte sie es anstellen, auf der Farm anzurufen? Die Idee, sich ein neues Smartphone zuzulegen, funktionierte nicht. Ihr gesamtes Gehalt wurde automatisch auf Ricks Chip transmittet. Jo blieb kein Cent übrig.

Vielleicht konnte sie heimlich in Mr. Foggertys Büro schleichen und das Festnetz benutzen?

Oder sie fragte ihn einfach danach. Dann brauchte sie aber eine gute Ausrede dafür, warum sie nicht ihr Smartphone benutzte.

In ihren Pausen streifte Jo oft ruhelos durch die Mall. Der Mobilephone- und der Apple-Shop hatten es ihr besonders angetan. Dort verweilte sie lange, grüblerische Minuten.

Selbst die günstigsten Geräte kann ich mir nicht leisten.

Dass ausgerechnet Ariana ihr Problem lösen würde, ergab sich, als sie sich zufällig vor dem Mobilephone-Shop trafen. »Hey, Jo! Wie lustig, dass wir uns hier über den Weg laufen. Was machst du hier? Brauchst du ein neues ReFlex?«

»Ja. Nein. Kein ReFlex. Ich bin auf der Suche nach einem billigeren Modell. Mein ReFlex ist kaputt und ich will nicht so viel in ein neues Flexphone investieren«, log Jo und lächelte Ariana schüchtern an.

»Das ging mir auch so. Mein altes Apple hatte einen Sprung im Display. Jetzt hab ich mir eines mit Vertrag geholt.«

»Das heißt, du hattest für das alte Apple eine Prepaid-Karte?«

»Ja, das ist auf Dauer billiger. Aber nicht, wenn du ein Smartphone dazu brauchst.«

Jos Gedanken überstürzten sich.

»Was hast du mit deinem alten gemacht? Hast du es weggeschmissen?«

»Ne, ich hab es noch als Reserve.«

»Ariana, das klingt jetzt vielleicht komisch. Aber würdest du mir dein altes Apple für einige Wochen ausleihen? Bis ich mich entschieden habe, welches ich mir kaufe und ob ich Prepaid oder einen Vertrag will.«

Ariana lachte gutmütig. »Ja, klar, warum nicht? Ich bringe es dir morgen mit. Es sind noch ein paar Dollar Guthaben drauf. Dafür kannst du mich ja auf nen Kaffee einladen.« Sie zwinkerte Jo zu, ergriff ihren Arm und schlenderte mit ihr zurück zur Arbeit.

Jo konnte ihr Glück kaum fassen, als Ariana ihr am nächsten Morgen ihr Smartphone in die Hand drückte. Das steinalte iPhone 15 hatte einen langen Riss im Display, dennoch erschien es Jo wie der größte Schatz auf Erden. Nachdem sie es in der Teeküche aufgeladen hatte, erkannte sie, dass noch ein Guthaben von rund acht Dollar darauf war. Sie hätte Luftsprünge machen können vor Freude.

Mit zitternden Fingern suchte Jo – wie bereits vor wenigen Wochen – die Nummer der Farm heraus. Als sie dem Klingeln in der Leitung lauschte, überkamen sie Skrupel.

Was, wenn Brenda ihre Meinung über mich geändert hat? Was, wenn sie tatsächlich zu der Überzeugung gelangt ist, dass ich mit Rick und den Jungs unter einer Decke stecke?

»Hallo?«, schallte Brendas Stimme aus dem iPhone. Jo schluckte den Kloß in ihrem Hals hinunter und brachte trotzdem keinen Ton heraus.

»Hallo, wer ist denn da? Jordan, Liebes, bist du das?« Brendas Stimme klang besorgt.

»Ja, … Ja, Brenda, ich bin es.«

Und in diesem Moment kullerten bei Jo die ersten Tränen. Die Emotionen brachen sich Bahn, die sie in den letzten Wochen krampfhaft unterdrückt hatte.

Ich wollte doch tapfer sein, die Zähne zusammenbeißen und das Beste aus der Situation machen, ganz so, wie Pam es mir beigebracht hat.

Doch nun lagen ihre Nerven blank und sie schluchzte.

Sie wünschte sich in die Arme von Brenda, so schmerzlich, dass sich ihr Herz zusammenzog.

»Liebes, beruhige dich. Schschsch, so wird das doch nichts. Atme tief durch und dann erzählst du mir, wie es dir geht«, beruhigte Brenda sie.

Jo nahm mehrere Anläufe und scheiterte daran, dass sie nicht wusste, was sie Brenda überhaupt sagen wollte.

»Kann es sein, dass du schwanger bist, Jo?«

»O nein, nein, Brenda. Das ist es nicht«, antwortete sie hastig.

»Was ist dann passiert? Hat Rick dir etwas angetan?« Das ernüchterte Jo.

Brenda ist schon immer scharfsinnig gewesen. Ich muss mich zusammenreißen und sie beruhigen.

»Alles gut bei mir, Brenda. Es ist alles nur ein bisschen stressig gerade. Mach dir bitte keine Sorgen. Ich habe dir versprochen, mich zu melden. Bitte sag mir, dass es euch gut geht.«

Brenda schien einen Augenblick zu zögern, dann erwiderte sie: »Ja, uns geht es gut. James ist wieder auf dem Damm. Und die Küche haben wir auch renoviert. Der Schaden war nicht so schlimm, wie es aussah. Aber deinem Freund verzeihe ich trotzdem nicht, was er angestellt hat. Bist du noch bei diesen Kerlen, Jo?«

»Ja, Brenda, ich bin noch bei Rick. Er ist mein Freund und …« Wie sollte sie erklären, dass sie ihn nicht verlassen konnte, egal, was er »angestellt« hatte.

»Ja, ja, ich weiß. Du verschließt die Augen davor, was für ein Halunke er ist. Das hast du mir ja noch nie geglaubt. Pass auf dich auf, mein Kind. Du kannst jederzeit bei mir anrufen, wenn du Hilfe brauchst. Wenn die Polizei den Mexikaner findet, bist du deinen Freund eh los, das ist dir hoffentlich klar? Ich glaube dir kein Wort, wenn du behauptest, er habe eine weiße Weste. Die stecken doch alle unter einer Decke! Dieser Räuberbande muss man das Handwerk legen.«

War das so? Bot sich Jo durch die Anzeige plötzlich ein

Weg, sich von Rick zu befreien? Andererseits war sie selbst in Gefahr. Durch den Fake-Chip hatte sie sich als Kriminelle gebrandmarkt und würde im Gefängnis landen, wenn Rick oder einer der anderen sie verriet.

»Brenda, ich verstehe deinen Zorn. Ich bin selbst nicht happy darüber, was Rick und seine Freunde angerichtet haben. Aber sie haben sich gebessert – glaub mir! Wir gehen einem anständigen Lebensunterhalt nach.« Jo stockte. Mehr durfte sie nicht verraten. »Ich muss jetzt wieder Schluss machen, Brenda. Meine Pause ist zu Ende. Ich wollte bloß wissen, ob es dir gutgeht.«

»Du bist ein braves Mädchen. Bitte versprich mir, auf dich aufzupassen.«

»Ja, das tue ich. Bye«, flüsterte Jo und spürte erneut Tränen aufsteigen. Wie sehr wünschte sie sich zurück auf die sichere Farm! Und wie sehr wünschte sie sich, Brenda die Wahrheit sagen zu können!

In diesem Moment kamen Ariana und Kate lachend in die Teeküche geschlendert. Jo wischte hastig über ihr Gesicht, um die Spuren der Tränen zu verwischen.

»Hey, Jo«, grüßten sie unbefangen und Jo zwang sich zu einem Lächeln.

»Alles gut bei dir?«, fragte Kate besorgt, als sie nähertrat. »Du siehst traurig aus.«

»Nein, nein, alles gut. Sieht bloß so aus. Mir ist Mascara ins Auge gelaufen. Ich vertrag die nicht so gut.«

»O ja, das kenne ich. Ich habe mir neulich eine von ›Bodyshop‹ geholt, die ist ganz ok. Und nicht zu teuer«, warf Ariana ein.

Jo war dankbar, dass sie nicht tiefer gruben. Sie

wechselten ein paar lapidare Schminktipps, obwohl sich Jo fast gar nie schminkte.

Es war nicht so, dass sie eine enge Beziehung zu Ariana und Kate hätte. Dennoch bezogen sie sie oft in ihre Gespräche mit ein. Es war schön, Teil des Teams zu sein und ohne Vorurteile aufgenommen zu werden.

Die Freundschaft ging jedoch nicht so tief, dass sie sich den Mädchen anvertraut hätte. Das wagte Jo nicht. Zu groß war die Angst davor aufzufliegen. Helfen würde ihr eh niemand können – weder ihre Kolleginnen, noch Brenda. Am Ende musste sie allein durch diesen Schlamassel hindurch.

Wieder einmal.

TRIAL AND ERROR

Im vorweihnachtlichen Trubel war es Jo drei Mal gelungen, in einem der teuren Parfümerie-Shops in der Mall Flakons mitgehen zu lassen. Es war nicht leicht gewesen, unbemerkt Ware aus dem Laden zu schaffen, ohne den Alarm auszulösen. Sie hatte dafür stets vorsichtig die elektronischen Tags entfernt. Doch was waren schon drei Flakons? In diesem Tempo würde sie nie das Geld für Javiers Chip zusammenbekommen. Rick war derselben Meinung.

»Hör mal, Jo, das ist schon ein bisschen mickrig. Ich geh mal davon aus, das waren kleine Tests für den Anfang«, kommentierte er die Flakons säuerlich.

Schmerzlich wurde Jo bewusst, wie tief sie gesunken war. Niemals hätte sie es für möglich gehalten, dass sie in einer Situation landen würde, in der Klauen das geringste Übel war.

»Ich fühle mich mies, Rick. Ich kann das nicht«, klagte sie und rang die Hände.

»Warum hast du es noch nicht im Dillard's versucht? Da hast du doch jeden Tag die ganz dicken Fische vor dir.«

»Wenn ich nur daran denke, wird mir schlecht, Rick. Mr. Foggerty hat mir diese Chance geboten und ich will sie nicht versauen! Die werfen mich doch raus, wenn sie mich erwischen!«

»Du darfst dich eben nicht erwischen lassen. Das ist doch nicht so schwer. Du musst einfach nur die Tags entfernen, genau wie bei den Flakons.«

Seine Stimme war laut und hart geworden. Je länger sie es hinausschob, eine Mehrleistung für Javiers Chip zu erbringen, desto weniger fand er Verständnis für ihre Ausreden.

»Ich weiß nicht, ob es im Dillard's so einfach ist, Rick. Es gibt bestimmt versteckte Kameras! Ich muss mich noch ein bisschen besser einarbeiten, bevor ich mich das trauen kann.«

»Dann find es endlich heraus! Frag deine Kolleginnen

und schau dich besser um«, brummte er gereizt.

»Klar kann ich es bei meinen Kolleginnen versuchen. Aber die schauen mich schon komisch an, weil ich nie was mit denen unternehme. Die gehen mittags immer was essen oder Kaffee trinken. Wenn ich nicht auffallen will, sollte ich da ab und zu mitgehen. Das kann ich aber nicht ohne Kohle.« Sie sah ihn vorwurfsvoll an.

Schließlich ist es deine Schuld, dass ich kein Geld habe.

Er atmete tief durch, so als müsse er sich beruhigen. »Okay, das sehe ich ein. Meinetwegen transmitte ich dir jede Woche etwas Taschengeld. Aber das mach ich nur, wenn du endlich deinen Arsch hochkriegst und Ergebnisse lieferst.«

»Du tust gerade so, als wäre ich ein Profi. Ey, ich habe noch nie in meinem Leben was mitgehen lassen. Schon die Flakons haben mir den Schweiß auf die Stirn getrieben! Ich habe Angst, dass die mir beim nächsten Besuch die Handschellen anlegen.«

»Stell dich nicht so an, Jo! So wie du Foggerty Honig ums Maul geschmiert hast, bist du zu allem Möglichen fähig. Du musst es nur endlich tun.« Er starrte ihr in die Augen und wartete auf eine Antwort. Kleinlaut willigte sie schließlich ein: »Okay. Ich verspreche, ich schau mich um und überleg mir was.«

Was anderes bleibt mir wohl kaum übrig.

Jo fühlte sich mies bei dem Gedanken.

Immerhin hatte sie aber das Taschengeld durchgebracht. So war es ihr möglich, Ariana zum Dank für das iPhone einen Kaffee auszugeben. Auch konnte sie endlich die Prepaid-Karte neu aufladen, ohne dass Rick es merkte.

Das Smartphone hatte sie in ihrem Spind versteckt. Es war zu riskant, es nach Hause mitzunehmen. Sie traute Rick zu, dass er regelmäßig ihre Sachen durchsuchte. Fände er das iPhone, würde er sie grün und blau schlagen. Da war sie sich sicher.

Jo hatte Pause. Sie warf einen Blick aus der Teeküche. Ihre Hände waren feucht und ihr Mund staubtrocken. Das Weihnachtsgeschäft hatte begonnen, und viele kaufwütige Kunden hatten den Laden gestürmt. Sie hatten genau den richtigen Zeitpunkt gewählt, um den Plan in die Tat umzusetzen.

Dennoch war Jo vor Aufregung ganz schlecht. Sie wagte sich gar nicht auszumalen, was alles schiefgehen konnte!

Rick hatte sie heute früh zur Arbeit gefahren, um den Ablauf auf dem Parkplatz nochmals mit ihr durchzugehen. In ihrem Kopf flogen Zahlen, Uhrzeiten und Reihenfolgen durcheinander.

Jo zwang sich, tief durchzuatmen und an ihrem Kaffee zu nippen. Sie schmeckte nichts als den irritierenden Geschmack von Metall. Sie hatte sich vor Nervosität die Lippe aufgebissen.

Warum nur habe ich mich auf diese beschissene Idee eingelassen?

Alex würde gleich den Laden betreten, Jo in ein Verkaufsgespräch verwickeln und am Ende mit einer Breitling am Arm das Dillard's wieder verlassen.

Sie waren alles bis ins Detail durchgegangen: Wenn ein Kunde ein Schmuckstück anprobierte, nahmen die Verkäufer im Normalfall die digitale Sicherung ab. Somit wäre es theoretisch möglich, zum Ausgang hinaus zu marschieren mit einer 8.000-Dollar-Uhr am Handgelenk, ohne dass die Sicherheitsschranken Alarm schlügen. Der Diebstahl würde erst am Abend bei der Überprüfung und beim Einschließen der Ware auffallen. Jo würde mächtig Ärger bekommen, war doch das Personal verantwortlich dafür, dass die Sicherheitsvorschriften bei diesen teuren Objekten eingehalten wurden. Der Diebstahl war mehr als waghalsig, vom kriminellen Aspekt ganz abgesehen. Womöglich, nein, ganz sicher würde sie sogar ihren Job verlieren.

Ist es das wert? Ich muss das Risiko in Kauf nehmen. Mit einem Schlag könnte ich Javiers Geld einfahren! Und wenn es mir ein zweites Mal gelingt, kann ich mich sogar komplett von Rick freikaufen!

Jos Gewissen stritt sich heftig mit ihrer unbändigen Sehnsucht nach Freiheit.

Sie sah auf die große Wanduhr. In sechs Minuten würde Alex das Dillard's betreten und sich in der Schmuckabteilung umsehen. Es war Zeit, dass sie wieder an die Arbeit ging, um ihn nicht zu verpassen. Jo fuhr sich mit feuchten Händen über den Bleistiftrock. Den kaum angerührten Kaffee leerte sie in den Ausguss.

Spring einfach ins kalte Wasser, Jo. Wie immer. Mehr ist es nicht. Einfach eine weitere Hürde in deinem turbulenten Leben. Zieh es durch!

Sie straffte die Schultern und ging zurück in den Laden. Sofort erkannte sie Alex, der in diesem Moment durch die Glastüren trat. Er hatte sich die Haare gegelt und einen Anzug angezogen. Er sah aus wie ein reicher Yuppie auf der Suche nach einem neuen Statussymbol. Jo beobachtete, wie er gemächlich durch die Gänge schlenderte, den Stoff einer Armani-Hose prüfte und sich dann einen Yves-Saint-Laurent-Anzug anschaute. Scheinbar ziellos steuerte er hinüber zur Schmuckabteilung.

Als ein Kollege Jos aus der Herrenabteilung eilfertig auf ihn zumarschierte, blickte Alex demonstrativ auf seine Uhr und drehte ihm den Rücken zu. Mit den Augen sondierte Alex den Laden, so als suche er nach etwas. Als er Jo hinter ihrem Tresen mit Schmuck erblickte, grinste er und bewegte sich lässig auf sie zu.

Für den Fall, dass Jos Kolleg:innen in der Nähe sein würden, hatten Jo, Rick und Alex einen gewissen Ablauf abgesprochen.

Einige Sätze hatten sie bis spät in die Nacht geprobt, verworfen, neu einstudiert und so oft wiederholt, bis alles saß. Als Alex sich ihr nun näherte, setzte Jo ein freundliches, unverbindliches Lächeln auf und begrüßte ihren Kunden: »Guten Tag, Sir! Wie kann ich Ihnen behilflich sein?«

»Hallo, meine Teure. Ich bin auf der Suche nach einem Schmuckstück für meine Verlobte. Ein Armband vielleicht? Auch will ich für mich eine neue Breitling. Ich habe schon ein bestimmtes Exemplar im Auge.«

Zunächst fachsimpelten die beiden über die aktuellen Modelle von Breitling-Männeruhren, um den Eindruck zu erwecken, sie führten ein ernsthaftes Verkaufsgespräch. Dann zeigte Jo auf einige Armbänder, die sich ihr junger Käufer für seine Verlobte anschauen sollte. Zeitgleich lagen mehrere teure Objekte auf der Auslage.

Wenn Mr. Foggerty das sähe, würde er mich lynchen!

Er hatte ihr bei der Einarbeitung in die Schmuckabteilung die ausdrückliche Anweisung erteilt, wertvolle Artikel stets direkt wegzupacken, sobald die Kundschaft das Interesse daran verloren hatte.

Wo aber kein Kläger, da kein Richter.

Falls nötig, werde ich sagen, dass der junge Mann mich komplett verwirrt und mich in ein anstrengendes Verkaufsgespräch verwickelt hat.

Alex schwenkte gekonnt von den Armbändern zurück zu den Uhren, so als fiele ihm diese Kaufentscheidung leichter.

»Was sagten Sie nochmals, kostet dieses Exemplar?«, fragte er und deutete auf einen Chronografen von klassischer Eleganz.

Als Jo kurz aufblickte, war keiner ihrer Kolleginnen oder Kollegen in Sicht. Auch die übrige Kundschaft stand weit genug entfernt, um nichts mitzubekommen. Niemand schien sich für Alex und sie zu interessieren. Sie gab Alex mit dem nächsten Satz das Zeichen, dass die Show beginnen konnte: »Diese Uhr steht Ihnen sicherlich gut. Sie dürfen das gute Stück selbstverständlich gerne anprobieren. Warten Sie, ich helfe Ihnen!«

Alex krempelte den rechten Hemdsärmel nach oben. Jo nahm die Sicherung der Uhr ab, öffnete den Verschluss und legte Alex die teure Armbanduhr um das Handgelenk. »Wie Sie sehen können, hat die Chronomat Bentley ein gewölbtes Saphirglas. Es ist beidseitig entspiegelt. Ich finde, das grüne Ziffernblatt und die schwarzen Zeiger kontrastierten wunderbar miteinander. Das Uhrwerk ist ein mechanisches Manufakturkaliber aus 346 Komponenten. Es ist etwas ganz Besonderes. Schauen Sie sich auch das Rouleaux-Armband an: Es ist aus Edelstahl und hat eine

Doppelfaltschließe. Dieses Breitling-Modell liegt bei einer unverbindlichen Preisempfehlung von 8.100 Dollar.« Diese Daten hatte Jo aus dem Katalog und sie kannte sie auswendig.

Alex verzog das Gesicht und drehte das Handgelenk, an dem die Uhr funkelte.

»Ich bin mir nicht sicher, ob das das richtige Exemplar für mich ist. Ich finde, das Grün steht mir nicht. Ich hatte mir vorgestellt, dass sie am Arm besser aussieht. Sie dürfen die Uhr wieder abnehmen.«

Wie vom Blitz getroffen starrte Jo ihn an. Dieser Spruch war quasi ihr »Not-Aus«, ihr Rettungsanker für den Fall, dass jemand ihnen auf die Schliche kommen würde. Sie unterdrückte den Impuls, panisch mit den Augen ihre Umgebung abzutasten, um zu sehen, wer oder was Alex dazu veranlasst hatte. Sie räusperte sich und gab vor, professionell zu reagieren: »O, das tut mir leid. Ich finde, diese Uhr passt perfekt zu Ihnen. Ein absolutes Prestige-Objekt und mehr als aussagekräftig. Sicherlich macht es bei dieser Investition aber Sinn, sich das genau zu überlegen und die richtige Wahl zu treffen. Darf ich Ihnen vielleicht noch weitere Modelle zeigen?«

»Nicht heute, danke. Ich bin ein wenig unter Zeitdruck. Ich komme aber gerne am Samstag wieder. Womöglich bringe ich auch meine Verlobte mit. Ich kann mich heute weder für ein Armband entscheiden, noch für eine neue Uhr.«

Alex wirkte auf einmal gehetzt. Jo, die ihm so nah war, sah Schweißperlen an seinem blonden Haaransatz schimmern. Einem Betrachter, der weiter als zwei Meter entfernt stand, wäre das nicht aufgefallen. Jos Nacken prickelte und ihre Hände zitterten leicht.

Wir werden beobachtet. Sonst würde Alex nicht so reagieren. Verdammt, es ist so gut angelaufen!

Sie hatte Alex quasi schon mit der Uhr am Handgelenk aus dem Laden spazieren sehen und hatte sich bereits erleichtert gefühlt, dass das Ganze so glimpflich über die Bühne gegangen war.

Jo nahm ihm die Uhr ab und schloss ihr enttäuschendes Verkaufsgespräch mit einigen Standardsätzen. »Lassen Sie es sich ruhig durch den Kopf gehen. Sie können jederzeit wiederkommen, um sich weitere Modelle anzuschauen. Das Dillard's kann Ihnen auch gerne Exemplare ins Haus bestellen, die Sie heute hier nicht gesehen haben. Das gehört selbstverständlich zu unserem Service.«

»Vielen Dank, darauf komme ich womöglich zurück.«

Alex streifte sein Hemd über das Handgelenk und schloss die Knöpfe. Dann verabschiedete er sich und schlenderte zum Ausgang.

Routiniert befestigte Jo die Sicherung wieder an der Uhr, verpackte sie in ihre Box und verstaute sie zusammen mit den anderen Schmuckstücken in den Schubladen. Jo konzentrierte sich darauf, nicht verdächtig um sich zu schauen. Sie war sicher, dass sie beobachtet wurde, und Alex deswegen das Schauspiel abgebrochen hatte.

Da hörte sie ein Räuspern und sah auf. Ein ihr unbekannter Mann im modernen, hellgrauen Anzug war neben sie an den Tresen getreten. Er war etwa im selben Alter wie Rick, etwa um die dreißig, ebenso groß und von derselben muskulösen Statur. Seine Haare waren dunkelblond und glatt aus dem Gesicht gekämmt. Sein Gesicht war sorgfältig rasiert und braun gebrannt. Jo hatte ihn hier noch nie gesehen. Dass er kein Kunde war, erkannte sie an dem Plastikschild am Revers, das ihn als Mitarbeiter des Dillard's auswies.

Er trat nah an Jo heran und bat sie mit leiser, tiefer Stimme: »Wenn Sie hier aufgeräumt haben, folgen Sie mir bitte, Miss Fine. Und bleiben Sie bitte ganz ruhig.«

Jo sah ihm in die Augen und stellte fest, dass sie grün waren – und eiskalt. Jos Magen krampfte sich zusammen. War er vom Wachpersonal? Bisher hatte sie nie Security im Dillard's gesehen.

Um die Unschuldige zu spielen, zog sie erstaunt die Brauen hoch, während sie weiter die Ware verstaute.

»Ich bin bei der Arbeit, wie Sie sehen. Ich kann hier nicht einfach weg. Wer sind Sie? Ein neuer Kollege?«

Er lachte leise auf und um seine Augen bildeten sich Lachfältchen. »Ja, ich bin in gewisser Weise Ihr Kollege. Bitte folgen Sie mir.«

Jo seufzte theatralisch und warf einen prüfenden Blick auf die Auslage. »Ich bin hier eh fertig, so wie es scheint.«

Sie machte auf dem Absatz kehrt und folgte dem Mann in seinem saloppen Anzug zu den Personalräumen. Er trug weiße Sneaker, was einem Verkäufer des Dillard's nicht gestattet war.

Also doch ein Wachmann. Scheiße! Doch er kann Alex und mir keinen Diebstahl unterstellen. Alle Schmuckstücke und Uhren sind an Ort und Stelle.

Jo musste nur glaubhaft versichern, dass sie Alex nicht kannte, er sie mit dem Verkaufsgespräch völlig verunsichert und sie deswegen die Sicherheitsvorkehrungen außer Acht gelassen hatte.

Ganz ruhig, Jo! Erinnere dich einfach daran, was du gestern mit Rick und Alex einstudiert hast.

Der Fremde führte Jo in eines der Büros, die zwischen Mr. Foggertys und der Teeküche lagen, jedoch stets verschlossen waren. Jo trat ein und erstarrte. Das Büro war angefüllt mit technischem Equipment, Dutzenden Laptops und Monitoren, auf denen sich Szenen aus dem Laden spiegelten. Es sah aus wie in einer Kommandozentrale des FBIs oder in einer Überwachungszentrale. Jo stöhnte innerlich auf. Sie hatten diesen Part so oft überprüft und diskutiert, dennoch hatte sie falschgelegen: Dass Jo nie Überwachungskameras im Laden gesehen hatte, bedeutete nicht, dass es keine gab. Die Technik war anscheinend so ausgereift, dass die Kameras völlig unsichtbar waren.

Jo stählte sich gegen das, was kam.

»Setzen Sie sich, Miss Fine.«

Der Mann nahm hinter einem der Schreibtische Platz, während Jo den Stuhl ihm gegenüber wählte. Drei Monitore trennten sie.

Jo sah sich interessiert um. »Ich bin überrascht, welch tolle Ausrüstung wir hier haben.«

Seine grünen Augen funkelten belustigt, so als durchschaue er sie.

»Mein Name ist Kyle Harris, Miss Fine. Ich bin zusammen mit Ronald Walker für die Sicherheit im Dillard's verantwortlich.«

»Ah, okay. Man sieht Sie nicht häufig draußen, Mr. Harris.«

»Nein, in der Tat. Die meiste Zeit sitzen mein Kollege und ich hier drinnen vor den Monitoren und beobachten

Sie. Ziemlich voyeuristisch, nicht wahr? Sobald etwas Außergewöhnliches oder auch Seltsames vorkommt, schalten wir uns ein. Sie haben mir heute etwas Abwechslung verschafft.« Er zwinkerte Jo zu. Es schien nicht so, als wolle er sie einschüchtern.

Oder ist das seine Masche, um mich in Sicherheit zu wiegen und um mich zu einem Fehler zu verleiten?

»Inwiefern?«, fragte Jo und lächelte unschuldig.

Harris legte eine Kunstpause ein und erwiderte: »Miss Fine, wer war der Mann, dem Sie die Uhr angelegt haben?«

»Mein Kunde von gerade eben? Ich kenne ihn nicht. Er wollte für seine Verlobte ein Armband und für sich eine Breitling kaufen.«

»Sie kennen ihn nicht?«

»Nein, ich sah ihn heute zum ersten Mal hier im Geschäft. Warum fragen Sie? Hat er etwas verbrochen?«

»Nein. Aber er hat sich für meine Begriffe verdächtig verhalten. Und in so einem Fall muss ich reagieren.«

»Mir ist er nicht komisch vorgekommen oder auffällig. Nicht auffälliger als meine anderen Kunden. Was genau hat er denn getan, was Sie veranlasst hat, ihm zu misstrauen?«

Als Harris nicht sofort antwortete, sondern mit krauser Stirn etwas in seinen Laptop eintippte, befürchtete Jo, dass sie zu forsch gewesen war.

Manchmal ist Angriff die beste Verteidigung.

»Im Übrigen wundere ich mich gerade, woher Sie meinen Namen kennen! Müssen Sie etwa die Namen und Gesichter der gesamten Belegschaft kennen?«

Harris sah auf. »Ja, das ist mein Job. Ich habe gerade Ihr Profil aufgerufen.«

»Lässt Mr. Foggerty seine Angestellten neuerdings polizeilich überprüfen? Nur zu, ich habe nichts auf dem Kerbholz.«

Ich vertraue auf meinen frischen Fake-Tag.

»Nun, natürlich müssen wir das. Sie haben hier im Laden mit exklusiver Ware zu tun, die das Dillard's teuer zu stehen käme, wenn sie entwendet würde. Unabhängig davon ist es in der heutigen Zeit ein Glücksgriff, an gutes Personal zu kommen. Gefälschte ID-Daten, Fake-Tags oder getürkte Impfnachweise sind nicht unüblich. Verzeihen Sie mir meinen Pessimismus, aber das amerikanische System verkommt zusehends. Wenn ich die Jugend von heute betrachte, fühle ich mich machtlos und deprimiert. «

Da stimme ich dir aus vollem Herzen zu!

Jo konnte durchaus verstehen, wie sich jemand wie Kyle Harris fühlen musste, der seinen Lebensunterhalt in der Sicherheitsbranche verdiente.

»Amerika war schon immer korrupt und gewaltaffin. Doch Ihre Generation, Miss Fine, wächst in einer Gesetzlosigkeit auf, die Corona und die Krise meines Erachtens verschlimmert haben. Anstelle des gewünschten gläsernen Systems haben wir die Kriminalitätsrate nur noch gesteigert. Kriminalität ist zum Überlebenszweck geworden und meist gekoppelt mit einer Kaltblütigkeit, die mich erschreckt.«

Jo war überrascht, wie groß sein Hass auf das amerikanische System war.

Vielleicht ist Hass das falsche Wort. Eigentlich hört er sich enttäuscht und resigniert an.

»Sie sind sehr offen, Mr. Harris.«

»Verzeihen Sie mir bitte meine Ausschweifungen. Ich wollte Sie damit nicht langweilen. Lassen Sie uns zum Punkt kommen.«

Er befragte sie kurz und effizient zum Ablauf des Kundengespräches mit Alex. Danach wollte er wissen, wie alt sie sei, woher sie käme und was sie zuvor für Jobs ausgeübt habe. Das meiste davon stand in Mr. Foggertys Akte, doch war es sicherlich seine Pflicht, genau nachzuhaken und Unstimmigkeiten aufzudecken. Daher blieb Jo konsequent bei der Geschichte, die sie Brenda und Mr. Foggerty erzählt hatte.

»Hmmm«, brummte Harris am Ende und Jo erwartete weitere Fragen. »Ich habe Sie beobachtet, Miss Fine. Sie sind sonst eine sehr gewissenhafte Kraft, sorgfältig und vorsichtig. Sie haben noch nie so fahrlässig gehandelt wie heute.«

Ein scharfer Blick traf sie und bohrte sich in ihre Augen. Verlegen setzte sich Jo zurecht und wiederholte, was sie mit Rick einstudiert hatte: »Ich muss gestehen, dass mich der Mann nervös gemacht hat. Er ist von einem Schmuckstück zum nächsten geswitcht, ohne sich entscheiden zu können. Ich bin kaum hinterhergekommen, alles raus- und wieder einzuräumen. Er war wirklich ein schwieriger Kunde. Ich bin es nicht gewohnt, in dieser hochpreisigen Klasse so sprunghafte Kunden zu haben.«

»Können Sie sich vorstellen, dass er das mit Absicht gemacht hat? Es ist eine gängige Masche, die Verkäuferin so zu verwirren, dass sie nicht bemerkt, wie der Kunde ein ungesichertes Schmuckstück an sich nimmt.«

Jo schürzte die Lippen. »Ich kann mir nicht vorstellen, dass der Kerl so etwas nötig hat. Er hatte selbst eine teure

Uhr am Handgelenk und sein Anzug war nicht billig.«

»Sie haben ein scharfes Auge, Miss Fine. Ich kann an dieser Stelle nichts gegen den Mann sagen, werde aber die Videoaufnahmen mit den Polizeiakten abgleichen. Womöglich war er bereits straffällig und ich kann ihn identifizieren.«

Ich hoffe für Alex, dass bei deiner Recherche nichts herauskommt.

»Was Sie betrifft, Miss Fine«, unterbrach Harris Jos Gedanken und beobachtete sie dabei genau, »so ist mir eine Sache im Besonderen aufgefallen.«

»Was denn?«, fragte Jo bang.

»Sie sind erst ein paar Wochen bei uns. Dennoch meine ich zu sehen, dass es Ihnen nicht gut geht. Es steht mir nicht zu, ein Urteil zu fällen, doch Sie sehen krank aus. Kann das sein? Oder belastet Sie etwas?«

Jo räusperte sich unbehaglich.

Das geht dich nun wirklich nichts an!

Gleichzeitig war sie entsetzt, dass er der Wahrheit so nahekam.»Ich weiß nicht, was Sie meinen. Ich war unkonzentriert und nicht bei der Sache heute, das stimmt. Ich hätte mich nicht so ablenken lassen dürfen. Das kommt nicht wieder vor. Normalerweise bin ich souveräner.«

Jos Wangen glühten und sie konnte nicht sagen, ob es daran lag, dass er sie beim Versuch zu klauen erwischt hatte, oder daran, dass er ihren nervlich angespannten Zustand bemerkt hatte.

DIE BESTRAFUNG

Rick wartete wie jeden Abend auf dem Parkplatz auf sie. Jo erkannte sofort, dass er üble Laune hatte. Von Alex wusste er sicher, dass die Sache schiefgelaufen war. Wortlos ließ er sie aufsitzen und fuhr nach Hause.

Alex, Kenneth und Javier saßen in der Küche. Jeder hatte ein Bier vor sich stehen. Die leeren Flaschen in der Mitte des Tisches verrieten Jo, dass sie schon eine Weile tranken. Alex trug noch immer die Anzugshose und das Hemd. Er hatte die Ärmel hochgekrempelt und sein Haar war zerzaust.

Als Jo eintrat, stand er sofort auf und kam ihr entgegen. Mit einer dramatischen Geste legte er ihr die Hände auf die Schultern. »Du lebst! Was bin ich froh! Ich war mir nicht sicher, ob sie dich heute noch da rauslassen, oder ob sie nicht sogar die Bullen holen würden.«

Sein Zungenschlag war ansatzweise schwer und Jo roch das Bier in seinem Atem. Er hatte wohl einige der Flaschen selbst geleert. Rick stieß Alex zur Seite und zog sie an sich. Seine Kiefer mahlten. »Reiß dich zusammen und lass Jo erzählen, was passiert ist«, knurrte er.

Er schob für sich und Jo jeweils einen Stuhl an den Tisch und sie setzten sich. Jo begann mit ihrer Geschichte an dem Punkt, als Alex unbehelligt das Dillard's verließ und berichtete von dem Verhör, dem Kyle Harris sie unterzogen hatte. Alex und Kenneth gaben erleichterte Laute von sich, als sie erfuhren, dass Jo den toughen Sicherheitschef hinters Licht geführt hatte.

»Respekt! Du hast gut reagiert«, lobte Alex und prostete ihr zu.

Javier dagegen blickte finster in die Runde und fragte: »Bin ich der Einzige, der das Ganze ziemlich beschissen findet? Was passiert jetzt? Wo bleibt meine Kohle? Du musst es nochmals versuchen, Jo!«

Rick starrte Jo abwartend an und ihr wurde klar, dass er auf Javiers Seite stand. Dann hatte Javier also bereits sein Gift versprüht. Egal, was Jo sagen würde, Rick und er hatten sich ihre Meinung gebildet und sich gegen sie verschworen. Das sah sie ihren Gesichtern und vor allem Ricks Laune an. Doch Jo hatte nicht vor, die Schuld des Misslingens auf sich zu nehmen.

»Die Kameras sind so geschickt angebracht, dass ich sie nicht gesehen habe. Die sind top ausgestattet! Der Technikraum strotzt nur so vor modernen Geräten! Natürlich versuche ich es nochmals. Es darf aber nicht mehr Alex sein, mit dem ich arbeite, weil der Sicherheitschef ihn überprüfen lässt.«

Alex verzog das Gesicht. »Meine letzten Polizeifotos sind glücklicherweise zehn Jahre alt. Damals war ich noch ein Teenager. Er dürfte sich schwertun, etwas zu finden.«

»Dennoch wäre es zu auffällig, wenn du nochmals im

Dillard's aufkreuzt. Kyle Harris hat mich nun im Visier. Heute konnte ich ihn täuschen. Das nächste Mal muss ich besser aufpassen. Ich werde mich wohl mit ihm anfreunden müssen, so dass er mir ein paar Dinge über die Arbeitsweise seiner Sicherheitsabteilung verrät.«

Jo gab sich selbstsicher, um die Stimmung aufzuhellen. Unschwer konnte sie sich ausmalen, an wem Rick später seine Wut auslassen würde, wenn sie ihn jetzt nicht beschwichtigte. Insgeheim war ihr klar, dass sie Kyle Harris niemals seine Geheimnisse entlocken könnte. Dafür war er zu gewieft. Sie war nicht einmal sicher, ob es ihr möglich war, Harris ein weiteres Mal an der Nase herumzuführen.

Javier gab Ruhe und hakte nicht mehr nach.

Alex klopfte auf den Tisch und rief: »Lasst uns zur Feier des Tages Pizza bestellen, Leute! Wir sind mit einem blauen Auge davongekommen.«

Jo war ihm dankbar, dass er die Situation zu retten versuchte.

Nach dem Essen spielten sie eine Runde Karten und gingen von Bier zu Schnaps über. Rick war seltsam ruhig und brütete vor sich hin.

Das ist kein gutes Zeichen!

Nicht zu wissen, was gerade in Ricks Kopf vorging, fühlte sich an als säße sie in einem entgleisten Zug, ohne zu wissen, wann der Crash kommen würde. Das Adrenalin rauschte noch immer durch ihre Adern, auch wenn der versuchte Diebstahl und das Verhör längst vorbei waren. Jo griff nach einem Shot, um ihre Nerven zu betäuben und ruhiger zu werden.

Je ausgelassener die Gruppe wurde, umso finsterer wurde Rick. Es musste kurz nach 24 Uhr sein, als er die Fäuste auf den Tisch knallte und rief: »So, Freunde der Sonne, Schluss hier! Genug gefeiert, was nicht zu feiern war. Geht euren Rausch ausschlafen. Morgen müssen wir alle zur Arbeit!«

Kenneth lallte: »Als ob dich das sonst vom Feiern abhält, du Sp … Spielverderber!«

»Ach, halts Maul, Alter! Du kriegst ja kaum noch ein klares Wort heraus. Zeit, sich zu verabschieden. Verzieh dich nach oben.« Er klatschte in die Hände und scheuchte so die Jungs aus der Küche.

Rick löschte überall im Erdgeschoss das Licht, während sich Jo vorsichtig in Richtung Treppe bewegte. Ihr Kopf schmerzte und ihr war etwas schwindelig. Sie hatte seit dem Erntedankfest keinen Alkohol mehr getrunken. Langsam bewegte sie sich die Stufen nach oben. Auf halber Höhe strauchelte sie und wäre auf die Holzstufen geschlagen, hätten sie nicht starke Hände von hinten umfasst und gestützt. Schwer atmend und mit pochendem Herzen lehnte sie sich gegen ihren Retter, in der Annahme, es sei Rick. Zu spät bemerkte sie den anderen Männerduft und eine Hand, die nicht Ricks war. Verwundert drehte sie sich um und schaute in Alex' Gesicht. Sein Atem streifte ihr Ohr. »Vorsicht, Jo, beinahe wärst du gefallen.«

Er drückte sie weg von sich und Jo lehnte sich an die Wand, um nicht nochmals das Gleichgewicht zu verlieren. Alex' Hand blieb auf ihrer Hüfte liegen, um sie zu stützen.

»Alles gut?«

»Ja, danke.« Jo sammelte sich. »Du warst heute ziemlich gut als reicher Schlipsträger«, gluckste sie.

»Ja, ich fand, wir waren beide gut. Es hätte beinahe geklappt, wenn Kyle Harris dich nicht so genau beobachtet hätte.«

»Angeblich ist diese Masche gängig. Das nächste Mal müssen wir uns etwas anderes einfallen lassen.«

Alex krauste nachdenklich die Stirn. »Jo, setz dich nicht zu sehr unter Druck. Ich weiß, wie es ist, wenn man keinen Ausweg sieht. Du büßt fälschlicherweise für etwas, für das du gar nichts kannst.«

Jo fiel es schwer, seinen Worten zu folgen. Er klang so gar nicht betrunken, sondern völlig klar. In dem Moment tauchte Rick hinter ihnen auf. Er packte Alex am Kragen und riss ihn von Jo weg. Durch den Schwung stieß Alex mit dem Rücken gegen die Wand, konnte sich aber fangen.

»Finger weg, du Arschloch! Wenn du Jo noch einmal anfasst, bring ich dich um!«, zischte er und holte aus. Seine Faust traf Alex' Nase. Mit weit aufgerissenen Augen sah Jo, wie Blut spritzte und Alex rückwärts die Treppe hinunterstürzte. Auf dem Treppenabsatz kam er auf und blieb reglos liegen. Dann packte Rick Jo grob am Arm und stieß sie nach oben. Sie stolperte erneut und dieses Mal war es Rick, dessen Finger sich in ihr weiches Fleisch bohrten und sie stützten.

»Rick, du tust mir weh!« Jo versuchte, seine Hand abzustreifen, doch sein Griff wurde stahlhart. Sie konnte kaum so schnell laufen, wie er sie nach oben und ins Schlafzimmer schubste. Lautstark warf er die Tür hinter ihnen zu und baute sich vor ihr auf. Die geballte Wut, die er den ganzen Abend unterdrückt hatte, entlud sich in der schallenden Ohrfeige, die Jo traf. Sie fiel und landete hart auf dem Boden. Ihr Kopf schlug auf die Holzdielen und sie sah Sterne hinter ihren geschlossenen Lidern tanzen. Tränen des Schmerzes lösten sich aus ihren Augenwinkeln. Rick ließ sich fallen, setzte sich auf sie und packte ihre Handgelenke. Das plötzliche Gewicht erdrückte Jo beinahe und sie kämpfte verzweifelt, um ihn abzuschütteln. »Ich bekomme keine Luft, Rick. Bitte geh runter von mir!«

Er griff noch fester zu und zischte: »Du verfluchtes Luder! Mir war klar, dass du früher oder später einem der Jungs schöne Augen machst. Aber ausgerechnet Alex? Er ist mein ältester Freund! Er kann ja die Augen nicht mehr von dir lassen. Und Mr. Security hast du auch um den Finger gewickelt. Ich erkenne dich nicht wieder! Du bist eine richtige Bitch geworden!«

Jo schüttelte schockiert den Kopf.

Um Himmels willen, er ist komplett irre geworden!

»Was redest du da, Rick? Ich habe Alex nie schöne Augen gemacht. Es ist das erste Mal, dass er sich mir genähert hat. Und er hat mich nur vor einem Sturz bewahrt – das war alles! Keine Ahnung, was du da gesehen hast! Und ja, den Securitymann habe ich um den Finger gewickelt, aber doch nicht so, wie du es mir unterstellst!«

Erneut erntete sie eine Ohrfeige.

»Lüg mich nicht an! Ich habe gesehen, wie du und Alex euch den ganzen Abend lang über den Tisch hinweg angeschaut habt.«

»Nein, Rick, das stimmt doch nicht! Wir haben gefeiert, dass wir das Ganze heute unbeschadet überstanden haben … Wir haben nur gefeiert, mehr nicht!«

»Überstanden? Versaut habt ihr es, ihr Stümper! Das nächste Mal muss ich wohl selbst dabei sein, sonst wird das nichts. Du bist völlig unfähig! Zu nichts zu gebrauchen als zum Ficken!«

Jo erstarrte. Diese erneute Beleidigung traf ihr Herz wie ein Pfeil und verletzte sie zutiefst.

Ich glaube, du hast mir gerade das Herz gebrochen, Rick! So wenig wert bin ich dir also? Ich bin nur noch ein Sexobjekt für dich. Mit diesen Worten hast du mir mehr wehgetan, als du mit den Ohrfeigen und dem körperlichen Missbrauch je hättest erreichen können.

Tapfer schluckte sie die Tränen der Demütigung hinunter.

»Schon klar, dass du dazu nichts zu sagen hast, du blöde Kuh! Wie wäre es mit ›es tut mir leid, ich habe Mist gebaut‹? Na warte, ich werde dir schon noch Respekt beibringen!«

Rick packte ihre Bluse und zerriss sie mit einer einzigen Armbewegung. Die Hose folgte und Jo lag in ihrer Unterwäsche vor ihm. Sie schluchzte und zitterte gleichzeitig. Ob vor Angst oder Kälte konnte sie nicht sagen.

»Ja, jetzt sehe ich Angst in deinem Gesicht! Die solltest du auch haben!« Seine Augen funkelten. Ungestüm zerrte er sie auf die Beine, so dass Jo stolperte und gegen den Metallrahmen des Bettes krachte. Mit einem unheimlichen Ton schrammte ihr Rückgrat am Rahmen entlang. Sie heulte auf. Rücksichtslos stieß Rick sie auf das Bett. Durch die Wucht in Bewegung gebracht, donnerte der Metallrahmen gegen die Wand. Spätestens jetzt musste allen im Haus klar sein, was passierte.

O Gott, hoffentlich hilft mir einer der Jungs! Ich komme nicht gegen ihn an! Er dreht komplett durch!

Wie ein Riese stand er über ihr und zerrte ungeduldig an seinem Gürtel. »Ich werde dir schon zeigen, wer hier das Sagen hat!«

Er packte ihre Hände und fesselte sie mit dem Gürtel am Bettgestell. Dann griff er nach ihrem Hals und drückte zu. Jo rang um Luft. Ihr Rücken stand in Flammen und sie hatte nicht einmal die Kraft, die Knie zu heben, um sich gegen ihn zu wehren. In dem Moment flog die Tür auf und Alex stand im Rahmen. Sein Gesicht war blutüberströmt und sein weißes Hemd zierten rote Flecken.

Rick sprang mit einem bösartigen Knurren auf, stieß Alex aus der Tür und brüllte: »Verschwinde hier! Das ist etwas, was nur mich und Jo angeht. Du hast schon genug angerichtet!«

»Beruhige dich, Rick. Jo hat nichts falsch gemacht. Und du musst niemandem etwas beweisen. Uns ist allen klar, dass sie zu dir gehört.«

»Ich beweise hier *gar* nichts, du Affe! Verpiss dich und wage es nicht, mich noch mal zu stören!« Damit knallte er Alex die Tür vor der Nase zu und schloss ab. Alex' Fäuste schlugen gegen die Tür. »Rick! Rick, mach auf! Lass deinen Zorn nicht an *ihr* aus! Rick, hörst du? Komm raus und regle das mit mir!«

Mit einem wilden Grinsen drehte er sich zu Jo um. »Er will dich retten. Wie süß! Da hat er sich aber geschnitten.«

»Rick, ich bitte dich, wir können doch über alles reden! Du kannst sicher sein, dass ich nur dich liebe und du mein erster und einziger …« Weiter kam sie nicht, denn da war er wieder über ihr und hielt ihr den Mund zu. Mit der anderen Hand öffnete er seine Hose. »Halts Maul, du Schlampe!«

Er zerrte ihr das Höschen vom Leib. Als er in sie drang, tat er das mit so viel ungezügelter Wut, dass Jo meinte, in ihr würde etwas zerreißen. Ihre Tränen rannen an seinen Fingern hinab zu ihrem Hals und landeten im Kissen. Ihre Schluchzer wurden untermalt von Alex, der noch immer gegen die Tür hämmerte und Rick bat aufzuhören.

Hilfe! Ich ersticke! Ich muss mich beruhigen! Ruhig atmen, Jo!

Wimmernd ergab sie sich ihm und leistete keinen Widerstand mehr.

Als Rick fertig war, legte er sich zufrieden stöhnend neben sie. Er löste den Gürtel, schlang dann besitzergreifend ein Bein und einen Arm über sie und schlief wenige Augenblicke später ein.

Jos Innerstes pochte vor Schmerz. Die offenen Wunden auf ihrem Rücken und an ihren Handgelenken brannten wie Feuer. Ihr war eisig kalt und ihre Zähne klapperten.

Die Schläge gegen die Tür waren verstummt. Doch da hörte sie plötzlich Alex' Stimme vor der Tür: »Jo, hörst du mich? Alles okay bei dir?«

O nein, hoffentlich wacht Rick jetzt nicht wieder auf! Alles, bloß das nicht!

»J-Ja«, brachte sie leise hervor und hoffte, dass Alex sie hören und gehen würde. Tatsächlich entfernten sich wenig später seine Schritte auf den knarrenden Holzdielen. Erneut kamen Jo die Tränen und sie weinte sich in den Schlaf.

EIN KREISLAUF

Am nächsten Morgen erwachte sie mit Hals- und Kopfschmerzen. Dass sie trotz der Vergewaltigung eingeschlafen war, kam ihr einem Wunder gleich. Rick war nicht im Zimmer und sie atmete auf. Er hatte sie zugedeckt.

Welch liebevolle Geste verglichen mit der rohen Gewalt der Nacht!

Ihre Wunden brannten und ihre Glieder waren wie zerschlagen. Vorsichtig bewegte sie Arme und Beine.

So kann ich unmöglich zur Arbeit!

Sie setzte sich mühsam auf, als plötzlich die Tür aufging und Rick eintrat. Er balancierte ein Tablett auf den Händen.

Jo starrte ihn an.

Welche Laune wird mich heute erwarten?

Er schloss die Tür, drehte sich zu ihr um und strahlte.

Der Charmeur hat wieder die Regie übernommen, Gott sei Dank!

»Frühstück, Baby! Bei Dillard's habe ich dich für heute entschuldigt. Hab gesagt, du bist erkältet.«

Besser so. Ich hätte niemals die Kraft gehabt, den anderen gegenüber zu treten.

Rick stellte das Tablett neben sie und streichelte mit einem wohlwollenden Lächeln über ihre Wange. Jo zuckte zurück. Er hatte diese gewählt, die er vor wenigen Stunden geohrfeigt hatte.

»Deine Wange und dein Hals sehen aus, als hätte dir jemand Respekt eingeflößt«

So kann man das Ganze auch nennen.

»Ja, das ist dir gelungen.«

»Nichts anderes war meine Absicht«, belehrte er sie, ergriff ihre eiskalte Hand und streichelte sie. »Es war nicht meine Absicht, dich zu verletzen. Du weißt, dass ich dich liebe! Ich würde dir nie wehtun, wenn du mich nicht dauernd so provozieren würdest. Du bist selbst schuld. Du hast mich gestern so wütend gemacht! Du bist anders, seit wir von der Farm weg sind. Du vertraust mir nicht, tust nicht, was ich sage und gibst ständig Widerworte. Dann dein Anruf bei Brenda und dein Versagen gestern – ja, schon das Versagen beim Auskundschaften der Sicherheitsvorkehrungen! Das hast du echt versaut, das musst du zugeben. Dann komme ich gestern Abend die Treppe hoch und du liegst in Alex' Armen.«

»So war es doch nicht«, entgegnete sie lahm.

»Lass mich ausreden! Siehst du, das ist genau das, was ich meine! Ich hasse es, wenn du dauernd dazwischenquatschst und mich korrigierst! Dieses aufsässige, rechthaberische Gehabe bist doch nicht du! In diesen Situationen machst du es mir so schwer, dich zu lieben! Ich bin wahrscheinlich eh der Einzige, der es mit dir aushält. Aber ich hoffe einfach, du wirst wieder du selbst: Meine liebe, süße Jo, die schon verlegen wird, wenn ich sie nur ansehe …

Ich weiß noch genau, wie du mich das erste Mal angeschaut hast. Deine Augen waren voller Furcht!« Zärtlich hob er ihr Kinn an.

Bittere Galle stieg in Jos Speiseröhre hoch.

Ich erinnere mich auch an diesen Moment. Ich habe mich direkt in deine dunklen, verführerischen Augen verliebt, obwohl ich Angst hatte … Angst, ausgeraubt oder vergewaltigt zu werden. Damals ist das alles nicht eingetreten. Doch das Schicksal hat wohl einen miesen Humor. Es hat einfach verspätet zugeschlagen.

Er küsste behutsam ihr verquollenes Gesicht und flüsterte: »Meine süße Jo-Ann! Ich wollte dich damals in die Arme nehmen und behüten, dein Beschützer sein vor all den Gefahren in New Orleans … Vor all den Gefahren der Welt wollte ich dich beschützen! Lass es wieder so sein wie früher! Du musst dich einfach ein bisschen für unsere Beziehung anstrengen! Ich will nicht, dass es endet. Wir sind füreinander bestimmt!«

Ja, das habe ich auch gedacht, als wir uns das erste Mal unter der Esche geliebt haben. Heute wünsche ich mich meilenweit weg von dir!

Habe ich mich wirklich so sehr verändert? Vielleicht entspreche ich nicht mehr deinem Ideal der unterwürfigen, devoten Frau. Doch habe ich das jemals? Ängstlich und naiv war ich, ja, aber feige war ich nie. Ich glaube, du hast einen komplett falschen Eindruck von mir.

Und da wurde ihr klar, dass sie seinen Erwartungen niemals gerecht werden konnte, da sie nicht so war, wie er es von ihr annahm. Er lebte mit einem Wunschbild zusammen, das er sich selbst kreiert hatte und in das er sie hineinpressen wollte.

Egal, was ich tue, ich werde es dir nie recht machen können! Du wirst immer einen Grund finden, böse auf mich zu sein und deine Wut an mir auszulassen. Was für ein beschissener Kreislauf!

Er hatte ihr ein neues Leben geschenkt und gleichzeitig nahm er ihr es wieder weg, indem er sie zu einem Opfer machte. Plötzlich sah sie es klar und unverrückbar vor sich: *Wenn ich mich nicht in dieses Opfer verwandeln will, das du in mir siehst, muss ich dich verlassen.*

Sie musste weglaufen, sonst würde er sie eines Tages zu Tode prügeln. Oder er würde sie bei irgendeiner Gelegenheit, die sie nicht vorhersehen würde, anderweitig bestrafen. Wer wusste schon, auf welche grausamen Ideen er sonst noch kommen würde? Wie viel mehr Gewalt konnte ein Mensch unter dem Deckmantel der Liebe ertragen?

Die Geschichte von Hänsel und Gretel kam ihr in den Sinn. Sie war kein Aschenputtel mehr, sondern vielmehr ein Opfer wie Hänsel, der der Willkür der Hexe ausgeliefert war.

»Sag mir, dass es nicht enden wird, Jo. Sag mir, dass du mich liebst und mich wegen dieser Lappalie nicht verlassen wirst«, flüsterte er in ihre verräterischen Gedanken hinein und sah sie eindringlich an.

Ertappt senkte sie den Blick. »Nein, Rick. Natürlich nicht. Ich liebe dich.«

Jo schluckte mühsam den schalen Nachgeschmack der Lüge hinunter.

Wie soll das nur weitergehen?

Sie musste einen Weg finden, um zu fliehen. Doch bis

dahin musste sie Rick in dem Glauben lassen, dass alles in Ordnung war zwischen ihnen und sie ihm seine Gewaltaktionen verzieh. Als er sie das erste Mal schlug, hatte sie gehofft, dass es vielleicht nur eine einmalige Sache und aus dem Affekt heraus geschehen sei.

Wie falsch ich lag!

Für den Moment schien Rick zufrieden mit ihrer Antwort zu sein. Er hob das Tablett auf seinen Schoß und reichte ihr eine heiße Tasse. Es war Pfefferminztee, leicht gesüßt, wie sie ihn mochte. Das Schlucken war mühsam und quälte ihren Hals.

»Hier, nimm!« Rick legte ihre eine Tablette in die Hand. »Die ist gegen die Schmerzen. Ich schlage vor, du nimmst sie und ruhst dich ein bisschen aus. Ich bin unten. Ich habe mich ebenfalls krankgemeldet, damit ich für dich da sein kann. Ruf mich, wenn du was brauchst.«

Er tätschelte ihr Knie und ließ sie allein.

Jo war hundemüde und hoffte, dass die Tablette ihren zerschlagenen Körper schnell zu betäuben vermochte. Sie fühlte sich nicht mehr in der Lage, ihren komplexen Gedanken weiter nachzuhängen und ihre Flucht zu planen.

Ich muss unbedingt zu Kräften kommen.

Sie schluckte die Tablette und schlief wieder ein.

Als Jo die Augen aufschlug, stand die Sonne schon tief am Himmel. Es musste später Nachmittag sein. Ihr Kopf dröhnte nicht mehr und das Schlucken fiel ihr leichter.

Alex stand in der Tür. Auch er trug sichtbare Spuren der Nacht: Er hatte ein blaues Auge und eine geschwollene Nase.

In Jos Kopf spielte sich die Szene des Vorabends noch

mal ab, als Rick Alex wutentbrannt angriff und ihn die Treppe hinunterstieß. Es war seltsam, Alex nun in die Augen zu sehen. Sie fühlte sich auf eine ungewollt intime Art verbunden mit ihm. Er hatte diesen morbiden Moment der Vergewaltigung miterlebt, wenn auch nur als ungewollter Zuhörer hinter der Schlafzimmertür.

Du bist diesem Alptraum so nahegekommen, dass es mir jetzt unangenehm ist, auch wenn ich weiß, dass du mir als Einziger helfen wolltest. Das vergesse ich dir nie.

»Ich habe dir Suppe gemacht.«

Er reichte ihr ein kleines Schüsselchen, aus dem sie trinken konnte, und setzte sich zu ihr. Sie kostete vorsichtig. Die Suppe enthielt chinesische Nudeln und schmeckte würzig.

»Lecker! Ich danke dir, Alex.«

Wo ist Rick? Er würde doch niemals zulassen, dass Alex mich besucht.

Jo schluckte schwer, räusperte sich und fragte, ohne ihn anzusehen: »Wie kommt es, dass er dich zu mir gelassen hat?«

Alex schnaubte und fuhr sich durchs kurze, blonde Haar. »Er ist nicht da. Wahrscheinlich würde er mich dieses Mal umbringen, wenn er mich hier erwischen würde. Er war so angepisst gestern! Das hält mich aber nicht davon ab, nach dir zu sehen. Wie geht es dir? Hat er dich etwa … *gewürgt*?« Alex runzelte die Stirn. Er hob die Hand, so als ob er sie berühren wolle, stoppte die Bewegung jedoch sofort.

»Ich will nicht darüber reden«, antwortete Jo leise und nippte an der Suppe.

»Das müssen wir aber, Jo. Du kennst Rick nicht so gut,

wie ich es tue. Er kann so ein smarter, cooler Playboy sein und wickelt die Mädels damit reihenweise um den Finger. Wenn er aber austickt, ist er ein Dämon. Du musst vorsichtiger sein.«

Sie lachte bitter auf. »Vorsichtiger … als ob ich das in der Hand hätte! Ich kann nicht einschätzen, was ihn wütend macht und was nicht. Ich habe das Gefühl, er reagiert völlig willkürlich.«

Alex seufzte tief. »Ja, das mag sein. Du darfst ihn nicht reizen.«

»Mir ist nicht bewusst, wann ich das tue.«

»Ich hätte dich früher warnen müssen, Jo. Ich hatte gehofft, dass es nicht wieder so weit kommt.«

»Was meinst du damit?«, fragte sie argwöhnisch.

»Es ist schon viele Jahre her und ich dachte, er ist ruhiger geworden. Er hatte damals eine Freundin, die er genauso mies behandelt hat wie dich.«

Jo stellte die Suppe weg und hob müde die Hand, um ihm Einhalt zu gebieten. »Okay, stopp. Ich glaube, ich will das jetzt lieber nicht hören. Ich brauche all meine Kraft, um zu entscheiden, was ich tun soll. Alex, sag mir eines … Wenn ich mich bemühe, kann es dann wieder so werden wie am Anfang?«

»Das kann ich dir nicht beantworten. Vermutlich nein. Vermutlich wirst du jetzt immer Angst vor seinen Reaktionen haben. Willst du ernsthaft eine solche Beziehung?«

Jo schüttelte traurig den Kopf. »Nein, nicht wirklich. Ich will mich nicht davor fürchten müssen, etwas zu tun oder zu sagen. Wenn es also nicht mehr so werden kann, wie komme ich dann bloß raus aus dem Ganzen? Er hat mich in der Hand! Wenn ich nicht spure, kann er mich bei der Polizei anzeigen.« In Jos Augen schwammen Tränen.

»Ja, er hat uns alle in der Hand. Wir sind von ihm und seinem good-will abhängig. Bislang hat die Übereinkunft irgendwie funktioniert. Doch seit du bei uns bist, bricht alles auseinander.«

Alex bestätigte damit, was Jo vermutet hatte: Sie spaltete die Gang.

Angestrengt biss er die Zähne zusammen. Die Sehnen an seinem Hals zeichneten sich deutlich ab.

»Ich kann dir nicht sagen, was du tun sollst, Jo. Das musst du selbst entscheiden. Liebst du ihn? Dann bleib und sei um Himmels willen vorsichtiger. Liebst du ihn nicht mehr, verlasse ihn. Aber dann brauchst du einen guten Plan.«

Er erhob sich und ging zur Tür. Zögernd drehte er sich nochmals um und sagte leise: »Falls du reden willst … und falls du je Hilfe brauchst, komm zu mir.«

Er ließ Jo mit konfusen Gedanken und einem mulmigen Gefühl in der Magengrube allein.

Hätte ich mir die Geschichte von Alex lieber anhören sollen? Was verbirgt sich hinter dieser Story mit Ricks Ex?

Als sich kurze Zeit später die Tür wieder öffnete, war sie keinen Deut schlauer. Rick trat ein. Er hatte eine große Tüte dabei. Er setzte sich zu ihr auf das Bett und strahlte sie an. »Ich habe dir etwas mitgebracht. Pack es aus!«

Er drückte ihr die Tüte in den Schoß und Jo konnte den Aufdruck »dress-for-less« lesen. Sie ahnte, was er getan hatte.

Und ja: Als sie in die Tüte griff, zog sie denselben

Anzug und eine ähnliche Bluse heraus wie die, die er gestern zerrissen hatte. Und nochmals ein Set BH und Höschen. Wäre es nicht so tragisch, wäre sie gerührt gewesen. Jo sah ihn an und wusste nicht recht, wie sie reagieren sollte.

Er grinste sie schief an.

»Ich hatte viel Zeit, während du geschlafen hast.«

»Ich danke dir«, sagte sie mit matter Stimme und legte die Sachen zur Seite.

Er ergriff ihre Hand und drückte einen zärtlichen Kuss darauf. »Es tut mir leid, Süße … Es wird nicht mehr vorkommen. Wenn du mir versprichst, dass du die Flirterei lässt und dich bemühst, wieder zu dir selbst zu finden, dann reiße ich mich zusammen.«

Ich bezweifle zutiefst, dass du deine Aggressivität kontrollieren kannst. Aber es ist ein Friedensangebot. Immerhin.

Ein Engelchen auf ihrer Schulter flüsterte: ›Schau, er bemüht sich. Alex hat unrecht. Vielleicht kann doch alles wieder wie früher werden.‹

Das Teufelchen auf der anderen Schulter brüllte vor Lachen: ›Meine Güte, wie naiv bist du eigentlich? Das wird nicht besser! Der Kerl ist ein Psycho! Das hättest du gleich erkennen können, wenn du die rosafarbene Brille abgenommen hättest!‹

Was ist die Wahrheit? Gibt es eine Grauzone zwischen Gut und Böse, in der Rick sich bewegt? Was ist mit mir? Bin ich nicht auch kriminell geworden und bewege mich in dieser Zone?

Jos Kopf begann wieder zu dröhnen. Sie konnte jetzt nicht weiter darüber nachdenken.

Wichtig war es, Rick nicht aus diesem Moment der

friedlichen Eintracht herauszureißen.

»Ich verspreche es«, flüsterte sie und hoffte, sich damit Zeit zu verschaffen: Zeit, um einen Plan zu entwickeln, wie es weitergehen sollte.

»Wundervoll, mein Schatz! Ich wusste, dass du wieder Vernunft annimmst. Und nun komm. Wir gehen runter. Kenneth hat Essen geholt und es sogar bezahlt.«

Gut gelaunt sprang er auf und streckte erwartungsvoll die Hand nach ihr aus.

Als sie nach unten kamen, verteilte Kenneth gerade Teller auf dem Tisch und goss jedem ein Glas Coke ein. Jo setzte sich mit gemischten Gefühlen an den Tisch.

Javier trat ein und warf ihr einen langen, unergründlichen Blick zu. Alex, der ihm gefolgt war, setzte sich Jo gegenüber.

Alex und ich geben ein seltsames Bild ab.

Sie beide hatten Ricks Zorn zu spüren bekommen. Das war für alle sichtbar: Er mit lädiertem Gesicht und verkrusteten Blutspuren auf der Haut und Jo mit geschwollener Wange und violetten Würgemalen am Hals. Den Bluterguss am Oberarm hatte sie mit ihrem T-Shirt verdeckt.

Jo bemerkte, wie Alex' Augen sie unter den halb geschlossenen Lidern musterten. Kenneth wirkte verlegen und vermied den Blickkontakt mit Jo. Javier hingegen grinste und war, zusammen mit Rick, offensichtlich bester Laune.

Sie seufzte und entschied sich, den restlichen Abend einfach zu schweigen, um nichts Falsches zu sagen.

Als Jo sich zwei Stunden später entschuldigte, um zu Bett zu gehen, befürchtete sie bereits die nächste Attacke.

Stattdessen begleitete Rick sie nach oben und fragte: »Was denkst du? Willst du morgen wieder zur Arbeit oder soll ich dich nochmals krankmelden?«

Ein weiterer Tag im Haus erschien Jo wie ein Spießrutenlauf. »Nein, nein, ich glaube, es ist besser, ich gehe. Ich möchte nicht riskieren, dass Mr. Foggerty es bereut, mich eingestellt zu haben. Ich schaffe das schon.«

Rick lächelte sie stolz an. »Mein toughes Mädchen ... Also gut. Ich fahre dich.« Er küsste ihren Scheitel. »Ich gehe nach unten und spiele noch ein wenig Karten mit den Jungs. Schlaf gut und träum süß!«

Jo war erleichtert. Somit hatte sie Zeit, sich wieder ihren Grübeleien hinzugeben, um einen Ausweg zu finden.

Als Rick später nach oben kam, tat Jo, als schliefe sie. Doch das Schauspiel wäre nicht nötig gewesen. In dieser Nacht rührte er sie nicht an.

KYLE

Jo hatte Bedenken, als sie am nächsten Morgen in den Spiegel sah. So sehr sie sich auch bemühte: Das Make-up deckte zwar die Blaufärbung ab, nicht jedoch die Schwellung. Sie musste darauf hoffen, dass niemand sie so genau anschaute. Was die Flecken am Hals betraf, so wickelte sie den Seidenschal darüber. Jo straffte die Schultern, um sich damit ein bisschen Selbstvertrauen zu geben, und ließ sich von Rick zur Arbeit fahren.

Zum Glück schien ihren Kolleginnen und Kollegen tatsächlich nichts an ihrem Äußeren aufzufallen. Mr. Foggerty selbst war nicht da. Das war Jo recht. Sie hatte erwartet, ihm wegen des Vorfalls mit Alex heute Rede und Antwort stehen zu müssen. Als sie sich um die Mittagszeit in der Teeküche ein Sandwich und einen Kaffee gönnte, öffnete sich die Tür und Kyle Harris betrat den kleinen Raum. Sie hatte befürchtet, dass er ihr heute über den Weg laufen würde. Es war sein Job, aufdringlich zu sein.

Er hielt auf den Kühlschrank zu. Jo zog sich in die hintere Ecke zurück, um ihm Platz zu machen. Er grinste sie kurz an, öffnete die Kühlschranktür und holte sich eine Coke heraus.

»Hi, Jordan Fine. Geht es Ihnen heute wieder besser?«

»Hi, Kyle Harris«, begrüßte sie ihn gezwungenermaßen und drehte sich unauffällig zur Seite, so dass er ihre Wange nicht sehen würde. Sein geschultes Security-Auge fürchtete sie mehr als das, was womöglich alle anderen sahen.

»Mein Hals schmerzt noch ein wenig. Aber es geht schon. Danke der Nachfrage.« Sie versuchte, es unbekümmert klingen zu lassen.

»Das freut mich.« Es klang überhaupt nicht überzeugt.

Innerlich stöhnte Jo. Sie hatte sich gestern so schlecht gefühlt, dass sie nicht nachgedacht hatte, welche Zweifel die Krankmeldung auslösen würden – speziell bei Kyle Harris. Er lehnte sich mit dem Rücken gegen den Kühlschrank, öffnete die Dose und trank einen Schluck, während er sie abwartend betrachtete. Erneut musste sie ihm gegenüber ihr Schauspieltalent hervorkramen. Verlegen schaute Jo zu Boden. »Hören Sie, Kyle. Wenn wir gerade unter uns sind … Sie wissen doch genauso gut wie ich, warum es mir gestern nicht gut ging. Darf ich fragen, ob Sie Mr. Foggerty von meinem unfähigen Verhalten von vorgestern erzählt haben? Ich habe mir Sorgen gemacht, dass er mir heute einen Rüffel erteilen würde.«

»Nein, ich habe ihm nichts erzählt. Es ist ja nichts geschehen. Ich denke, wir können es dabei belassen, dass Sie in Zukunft vorsichtiger sind und sich an die Vorschriften halten. Selbst wenn Sie einen jungen Mann bedienen, der Sie irritiert …« Er zwinkerte ihr scherzhaft zu.

Jo lächelte überrascht. »Puh, ich danke Ihnen, dass Sie mich nicht verpetzt haben! Und ja, ich werde in Zukunft besser aufpassen.«

»Davon gehe ich aus. Nur noch eins, Miss Fine: Ich beobachte Sie, dessen müssen Sie sich bewusst sein. Ein Schnitzer würde mir sofort auffallen.«

Diese Drohung war unnötig. Jo war sich durchaus bewusst, dass er sie nicht so schnell aus den Augen lassen würde. Und sie hatte nicht vor, in nächster Zeit Scheiße zu bauen.

Harris verließ kurzerhand mit seiner Coke die Teeküche und Jo atmete erleichtert auf.

Sie lief Kyle Harris von nun an öfter über den Weg. Hatte sie ihn vor dem verpatzten Diebstahl gar nie in den Verkaufs- und Personalräumen gesehen, so begegneten sie sich neuerdings immer wieder. Mal liefen sie sich in der Teeküche über den Weg, oder er lehnte an der Kasse und quatschte mit einer Kollegin, wenn sie Schichtwechsel hatten.

Da er immer ein paar kurze, nette Worte für Jo hatte, gewöhnte sie sich an seinen Anblick und erschrak nicht mehr zu Tode, wenn sie ihn sah. Noch steckte ihr die Angst in den Knochen, dass er sie insgeheim verdächtigte, mit Alex unter einer Decke zu stecken. Doch je freundschaftlicher ihr Umgang wurde, umso mehr verblasste diese Befürchtung.

Er war ein Raucher.

Als Jo eines Abends zum Personalausgang hinaus auf den Parkplatz trat und ihn neben der Tür lehnen sah, hatte er eine Kippe in der Hand. Das war in der heutigen Zeit selten, da Zigaretten teuer waren und vielen schlicht ihre Gesundheit wichtiger war. Eine Krebsbehandlung konnte sich keiner leisten, das wog schwerer als Sucht und Laster.

Sie waren zwischenzeitlich zum Du übergegangen, da sich die anderen Angestellten des Dillard's ebenfalls duzten.

»Fertig für heute, Jo?«

»Ja, fertig. War ein harter Tag und meine Füße bringen mich um.«

Er lachte gutmütig.

Jo sah sich vorsichtig um.

Hoffentlich kommt Rick jetzt nicht um die Ecke. Er wird wieder ausrasten, wenn er mich mit Kyle zusammen sieht.

»Ich wusste gar nicht, dass du rauchst.«

»Ja, mein Laster. Ich komme einfach nicht davon los.« Er schnippte Asche auf den Boden und nahm den nächsten Zug. »Ich habe mit vierzehn damit angefangen. Bin schon früh auf die schiefe Bahn geraten.«

Jo schnaubte belustigt.

Da können wir uns die Hand reichen. Als ich vierzehn war, hat mir der erste Kunde an den Arsch gefasst. Mit vierzehn kann deine Kindheit sehr abrupt enden.

In dem Moment sah sie Ricks Bike um die Ecke biegen und beeilte sich mit der Verabschiedung: »So schief kann die Bahn nicht gewesen sein, wenn du als Security-Chef im Dillard's gelandet bist. Ich werde abgeholt, Kyle. Wir sehen uns morgen!«

Sie schulterte ihre kleine Tasche und entfernte sich so rasch wie möglich von ihm, ohne dass es auffällig wirkte.

Rick küsste sie kurz zur Begrüßung und warf dann einen düsteren Blick hinüber zu Kyle.

»Wer ist der Schnösel, mit dem du gesprochen hast?«

»Das ist Kyle Harris, der Security-Chef.«

Sie stülpte sich den Helm über den Kopf und schwang sich hinter ihm aufs Bike.

Rick startete und brauste mit unnötig viel Gas davon.

Beim nächsten zufälligen Treffen in der Teeküche sprach Kyle Jo darauf an: »Ich habe deinen Freund gestern gesehen. Hübsches Bike hat er da. Brandneu, so wie es aussieht.«

Unruhige, nervöse Hitze pulsierte plötzlich durch Jos Adern. »Kann sein. Da kenne ich mich leider nicht aus.«

Fuck! Was weiß er? Über das Polizeisystem kann er sicher mit wenigen Klicks herausfinden, dass das Nummernschild nicht zum Bike passt! Ich hätte es wissen müssen!

Was, wenn er das schon überprüft hat? Dann weiß er, dass das Bike geklaut ist. Wir sind geliefert!

Ihr wurde schlecht und sie konnte sich kaum mehr auf das Gespräch konzentrieren.

»Seid ihr schon lange zusammen?«

»Was?« Sie empfand das dringende Bedürfnis, nach Hause zu laufen, um Rick und die Jungs zu warnen. »Hm? Ach … nein … Wir kennen uns erst seit ein paar Monaten.«

»Und dann habt ihr euch schon verlobt? Respekt. Ihr wisst, was ihr wollt. Kommt er von hier?«

»Ja, äh, nein. Also, er wohnt natürlich hier, aber er stammt ursprünglich nicht aus Springfield.«

Ihre Finger huschten flatterhaft über ihren Rock.

O Gott, bitte frag nicht weiter!

»Er scheint viel älter zu sein als du. Stört dich das nicht?«

Diese Frage war nach Jos Geschmack nun wirklich zu privat. Demonstrativ hob sie die Augenbrauen. »Nicht dein Ernst … Es sind acht Jahre, wenn du es genau wissen willst. Aber er ist ja nicht etwa ein alter Mann!«

Er lachte. »Verzeih, wenn ich dir zu nahegetreten bin.«

Jo verzog das Gesicht zu einer Grimasse, ließ ihn stehen und kehrte zur Arbeit zurück.

Gerade noch davongekommen!

Zu Hause beim Abendbrot wagte Jo es, den Jungs von Kyle und seiner Fragerei zu erzählen. Sie fürchtete sich vor Ricks Reaktion, doch es war wichtig, ihn vorzuwarnen.

»Scheiße!«, fluchte Alex. »Das ist nicht gut. Wir müssen

die Bikes loswerden.«

Rick schwieg und fuhr sich nachdenklich durch die Haare. »Unglaublich, dass uns dieser Kerl solchen Ärger macht.« Er bedachte Jo mit einem unergründlichen Blick. Javiers missmutig gerunzelte Stirn dagegen war deutlich: Sie besagte, dass Jo die Schuld an diesem Schlamassel trug. »Que culo! Maldita mierda!«, fluchte er. Jo hatte keine Ahnung, was das bedeutete, aber es klang nach einer Beleidigung.

Kenneth beruhigte sie alle: »Noch macht er uns ja keinen Ärger. Er hat sich nur erkundigt. Vielleicht mag er Bikes.«

Das glaub ich kaum. Verdammt! Hätten Alex und ich den Diebstahl nicht versaut, wäre Kyle Harris womöglich nie auf der Bildfläche erschienen!

Mit einer mehr als unguten Vorahnung scannte sie Ricks düsteres Gesicht.

Ganz sicher muss ich das heute Nacht büßen. Seine Augen funkeln bereits vor Zorn.

Ein leichtes Zittern bemächtigte sich ihres Kinns.

Jetzt nur nicht weinen, Jo!

Da mischte sich Alex ein: »Kenny hat recht, Rick. Wir sollten die Pferde nicht scheu machen. Aber seien wir mal ehrlich: Wir hätten die Bikes schon längst loswerden müssen. Wir waren nachlässig.«

Rick massierte sich die Schläfen. »Ich bringe die Bikes eins nach dem anderen zur Werkstatt und lackiere sie um, am besten nachts. Das kriegt gar keiner mit. Dann lassen wir die Bikes über den Winter in der Garage. Bis wir sie wieder fahren werden, ist diesem Harris hoffentlich die Lust vergangen zu schnüffeln.«

Als Rick und sie abends in ihrem Zimmer waren, fragte er Jo mit lauerndem Blick: »Was genau wollte Harris von dir wissen? Beschreib es mir noch mal.«

Jo hatte sich bettfertig gemacht und deckte sich zu. Wahrheitsgemäß wiederholte sie: »Er meinte, das Bike sei hübsch und ganz neu. Dann wollte er wissen, wie lange wir uns schon kennen und ob du von hier seist. Er fand es bemerkenswert, dass wir verlobt sind.«

»Denkst du, er wollte nur quatschen oder wirklich etwas über uns herausbekommen?«

»Das ist schwer zu sagen. Er ist so undurchsichtig.«

Rick setzte sich neben sie. »Dieser Harris kann uns echt gefährlich werden. Du darfst nicht mehr mit ihm reden. In welchen Schlamassel hast du uns nur gebracht? So eine Scheiße! Fuck!«

Impulsiv schlug er mit der Faust auf seinen Schenkel ein. Jos Hände begannen zu zittern.

Ich muss ihn beruhigen und auf andere Gedanken bringen!

»Ich kriege das wieder hin, Rick. Ich benehme mich bei der Arbeit mustergültig und bin ihm gegenüber ganz normal.«

Normalerweise war nicht sie es, die die Initiative für Zärtlichkeiten ergriff. Nun aber beugte sie sich zu ihm und küsste ihn zart und spielerisch. Dabei legte sie wie zufällig ihre Hand auf seine Boxershorts. Er gab ein leises, genussvolles Geräusch von sich, umfasste ihr Gesicht und erwiderte den Kuss. Jo strich sanft über die Wölbung in seinen Shorts. Nach wenigen Sekunden hielt er ihre Hand fest und flüsterte: »Das ist ganz nett, Jo, aber ich will, dass du ihn in den Mund nimmst. Das brauche ich jetzt!«

Er zog sich die Shorts über die Schenkel.

Jo erstarrte innerlich. Das hatte sie bisher noch nie getan. Und sie wollte es auch nicht! Allein die Vorstellung schnürte ihr die Kehle zu.

Und was tue ich, wenn er kommt? Das ist so ekelig!

Er knurrte ungeduldig, griff ihren Hinterkopf und drückte ihr Gesicht in seinen Schoß. Sie schloss ergeben die Augen und nahm seinen Schwanz in den Mund. Jo würgte beinahe, als er tief in ihren Rachen stieß. Sie hatte keine Ahnung, was genau sie tun sollte. Doch da er sie mit seiner Hand steuerte, ließ sie es geschehen und konzentrierte sich darauf, sich seinen Bewegungen anzupassen und den Brechreiz zu unterdrücken.

Er stöhnte vor Wonne. Es dauerte nicht lange, da ergoss er sich keuchend in ihren Mund, genauso, wie sie es befürchtet hatte. Jo sprang auf und rannte ins Badezimmer, um auszuspucken. Der Geschmack in ihrem Mund war widerlich. Sie wusch sich hektisch die Mundhöhle aus und betrachtete dann ihr bleiches Gesicht im Spiegel.

Wie tief bist du bloß gesunken, Jo?

Lässt dich aus Angst, geschlagen oder mit Gewalt genommen zu werden, zu einem Blowjob hinreißen! Du bist voll das Opfer geworden! Tiefer kannst du nicht sinken. Damals in der Kneipe hast du dir noch geschworen, den Kunden niemals zu Willen zu sein. Deswegen bist du abgehauen. Niemals mehr wolltest du dich demütigen lassen.

Und jetzt sieh dich an: Du hast es aus freien Stücken getan. Wie erbärmlich du bist!

Wut und Enttäuschung überkamen sie gleichzeitig in Wellen aus Feuer und Eis und tapfer unterdrückte sie ihre Tränen.

Ich will kein Opfer mehr sein! Ich lasse mir nicht länger von ihm meine Würde rauben! Keine Ahnung, was Rick da in mir auslöst, aber das bin nicht ich selbst!

Ja, ich schulde ihm Geld, doch das heißt nicht, dass er so mit mir umgehen darf. Das ist keine Liebe! Er hat nicht das Recht, seine unkontrollierte Wut an mir auszulassen und meinen Willen zu brechen!

Ich habe es geschafft, aus New Orleans zu entkommen. Ich schaffe es auch ein zweites Mal, mein Leben zu retten. Auch wenn ich dafür erneut meinen Chip opfern muss! Schlimmer als jetzt kann es nicht werden.

WEIHNACHTEN 2035 - NEUJAHR 2036

Rick begann gleich in der folgenden Nacht damit, die Bikes umzulackieren. Da er einen Schlüssel für die Werkstatt hatte, bekamen seine Kollegen und der Boss nichts davon mit.

Müde und erschöpft kam er tief in der Nacht nach Hause. Jo erwachte, als er sich ins Bett fallen ließ. Er roch nach Lack und Schweiß.

»Du musst ab heute mit dem Bus zur Arbeit, Baby.«

Er gähnte und drehte ihr den Rücken zu. Fast zeitgleich zeigten seine gleichmäßigen Atemzüge, dass er eingeschlafen war.

Als Rick nach etwa einer Woche fertig mit den Lackierarbeiten war, montierte er die Nummernschilder der Bikes ab. Frisch lackiert standen sie in der Garage und warteten auf das Frühjahr.

Es war empfindlich kühl geworden. Als sie Ende November in Springfield angekommen waren, hatten die Temperaturen tagsüber bei angenehmen fünfzehn Grad gelegen. Zwischenzeitlich jedoch sanken sie nachts unter den Gefrierpunkt.

Jo kam es sehr gelegen, ab jetzt mit dem Bus zu fahren. Auf dem Weg zur Bushaltestelle pustete ihr die frische, winterliche Luft den Kopf frei und sie fühlte die alte Energie in ihr erwachen. Ihr Verstand und ihre Seele hatten erkannt, wie krankhaft sich die Beziehung zu Rick entwickelt hatte. Es würde nie mehr so werden wie zu Beginn, als sie auf der Farm gelebt hatten.

Er will, dass ich wieder die alte Jo werde? Unbedingt! Doch die »alte Jo« ist ganz sicher nicht das schüchterne, unerfahrene und brave Mädchen, von dem er dachte, es in New Orleans gefunden zu haben. Das Bild, welches er von mir im Kopf hat, ist falsch. Genauso wie das Bild, das ich mir von dem coolen Typen mit dem Schauspielergesicht und dem Undercut machte.

In Wahrheit haben wir uns nie Mühe gegeben, herauszufinden, wer wir wirklich sind! Wir haben beide die Augen davor verschlossen. Ich wollte viel zu lange nicht wahrhaben, dass seine wahre Natur kriminell und gewalttätig ist. Es ist, als wäre ich aus einem Traum erwacht. Die rosarote Brille ist ab und ich kann sehen, auf wen ich mich eingelassen habe.

Es ist, als lebten zwei Personen in ihm, die ständig gegeneinander ankämpfen. Und meine Schwäche füttert die beiden. Wie ein Vampir, der sein Opfer aussaugt, so ernährt sich Rick von meiner Angst und meinem Gehorsam. Ist es nicht total krank, wenn ein Mann sich durch den Schmerz anderer gepusht fühlt?

Jo drehte sich gedanklich immer wieder im Kreis, bis sie bemerkte, dass sie das Denken von der endgültigen Tat abhielt – ihn zu verlassen.

Es ist nicht so einfach … Niemals wird er mich gehen lassen, ohne dass ich meine Schulden beglichen habe.

Ob mir vielleicht doch Kyle helfen kann? Als Security-Chef hat er sicher gewisse Verbindungen.

Und auch Alex hat mir seine Hilfe angeboten. Aber ist es überhaupt klug, jemanden einzuweihen? Der Schuss kann gewaltig nach hinten losgehen. Womöglich bringe ich sie alle in Gefahr!

Nein, ich muss das allein durchziehen.

Kaum hatte sie diese Entscheidung getroffen, ging es ihr besser. Sie war sich sicher, einen Weg zu finden, ihn verlassen und erneut von vorne beginnen zu können.

Bei der Arbeit blühte Jo vorsichtig auf. Sie freundete sich intensiver mit Kate und Ariana an. Auch Kyle wuchs ihr als Kollege ans Herz. Er sprach sie nicht mehr auf das Bike an. Es sah so aus, als habe er sie damals nur interessehalber gefragt, ganz ohne Hintergedanken.

Er hatte sie auch nicht bei Foggerty verpetzt. Das rechnete sie ihm hoch an.

Als Kyle und sie sich wieder einmal in der Teeküche über den Weg liefen, fragte er sie beiläufig: »Na, Jo? Freust du dich auf die Feiertage? Ein bisschen entspannen und feiern mit deinem Verlobten …«

Jo lehnte sich gegen die Theke und zwang sich, unbefangen an ihrem Kaffee zu nippen.

»Ja, ich freu mich schon auf die Feiertage. Kann aber auch sein, dass ich arbeiten muss. Ich weiß es noch nicht.«

Er schmunzelte. »Ist vielleicht ganz gut so. Ich weiß von vielen Kolleginnen und Kollegen, dass sie sich während der Feiertage zu Hause echt auf den Keks gehen. Du weißt schon: Zu viel Nähe tut selten gut. Oder ist das bei euch anders? Kommt ihr gut klar miteinander?«

»O ja! Rick ist einfach wundervoll!« Selbst in ihren Ohren klang sie etwas zu enthusiastisch. Sie bewegte sich auf dünnem Eis. Wie konnte sie dem Gespräch eine andere Richtung geben? Sie durfte Kyle keinen Einblick in ihre chaotische und verstrickte Gefühlswelt gewähren. Zu leicht würde er auf all die Lügen stoßen, die sie um ihre Beziehung und ihr Leben aufgebaut hatte.

Doch sie machte sich umsonst Sorgen: Er stellte seine Tasse in die Geschirrspülmaschine und wandte sich zum Gehen. »Das freut mich für dich. Ich wünsche dir schöne Feiertage! Wir sehen uns erst wieder im Januar. Ich habe ab heute Urlaub.«

»Das wünsche ich dir auch. Erhol dich gut«, rief sie ihm hinterher und kam sich seltsamerweise ein wenig verlassen vor.

Wie Jo bereits vermutet hatte, wurde sie über die Weihnachtsfeiertage von Mr. Foggerty zur Arbeit eingeteilt. Das störte sie nicht, hatte sie doch dadurch die Chance, das Haus, Rick und Javier für ein paar Stunden am Tag zu verlassen. Weihnachten selbst war ihr nicht wirklich wichtig. Mit Pam hatte sie auch dieses Fest nie gefeiert. Es war ein Tag, an dem sich einige Menschen – wie Kyle angedeutet hatte – lieber von ihren Familien zurückzogen. In der Kneipe hatten Pam und Jo viele Betrunkene bewirtet, die sich entweder aus Einsamkeit oder aus Frust einen Rausch ansoffen, um dann spät in der Nacht von Pam hinausgeworfen und nach Hause geschickt zu werden.

Umso mehr überraschte es Jo, dass sie von Rick eine silberne Halskette zu Weihnachten geschenkt bekam. Der Anhänger hatte die Form eines Herzens. Sie hatte absolut nicht mit einem Geschenk gerechnet – erst recht nicht mit einem solch schönen und wertvollen. Als Rick sie ihr um den Hals legte und ihn küsste, flüsterte Jo verlegen: »Ach, Rick! Das hättest du doch nicht tun müssen! Es tut mir so leid, dass ich für dich gar kein Geschenk habe. Ich bin es nicht gewohnt, Weihnachten zu feiern. Bist du mir böse?«

»Aber nein, Süße! Ich glaube, wir finden schon etwas, was mir Freude bereitet. Ich bin nicht anspruchsvoll.«

In dieser Nacht durfte sie ihm die weiße Spitzenunterwäsche vorführen.

Um Rick keinen Anlass zu geben, auszurasten, spielte Jo die brave, mustergültige Hausfrau und die zuvorkommende, devote Liebhaberin. Sie bekochte die Jungs, so gut sie es konnte, und kümmerte sich um Abwasch und Haushalt.

Nach außen hin gab sie sich ruhig und entspannt – so als sei alles in bester Ordnung. In ihrem Inneren brodelte es. Sie heckte tausend Fluchtpläne aus und verwarf sie alle wieder. Sie saß ständig wie auf Kohlen und wartete darauf, dass die Stimmung unter den Jungs explodieren würde, oder dass das Nichtstun Rick zu einer gewalttätigen Handlung verleiten würde.

Aber nichts geschah.

Psycho-Rick schlief.

Einige ihrer Kolleginnen brachten zu Beginn des neuen Jahres Feiertags-Resteessen mit zur Arbeit, vor allem Kuchen. Bei einer Teeküchenzusammenkunft fragte Ariana Jo: »Kommst du am Wochenende mit, Jo? Wir gehen essen und danach in einen Club.« Genüsslich biss sie in einen Brownie mit glänzender Schoko-Glasur.

Kate stimmte Ariana aufgeregt zu: »Ja, Jo, du solltest mitkommen. Wir haben immer ganz viel Spaß! Das würde dir auch mal guttun. Du bist immer so ernst!«

Jo zögerte. Ein bisschen Abwechslung würde ihr wirklich guttun. Außerdem ritt sie mal wieder dieses Teufelchen, das auf ihrer Schulter saß. Es raunte: »Hell, yes! Warum nicht? Geh feiern und hab endlich einmal Spaß im Leben! Und wenn du schon wieder Nein zu diesen Mädchen sagst, werden sie dich nie wieder einladen.«

Da hörte sie ihre eigene Stimme sagen: »Warum nicht? Solange Mr. Foggerty nicht dabei ist …«

Kate lachte. »Nein, da kannst du Gift drauf nehmen.«

Wilde Vorfreude kribbelte in ihr und zauberte ein breites Grinsen in ihr Gesicht. Sie wollte einmal das Leben einer normalen jungen Frau genießen. Ein bisschen Spaß mit ihren Kolleginnen zu haben, klang wie das Normalste der Welt für ein achtzehnjähriges Mädchen. Nicht so für Jo: Sie war noch nie im Leben aus gewesen. Ihre freie Zeit hatte sie bei Pam in der Kneipe zugebracht. Doch im nächsten Augenblick sank die Freude ins Bodenlose.

Rick wird das niemals zulassen! Völlig bescheuert und sinnlos, ihn zu fragen. Und es zu vertuschen oder ihm zu verheimlichen, ist kaum möglich, da ich sonst nie weggehe. Welche Möglichkeit gibt es, ihn zu überzeugen, dass ich keinen Mist baue?

Lange überlegte sie, wie sie es anstellen sollte, um sein Misstrauen nicht zu wecken. Am Abend vor dem Zubettgehen fragte sie beiläufig: »Rick, was hältst du davon, wenn ich am Wochenende mit Kate und Ariana essen gehe? Die beiden haben mich gefragt. Und ich mag sie. Ich würde gerne mitgehen.« Sie verschwieg wohlweislich, dass es vermutlich mehr Kolleginnen waren, die mitgehen würden. Auch die Disco erwähnte sie lieber nicht. Tapfer hielt sie seinem Blick stand und ballte ihre feuchten Hände in den Hosentaschen zu Fäusten. Rick pfefferte die Schlafzimmertür hinter ihnen zu und baute sich vor ihr auf. »Wozu soll das gut sein? Nein. Da gehst du garantiert nicht mit.«

»Die sind ganz harmlos und nett. Die verstehen gar nicht, warum ich nie mitkomme. Die denken wahrscheinlich, ich bin nicht ganz normal.«

»Ich will nicht, dass du deine freie Zeit mit dummen Hühnern verbringst, die doch eh bloß Weiberkram im Kopf haben und über Männer lästern.«

»Und wenn schon. Vielleicht komme ich so auch an weitere Informationen über Kyle und die Security.«

»Na klar! So ist das! Es geht dir also um den Security-Futzi? Der gefällt dir wohl! Nur über meine Leiche! Du gehst nirgendwo hin.«

»Kyle Harris hat damit nichts zu tun, Rick. Es gehen überhaupt keine Kollegen mit! Wir sind nur Mädels: Kate, Ariana und vielleicht zwei weitere Kolleginnen. Wir wollen doch nur Essen gehen. Mehr nicht!« Sie bereute bereits, ihn gefragt zu haben. Sie hatte ihn völlig sinnlos damit gereizt und würde es büßen müssen. Nun konnte sie es aber nicht mehr rückgängig machen. »Wir treffen uns um acht und sind ganz bestimmt um zehn wieder zu Hause. Die denken echt alle, ich hätte was zu verbergen und wäre komisch, da ich mich nie an etwas beteilige. Zwei Stunden Rick, mehr will ich ja gar nicht.« Sie sah ihn bittend und mit großen Augen an.

Er tigerte durch das Schlafzimmer wie eine eingesperrte Raubkatze. Schließlich fuhr er sich entnervt durch die Haare und knurrte: »Meinetwegen! Aber ich will wissen, wohin genau ihr geht. Und wenn du um zehn nicht da bist, komme ich dich eigenhändig abholen.«

»Danke, Rick! Wie lieb von dir, dass du mich gehen lässt«, schmeichelte sie ihm. Innerlich jubilierte Jo. Dieser kleine Sieg, dieser winzige Schritt in die Freiheit, machte ihr Mut.

Kate, Ariana und ihre Kolleginnen Melissa und Francis bezogen Jo in die Planung mit ein, was ihr das Gefühl gab, dazuzugehören.

Es fühlt sich merkwürdig an, sich wie ein normales Mädchen mit seinen Freundinnen zu unterhalten.
Jo hatte sich ihr ganzes Leben lang immer allein durchgeschlagen und war es nicht gewohnt, so viel zu kommunizieren, bevor man eine Entscheidung traf.

Wie kann man nur so lange über das reden, was man anziehen könnte, oder über Frisuren und Schmuck?
Hier klinkte sie sich regelmäßig aus, da ihre Garderobe schlicht nicht so viele Möglichkeiten hergab.

Am Samstagabend begab Jo sich ins Bad, um zu duschen und sich fertig zu machen. Sie wählte ihre weiße Bluse, Samanthas Jeans und dazu die Stiefel. Kate und Ariana würden sie mit dem Auto abholen, was ihr sehr gelegen kam. Sie wollte Rick zeigen, in welch netter Gesellschaft sie sich befinden würde.

Kaum zu glauben, dass ich das hier tue! Ich gehe aus! Mit meinen Freundinnen!

Jo lächelte sich zaghaft im Spiegel zu. Sie war wie üblich blass und ihre Augen starrten sie groß an – wie zwei Murmeln in einem Puppengesicht. Ihre Wangenknochen traten stark hervor. Alles in allem wirkte sie schmal und kränklich. Sie seufzte ihrem Spiegelbild zu und hoffte auf einen lustigen Abend, der sie ein wenig ablenken würde.

Als es klingelte, öffnete Rick und Jo hörte, wie er die beiden Mädchen begrüßte. Sie legte sich ihre Jacke über den Arm und stieg bedächtig die Stufen hinab, um Rick ihre Vorfreude nicht merken zu lassen.

»Hi! Ihr habt Rick schon kennengelernt?«, begrüßte sie

ihre Kolleginnen.

»Ja, wir haben uns bekannt gemacht«, kicherte Kate mit sanft geröteten Wangen. Ariana strahlte und konnte ihren bewundernden Blick kaum von Rick abwenden.

Er hat es wieder einmal geschafft. Das sind üblicherweise die weiblichen Reaktionen auf seinen Bad-Boy-Charme.

Rick betrachtete Jo liebevoll und zog sie an sich.

»Ich wünsche euch einen schönen Abend, Ladies. Lasst es nicht zu lange dauern«, verabschiedete er sie und verpasste Jo einen Klaps auf den Po. Jo lächelte ihn an, küsste ihn auf die Wange und hauchte: »Danke! Bis später!«

Als sie sich im Auto nochmals umsah, lehnte Rick noch immer im Türrahmen und sah ihnen nach, bis sie um die Ecke gebogen waren. Ariana auf dem Beifahrersitz stieß vernehmbar Luft aus: »O – mein – Gott! Jo, dein Freund ist absolut hot! Ich würde ihn die ganze Zeit nur anstarren und sabbern, wenn ich mit ihm zusammen wäre.«

Kate strich sich über die Stirn, als müsse sie sich Schweißperlen entfernen, und pflichtete ihrer Freundin bei: »Dieser sexy Schlafzimmer-Blick! Der könnte mir auch gefährlich werden …«

Du ahnst ja nicht, wie gefährlich!

Jo hatte keine Erfahrung in ungezwungener, weiblicher Kommunikation und versuchte deshalb, sich an das flache Gespräch anzupassen.

»Genau das habe ich damals auch gedacht, als ich ihn kennenlernte. Sein Blick hat mich vom ersten Moment an hypnotisiert.«

»Wo habt ihr euch denn kennengelernt?«, wollte Kate wissen und Jo musste improvisieren. Sie würde ihnen nicht von den finsteren Tagen in New Orleans erzählen. Sie wollte kein Mitleid. Also erfand sie stattdessen die Story, dass sie Rick zum ersten Mal in einem Diner in Jackson gesehen habe, als er die Kellnerin anbaggerte. Sie nahmen es ihr sofort ab. Jo setzte noch eins obendrauf und erzählte, dass sie ihn angesprochen und mit ihm geflirtet habe, um ihn von der Kellnerin abzulenken.

»Ziemlich schnell hat er sie links liegen gelassen und ist mit mir auf die Herrentoilette gegangen, wo wir dann übereinander hergefallen sind.« Jo konnte im Nachhinein selbst nicht sagen, wieso sie diese Lüge für Kate und Ariana spann. Sie schloss die Geschichte mit dem Satz ab: »Wenig später bin ich bei ihm eingezogen.«

»Ich fasse es nicht, Jo! Du bist eine kleine *Bitch*!«, japste Kate mit Bewunderung in der Stimme. Ariana starrte Jo mit großen Augen an. Dann hob sie die Hand an die Lippen und keuchte erneut: »O – mein – Gott!«

DAS FOXHOLE

Sie trafen die anderen Mädchen in einem kleinen, italienischen Restaurant in der Campbell Ave. Das Essen war lecker und die Gespräche angenehm und locker. Jo empfand unendliche Dankbarkeit dafür, den Abend einmal ohne Rick und die Gang verbringen zu können. Eine Stunde, ein Viertel Glas Wein und eine große Portion Lasagne später gähnte Jo und stupste Ariana an. »Können wir nach Hause gehen? Ich habe Rick versprochen, spätestens um zehn zu Hause zu sein.«

Ariana zuckte unschlüssig mit den Schultern. »Wollen wir noch wohin?«, warf sie in die Runde.

»Wir wollten doch auf einen Cocktail ins Foxhole«, rief Melissa. »Ihr könnt jetzt nicht schlapp machen!«

»Na schön, dann lasst uns aufbrechen. Ich kann nicht mehr allzu lange bleiben«, willigte Jo ein.

»Weil dein Süßer auf dich wartet? Chica«, prustete Kate, »I feel you! Lasst uns austrinken und weiterziehen, damit Miss Fine bald nach Hause kommt. Ladies, Jo ist mit dem heißesten Typen Springfields zusammen, ich schwöre!«

Jo war sich der ungeteilten Aufmerksamkeit ihrer Kolleginnen bewusst und konnte nicht recht einordnen, ob sie diese genießen sollte oder ob sie ihr unangenehm war. Einzig das Teufelchen war sich sicher: »Heiß ist er, o ja! So heiß, dass er gut zu uns in die Hölle passt!« Es schlug sich auf die Schenkelchen vor Lachen: »Hey, Jo, hier hast du vier Frauen sitzen, die sich um deinen Gigolo reißen würden! Stell ihn doch den Ladies vor und du wärst ihn direkt los.«

Spannende Idee! Doch wünsche ich das, was ich mit Rick durchmache, wirklich einem anderen Mädchen? Ich glaube, nein.

Das Foxhole war in die Jahre gekommen und strahlte eine düstere und etwas verwahrloste Atmosphäre aus. Es gab eine lange Bar, eine Tanzfläche und Raum zum Sitzen, ausstaffiert mit altmodischen Sofas und Sesseln. Als sie kurz nach neun Uhr dort eintrafen, war praktisch noch nichts los. Sie suchten sich eine Ecke mit Sofa und rundem Glastisch aus und bestellten sich bunte Cocktails mit Schirmchen. Kurz darauf füllte sich der Laden ein wenig, das Licht wurde gedimmt und ein DJ legte Musik auf. Durch das Glas Wein und den Cocktail verblasste das schmuddelige Interieur und die Scherze ihrer Kolleginnen wurden immer lustiger. Jo erkannte den beginnenden Schwips. Das letzte Mal, als sich ihr der Kopf gedreht hatte, war jene verhängnisvolle Nacht gewesen, in der Rick sie und Alex geschlagen hatte. Jo schluckte die bittere Galle hinunter, die sich in ihrer Speiseröhre nach oben arbeitete, und nahm stattdessen einen zweiten Cocktail.

Scheiß auf Rick! Ich will einfach mal alles um mich herum

vergessen und nicht an ihn denken!

Als Francis bei ihrem Lieblingssong aufsprang und lauthals mitsang, bog sich Jo vor Lachen, bis sie Tränen in den Augen hatte. Das Mädchen war dermaßen talentfrei, dass selbst die lauten Hintergrundgeräusche der Disco ihre Patzer nicht verbergen konnten. Jo presste sich die Hand vor den Mund, um ihren Cocktail nicht auszuspucken, doch vergebens! Sie prustete süße Flüssigkeit aus, die über ihre Knie spritzte. Das Lachen blieb ihr im Halse stecken.

Verdammt! Wie seh ich denn jetzt aus? Ich muss das sauber machen, bevor ich nach Hause gehe. Sonst denkt Rick bestimmt, ich hätte mich betrunken und nicht unter Kontrolle gehabt.

Jo sprang auf und rannte zu den Toiletten. Mit einem Kleenex wischte sie hektisch über die Flecken auf ihrer Hose. Doch so leicht wollte das orangefarbene Desaster nicht weichen. Und ebenso wenig ließen sich die Gedanken an Rick beiseiteschieben.

Mist! Das gibt ganz sicher Ärger!

Mit fahrigen Händen spritzte sie sich etwas Wasser ins Gesicht, um ihren Kopf frei zu kriegen. Große, ängstliche Augen starrten sie aus dem Toilettenspiegel an.

Wie wird dieser Abend noch enden? Ich sollte jetzt dringend nach Hause – doch will ich das? Definitiv nein!

Sie verließ die Toilette und bahnte sich ihren Weg zurück zu ihren Kolleginnen.

Überrascht registrierte sie, dass in der Zwischenzeit Kyle und Ronald Walker zu den Mädchen gestoßen waren. Jo begrüßte die beiden zurückhaltend und setzte sich. Ihre Laune war merklich abgekühlt. Lag es an der Vorstellung, was sie daheim erwartete, oder daran, dass sie es doof fand, hier auf Kyle zu treffen? Sie konnte es nicht sagen.

Seit seinem Urlaub hatte sie ihn kaum gesehen und daher auch verdrängt, dass sie sich vor seinem scharfen Auge in Acht nehmen musste.

Mit Kyles Kollegen Ronald hatte Jo bisher keine fünf Worte gewechselt. Er ließ sich selten im Laden blicken. Ronald war jünger als Kyle. Er war schwarz, trug eine runde Brille und ein gepflegtes Bärtchen. Sein gelbes T-Shirt mit dem dazu passenden Seidenschal hoben sich vor den schummrigen Lichtverhältnissen in der Disco hell ab. Zum ersten Mal sah Jo Kyle heute nicht im Anzug. Er trug ein weißes T-Shirt, Jeans, die an den Knien zerrissen waren, und dazu seine Sneakers. Jo wunderte sich ein wenig darüber, dass die beiden hier zusammen aufgeschlagen waren. Doch als kurz darauf drei weitere Kollegen auftauchten, ahnte Jo, dass der Abend anders geplant gewesen war, als man ihr gesagt hatte. Beinahe die gesamte Belegschaft war anwesend.

So viel zum gemütlichen Mädelsabend!

Das Foxhole füllte sich – und im Verhältnis dazu auch die kleine Tanzfläche, da der DJ mit der Musik Gas gab. Die ausgelassene Stimmung und die Geräuschkulisse erdrückten Jo beinahe. Die Luft war schlecht und das Atmen fiel ihr plötzlich schwer.

Neben ihr zückte Kate ihr Handy und schoss ein gestelltes Selfie mit Duckface. Jo sah Farben über den Bildschirm zucken und erkannte mit Schrecken, dass es bereits kurz vor zehn war. Ihr Herz setzte eine Sekunde aus. Wie Aschenputtel im Märchen war ihr klar, dass es ums

Überleben ging, wenn sie nicht rechtzeitig zu Hause war.

Ich muss jetzt gehen, wenn ich keine Schläge bekommen will!

Sie beugte sich zu Kate hinüber und versuchte, sich über den Lärm hinweg verständlich zu machen.

»Was?«, brüllte Kate.

»Ich muss nach Hause! Ich nehme mir ein Taxi!«, schrie Jo und erhob sich.

»Nein, nein, warte!« Kate erwischte ihre Hand und hielt sie fest. »Bleib noch ein bisschen! Wir haben noch gar nicht getanzt. Ich fahre dich auch danach nach Hause. Versprochen. Wenn du noch ein halbes Stündchen durchhältst, kannst du dir das Taxi sparen.«

Jo rang mit sich. Einerseits konnte sie sich das Taxi kaum leisten, anderseits wollte sie unbedingt Ärger mit Rick vermeiden. Angst kroch ihr über die wackeligen Beine bis in den Magen, wo sie sich wie ein Klumpen Teer niederließ.

Kate nahm ihr die Entscheidung kurzerhand ab, denn sie zog sie zur Tanzfläche. Die anderen Mädchen hüpften ausgelassen im Takt zu Musik, die Jo nicht kannte. Sie wusste nicht recht, was von ihr erwartet wurde – es war das erste Mal, dass sie auf einer Tanzfläche stand. Jo schloss die Augen. Ihr war übel. Die Bässe wummerten in ihrem Bauch und in ihrem Kopf. Der Schmerz hinter ihrer Stirn baute sich langsam, aber unaufhaltsam, auf. Sie rieb sich die Schläfen und bemerkte, dass ihre Hände zitterten. Ihr wurde schwindelig und sie taumelte.

O Gott, was passiert mit mir?

Erschrocken riss sie die Augen auf, als jemand sie an den Oberarmen packte und stützte. Es war Kyle. »Alles okay, Jo? Meine Güte, du bist ganz grün im Gesicht. Du wärst beinahe umgekippt!«

Sie nickte tapfer.

Er schnappte ihre Hand und zog sie von der Tanzfläche. Als sie an ihrem Platz vorbeikamen, griff er sich ihre Jacken und dirigierte Jo zum Ausgang.

Draußen vor der Disco traf sie die kalte Nachtluft mit voller Wucht. Fürsorglich führte Kyle sie ein paar Meter weiter, weg vom Ausgang. Dort befand sich ein kniehoher Mauervorsprung, der im Dunkeln lag und vor Blicken aus der Disco geschützt war. Er zwang Jo, sich zu setzen.

»Tief durchatmen, Kleines. Ich glaube, die schlechte Luft da drin ist dir womöglich zu Kopf gestiegen.«

Sie befolgte seinen Rat, tat einen langen Atemzug und stützte das Gesicht in die Hände. Langsam klärte sich ihr Blickfeld und das Atmen fiel ihr leichter.

»Ich habe schreckliche Kopfschmerzen. Und mir ist schlecht. Die frische Luft tut gut. Danke.«

»Nicht dafür. Hattest du zu viel Alkohol?«

Sie lachte traurig. »Nein, nicht wirklich. Ich mag eigentlich gar keinen Alkohol. Und wenn ich trinke, dann nur um zu feiern.«

»Tun wir das nicht alle?«, fragte Kyle grinsend.

»Stimmt, wahrscheinlich ist das so.«

»Was feierst du heute Abend?«

»Einfach mal Spaß zu haben, normal sein zu können.« Sie schlug sich die Hand vor den Mund.

Was sage ich denn da? Halt die Klappe, Jo! Sonst wird er misstrauisch!

Kyle nagte an seiner Unterlippe. »Heißt das, du kannst nicht normal sein und Spaß haben mit deinem Freund?

Also ist er doch ein alter Knacker und will nur zu Hause auf dem Sofa sitzen. Ich habe es geahnt.« Er lachte und grinste dann schief. Jo hatte das Gefühl, dass er sie damit aufmuntern wollte. Doch dann wurde er ernst.

»Darf ich dich was fragen, Jo?« Er überging, dass sie nicht antwortete und sprach weiter: »Bist du glücklich mit deinem Freund?«

Darauf konnte Jo ihm keine Antwort geben. Stattdessen kamen ihr die Tränen. Sie liefen ungehemmt über ihre Wangen und sie schlug beschämt die Hände vor das Gesicht.

Kyle rückte näher und legte vorsichtig einen Arm um ihre Schultern. Seine Wärme und Fürsorge waren tröstlich, dennoch konnte Jo nicht aufhören zu weinen. Sie weinte lautlos, so als müsse sie die Wahrheit vor sich selbst und der Welt geheim halten.

Kyle drückte sie fester an sich, so dass ihr Kopf an seiner Schulter lag. Seine Hand streichelte vorsichtig über ihr Haar, während die andere sich auf ihren Rücken legte. So saßen sie ein paar Minuten völlig versunken. Kyle schien zu spüren, dass sie nicht reden wollte.

Plötzlich schreckte Jo auf. »Wie spät ist es?«

Kyle sah verwirrt auf seine Armbanduhr. »Kurz nach zehn, warum?«

»O mein Gott, ich muss nach Hause!«

Jo sprang auf, wie von Taranteln gestochen, und rannte zur Straße. Dort suchte sie völlig aufgelöst nach einem Taxi, doch es war keines in der Nähe.

Da legte sich eine warme Hand auf ihre Schulter. »Beruhige dich, Jo. Ich fahre dich nach Hause.«

»Nein, das musst du nicht, Kyle. Geh lieber wieder rein

zu den anderen. Sie wundern sich sicherlich, wo wir bleiben. Außerdem will ich dir nicht den Abend verderben.«

»Ich hatte keine Lust, auszugehen. Ron hat mich überredet. Ich kann genauso gut eine ritterliche Tat vollbringen, dich nach Hause fahren und mich dann aufs Ohr hauen.«

Jo war klar, dass sie so schnell wie möglich nach Hause musste. Wie konnte sie da sein Angebot ablehnen? »Okay. Ich danke dir. Ich werde es wieder gutmachen.«

»So ein Quatsch. Ich tu das gern. Komm mit.«

Er führte sie zu seinem Auto, das zwei Querstraßen weiter am Straßenrand parkte. Es war ein Oldtimer – ein schwarzer Chevrolet Camaro mit weißen Streifen.

»Was für ein Angeber-Auto«, kommentierte Jo matt.

Empört sah Kyle sie an. »Ich kann nicht glauben, dass du das eben gesagt hast! Ich liebe dieses Auto!«

»Sorry.« Jo unterdrückte ein Schmunzeln.

Kyle öffnete ihr die Tür und machte eine einladende Handbewegung. »Steig ein und genieße das Fahrgefühl.«

Jo tat wie ihr geheißen und sank tief in den weichen Autosessel. Er startete den alten Benziner und drehte an einigen Knöpfen des altmodischen Armaturenbretts, bis Musik ertönte. Es waren Songs aus den 80er Jahren.

Oldies? Nicht zu fassen!

Für einige Minuten schwiegen sie und Jo spürte, wie sie sich langsam entspannte. Die Kopfschmerzen ließen nach. Kyle drückte wieder einen Knopf und plötzlich erklang ein noch älterer Song. Jo erkannte ihn sogar.

»*The house of the rising sun* … Ich mag diesen Song. Auch wenn er gefühlt hundert Jahre alt ist.« Pam hatte ihn oft gehört. Er handelte von einem Jungen aus New Orleans, dessen Mutter Schneiderin und der Vater ein Spieler war. »Den Rest deiner Playlist finde ich jedoch bedenklich.«

Kyle warf ihr einen schrägen Blick zu. »Wie meinst du das bitte? Mit deinen schlappen zwanzig Jahren kannst du kaum beurteilen, was gute Mucke ist! Mit zwanzig hat man noch gar keinen Geschmack.«

»Na ja, du hast aber trotz deines hohen Alters auch keinen«, zog Jo ihn auf. »Wie alt bist du, Kyle? Dreißig?«

»Ja, ich werde dieses Jahr dreißig.«

»Ein alter Mann also. Wusste ichs doch.« Jo grinste vor sich hin.

»Ich dachte, du stehst auf ältere Männer«, erinnerte er sie und zwinkerte ihr zu.

»Ja, das tue ich. Aber nur auf welche mit Geschmack.«

Mein Gott, was tu ich hier? Ich flirte mit Kyle Harris, dem Security-Chef!

»Gut gekontert. Mach dir keine Sorgen, ich steh nicht auf Küken wie dich. Ich bin eher sowas wie ein Wachhund und pass auf dich auf.«

»Puh, da hab ich aber Glück gehabt! Nein, ehrlich. Dafür bin ich dir sehr dankbar.« Sie sahen sich einige Sekunden lang in die Augen und Jo wurde klar: Sie mochte Kyle. Die anfängliche Skepsis war verflogen.

Da bogen sie bereits in die East Walnut Street ein. Kurz überlegte sie, ob sie Kyle bitten sollte, nicht exakt vor dem Haus zu halten. Doch das würde sie wertvolle Minuten kosten. Als er parkte, war es zwanzig nach zehn. Jo wurde das Herz schwer und sie atmete tief durch. »Es war superlieb von dir, mich zu fahren, Kyle.«

»Kein Problem. Ich hoffe, deine Kopfschmerzen gehen bald weg, so dass es dir besser geht.«

»Es geht mir tatsächlich schon besser.« Seine Fürsorge rührte sie. »Denkst du, Kate und die anderen wundern sich, wieso wir nicht zurückkommen?«

»Vermutlich. Ich texte Kate, dass ich dich heimgefahren habe. Dann macht sie sich keine Sorgen.«

Sie lächelte ihm zu, als sie ausstieg. »Danke. Gute Nacht! Wir sehen uns am Montag.«

Jo schwankte ein wenig, als sie den Gartenweg nach oben ging. Ihr Kopf pochte im Takt, doch sie bemühte sich, einen Fuß vor den anderen zu setzen. Sie hörte, wie Kyle anfuhr, drehte sich aber nicht mehr nach ihm um.

ZWEIFEL

Sie öffnete die Haustür und Rick stand vor ihr.

Sein Gesicht war düster. Ohne ein Wort zog er sie ins Haus und knallte die Tür hinter ihr zu. Nur in der Küche brannte Licht. Sonst war es dunkel und gespenstisch still.

Wo sind die anderen?

Ihr schmerzender Kopf arbeitete viel zu langsam.

Rick packte ihren Arm und stieß sie die Treppe hoch. Jo konnte sich gerade noch fangen.

Es war wie ein Déjà-vu. Sie hatte die Szene mit Alex vor Augen, wie Rick ihn diese Stufen hinabgestoßen hatte.

War es nicht klar, dass es genau so kommen wird? Wie dumm ich war! Und all das wegen zwei Stunden »Spaß«, die nicht wirklich Spaß gemacht haben. Ich bin sehenden Auges in mein Verderben gelaufen.

Als sie oben im Schlafzimmer angelangt waren, griff er grob in ihr Haar und knallte ihren Kopf gegen die Wand.

Der Schmerz schoss ihr bis in die Haarwurzeln und der Nebel in ihrem Kopf wurde dichter. Sie nahm Ricks Gesicht vor ihren Augen nur verschwommen wahr.

Er gab ein abfälliges Geräusch von sich. »Du stinkst nach Rauch, Aftershave und Alkohol.« Seine Stimme wurde gefährlich leise und drohend. »Du hast mich angelogen, du miese Schlampe! Sagst mir, ihr seid nur Mädels, und nun bringt dich Mr. Security höchstpersönlich nach Hause! Du riechst nach ihm! Hast du für ihn in seinem schicken Auto die Beine breit gemacht?«

»Mein Gott, nein, Rick! Wie kommst du nur darauf? Ich würde dich nie betrügen«, flüsterte Jo mit zitternder Stimme. Ihre Knie waren weich wie Pudding und Todesangst lähmte sie.

»Lüg mich nicht an, Jo!«, zischte er und dabei flog ihr seine Spucke ins Gesicht. Gleichzeitig riss er an den Knöpfen, um ihre Hose zu öffnen. Grob streifte er sie nach unten und fasste Jo ins Höschen. Sie konnte nicht fassen, was er da tat.

»Nein, gefickt hat er dich nicht. Hast du ihm einen geblasen?«

Egal, was ich zu meiner Verteidigung vorbringe – er wird mir nicht glauben.

Sie konnte nicht verhindern, dass ihr Tränen der Verzweiflung übers Gesicht rollten.

»Du antwortest nicht. Dann liege ich also richtig? Verdammt Jo, du machst mich rasend! Kann es sein, dass du mich absichtlich provozierst, du Miststück? Denkst du, ich bin nicht Manns genug, um es dir zu besorgen?«

»Hör auf Rick! Nein! Wir haben uns zufällig getroffen und er hat mich nach Hause gefahren.«

Erneut schmetterte er sie gegen die Wand. Ein stechender Schmerz fuhr ihr in die Seite: die Türklinke. Jo heulte auf und krümmte sich.

»Weißt du eigentlich, wie mies das ist? Ich reiß mir für dich den Arsch auf und du lässt dich von diesem scheiß Yuppie-Sack anmachen! Ach, *deswegen* kriegst du es nicht fertig, den Klau durchzuziehen! Jetzt ist mir alles klar.«

»Bitte, bitte, Rick, hör auf! Er hat mich nicht angemacht, du musst mir glauben! Ich wollte unbedingt nach Hause und er war eh auf dem Heimweg! Ich würde dich nie betrügen!«

Wutentbrannt stieß er sie in Richtung Bett. Jo verfing sich in ihrer Hose, die ihr bis zu den Knöcheln hinabgerutscht war, stolperte und landete mit dem Bauch voran auf dem Bett. Rick drückte ihr Gesicht in die Matratze, so dass sie kaum Luft bekam.

»Schwör es! Schwör mir, dass du nichts mit ihm hattest

und schwör mir, dass du mich nicht anlügst!«

»Ich schwöre es bei meinem Leben, Rick!«

Er schnaubte verächtlich. »Ich zeig dir, was ich mit dir anstelle, wenn du mich verarschst!«

Er zerrte an ihrem Höschen. Dann hörte Jo dumpf das Geräusch seines Reißverschlusses. Schwer atmend legte er sich auf sie und sein hartes Glied suchte sich den Weg in ihre Scheide. Brutal stieß er zu und Jo weinte lautlos.

Er soll nicht merken, wie sehr er mir wehtut! Das ist genau das, was er will – mich leiden sehen!

Es dauerte nur wenige Minuten, bis er kam, doch Jo kam es vor wie eine Ewigkeit. Er brüllte auf wie ein verwundeter Stier und ließ sich zur Seite rollen. Endlich bekam Jo wieder Luft. Sie blieb zitternd und schweigend liegen, um ihn nicht zu provozieren. Rick erhob sich und zog sich an.

»Wag es ja nicht, mich zu hintergehen, Jo. Und wenn ich herausfinde, dass du mich betrügst, dann schwör ich dir, war das hier erst der Anfang!«

Die Drohung hing noch in der Luft, als er bereits aus der Tür hinaus und nach unten gepoltert war.

Jo wischte sich die Tränen aus dem Gesicht.

Ich muss mir das selbst zuschreiben. Ich hätte es besser wissen müssen!

Ihre Rippen schmerzten, da sich die Türklinke direkt unterhalb des Rippenbogens in ihren Körper gebohrt hatte. Das Dröhnen in ihrem Kopf war unerträglich.

Habe ich eine Gehirnerschütterung?

Vorsichtig tastete sie ihren Hinterkopf ab. Eine fette

Beule hatte sich gebildet und Jo zuckte bei der Berührung zusammen. An ihren Fingern klebte Blut, stellte sie entsetzt fest.

Was soll ich tun? Ich muss die Wunde säubern! Und am besten nehme ich eine Schmerztablette.

Sie erinnerte sich, dass im Badezimmerschrank eine Packung Aspirin lag.

Im Flur war es dunkel. Noch immer war es totenstill im Haus. Dennoch schlich sie behutsam über die alten, rauen Holzdielen des Obergeschosses, um kein Geräusch zu verursachen.

Wo ist Rick? Ist er etwa gegangen?

Leise schloss sie die Tür des Badezimmers hinter sich ab und hoffte, dass niemand sie hier drin stören würde. Während sie im Schrank nach den Tabletten suchte, ließ sie Wasser in die Badewanne ein.

Vielleicht tut mir ein warmes Bad gut und ich kann mich etwas entspannen.

Zusammen mit einem Schluck Wasser aus dem rostfleckigen Hahn des Waschbeckens würgte sie die Tablette hinunter und griff dann nach einem kleinen Handtuch. Sie tränkte es mit kaltem Wasser und versuchte, die Wunde an ihrem Hinterkopf zu säubern, ohne dabei zu heulen.

Seufzend ließ sie sich wenig später in das warme Wasser gleiten. Minutenlang starrte sie nur apathisch auf die türkisgrünen, altmodischen Fliesen und wollte nie wieder aufstehen.

Er ist irre. Besessen. Völlig unberechenbar. Die Drohung ist angekommen, danke! Ich muss weg von hier. Weg von ihm.

Erneut begann der Kreislauf ihrer Gedanken, der ihre Fluchtpläne wie Perlen aneinanderreihte und wieder zerplatzen ließ.

Ich muss so viel Abstand wie möglich zwischen Springfield und mich bringen, wie es nur geht. Schließlich schulde ich ihm eine Menge Geld. Er wird mich niemals gehen lassen. Selbst wenn es mir gelingt davonzulaufen, wird er mich gnadenlos jagen. Aber kann ich hier so lange durchhalten, bis ich das Geld zusammenhabe?

Nein, so lange halte ich das nicht aus! Ich muss so schnell weg wie möglich.

Aber wo soll ich bloß hin mitten in der Nacht?

Zu Brenda und Fred? Auf keinen Fall!

Dort sucht er zuerst nach mir. Verdammt! Egal, wohin ich auch fliehe – er wird IMMER zuerst auf der Farm suchen. Das kann ich Brenda und Fred nicht antun.

Ein weiteres Problem war der neue NFC-Tag. Denn durch ihn war sie auffindbar, konnte getrackt werden. Wenn sie ihn sich entfernte, wäre sie wieder bei null angelangt und bräuchte eine neue Identität. Dass das nicht so einfach war, wusste sie zwischenzeitlich.

Und wer wird mir dieses Mal helfen? Niemand! Es war ein absoluter Glücksfall, dass Rick mir damals aus der Patsche helfen konnte.

Jo erhob sich vorsichtig aus der Wanne. Sie musste einen perfekten Plan haben, bevor sie davonlief. Doch egal, wie sie es drehte und wendete: Abzuhauen bedeutete immer, dass sie Brenda und Fred in Gefahr brachte!

Mitten in der Bewegung hielt sie inne.

Warum bin ich nicht schon früher auf den Gedanken gekommen? Die einzige Lösung ist, meinen Tod vorzutäuschen. Sonst werde ich für immer und ewig auf der Flucht vor ihm sein. Niemals wäre ich mir sicher, ob er mich nicht doch noch aufspürt. Nur so kann ich in Ruhe ein neues Leben beginnen und weiterleben, ohne mich vor seiner Rache fürchten zu müssen. Und es ist die einzige Möglichkeit, bei der er Brenda und Fred in Ruhe lassen wird.

Sie musste sang- und klanglos verschwinden und es wie ihren eigenen Tod aussehen lassen. Genauso, wie sie es damals in New Orleans geplant hatte.

In dieser Nacht träumte Jo von ihren Eltern.

Sie hatte sie nie kennengelernt, doch Jo spürte instinktiv, dass sie es waren. Sie träumte, dass ihr Haus von einer Flutwelle erfasst und wie in einem Comic nach unten auf den Meeresgrund gerissen wurde. Ihre Eltern waren darin eingeschlossen und konnten sich nicht befreien, während Jo auf einem Holzsteg stand und durch das klare, türkisfarbene Wasser zu ihnen nach unten sehen konnte. Die Türen und Fenster des Hauses waren mit Brettern vernagelt. Panisch sahen sich die beiden nach einem Ausweg um und fanden keinen. Jo schluchzte und wollte zu ihnen ins Wasser springen, doch Pam hielt sie fest.

»Nein, Schatz, tu das nicht! Du wirst ertrinken! Du kannst nichts für sie tun!«

Als sich ihre Lungen mit Wasser füllten, zuckten die sterbenden Körper ihrer Eltern unkontrolliert. Jo versuchte, sich loszureißen, doch Pam riss sie zurück: »Du kannst sie nicht mehr retten! Lass sie los, Jo.«

Ihre Körper trieben schwerelos durchs Haus. Eingesperrt. Ohne Hoffnung auf Erlösung. Auf ewig vereint im Tod.

Mit einem Keuchen erwachte Jo. Sie war schweißgebadet und ihr Herz hämmerte wild in ihrer Brust. Rick lag neben ihr und schlief. Sie hatte nicht gehört, wie er zurückgekommen war. Er roch nach Alkohol. Sie betrachtete sein schönes, friedliches Gesicht im Mondlicht.

Der Traum lag beängstigend nahe an der Wirklichkeit. Er würde sie nicht gehen lassen.

Auf ewig vereint. Bis in den Tod.

Ein Schauder lief ihr über den Rücken.

Lange konnte sie nicht wieder einschlafen.

Wenige Stunden später schreckte sie erneut auf und fühlte sich wie gerädert. Der Morgen graute. Leise schlich sie nach unten in die Küche, kochte sich einen Kaffee und setzte sich an den Küchentisch. Die sonntägliche Stille half ihr beim Nachdenken.

Hier in Springfield kann ich keine Flut nutzen, um zu verschwinden. Am einfachsten lasse ich es wie einen Selbstmord aussehen. Doch wird er mir den abnehmen?

Wie stelle ich es bloß an, dass er wirklich von meinem Tod überzeugt ist? Er kennt meine Geschichte. Er wird sofort vermuten, dass ich nicht tot, sondern davongelaufen bin, so wie damals bei Pam. Ich muss ein Zeichen, eine Art Beweisstück hinterlassen.

Was, wenn ich vorgebe, einen anderen zu lieben? Das würde er sofort glauben!

Ich könnte ihm einen Abschiedsbrief hinterlassen und ihm

erklären, dass ich total verzweifelt sei, dass ich ihn nicht verletzen wolle und mir deswegen das Leben nehme. Doch was, wenn er vermutet, es sei Alex? Oder Kyle?

Das wäre fatal! Wenn Rick aus Alex oder Kyle die Wahrheit herausprügelte, nämlich dass da überhaupt nichts gewesen war zwischen ihnen, würde Rick ihre Lüge aufdecken. Ihm wäre sofort klar, dass sie abgehauen war. Da würde es nicht einmal etwas nutzen, wenn die Polizei von Springfield aus dem James River ihre nassen Klamotten fischen würde.

Sie seufzte verzweifelt und massierte sich die Schläfen.

Bis ich nicht einen plausiblen Grund habe, den er mir abnimmt, muss ich weitermachen wie bisher und versuchen, das Geld zusammenzukriegen.

Mitten in ihre Überlegungen trat Alex. Er trug nur eine Pyjamahose und war überrascht, sie zu sehen. »Jo, wieso bist du schon so früh wach?«, fragte er und fuhr sich müde durchs Gesicht. »Dasselbe könnte ich dich fragen«, antwortete sie mechanisch. Er ging zum Kühlschrank und entnahm einen Tetra-Pack Milch. Er setzte sich ihr gegenüber an den Tisch und trank direkt aus der Verpackung. »Ich muss zur Arbeit. Wir hatten einen Büro-Umzug am Freitag und morgen soll der Betrieb schon wieder glatt laufen.«

Jo hörte ihm gar nicht richtig zu.

»Und du? Du siehst nicht aus, als wolltest du joggen gehen.«

Versucht er, witzig zu sein? Ich verstehe den Gag dahinter nicht.

Sie strich sich durchs Haar und fuhr zusammen, als sie unbedacht die Wunde berührte. Alex setzte die Milch ab und starrte sie an. Dann ergriff er ihre kalten Hände.

»Was ist passiert? Hat er wieder …?«

Jo entzog ihm ihre Finger und faltete sie stattdessen auf ihrem Schoß. Sollte Rick zufällig in die Küche schneien, wollte sie ihm nicht schon wieder einen Anlass geben, auszurasten. Sie räusperte sich. »Ja. Es war mein Fehler. Ich hätte nicht ausgehen sollen.«

»So ein Quatsch, Jo. Red dir das doch nicht ein! Dich trifft keine Schuld. Rick ist gefährlich. Das habe ich dir schon einmal gesagt. Ich will dich nicht beunruhigen, aber du musst das wissen! Es geht um seine erste Freundin. Sie hat genau dasselbe durchgemacht wie du. Ich weiß, wie das bei ihm läuft. Deswegen habe ich dir gesagt, dass du vorsichtig sein musst. Ich will dir ja helfen, aber dazu müssen wir …«

»Halt die Klappe, Alex. Wir müssen gar nichts. Außer vielleicht diese beschissene Uhr besorgen, damit Javier endlich seine Kohle für den Chip und Rick sein Geld bekommt«, fuhr sie ihn an. Jo konnte nicht sagen, warum sie Alex' Geschichte über Ricks Freundin lieber nicht hören wollte. Bereits jetzt stellten sich ihr die Nackenhaare auf. Sie hatte Angst davor zu hören, zu was Rick alles fähig war. Zu wissen, was seiner Freundin widerfahren war, würde sie womöglich ihren Mut kosten. Und das wäre das Schlimmste, was ihr jetzt passieren konnte!

Alex war bei ihren giftigen Worten zusammengezuckt. In seine Augen trat der Jo bekannte kühle Ausdruck. Es war, als sei ein Vorhang gefallen. »Gut. Du hast recht. Aber dieses Mal ohne mich. Soll Javier das doch selbst übernehmen. Wie du schon gesagt hast: Mich kennt dein Security-Typ.« Alex erhob sich brüsk und marschierte mit der Milch in der Hand aus der Küche.

Ich habe ihn verletzt. War es ein Fehler, ihn abblitzen zu lassen?

EHRLICHKEIT

Am Montag überfielen Kate und Ariana sie gleich zu Beginn ihrer Schicht und löcherten sie.

»Oh my god! Du lässt dich also von Kyle Harris in seinem geilen Schlitten heimfahren, ohne uns davon zu erzählen? Ich dachte, wir sind Freundinnen«, warf ihr Ariana gespielt schmollend vor.

»Warum bist du so schnell verschwunden, Süße? *Ich* wollte dich doch nach Hause bringen«, hielt Kate ihr vor.

»Worüber habt ihr geredet, du und Kyle? Habt ihr geknutscht?« Ariana fesselte das Thema Kyle anscheinend mehr als alles andere.

Jo schwieg, überwältigt von der Flut an neugierigen Fragen und der Tatsache, dass Ariana sie als Freundin betrachtete.

»Wieso sagst du denn nichts, Jo? Alles ok? Bist du sauer auf mich?«, wollte Kate plötzlich wissen und griff nach Jos Arm. Sie zuckte zurück. Es war der Reflex, ihre geprellte

Rippe vor einer Berührung zu schützen. Doch Kate fasste es ganz anders auf. »Es tut mir leid. Wirklich. Ich hab nicht kapiert, wie wichtig es für dich war, rechtzeitig zu Hause zu sein.« Traurig trat sie zwei Schritte zurück.

Jo hob beschwichtigend die Hände. »Nein, nein, Kate. Es ist nicht deine Schuld. Ich habe nur noch immer Kopfschmerzen. Und nein, Ariana, wir haben nicht geknutscht. Ich bin Rick treu. Aber ich mag Kyle. Er ist nett«, beteuerte sie und versuchte damit, das noch zarte Band der Freundschaft zu retten.

»Wusste ichs doch! Du magst ihn«, trällerte Ariana und tanzte durch die Küche.

»Nicht so, wie du denkst, Ari!« Jo hielt sich den Kopf, der zu schwirren begann. Die dicke Beule, die unter ihrem Haar versteckt war, pochte wieder. Kate bremste die Freundin. »Mann, Ariana, komm mal runter. Ich glaube, Jo geht es nicht gut.

Du siehst schlecht aus, Kleine. Bist ganz blass um die Nase.« Kate runzelte die Stirn und sah sie skeptisch an. Jo zwang ein mattes Lächeln hervor und presste die Arme eng an ihren Körper.

»Alles gut. Ich hab ein bisschen viel getrunken. Das bin ich nicht gewohnt. Und Rick war einfach sauer, dass ich so spät heimkam. Das alles hat nichts mit euch zu tun. Ich hatte viel Spaß am Samstag.«

»Das kann ich mir vorstellen. Vor allem mit Kyle.« Ariana grinste schelmisch und Kate boxte sie warnend.

»Ari! Du übertreibst es, wie immer. Lasst uns lieber wieder an die Arbeit gehen.« Behutsam ergriff sie Jos Arm und sie schlenderten zurück in den Verkaufsraum.

Jo fürchtete sich vor einer Begegnung mit Kyle und vermied es, ihm über den Weg zu laufen. Während der Mittagspause verzog sie sich auf den Parkplatz, um nicht mit ihm reden zu müssen. Dass sie sich im Flur begegneten, als Jo von den Toiletten kam, war schlicht Pech. Wortlos nahm er sie bei der Hand und zog sie in sein Büro. Er schloss die Tür.

»Es muss dir nicht peinlich sein, was geschehen ist, Jo. Ich merke doch, dass du mir jetzt aus dem Weg gehst.«

Betreten sah sie zu Boden. Am Samstag war sie beinahe vor ihm umgekippt, hatte sein T-Shirt vollgeheult und er hatte sie im Arm gehalten wie ein kleines Baby.

Natürlich ist mir das peinlich!

Zudem hatte sie Schiss, dass er sie wieder über Rick ausfragen würde.

»Doch, Kyle. Es ist mir peinlich und du musst es nicht herunterspielen. Ich hab zu viel getrunken. Und ich war irgendwie neben der Spur.«

»Jo!« Er lehnte sich an seinen Schreibtisch und schlug Arme und Beine übereinander. »Kate hat mir erzählt, dass du zu deiner Lasagne ein Glas Wein getrunken hast. Und der Cocktail im Foxhole ist für Babys. Auch wenn du viel zu dünn bist, hätte dir diese geringe Menge an Alkohol nichts ausmachen dürfen. Du hast gesundheitliche Probleme, ist es nicht so?«

Jo schnaubte und sah zur Seite.

Da bist du ja ganz in deinem Element, Mr. Security!

»Oder ist auch das nicht die ganze Wahrheit? Ist es was Psychisches? Hattest du im Foxhole einen Zusammenbruch, eine Art Panikattacke?«

Er kam der Wahrheit gefährlich nahe. Sie konnte ihm nicht in die Augen sehen. Verbissen schwieg sie und verfluchte sich dafür, nicht kaltblütig genug zu sein.

»Raus mit der Sprache, Jo! Ich seh doch, dass etwas mit dir nicht stimmt!«

Er trat näher, ergriff ihre Oberarme und schüttelte sie. Sofort raste Schmerz durch ihre lädierte Rippe. Jos Gesichtszüge entgleisten und sie stöhnte auf. Kyle hielt sofort inne.

»Was ist los?«, fragte er alarmiert.

»Nichts! Du hast nur zu fest zugepackt«, flüsterte Jo und rieb sich die Arme.

»Erzähl mir keinen Scheiß, er prügelt dich! Lass sehen!« Kyle griff nach ihrem Blazer, doch sie schlug ihm panisch auf die Finger und wich vor ihm zurück. Alles in ihr richtete sich auf Fluchtmodus aus.

Beruhigend hob er die Hände. »Okay, okay. Ich rühr dich nicht an. Versprochen. Setz dich!«

Er rückte ihr einen Stuhl zurecht und sie nahm Platz. Kyle ließ sich auf einen Sessel fallen, lehnte sich vornüber und stützte sich dabei auf den Knien ab. Betreten starrte Jo auf seine Anzughose. Vor wenigen Stunden hatte er die helle Jeans angehabt und sie hatte seine braungebrannte Haut zwischen den Rissen durchblitzen sehen. Ihr Körper erinnerte sich an das Gefühl, als er sie an sich gedrückt hatte. Heute war er wieder Anzugträger und der Security-Chef. Sein Job war es, die Wahrheit herauszufinden und Betrüger zu entlarven.

Ich darf ihn nicht zu nah an mich heranlassen.

»Okay, Jo. Ich werde mir nicht anschauen, was du unter deiner Kleidung versteckst. Und wenn ich höre, wie du über deinen Verlobten sprichst, dann denke ich mir so meinen Teil. Um genau zu sein, weiß ich sogar mehr über ihn, als du glaubst. Und nun sieh mir in die Augen und sag mir, dass du mit ihm in einer glücklichen, harmonischen Beziehung lebst.«

Jos Herz sank.

Wie kann er von Ricks Vergangenheit wissen? Richard Montgomery hat doch eine weiße Weste!

Ihre Gedanken überschlugen sich. Wie sollte sie reagieren? Sie konnte ihm nicht die Wahrheit sagen.

Wenn er erfährt, dass wir alle gefälschte NFC-Tags haben, wird er uns melden! Als Security-Chef muss er das. Es ist sein Job, anständig zu sein.

Jo hob mutig den Kopf. Sie öffnete den Mund, bereit, ihn anzulügen. Dann sah sie in seine ernsten, besorgten Augen und las in ihnen klar und deutlich, wie wichtig sie ihm war. Noch nie hatte sie jemand so angeschaut, so voller Anteilnahme und Fürsorge! Er hatte erraten, was sie belastete.

Ein winziges Stück brach aus der Mauer, die sie aufgebaut hatte, um von ihren Mitmenschen nicht enttäuscht zu werden.

Jo hatte plötzlich keine Kraft mehr, Kyle anzulügen und zu täuschen. Hilflos schlug sie die Hände vor die Augen und schluchzte wie ein kleines Kind. Die riesige Welle ihrer Sorgen türmte sich vor ihr auf, wurde unüberwindbar, brach über ihr zusammen und riss sie mit sich.

Kyle stand auf, um ihr eine Box mit Kleenex zu reichen. Dann setzte er sich wieder und berührte tröstend ihr Knie.

»Jo, wir können was dagegen tun. Du bist ihm nicht

hilflos ausgeliefert. Ich kann dich vor ihm beschützen«, versprach er ihr leise.

»Nein, das kannst du nicht. Du verstehst das nicht. Ich weiß, dass ich ihn verlassen muss. Aber er hat mich in der Hand. Ich habe solche Angst vor ihm! Ich habe keine Ahnung, was ich tun soll. Ich zermartere mir das Hirn seit Wochen und weiß keinen Ausweg. Er prügelt mich windelweich, wenn er erfährt, dass ich mit dir spreche!«

»Macht er das öfter? Dich schlagen? Was tut er dir sonst noch an?«

Jo fühlte sich wie eine elende Verräterin.

Soll ich ihn wirklich einweihen? Wird er denn verstehen, wie ausweglos meine Lage ist?

Sie schwankte zwischen der Verlockung, ihm alles anzuvertrauen, und der Angst davor, alles noch schlimmer zu machen. Sie konnte nicht abschätzen, welche Konsequenzen das haben würde.

»Bin gleich wieder da, Jo. Rühr dich nicht.«

Er erhob sich und verließ das Büro. Als er nach wenigen Minuten wieder zurückkam, hatte er ihre Handtasche und ihre Jacke dabei. Es war früh am Nachmittag, zu früh, um die Arbeit zu beenden.

»Ich habe uns gerade eben bei Mr. Foggerty abgemeldet. Ich habe ihm erklärt, dass du Probleme hast. Ich bring dich jetzt an einen ruhigen Ort, an dem wir beide uns unterhalten können. Ich will jetzt endlich die ganze Geschichte hören.«

Unwillkürlich zog Jo die Schultern nach oben und verkrampfte sich.

»Mach dir keine Sorgen. Ich bringe dich rechtzeitig

nach Hause. Er wird nicht bemerken, dass du nicht bei der Arbeit warst.« Das Ende des Satzes spielte auf Rick an, begriff Jo.

Vielleicht unterschätze ich dich, Kyle Harris. Vielleicht verstehst du meine Situation ja wirklich.

IM LOFT

Während der Fahrt sprachen sie kein Wort. Kyle brachte sie in eine Gegend Springfields, in der sie noch nie zuvor gewesen war. Hier standen alte, hohe Backsteingebäude aneinandergereiht. Die Straßen waren etwas düster. Es wirkte, als seien sie in einem Industriegebiet gelandet.

Er parkte den Camaro in einer Sackgasse, die an einen schmutzigen Hinterhof grenzte, und geleitete sie zu einer Treppe. Metallstufen mit einem Geländer führten im Zickzack an der Außenseite des Gebäudes nach oben. Das Gestell glich mehr einer Feuerleiter.

Am Ende der Stufen angekommen, schloss Kyle eine Stahltür auf und ließ sie in einen lichtdurchfluteten Raum eintreten.

»Ist das deine Wohnung?«, fragte Jo verblüfft.

»Ja.«

Passend zum industriellen Charakter der Backsteinhäuser hatte die Wohnung zur Straße hin riesige Fenster mit Metallsprossen und Querverstrebungen. Die Wände trugen keinen Putz, sondern zeigten ihre Ziegeloptik. Es hingen gusseiserne Lampen von der hohen Decke, die aussahen, als entstammten sie einer alten Fabrik.

Der Raum war nicht groß. An die Fensterfront schloss sich eine Küchenzeile an. Davor befand sich parallel eine lange Theke mit vier Barhockern. Gegenüber stand ein altes Ledersofa hinter ein paar Paletten, die als Tisch dienten. Ein verblasster Perserteppich lag darunter.

Direkt neben dem Eingang entdeckte Jo auf dem Boden eine breite Matratze. Daneben hing ein lederner Boxsack von der Decke.

Jo hatte noch nie eine so männliche und gleichzeitig authentisch eingerichtete Wohnung gesehen. Sie passte perfekt zu Kyle Harris: erwachsen, praktisch, ernst und schön.

»Setz dich«, wies er sie an und ließ dabei offen, ob sie sich an die Theke oder auf das Sofa setzen sollte. Damit es nicht so aussah, als ob sie sich direkt heimisch fühlte, wählte sie einen Barhocker. Kyle ging zum Kühlschrank und holte eine Flasche Coke heraus, die er zusammen mit zwei Gläsern auf die Theke stellte. Dann zögerte er. »Oder möchtest du lieber Kaffee? Oder Tee?«

»Tee wäre cool«, meinte Jo sehnsuchtsvoll und hoffte, damit ihre Nerven beruhigen zu können. Sie machte sich darauf gefasst, ihre Story zu erzählen, ohne Schnörkel und ohne Lügen. Und wenn Kyle sie danach bei der Polizei anzeigen wollte, sollte er das tun.

Ich bin es so leid, immer abzuwägen, was richtig und falsch ist.

»Jo, deine Gedanken sind dir förmlich ins Gesicht geschrieben! Wehe, du machst jetzt einen Rückzieher und überlegst dir, wie du mich am besten anlügst«, warnte Kyle sie, während er den Wasserkocher füllte. Er warf ihr einen kritischen Blick über die Schulter zu. »Ich bin vermutlich der Einzige, der dir helfen kann. Und du darfst meine Hilfe annehmen. Du kannst dein Problem nicht länger mit dir selbst ausmachen. Dadurch wird es nicht besser.«

Er sprach genau das aus, was Jo dachte.

Nein, ich mache jetzt keinen Rückzieher mehr. Ich habe es satt, mit meiner Angst allein zu sein. Andauernd verrenne ich mich in meinen ziellosen Grübeleien. Wie schön wäre es, endlich von jemandem einen sinnvollen Rat zu erhalten?

Kyle stellte eine Emaille-Tasse mit heißem Wasser, Zucker und Honig vor ihr ab.

»Kamille oder Earl Grey?«

»Earl Grey. Danke.«

Er schenkte sich eine Coke ein und beobachtete, wie sie ihren Tee zubereitete. Er ließ ihr Zeit, sich zu sammeln. Dann hob er sacht die Hand und legte sie ermutigend auf ihre. Sie zog sie nicht weg. Vermutlich würde sie seine Stärke und Unterstützung dafür brauchen, um diese Beichte abzulegen. Sie seufzte tief und begann mit ihrer Geschichte, angefangen bei ihrer Kindheit mit den Pflegefamilien.

Sie ließ Pam und die Bar nicht aus und erzählte ihm auch von dem Tag der Flutwelle, an dem sie ausgerissen war. Sie beschrieb, wie sie sich den Chip herausgeschnitten hatte und Rick und seiner Gang vor dem Superdome begegnet war. Sie zeichnete ihm kurz mit Worten ein Bild von dem New Orleans, in dem sie aufgewachsen war, mit seinen ständigen Bedrohungen durch die Hurrikans und die Flutwellen: Wie die Stadt immer schwächer geworden war und die Leute weggezogen waren, um sich anderswo in Amerika ein besseres Leben aufzubauen. Und dass die Armen blieben und versuchten, durchzuhalten und zu überleben – Menschen aus den Bayous, wie Pam. Sie erklärte ihm, dass sie in Rick die Chance gesehen hatte, diese Trümmerstadt zu verlassen, dass sie sich Bikes gestohlen und die Nummernschilder in Jackson ausgetauscht hatten. Das war ihm offensichtlich nicht neu. Er nickte, unterbrach sie aber nicht.

Gnadenlos ehrlich beschrieb sie ihm, wie und mit welchen Bedingungen Rick ihr den neuen NFC-Tag besorgt hatte. Als sie auf die Farm zu sprechen kam, strahlten ihre Augen. Sie schilderte ihre Beziehung zu Brenda und Fred und ließ nicht aus, wie entsetzt sie gewesen war, als sie erfuhr, dass Rick und Javier das Paar hatten ausrauben wollen. Sie gestand ihm, dass sie lieber geblieben wäre, Rick sie aber genötigt hatte, mit ihm abzuhauen. Traurig schwenkte sie den Teebeutel in der Tasse.

»So sind wir hier in Springfield gelandet. Wir sind alle zusammen in das Haus in der East Walnut Street eingezogen, die Jungs und ich. Das darf der Vermieter natürlich nicht wissen. Wir haben die Maklerin getäuscht. Seit wir hier sind, hat Rick sich verändert. Vermutlich hat er schon immer einen Hang zur Gewalt gehabt. Sonst wäre er ja auch nicht auf die schiefe Bahn geraten. Ich weiß so gut wie gar nichts über ihn. Aber in unserer ersten Zeit auf der Farm war er immer liebevoll und zärtlich zu mir. Er behauptet, ich habe mich verändert und er will, dass ich wieder die Alte werde. Dafür ist es aber zu spät. Ich bin zu weit gegangen. Erinnerst du dich an den Yuppie mit der Uhr? Das ist Alex, sein Freund. Wir hatten vor, die Uhr zu klauen. Ich muss das Geld für den Chip abarbeiten, hat Rick gesagt. Wenn ich es nicht tue … und wenn er ausrastet, dann …«

Bis hierher hatte sie es durchgezogen, doch jetzt zögerte Jo. Sie schämte sich, ihm von den Vergewaltigungen zu erzählen.

»Was dann?«, hakte Kyle unerbittlich nach. Als sie schluckte und schwieg, fuhr er leise fort: »Er schlägt dich und er vergewaltigt dich. Habe ich recht?«

Noch immer brachte Jo kein Wort heraus.

»Jo. Ich weiß, wer Rick ist. Eure Adresse habe ich aus deinen Daten. Es war nicht schwer herauszufinden, dass Richard Montgomery dort wohnt. Richard ist ein Fake. In Wahrheit heißt er Ricardo Mendoza. Ich bin mir nicht sicher, ob du darüber Bescheid weißt, und falls nein, ob du hören willst, was er verbrochen hat. Was weißt du von seiner Ex-Freundin Elena?«

Jo wappnete sich innerlich. »Nichts. Alex hat mich vor Rick und seiner Vergangenheit gewarnt und wollte mir etwas über seine Ex erzählen. Aber ich habe ihn zweimal abgewürgt, aus Angst, dass die Geschichte so übel ist, dass ich es dann nicht durchziehe.«

»Du musst dir das jetzt anhören, Jo. Rick hatte in Los Angeles eine Freundin. Sie war 17 Jahre alt und hieß

Elena. Auf einer Party kam es zu einem Streit zwischen den beiden und er hat im Affekt auf sie eingeschlagen. Rick versicherte damals glaubhaft, er habe das nicht gewollt, es sei ein Unfall gewesen. Das bestätigten auch mehrere Zeugen. Die Situation war dubios. Elena war in einschlägigen Kreisen bekannt. Es waren mehrere Jungs involviert und es ging damals auch ein Video im Netz um, das illegal gedreht und veröffentlicht wurde. Elena ist tot, Jo. Sie ist an den Folgen der Schläge gestorben. Rick wurde wegen Totschlags im Affekt in den Jugendknast gesteckt. Deswegen konnte ich auch einen Face-Abgleich herstellen. Wegen der besonderen Umstände der Tat saß er nur fünf Jahre lang ein.«

Jo starrte lange schweigend auf ihren Teebeutel. Es passte alles zusammen: Alex' Andeutungen, Ricks Furcht davor, dass sie ihn betrog oder verließ, dass er es nicht leiden konnte, wenn man ihn verhöhnte und wenn er vor seinen Freunden das Gesicht verlor.

»Er hat sie umgebracht? Im Affekt?«, hauchte sie. Kyle nickte. Jos Hand krampfte sich kalt um Kyles. Das übertraf selbst ihre schlimmsten Vermutungen.

Mord?

Sie versuchte zu schlucken, doch ihre Kehle war staubtrocken. Kyle fuhr fort: »Dass ihr die Bikes aus New Orleans habt, weiß ich. Sie sind als gestohlen gemeldet worden, ebenso die Nummernschilder. Ich habe das für mich behalten, weil ich zuerst herausfinden wollte, was für eine Rolle du in dem Ganzen spieltest. Denn der Vorfall im Dillard's mit der Uhr war mir nicht ganz geheuer. Ich hatte vermutet, dass du und der Blonde unter einer Decke stecktet und die Uhr oder das Armband aus dem Dillard's klauen wolltet. Doch als es nicht geschah und ich dich näher kennenlernte, kam es mir eher so vor, als seist du das Opfer in dieser Konstellation. Und ich hatte recht. Chip hin oder her, Jo. Du bist nicht kriminell.«

»Mag sein. Du kannst es dir schönreden, Kyle. Schlussendlich habe ich meinen Chip vorsätzlich entfernt, mir illegal einen Fake besorgt und einen Diebstahl geplant. Rick verlangt von mir jetzt, dass ich es noch mal versuche. Er behauptet, ich wage deswegen keinen zweiten Versuch, weil ich dich gernhabe. An dem Abend nach dem Foxhole habe ich deswegen Ärger mit ihm bekommen. Ärger ist nicht das richtige Wort. Er hat mich … mir … Gewalt angetan. Und er hat mir gedroht, dass das erst der Anfang sei. Kyle, ich muss da raus! Jetzt, da ich weiß, dass er ein Mädchen im Affekt getötet hat, macht er mir noch mehr Angst. Was, wenn er auch bei mir völlig ausrastet?«

Kyles Gesicht wurde aschfahl und verzerrte sich. Er entzog ihr seine Hand, stand auf und drehte ihr den Rücken zu. Er fuhr sich wild durchs Haar und tigerte durch die Wohnung – finster und nachdenklich. Völlig unerwartet schlug er mit den Fäusten auf den Boxsack ein und knurrte wie ein Wolf. Als er sich ausgetobt hatte, lehnte er schwer atmend die Stirn gegen den Boxsack. Jo hatte keine Angst vor ihm. Im Gegensatz zu Rick konnte er gezielt mit seiner Wut umgehen. Sie stand auf und ging zu ihm hinüber.

»Was ist los, Kyle? Habe ich etwas Falsches gesagt?« Sie berührte sachte seinen Rücken. Sie waren zwischenzeitlich so viele Schichten tiefer, dass es auf eine Berührung mehr oder weniger nicht ankam.

»Es ist fucking-noch-mal meine Schuld, Jo. Beide Male bin ich schuld daran, dass er über dich hergefallen ist. Das erste Mal, weil ich euch davon abgehalten habe zu klauen, das zweite Mal, weil ich dich nach Hause gebracht habe und er dachte, ich hätte dich angefasst. Ich wünschte, ich hätte nachgedacht, schlauer gehandelt. Ich hätte es ahnen müssen!« Seine Stimme klang erstickt und verzweifelt. Er legte seine Hand in ihren Nacken und zog ihren Kopf an seine Schulter. »Es tut mir so leid …«

PLÄNE

Erst da wurde Jo bewusst, dass er recht hatte.

Ja, Rick hat mir beide Male Gewalt angetan, weil er sauer auf dich war. Sauer – und eifersüchtig. Doch das ist gar nicht der Punkt.

»Hör auf, Kyle. Das stimmt nicht. Wir sind doch beide nur in seine Schusslinie gelaufen. Immer wenn er mies drauf ist, lässt er es jemanden büßen. Seine Launen sind unberechenbar. Die Auslöser sind völlig unterschiedlich. Ich gebe dir keine Schuld – und du solltest das auch nicht tun.«

»Das sind weise Worte. Und ich weiß, dass du recht hast. Das macht es aber nicht leichter zu ertragen. Ich kann mit Schuldgefühlen schlecht umgehen. Vor allem, wenn jemand unschuldig leiden muss. Es geht um dein Leben! Wir brauchen einen Plan, um dich da rauszuholen. Und Jo, auch wenn du es nicht hören willst: Du brauchst professionelle Hilfe.« Er umfasste ihr Gesicht mit seinen Händen und sah ihr in die Augen.

»Was meinst du damit?«, fragte sie vorsichtig.

»Ich will, dass du eine Frau triffst, die ich von früher kenne. Sie beschäftigt sich mit solchen Menschen wie Rick. Sie kann uns sagen, was du tun sollst.« Er zog sie zum Sofa und sie setzten sich. Das Leder knarrte unter ihnen und Jo drückte sich tiefer in das bequeme Möbelstück, wie um zu verschwinden. Wieder ergriff Kyle ihre Hand.

Er hat Mitleid. Und er will mir Mut machen. Doch auf Außenstehende würden wir wirken wie ein frisch verliebtes Pärchen, das es sich für einen gemeinsamen Fernsehabend auf der Couch bequem macht. Hier gibt es keinen Fernseher. Und wir diskutieren nicht über das abendliche Fernsehprogramm. Es geht um das wahre Leben. Um MEIN Leben und um die Frage, wie ich heil aus der Beziehung mit Rick herauskomme.

»Ist sie eine Psychologin?«

»So etwas Ähnliches. Sie arbeitet mit jugendlichen Straftätern und denen, die unter ihnen gelitten haben. Sie kennt sich mit Traumata aus.«

»Ich habe kein Trauma.«

Kyle gab ein undefinierbares Geräusch von sich. »Eine Vergewaltigung ist ein Trauma, Jo. Schläge und sexuelle Belästigung auch. Du hast in deinem Leben schon einiges durch. Ich fange gar nicht vom Verlust der Eltern und deiner Zeit in den Pflegefamilien an.«

»Ich will nicht mit ihr reden.«

»Wieso nicht? Sie gibt dir vielleicht Tipps, wie du besser mit seinen Attacken umgehen kannst.«

»Ich will so schnell wie möglich weg von ihm. Ich habe keine Zeit, noch lange darüber zu grübeln und zu analysieren. Ich habe schon viel zu viel Zeit damit vergeudet.« Sie kniff die Lippen zusammen und verschränkte entschlossen die Arme. Dass sie die Vorstellung schrecklich fand, noch einem Menschen ihr Innerstes zu zeigen und sich die Blöße einer Analyse zu geben, verschwieg sie ihm. Eine solche Fachfrau würde womöglich diagnostizieren, dass sie selbst schuld an allem war, weil sie eine verkorkste Kindheit hatte. Wahrscheinlich würde sie über ihre Mutter reden müssen und das wollte sie auf gar keinen Fall.

»Das verstehe ich. Ich will dich ja nicht zu einem Gespräch mit ihr zwingen. Ich glaube jedoch, es könnte dir helfen. Du würdest dich besser fühlen.«

»Nein, das glaube ich nicht.«

»Er ist gefährlich, Jo, und wir wissen nicht, was er als Nächstes tut. Jemand wie sie weiß das aber. Behalte das im Hinterkopf, okay?«

Jo nickte. Das bezweifelte sie nicht. Sie bezweifelte auch nicht, dass Kyle die Wahrheit über Rick und Elena erzählt hatte. Dass Rick ein Mörder war, ließ jegliche Reste

Verständnis und Liebe für ihn in Jo einfrieren. In ihrem Bauch hatte sich ein eiskalter Klumpen aus lähmender Angst, giftigem Hass und unterdrückter Wut gebildet – ummantelt von einer bitteren Schicht Trauer. Elenas Geschichte war nicht nur eine Geschichte. Jo fühlte sich dem Mädchen so nahe.

Ich kenne dich nicht, Elena, und hätten wir uns je getroffen, wären wir uns vielleicht unsympathisch gewesen. Doch derselbe Mann verbindet uns durch seine Gewalt wie Schwestern im Geiste.

Jo schauderte. War sie Ricks nächstes Opfer?

»Die zweite Vergewaltigung hat mich wachgerüttelt. Ich weiß jetzt, dass ich da raus muss, und zwar schnell. Seit Wochen schmiede ich Pläne, wie ich ihn am besten verlassen kann. Doch mein Problem ist, dass ich nicht weiß, wie er auf eine Trennung reagieren wird. Er hat mich in der Hand. Er wird mich nicht einfach so gehen lassen.«

»Das sehe ich genauso wie du, Jo. Ganz egal, wie unterwürfig du ihm gegenüber bist, er findet immer einen Grund, sich an dir auszulassen, wie du vorhin schon selbst erkannt hast. Er ist kurz davor, den Verstand zu verlieren vor Eifersucht.« Kyles Stimme war leise und nachdenklich.

»Ich habe ihm gestern gesagt, dass ich es ein zweites Mal versuche mit dem Diebstahl«, gestand sie Kyle. »Das hat ihn erst einmal besänftigt.«

»Das war schlau. Und er darf nicht erfahren, dass du über seine Vergangenheit Bescheid weißt. Kannst du ihn noch ein klein wenig hinhalten?«

»Ich denke schon. Ich werde es versuchen.«

»Ich habe noch Freunde bei der Polizei. Ich war mehrere Jahre lang Ermittler.«

Jo sah ihn überrascht an.

»Ich werde sie bitten, ob sie den Streifendienst in eurer Gegend für ein paar Tage erhöhen können, damit du dich sicherer fühlst. Falls er dir wieder etwas antut, kannst du aus dem Haus rennen.«

Skeptisch runzelte Jo die Stirn.

»Okay, ich verstehe. Du hast vermutlich keine Chance gegen ihn, wenn er einmal in Fahrt ist.« Bitter verzog er das Gesicht und drückte ihre Hand.

»Einfach abhauen kann ich nicht. Er würde nach mir suchen, weil er sein Geld zurückhaben will. Und er würde zuerst auf der Farm suchen. Er weiß, dass ich mich dort wohlgefühlt habe. Ich kann Brenda und Fred nicht nochmals in Gefahr bringen. Das kommt nicht in Frage. Eine andere Idee wäre, meinen eigenen Tod vorzutäuschen und davonzulaufen. Doch dann würde ich einen neuen Chip brauchen. Und den zu beschaffen, ist mehr als schwierig und riskant, das weiß ich jetzt. Bis mir etwas Besseres einfällt, wollte ich ihn hinhalten und ihm weismachen, dass ich den Klau durchziehe.« Jo warf Kyle einen unbehaglichen Blick zu. Dem Security-Chef zu gestehen, dass sie das Dillard's bestehlen wollte, war unangenehm und zeitgleich das Aus für diesen Plan. »Mit zwei Breitlings wäre ich auf einen Schlag alle Schulden los. Wenn ich danach mit ihm Schluss mache, würde er mich vermutlich gehen lassen. Ich könnte dann sogar den Chip behalten und irgendwo ein neues Leben beginnen.«

Kyle sah sie skeptisch an. »Das war dein Plan? Kleines, du wärst niemals damit durchgekommen! Und ganz unabhängig von dieser Schnapsidee bist du einfach davon ausgegangen, dass dir kein Mensch helfen würde. Das sehe ich anders! Was, wenn es Menschen gibt, die dich unterstützen? Die Polizei oder deine Freunde zum Beispiel?«

»Wie sollen mir die helfen? Du vergisst, dass ich mich strafbar gemacht habe.«

»Wegen des NFC-Tags? Das sind doch mildernde Umstände, Jo. Du warst zu dem Zeitpunkt noch minderjährig und in einer Zwangslage. Da wird dir nicht viel passieren, glaub mir. Vielleicht finden wir auch eine Lösung, in der du das mit dem Chip gar nicht angeben musst.«

»Du wirst mich nicht melden?«

»Nicht notwendigerweise. Bin ich der Einzige, der davon weiß?«

»Rick und seine Jungs wissen Bescheid. Sonst niemand.«

»Wenn du dich stellen würdest, ist es wahrscheinlich, dass du mit einer milden Strafe davonkommst. Und du bekämst deine alte Identität zurück. Ist das eine Option für dich?«

»Gott, nein!«, schrak Jo zurück. »Wenn sie wissen, dass ich Jo-Ann Carlsen bin, schicken sie mich zurück zu Pam! Auf gar keinen Fall gehe ich zurück.«

»Nicht unbedingt. Auch hier bist du nicht allein. Es gibt Ämter, die dich schützen können. Außerdem bist du jetzt achtzehn und hast ganz andere Rechte! Wer weiß, ob Pam dein Fehlen überhaupt gemeldet hat? Vielleicht war ihr klar, dass sie dich eh nicht aufhalten konnte.«

So hatte Jo das nie gesehen. »Lässt sich das herausfinden?«, fragte sie zögerlich.

»Ja, das kann ich herausfinden. Bis ich das weiß und du

dir sicher bist, was du hinsichtlich des Chips unternehmen willst, hältst du die Füße still. Okay? Keine unbedachten Taten. Sei lieb und nett und reize Rick nicht.«

Wieder nickte Jo.

»Zum Thema Chip solltest du eines wissen: Rick hat dir den Fake-Chip besorgt und du schuldest ihm eine Menge Geld deswegen. Du denkst, er hat dich in der Hand. Du meinst, dass du dir sein Schweigen erkauft hast und kettest dich damit an ihn, aus Angst, er verrät dich bei der Polizei. Was du vergisst ist, dass auch er sich damit strafbar gemacht hat. Nicht nur das: Er hat ebenfalls einen Fake-Tag. Du kennst also auch sein Geheimnis. Er ist kein unbeschriebenes Blatt. Er hat in seiner Vergangenheit bereits große Scheiße gebaut. Mit seinem Fake-Tag will er das vertuschen. Das ist ein ganz anderes Motiv als deines, Jo! Wenn wir den Diebstahl der Bikes, den versuchten Überfall auf die Farm und die Tatsache gegen ihn aufführen, dass er dich zweimal vergewaltigt hat, dann kommt einiges zusammen. Dass er dich und die Jungs zu Diebstählen zwingt, ist Nötigung. Allein das bringt mindestens drei Jahre Knast ein. Kannst du dir vorstellen, gegen ihn auszusagen? Bei einer Vergewaltigung ist das unumgänglich.«

Jo konnte nicht fassen, was er da sagte: »Auf gar keinen Fall! Ich kann ihm nicht gegenüberstehen, ihm in die Augen schauen und ihn gleichzeitig verraten! Und selbst wenn, Kyle ... Wie sollte ich das im Nachhinein beweisen? Da steht mein Wort doch gegen das seine.«

»Gibt es Zeugen?«

Jo zögerte. War Alex eine Option? »Alex kann die erste Vergewaltigung bezeugen. Bei der zweiten waren wir allein.

Aber Alex wird niemals gegen seinen Freund aussagen.«

»Was macht dich so sicher?«

»Warum sollte er zu mir und nicht zu Rick halten?«

»Warum hätte Alex dir sonst seine Hilfe angeboten?«

»Das frage ich mich auch. Dennoch glaube ich nicht, dass er das durchziehen würde.«

Zweimal hatte Alex dazu angesetzt, ihr über Elena zu erzählen, und beide Male hatte sie ihn abgewiesen. Alex kannte seinen Kumpel gut genug, um die Vorzeichen zu deuten. Es war ihm hoch anzurechnen, dass er versucht hatte, sie zu warnen. Dennoch war sie nicht sicher, ob sie ihm trauen konnte. Rick und er waren seit Jahren miteinander befreundet. Jo fragte sich, was das über Alex aussagte. Doch sie wusste ganz genau, wie schwer es war, sich Rick zu entziehen oder ihm Contra zu bieten. Prinzipiell schätzte sie Alex nicht als Fiesling ein, so wie Javier, oder als aufbrausend, so wie Rick. Auch ein Feigling war er nicht. Doch alles in allem kannte sie ihn kaum. Es war ihr schlicht zu unsicher, einem von Ricks Freunden zu vertrauen.

»Zu versuchen, Rick hinter Gitter zu bringen, wäre mir nie eingefallen. Es klingt vernünftig und vielleicht klappt das auch. Aber es macht mir Angst, gegen ihn auszusagen. Und da hängen ja auch noch Javier, Kenneth und Alex mit drin. Was, wenn sie alle für *ihn* aussagen und meine Aussage damit null und nichtig ist?«

»Du sagst, dass Brenda einen der Kerle angezeigt hat. Welcher war das noch mal?«

»Das war Javier. Er ist der, dessen Geld Rick zum Teil für meinen Chip ausgegeben hat. Er ist super sauer auf mich. Er braucht den Chip jetzt dringend, weil er die

Anzeige am Hals hat. Er hat aber auf der Farm gar nichts geklaut. Dazu kam es nicht. Ist dann die Anzeige wirklich so gefährlich für ihn?«

»O ja! Auch der Versuch ist strafbar, Jo. Das gibt bis zu fünf Jahre Knast oder eine saftige Geldstrafe. Ganz sicher einen fetten Vermerk in seiner Strafakte.«

Oha, dann erweist Kyle Alex und mir einen riesigen Gefallen, wenn er uns nicht verpfeift wegen des versuchten Diebstahls. Auch Alex hat viel für mich gewagt. Er nahm das Risiko auf sich, erwischt zu werden. Im Gegensatz zu mir hat er sicherlich gewusst, auf was er sich da einlässt und welche Strafe auf versuchten Diebstahl steht.

»Javier ist also der Einzige, der keinen neuen Chip hat? Falls er früher schon straffällig wurde, muss ich nicht lange recherchieren. Wie sagtest du heißen die anderen beiden?«

»Ja. Kenneth und Alex. Ihre Nachnamen kenne ich leider nicht.«

»Ich versuche, so viel wie möglich über die Gang heraus-zufinden. Wenn sie organisiert arbeiten, kriegen wir sie auch ohne die Vergewaltigung allesamt für lange Zeit hinter Gitter. Aber denk bitte trotzdem nochmals über die Anzeige nach. Wenn wir Rick zusätzlich für die Vergewaltigung drankriegen, sitzt er deutlich länger ein. Lass uns jetzt aufbrechen. Ich will nicht schuld sein, dass du zu spät nach Hause kommst. Ich setze dich an deiner Bushaltestelle ab, damit keiner etwas merkt. Ich gebe der Streife auf jeden Fall eure Straße durch und bitte sie, öfter mal an eurem Haus vorbeizufahren. Das gibt mir ein besseres Gefühl. Und provozier ihn um Himmels Willen nicht mehr.«

Bevor Jo aus Kyles Wagen ausstieg, nahm er nochmals ihre Hand.

»Und Jo, … du bist nicht allein. Vertrau mir. Ich finde einen Weg, dir zu helfen. Hast du eigentlich ein Telefon?«

»Wieso fragst du?«

»Damit du mich notfalls anrufen kannst. Oder die Polizei, Dummerchen.«

»Rick hat sich meines gekrallt, nachdem ich Brenda anrief. Aber ich habe Arianas altes Smartphone im Spind liegen. Sie hat es mir geborgt.«

»Gut. Das nimmst du bitte mit nach Hause. Es ist wichtig, dass ich dich erreichen kann und du Hilfe rufen kannst. Gib mir mal die Nummer.«

DURCHHALTEN

Als Jo mit weichen Knien den Weg zur Haustür in der Walnut Street entlang ging, traf sie das Ausmaß dessen, was heute passiert war, mit voller Wucht. Ihr Magen krampfte sich schmerzhaft zusammen.

Ich habe Kyle die Wahrheit gesagt und damit Rick verraten.

Wird Kyle mir wirklich helfen können?

Hoffentlich überlegt er es sich nicht anders und geht direkt zur Polizei, um uns alle anzuzeigen.

Im Hausflur roch es nicht nach Abendessen, aber sie hörte jemanden in der Küche rumoren.

Tief durchatmen und Ruhe bewahren.

Sie betrat die Küche und zog sich dabei ihre Jacke aus. Alex erledigte den Abwasch.

»Hi, Alex! Wo sind die anderen?«, fragte sie.

»Rick holt Burger und Kenneth ist bei der Arbeit. Wo Javier sich rumtreibt, weiß ich nicht.«

»Meinst du, ich habe noch Zeit, um zu duschen, bevor Rick zurückkommt?«

»Ja, er ist eben erst los.«

»Okay. Bis gleich.«

Sie hatte es nicht eilig damit, Rick wiederzusehen und ihm vorzuspielen, dass alles in Ordnung sei.

Sie schloss die Badezimmertür hinter sich ab und entledigte sich ihrer Klamotten.

Das warme Wasser und das regelmäßige Prasseln beruhigten ihren Körper und lösten den harten Klumpen in ihrem Magen. Doch ihren Geist konnten sie nicht zum Schweigen bringen. Zu wissen, dass Rick für den Tod des Mädchens verantwortlich war, ließ sie schaudern.

Wie oft hatte sie sich ihm völlig arglos hingegeben, ohne zu ahnen, wozu er wirklich fähig war?

Seine Leidenschaft und seinen Beschützerinstinkt hatte sie so sehr geliebt! Wie konnten diese Eigenschaften in das genaue Gegenteil umschlagen? Was hatte ihn zu diesem Menschen gemacht? Seine Kindheit etwa?

Meine Jugend war auch nicht rosig. Das ist keine Ausrede!

Da seine gewalttätige Ader erst in den letzten Wochen zutage getreten war, musste es mit ihr zusammenhängen. Auch wenn sie Kyle hatte vom Gegenteil überzeugen wollen, so ließ sich nicht leugnen, dass Jo der Auslöser gewesen war. Zu Beginn ihrer Beziehung hätte sie es nie gewagt, ihm zu widersprechen. Sie hatte ihn immer zufriedenstellen wollen und sich insgeheim davor gefürchtet, ihn zu enttäuschen.

Zum ersten Mal Widerworte habe ich gegeben, als er die Farm verlassen wollte und ich nicht. Ich bin für meinen Wunsch eingestanden und habe nicht kampflos aufgegeben.

Für ihn war vermutlich eine heile Welt zusammengebrochen. Er wünschte sich die devote, anschmiegsame, unkomplizierte Jo zurück, die ihm nicht widersprach. Das war es, was er an ihr gemocht hatte. ›Wag es ja nie, mich zu hintergehen, Jo. Ich schwör dir, dann war das hier erst der Anfang!‹ Die Erinnerung an Ricks Drohungen ließen Jos Hände zittern.

Bisher hatte sie Angst vor seinen Launen und vor den Schmerzen gehabt, die er ihr zufügte. Nun wusste sie, dass er zu weitaus Schlimmerem fähig war.

Nach der Dusche fühlte Jo sich kein bisschen besser. Mit bloßen Füßen und nassem Haar tappte sie hinüber zum Schlafzimmer, nur in ein Badetuch gehüllt. Sie stand mit dem Rücken zur Tür, als sich diese öffnete.

Obwohl Jo ihn nicht sehen konnte, spürte sie instinktiv, dass es Rick war. Ihre Armhärchen stellten sich auf. Sie hielt den Atem an und tat, als hätte sie nichts gehört. Sie versuchte, ihre Gesichtszüge unter Kontrolle zu bringen.

Er kam näher und sein Geruch, sein wunderbar männlicher Duft, drang ihr in die Nase. Doch dieses Mal löste er keine romantischen Gefühle in ihr aus, sondern pure kalte Angst. Rick schlang von hinten die Arme um ihren Körper und vergrub sein Gesicht in ihrer Halsbeuge.

»Hi, Baby«, raunte er.

»Mein Gott, hast du mich erschreckt«, log sie. Sie hob die Hand zur Brust, so, als müsse sie ihr klopfendes Herz beruhigen, in Wahrheit jedoch, um das Badetuch am Rutschen zu hindern.

»Mmm, du riechst gut!« Mit seinen Lippen fuhr er die noch feuchte Haut ihres Halses entlang. Sie drehte sich um und zwang sich zu einem Lächeln.

»Du riechst nach Burger! Gibt es Essen? Ich habe Hunger«, spielte sie ihm gutgelaunt vor.

»Ich habe aber mehr Lust auf dich als auf einen langweiligen Burger …« Seine Stimme war lasziv, seine Augen geschlossen. Er griff mit einer Hand in Jos lange Haarsträhnen und mit der anderen drückte er sie an sich. Zärtlich biss er in ihre Unterlippe und versuchte dann, ihr das Badetuch vom Leib zu ziehen. Jo entwand sich ihm und flüchtete zur Kommode, um sich Unterwäsche und ein T-Shirt herauszuholen. Sie konnte die Nähe zu ihm kaum ertragen. Doch als sie sein verletztes Gesicht sah, ahnte sie, dass sie einen Fehler gemacht hatte. Mitten in der Bewegung hielt sie inne.

Mist, das hat er in den falschen Hals bekommen! Das muss ich irgendwie wieder gut machen!

»Sei nicht böse, Rick! Ich verhungere! Lass uns gleich nach unten gehen. Sonst werden die Burger kalt.«

Mit wenigen Schritten war er bei ihr. Wie ein Racheengel baute er sich vor ihr auf – sein Gesicht verzerrt und düster.

»Ein fucking Burger ist dir also wichtiger?«

Die Frage kam Jo lächerlich vor, doch für ihn schien die Antwort immense Bedeutung zu haben. Seine Augen glühten und sein linkes Augenlid zuckte. Er ballte die Fäuste, so dass die Knöchel weiß hervortraten.

Jos Herz stolperte, um dann wie wild zu rasen. Ihr Puls pochte so laut in ihren Ohren, dass sie keine anderen Geräusche um sich herum mehr wahrnahm. Tausend Gedanken jagten sich in ihrem Kopf.

Tu mir nicht weh! Ich will das alles nicht mehr! Ich will dich verlassen, weil ich Angst vor dir habe! Ich habe Kyle verraten, was du mit mir machst. Jetzt weiß ich, dass du deine erste Freundin zu Tode geprügelt hast. Kyle plant, dich in den Knast zu bringen. Wenn du mir jetzt etwas antust, kann mir keiner helfen, auch wenn Kyle und Alex wissen, was du getan hast.

All das rauschte in voller Geschwindigkeit durch ihr Hirn, doch nichts davon drang über ihre Lippen. Jo beherrschte sich eisern, damit ihr Gesicht nicht entgleiste. Der lauteste Satz von allen klingelte in ihren Ohren: *Provozier ihn nicht!*

»Du hast recht. So wichtig ist der Burger nicht«, presste sie hervor.

Seine Augen verdunkelten sich. Er griff nach dem Badetuch und der Stoff glitt zu Boden.

»Lügst du mich an?«

»Nein, natürlich nicht.« Sie trat einen Schritt auf ihn zu. Dann versagten ihr beinahe die Beine. Es fiel ihm gar nicht auf, da er sie in diesem Moment an sich zog und küsste. Er drängte sie zurück, bis Jo mit dem Rücken gegen die Wand stieß. Rasend schnell hatte er den Reißverschluss seiner Hose geöffnet.

Er packte Jos Po, hob sie hoch und schlang sich ihre Beine um den Unterkörper. Seine Hände kniffen wie Klauen in ihre weiche Haut.

Diese Hände haben eine Frau zu Tode geprügelt!

Jo schloss entsetzt die Augen. Sie hob das Gesicht zur Decke, doch konnte sie nicht verhindern, dass Tränen unter ihren Augenlidern hervorquollen. Sachte rollten sie ihre Wangen und ihren Hals hinab.

Wie konnte ich mich nur in dieses Monster verlieben?

Als sie nach unten kamen, waren ihre Burger längst kalt. Jo hatte keinerlei Appetit mehr. Rick war dagegen bester Laune und versuchte, sie mit Fries zu füttern. Jo zwang sich, wenigstens ein paar Bissen hinunterzuwürgen.

Ihre Gedanken schweiften ab.

Kyle muss ganz einfach eine Lösung finden, wie ich aus dieser Hölle herauskomme! Rick nicht zu reizen ist leichter gesagt als getan! Woher zum Teufel soll ich denn vorher wissen, wie er auf etwas reagiert? Er ist völlig unberechenbar!

Jo war absolut nicht bei der Sache, als Javier sie ansprach. »Sorry, was sagtest du?«, räusperte sie sich irritiert.

»Ich sagte, die beste Möglichkeit, es unbeobachtet durchzuziehen, ist, wenn du es allein machst. Wenn du es schlau anstellst, merken die nicht mal, dass was fehlt.«

»Wie meinst du das?« Jo ignorierte seinen provokanten Tonfall.

»Es ist ganz einfach. Du musst auf Harris' Monitoren prüfen, welchen Winkel seine Kameras filmen. Wenn du das weißt, kannst du dich mit dem Rücken zu den Kameras stellen. Dann steckst du ganz unauffällig eine der Uhren mitsamt Box ein. Du nimmst sie mit aufs Klo, wo du den Sender abnimmst und ihn zurück in die Box legst. Der Sender reagiert erst, wenn er das Dillard's verlässt – was er in dem Fall ja nicht tut. Die Box deponierst du wieder in der Schublade, so dass bei der abendlichen Kontrolle alles an Ort und Stelle ist. Die Uhr selbst wandert aber hierher zu mir und ich verticke sie. Machst du das zweimal, so bist du raus aus der Nummer.« Javier nahm genüsslich einen großen Schluck Bier aus seiner Flasche.

Zwei Uhren. Zweimal über meinen Schatten springen.

Nach dem Gespräch mit Kyle wusste sie jedoch, dass das keine Option mehr für sie sein konnte. Um Javier und Rick jedoch das Gefühl zu geben, sie sei noch immer auf ihrer Seite und ziehe wirklich in Erwägung, den Klau erneut zu versuchen, musste sie auf seine Erklärungen eingehen: »Aber irgendwann merken die doch den Bluff. Dann kann ich mich nicht mehr blicken lassen.«

»Bis dahin sind wir wieder weg von hier. Nicht wahr, Rick?«

»Ja, warum nicht?«, antwortete er gleichmütig.

Es gab Jo einen kleinen Stich ins Herz.

So einfach ist das für euch? Keine Gewissensbisse? Keine Bedenken? Wie seid ihr nur drauf? Keiner von euch schert sich um die verbrannte Erde, die ihr hinterlasst.

Ich muss weg von hier! Ich zähle die Stunden, bis ich verschwinden und ein neues Leben beginnen kann.

Sie lächelte süßlich, nickte zustimmend und Javier gab endlich zufrieden Ruhe.

Die Anspannung ließ Jo in dieser Nacht kaum schlafen. Sie erwachte gerädert, als der Morgen graute. Rick lag auf dem Bauch und schlief tief und fest. Sie griff sich ihre Klamotten und schlich leise aus dem Zimmer.

Sie nahm eine ausgiebige Dusche und kochte sich in der Küche einen Kaffee. Ihr war klar, dass Kyle in den vergangenen Stunden keine Chance gehabt hatte, seine Recherchen zu betreiben. Sie musste ihm Zeit geben. Zeit, die sie gefühlt gar nicht hatte! Ihre Nerven vibrierten. Am liebsten würde sie sofort das Haus verlassen, um jeglicher Konfrontation mit Rick oder Javier aus dem Weg zu gehen. Kurzentschlossen zog sie sich ihre Jacke über und verließ das Haus.

In einer Bäckerei zwei Straßen weiter holte sie Croissants und Bagels und deponierte sie auf dem Küchentisch. Sie schrieb ein Post-it und klebte es auf die Tüte.

Lasst es euch schmecken!

Bin bei der Arbeit. CU, J.

Dann floh sie aus dem Haus.

SUZIE

Der Morgen zog sich nur so dahin. Von Kyle war keine Spur zu sehen. Wo war er? Als Jo es nicht länger aushielt, klopfte sie an Mr. Foggertys Bürotür.

»Ja, bitte?« Der kleine Mann saß an seinem Schreibtisch und tippte etwas in den Laptop vor ihm.

»Es tut mir leid, wenn ich Sie störe, Mr. Foggerty. Haben Sie Kyle Harris heute schon gesehen? Er ist nicht in seinem Büro.«

»Nein, tut mir leid. Er ist nicht hier. Er hat sich entschuldigt, da er etwas erledigen muss. Miss Fine, wie geht es Ihnen? Möchten Sie einen Moment Platz nehmen?«

Jo wagte nicht, das Angebot auszuschlagen.

Was hat Kyle ihm wohl über gestern und über mich verraten?

Sie setzte sich und antwortete: »Nun ja, es geht mir den Umständen entsprechend gut. Was hat Ihnen Kyle erzählt?«

»Dass Sie Probleme haben … mit Ihrem Freund, um genau zu sein. Er würde Sie unangemessen behandeln, ja, sogar bedrohen.«

Ihr Boss schlug die Augen nieder und fummelte betreten an seinem Kugelschreiber. Offensichtlich war ihm die Lage peinlich – genauso peinlich wie Jo.

»Ich … Es tut mir leid, Mr. Foggerty, dass ich Sie und Mr. Harris da mit hineinziehe.«

»O nein, meine Liebe, das muss es nicht! Ich hoffe sehr, dass Mr. Harris Ihnen helfen kann. Er ist gut in seinem Job. Wussten Sie, dass er früher polizeilicher Ermittler war? Er trainiert noch heute Teenager aus Problemfamilien. Er behauptet, durch das Boxtraining könnten sie besser mit ihren Aggressionen umgehen.«

Der Boxsack. Das ergibt Sinn.

Jo war nicht wirklich überrascht.

Foggerty fuhr fort: »Er hat mir gesagt, dass er recherchieren muss. Ich lasse das ausnahmsweise durchgehen, wenn es Ihnen denn in Ihrer Situation hilft. Nun gehen Sie besser wieder an die Arbeit und lenken sich ein bisschen ab. Wenn ich von Mr. Harris höre, lasse ich Sie holen.«

Er erhob sich und öffnete die Tür für Jo – etwas zu hastig für ihren Geschmack.

Vermutlich will er mich wieder loswerden. Ihm ist das Ganze sicher nicht geheuer.

Als er sie am frühen Nachmittag rufen ließ, war Jo erleichtert, Kyle in Foggertys Büro anzutreffen. Doch er war nicht allein. Eine kleine, stämmige Frau war bei ihm. Sie mochte um die vierzig sein, war aber schwer einzuschätzen. Ihr hellblondes Haar reichte ihr glatt bis zum Kinn, die Augen hatte sie fett mit schwarzem Kajal umrandet. Zahlreiche silberne Armreife und tätowierte Mandalas zierten ihre Arme. Sie trug ein langes schwarzes Kleid und schwarze Converse.

Foggerty sah verlegen in die Runde, räusperte sich und

entschuldigte sich mit den Worten: »Ich lasse Sie jetzt allein. Wenn Sie meine Hilfe brauchen, rufen Sie mich. Alles Weitere besprechen Sie besser unter sich.«

Als Foggerty die Tür hinter sich geschlossen hatte, kam Kyle auf Jo zu und umarmte sie. »Wie geht es dir? Alles okay?«

»Ja. Soweit alles okay.«

Die blonde Frau trat näher. »Ich bin Suzie Donato. Ich bin eine frühere Kollegin von Kyle.« Ihre Stimme war dunkel und angenehm.

Sicher ist sie die Frau, die sich mit Traumata auskennt. Schönen Dank auch, Kyle, dass du über meinen Kopf hinweg entschieden und sie einfach mitgebracht hast.

Suzie streckte die Rechte aus und Jo schüttelte sie.

»Jordan Fine.«

»Setzt euch doch, ihr beiden.« Kyle zog zwei Stühle zurecht. »Jo, ich habe Suzie gebeten, mitzukommen, um ein wenig Licht ins Dunkel zu bringen.«

Jetzt kommt also das Psycho-Gespräch. Damit muss ich wohl klarkommen.

Dabei würde ich dir viel lieber von gestern erzählen und dich löchern, was du bereits herausgefunden hast.

Mit seinem nächsten Satz riss Kyle sie aus ihren Gedanken: »Ich war heute Früh in Lowell, auf der Farm.«

»Wozu das denn?«, fragte Jo überrascht.

»Ich wollte mehr über den Überfall erfahren. Brenda hat mir am Telefon keine Auskunft gegeben. Da habe ich vorgeschlagen, dass ich persönlich vorbeikomme. Es dauerte seine Zeit, bis Brenda verstand, wer ich bin und warum ich sie sehen wollte. Fred dagegen war sofort vernünftig und hat mir dankenswerterweise alle Daten über die Gang gegeben, die ihnen vorlagen.

So weiß ich jetzt die vollständigen Namen der Jungs: Javier LaCruz, Kenneth Walberg und Alex Bennet. Ich habe den beiden die Wahrheit über Montgomery erzählt. Sie waren erschüttert. Die Anzeige gegen Javier läuft übrigens noch. Er wird also noch immer offiziell gesucht.«

Er hat mit Brenda und Fred gesprochen!

»Wie geht es ihnen? Waren sie gut auf mich zu sprechen?«

»Da war ich mir anfangs nicht sicher. Sie haben sich sehr bedeckt gehalten, bis ich ihnen die gesamte Geschichte geschildert habe.« Er warf Jo einen bedeutungsvollen Blick zu. Sie nahm an, dass er Brenda und Fred von der Vergewaltigung erzählt hatte. Ihr wurde flau im Magen. Das hätte sie lieber vermieden. Unbehaglich warf sie Suzie Donato einen Blick zu. Diese sah konzentriert zu Boden.

Kyle fuhr fort: »Brenda ist ja wirklich eine robuste Natur, die ihre Seele auf der Zunge trägt. Sie hat mit ihrer schlechten Meinung über Rick Montgomery nicht hinterm Berg gehalten. Genauso wenig wie mit der guten Meinung über dich.« Er grinste Jo verschmitzt an. »Sie sei von Anfang an der Meinung gewesen, dass dieser Schurke dich ausnutzen würde und es dir schlecht ergehen würde mit ihm. Sie sagte wörtlich, dass das arme Mädchen viel zu gut für dieses Schlitzohr sei. Ich soll dir das hier geben.« Er reichte Jo einen Umschlag.

Verwundert betastete Jo ihn und schlitzte ihn mit dem Finger auf. Es lag eine gelbe Karteikarte darin. Brenda hatte darauf mit großen, schwungvollen Buchstaben eine Nachricht gekritzelt:

»Jo. Ich bin nach wie vor sauer, dass du mit den Gaunern abgehauen bist. Aber deine Anrufe haben mich insofern beruhigt, als dass ich dir glaube, dass du mit dem Überfall nichts zu tun hast.

Ich hatte dich ja vor dem Halunken gewarnt!

Du darfst eines wissen: Du bist jederzeit willkommen auf der Farm, um dich persönlich bei mir für den Schlamassel zu entschuldigen. Der Hofladen läuft ohne dich nicht mehr so gut …

Apropos: Dein letztes Gehalt und der Bonus stehen noch aus. Ich überweise an Kyle Harris, weil er mir verraten hat, dass der Gauner dein Konto überwacht.

Vielleicht kannst du das Geld brauchen.

Brenda«

Jo kamen die Tränen. Voller Scham schlug sie die Hände vor das Gesicht und wusste nicht recht, wie sie ihre Gefühle kontrollieren sollte. Das Geld war ihr gar nicht wichtig. Doch dass Brenda ihr diese persönliche Nachricht übermittelte, bedeutete ihr unendlich viel.

Kyle stand auf, trat hinter Jo und legte ihr eine Hand auf die Schulter. »Sie hat es mir bereits überwiesen. Und du hast einen Ort, an den du irgendwann zurückkehren kannst. Wenn all das vorbei ist.«

»Aber wie …« Jo konnte den Satz nicht zu Ende bringen. Ihre Stimme brach.

»Wir sind für dich da, Jo. Foggerty, Brenda, Fred, Suzie und ich sind jetzt eingeweiht.«

Jo fuhr hoch. »Was?«

»Bitte reg dich nicht auf. Du brauchst uns, wenn wir einen guten Plan aushecken wollen. Lass mich dir erklären, wer Suzie ist.«

Jo sah skeptisch zu Suzie hinüber, die sie offen und warmherzig anlächelte.

»Sie arbeitet seit zwanzig Jahren fürs Jugendamt und unterstützt die Polizei bei Missbrauchsfällen. Wir haben schon früher zusammengearbeitet. Ich möchte nicht, dass du Suzie als Therapeutin oder Sozialarbeiterin siehst. Sie ist heute hier, weil sie uns etwas über Ricks Verhaltensmuster sagen kann. Wir haben uns gemeinsam sein Profil angesehen.« Er nickte Suzie zu. Sie rutschte auf ihrem Stuhl etwas nach vorne. »Darf ich Jo zu dir sagen?«

Jo nickte, nervös und gleichzeitig gespannt, was diese Frau zu sagen hatte.

»Also Jo, Ricardo Mendoza alias Richard Montgomery ist kein unbeschriebenes Blatt bei der Polizei. Das hat Kyle dir sicher schon gesagt. Und ich will nicht darauf herumreiten, was er seiner Freundin angetan hat. Er hat seine Strafe abgesessen, obwohl ich nicht daran glaube, dass sich seine Charakterzüge oder sein Krankheitsbild während der Zeit im Knast verbessert haben. Auch wenn er damals noch unter das Jugendschutzgesetz fiel, so finde ich doch, dass er viel zu kurz einsaß für das, was er getan hat. Ich konnte Einsicht nehmen in die damaligen Behandlungsprotokolle seines Therapeuten. Rick leidet unter einer Persönlichkeitsstörung. Er hat das extreme Bedürfnis nach Aufmerksamkeit, Bewunderung und Anerkennung. Hinter seinem arroganten Auftreten versteckt er Schmerz und Leid. Kritik und Misserfolg erträgt er nicht. Auch kann er sich nicht in andere hineinversetzen und verhält sich dementsprechend herablassend. Bis hier hin ist das noch kein

Verbrechen. Man könnte sagen, ein solcher Mensch ist einfach schwierig, kein Sympathling. Doch seine Persönlichkeitsstörung ist ›grandios-maligne‹. In der Medizin sprach man früher vom malignen, also vom bösartigen Narzissmus. Rick ist von seiner Großartigkeit überzeugt und hat ein übertriebenes Gefühl dafür, wie wichtig er ist. Seine Phantasien von grenzenlosem Erfolg, Macht und von der idealen Partnerin sind für ihn das Maß der Dinge. Um seine Ziele zu erreichen, nutzt er andere gnadenlos aus und erwartet unbedingten Gehorsam von ihnen. Er glaubt, besonders und einzigartig zu sein und nur von besonderen Personen verstanden zu werden. Fühlt er sich von anderen nicht genügend wertgeschätzt, rächt er sich ohne Reue. Die Ablehnung oder mangelnde Wertschätzung durch Andere muss dabei gar nicht real sein. Durch eine paranoide Tendenz sieht Rick überall Feinde. In ihm treffen Aggression und Paranoia auf asoziales Verhalten. Die Medizin geht davon aus, dass die Wurzeln für diese Persönlichkeitsstörung in der Kindheit liegen, ausgelöst durch fehlende oder falsche Interaktionen mit Bezugspersonen, also zum Beispiel durch emotional kalte oder latent aggressive Eltern. Die Kinder werden vernachlässigt und bekommen zu Hause wenig bis gar keine Anerkennung. Ein Kind braucht Geborgenheit und Liebe, aber auch Grenzen. Für eine gesunde Entwicklung muss ein Kind auch den Umgang mit Enttäuschungen lernen und die Fähigkeit, sich selbst zurückzunehmen und sich in die Gefühle anderer hineinzuversetzen.«

Suzie setzte sich zurecht und atmete tief durch. Jo nutzte die kurze Pause, um ihre Gedanken zu sortieren und sagte dann: »Aber so bin ich doch auch aufgewachsen! Meine Eltern kenne ich nicht. Seit ich denken kann, war ich im Heim oder bei Pflegefamilien. Trotzdem bin ich nicht gewalttätig oder aggressiv.«

Suzie nickte nachdenklich und erwiderte: »Nur, weil die Ursachen in der Kindheit gesetzt werden, heißt das nicht, dass du automatisch eine Persönlichkeitsstörung entwickelst. Diese Erkrankung ist in der Persönlichkeit selbst angelegt.«

»Wenn das eine Krankheit ist, kann man sie auch heilen?«, fragte Jo.

»Nein, leider nicht. Aber sie ist durch Psychotherapie behandelbar. Mit einer Therapie können wir den Betroffenen helfen, ihre Verhaltensweisen und Gefühle besser zu verstehen. Wir arbeiten an ihrer Empathiefähigkeit und entwickeln gemeinsam mit ihnen neue Verhaltensmuster, wie sie besser mit ihren Mitmenschen klarkommen. Doch dazu muss jemand mit einer Persönlichkeitsstörung erst einmal verstehen, dass er oder sie anders ist als andere. Und er oder sie muss das eigene Verhalten ändern wollen. Traust du Rick das zu?«

»Wenn ich ehrlich bin, nein«, gestand Jo.

»Mit einem Menschen eine Partnerschaft zu führen, der eine grandios-maligne Persönlichkeitsstörung hat, ist schwierig, Jo. Für Rick dreht sich die Welt praktisch nur um ihn. Er kann sich weder in dich, noch in andere Menschen hineinversetzen. Menschen mit dieser Krankheit wirken zu Beginn der Beziehung verführerisch und überzeugend. Sie wirken selbstsicher und dadurch sehr anziehend. Das ist die Phase, in der dich Rick mit Aufmerksamkeit und Komplimenten nur so überhäuft hat, um dich an sich zu binden. Wahrscheinlich warst auch du sofort von seinem

Charme und Charisma beeindruckt, oder?«

Jo nickte betreten.

Der Bad-Boy-Charme!

»Wenn er sich dann deiner Liebe sicher ist, dreht sich das Blatt und er zeigt sein zweites Gesicht. Das fühlt sich dann so an, als verlöre er das Interesse an dir und ließe dich links liegen. Du merkst dann, dass er dich nicht wirklich wertschätzt, ja, dich dauernd unterbuttert. War es nicht so?«

Wieder nickte Jo.

»Ein Mensch mit dieser Persönlichkeitsstörung sieht den anderen nicht als ebenbürtig in der Partnerschaft, sondern fühlt sich überlegen. Meist suchen sich diese Menschen Partner oder Partnerinnen aus, die sich unterordnen, sich anpassen und die eigenen Bedürfnisse hintenanstellen.«

Jo schnaubte. Für sie hörten sich die Erklärungen Suzies wie die Zusammenfassung ihrer Geschichte mit Rick an. »Genau das hat er mir sogar mehrmals gesagt. Ich solle ihm nicht widersprechen und mich einfach der neuen Situation anpassen.«

Suzie fuhr fort: »Es ist ein Zusammenspiel aus Idealisierung und Entwertung. Sobald der unterwürfige Part diese Position verlassen möchte, ist die Beziehung gefährdet, denn der kranke Mensch duldet keine Infragestellung seines bzw. ihres Verhaltens, frei nach dem Motto: Wer nicht für mich ist, ist gegen mich! Und bist du gegen Rick, dann ist er zutiefst gekränkt. Kritisierst du ihn, wird aus einem kleinen Konflikt ein riesiger Streit. Und damit du seine Verletzlichkeit nicht siehst, reagiert er mit Wut statt mit Trauer oder Enttäuschung. Er sieht dich als Feind, dem er Schmerz zufügen muss.«

Jo lief ein Frösteln über den Rücken. Sie schüttelte sich und rieb sich über die Arme.

Ist das gruselig! Genau so hat Rick reagiert. Jetzt verstehe ich diese Spielchen.

Kyle trat wieder hinter sie und legte ihr tröstend die Hände auf die Schultern.

»Kennst du dieses Verhalten von ihm?«, fragte Suzie.

»Ja, absolut. Ich bin schon so vorsichtig, dass ich mir meist im Vorhinein überlege, was ich sage, um ihn nicht zu reizen.«

»Du kannst das Ausmaß seiner Wut nicht vorab einschätzen. Er ist völlig unberechenbar. Er verbirgt seine wahren Gefühle und Ängste immer hinter Zorn und das ist gefährlich, Jo. Er wird sich niemals verantwortlich für die Probleme in eurer Beziehung fühlen. Er wird die Schuld am Scheitern der Partnerschaft dir zuschieben und alles dafür tun, selbst als Sieger aus der Trennung hervorzugehen. Und wenn wir berücksichtigen, was er seiner ersten Freundin angetan hat, wird er bei einem Trennungsversuch deinerseits nicht weniger krass reagieren. Dennoch bin ich der Überzeugung, dass du es tun musst. Du musst einen Schlussstrich ziehen, Jo, damit dir nicht das geschieht, was Elena am Ende zustieß. Ich will dir aber keine Angst machen. Ich schlage dir einen anderen Weg vor.« Suzie sah sie ernst und abwartend an.

Jo begriff sofort. »Ich soll ihn anzeigen? Ich weiß nicht, ob ich das schaffe.«

Sie spürte Kyles warme Hände auf ihren Schultern. Er flüsterte ganz nah an ihrem Ohr: »Wir wollen nicht, dass du dich sofort entscheidest. Überleg es dir. Du bist nicht allein. Du hast Menschen um dich, denen du wichtig bist. Du hast mich, Suzie, die Evans, Mr. Foggerty … Sogar Alex hat dir seine Hilfe angeboten. Auch Ariana und Kate sorgen sich um dich. Wir sind für dich da.«

Jo konnte kaum glauben, was er da sagte. Nachdenklich ließ sie seine Worte auf sich wirken.

Ich habe Freunde gefunden, Menschen, die sich um mich sorgen. Fühlt es sich so an, geliebt und geschätzt zu werden?

In ihrer Brust löste sich etwas auf und sie schluchzte.

Es war die Wut, die zerfloss: Wut, weil sie immer allein gewesen war, immer alles mit sich selbst hatte ausmachen müssen und nie jemand für sie da gewesen war. Sie löste sich auf und rann mit ihren Tränen zu Boden.

Ich bin nicht mehr allein auf dieser Welt!

»Es ist gut, dass du es rauslässt«, flüsterte Suzie und legte ihr zaghaft eine Hand auf das Knie. Jo konnte nicht aufhören zu weinen. Nach einigen Minuten reichte Suzie ihr eine Packung Papiertaschentücher, um sich zu schnäuzen, und Jo beruhigte sich.

»Wie fühlst du dich jetzt?«, fragte Suzie.

»Keine Ahnung. Klarer. Dass es eine Krankheit ist, erklärt einiges, macht es aber trotzdem nicht leichter.« Zitternd atmete Jo durch.

Suzie nickte und erhob sich. Sie streckte ihr ein Kärtchen entgegen und Jo griff danach. Es war ihre Visitenkarte.

»Nimm dir die Zeit, alles sacken zu lassen. Wie du dich entscheidest, ist ganz deine Sache. Ich lasse euch jetzt allein. Du kannst mich jederzeit anrufen, Jo, egal, ob du Fragen hast, Hilfe brauchst oder einfach nur reden willst.«

»Danke. Das weiß ich zu schätzen.«

Nachdem Suzie leise die Tür hinter sich geschlossen hatte, setzte sich Kyle ihr gegenüber.

»Es tut mir leid, dass ich dich mit Suzie überfahren habe, Jo. Nein, eigentlich tut es mir nicht leid.« Er lächelte verschmitzt. »Denn ich finde, du musst Ricks Verhalten richtig einordnen. Er wird sich nicht mehr ändern und es wird nicht besser werden.«

»Das hatte ich vermutet«, gestand Jo.

»Wir sind uns, glaube ich, einig: Du musst ihn verlassen, um dich zu schützen. Jetzt müssen wir nur den richtigen Weg dafür finden. Eine wichtige Information habe ich noch für dich. Ich habe recherchiert. In den Polizeiakten steht, dass Jo-Ann Carlsen aus New Orleans vermisst wird. Pam hat dein Verschwinden damals also wirklich gemeldet.«

Dann bin ich Pam wohl doch wichtiger gewesen, als ich vermutet habe. Oder aber – und das ist eher wahrscheinlich – war das notwendig, weil das Jugendamt Pam sonst mächtig Ärger gemacht hätte.

Kyle fuhr fort: »Wenn du in New Orleans keine schlafenden Hunde wecken willst, solltest du also lieber an deiner neuen ID festhalten.«

»Ich bin erleichtert, dass du das auch so siehst.«

»Die Sache über deinen Chip weiß übrigens außer mir niemand. Und du kannst dich auf mich verlassen: Das bleibt unter uns. Über Javier konnte ich auch so einiges herausfinden. Er ist aktenkundig. Er bekam immer wieder mal Ärger mit dem Gesetz. Es gab einige Schlägereien und Anzeigen wegen Körperverletzung, durch die er seine Jobs verlor.«

Bei einem dieser Vorfälle war ich sogar dabei – Rolling Fork.

Kyle seufzte. »Er scheint ein überaus aggressiver Teenager gewesen zu sein und hat im Erwachsenenalter nichts dazugelernt. Er löst alles mit Gewalt. Über Alex und Kenneth gibt es praktisch nichts im Polizeiregister. Ihre Gesichter sind nicht hinterlegt. Das mag am neuen Chip liegen oder schlicht daran, dass sie sich nie etwas zuschulden kommen ließen. Ich weiß nun, dass Alex und Rick im selben Heim aufgewachsen sind. Und nun halt dich fest: Alex hat damals als Zeuge ausgesagt. Er ist also dabei gewesen, Jo.«

Jos Herz gefror.

Alex hat mit angesehen, wie Rick seine Freundin zu Tode geprügelt hat?

»Das heißt aber nicht, dass er beteiligt war oder er für Rick einstand«, fügte Kyle hinzu. »Er hat nur bestätigt, was passiert ist. Laut den Ermittlungen war Elena eine Art Escort-Girl. Das Ganze ist elf Jahre her. Rick war damals siebzehn, Alex vierzehn. Ich glaube nicht, dass Alex damals wirklich begriff, was passierte.«

»Mag sein. Immerhin bist du ein Ex-Bulle. Du kennst dich bestimmt aus mit solchen Fällen. Wie lange warst du eigentlich Polizist?«, erkundigte sich Jo.

Kyle lehnte sich zurück. »Acht Jahre etwa.«

»Ich kann mir dich sehr gut als Polizist vorstellen. Was ist passiert? Warum hast du damit aufgehört?«, fragte Jo.

Kyle schnaubte belustigt. »Ich war schon immer ein Weltverbesserer. Ich wollte Gutes tun, die Welt retten. Vor allem den Kids auf der Straße wollte ich helfen, weil ich es selbst auch nicht gut erwischt hatte. Doch als Idealist tust du dir bei der Polizei schwer. All die Ungerechtigkeit, die Gewalt und die Korruption machen dich früher oder später kaputt. Ich fühlte mich so machtlos gegen ein Schicksal, das sich völlig wahllos seine Opfer holt. Deswegen dachte ich, dass ich in der Security-Branche besser aufgehoben bin.« Trotz der locker dahingeredeten Worte spiegelte sich in seinem Gesicht ein verletzter, trauriger Ausdruck.

»Hat es funktioniert?«, wagte Jo leise zu fragen.

»Ein wenig, ja. Und jetzt bin ich trotzdem wieder in einen dieser Fälle hineingeschliddert: Vergewaltigung und Erpressung einer jungen Frau, die allein keinen Ausweg aus ihrer Lage findet.« Er lächelte schief, um dem Ganzen die Dramatik zu nehmen. Dennoch bedauerte Jo, dass sein Traum, die Welt zu retten, an der grausamen Wirklichkeit scheiterte.

Für mich ist er ein Ritter auf seinem weißen Pferd, der gegen den Bösewicht antritt, der mich bedroht.

»Ich bin dir so dankbar für deine Hilfe, Kyle. Ich wüsste nicht, was ich ohne dich tun würde«, flüsterte sie.

»Du hättest dich früher oder später für einen deiner Fluchtpläne entschieden. Kann sein, dass er dir auch geglückt wäre. Aber du musst wissen, dass Rick dann nie seine gerechte Strafe erhalten würde. Was, wenn nach dir ein drittes Mädchen kommen wird? Und, lass uns ehrlich sein … Rick ist kein Kind von Traurigkeit. Er würde nicht lange single bleiben. Was kommt also danach, wenn du jetzt nicht gegen ihn aussagst?« Seine Worte sickerten langsam und zäh in ihr Herz. Und dort breiteten sie sich klebrig und stinkend aus wie Teer.

Wie recht er hat! Ich kann Rick vielleicht entkommen,

doch welches unschuldige Mädchen lässt er danach büßen? So wie ich jetzt die Wut abbekomme, die Elena in ihm ausgelöst hat, geht der Kreislauf ja weiter!

In diesem Moment begriff Jo endgültig, dass sie handeln musste. Nicht nur ihretwillen, sondern um andere unschuldige Mädchen vor Rick zu schützen. Im Loft bei Kyle war sie sich noch schäbig bei dem Gedanken vorgekommen, Rick zu verraten. Kyles und Suzies Worte hatten sie jedoch tief berührt. Das Urteil nach Elenas Tod war viel zu milde für Rick ausgefallen. Elenas Tod ließ sich nicht rückgängig machen. Doch in die Zukunft konnte Jo eingreifen.

Ich werde mich für mich selbst und für alle Mädchen wehren, die noch kommen mögen.

Sie hörte ihre Stimme wie aus weiter Ferne, als sie sagte: »Du hast recht. Ich muss ihn anzeigen.«

ALEX

Das Haus war verlassen, als sie nach Hause kam. Jo atmete auf. Sie zog das Smartphone aus der Tasche und kontrollierte zum tausendsten Mal, dass all die neuen Nummern eingespeichert waren, die man ihr gegeben hatte. Dann schob sie das Phone mit zitternden Händen wieder in ihre Tasche zurück. Nun galt es zu warten.

Unten ging die Tür. Jo erstarrte. Ihr Herz klopfte zum Zerspringen, als sie vorsichtig aus ihrem Zimmer trat, um zu sehen, ob Rick nach Hause gekommen war.

Aber nein – es war Alex.

Jo raffte ihren Mut zusammen und ging zu ihm in die Küche. Er machte sich einen Tee.

»Bist du krank?«, fragte sie besorgt, als sie zu ihm trat.

»Nein, warum?«

»Tee?«

»Warum nicht, Jo?« Er seufzte und rollte mit den Augen. »Passe ich nicht in dein Männerbild? Sollte ich mir lieber ein Bier aus dem Kühlschrank nehmen?«

»Nein. Ich dachte eher, dass du der Milch-Trinker bist.«

»Du denkst in Schubladen.« Sein Tonfall wurde etwas versöhnlicher.

»Alex, hör mal. Können wir reden …?«

Er bedachte sie mit einem nachdenklichen Blick. »Du willst *jetzt* darüber reden? Darüber, was damals passiert ist?«

»Ja. Auch.«

»Dann lass uns von hier verschwinden und einen kurzen Spaziergang machen. Ich will nicht, dass Rick uns zusammen sieht.«

Er goss den Tee in den Ausguss und wandte sich zur Tür. Jo folgte ihm – erleichtert, das Haus verlassen zu können.

Draußen auf der Straße sah Alex sich wachsam um. Dann bog er nach rechts in die Walnut Street. Er schritt weit aus und Jo hatte Mühe, mitzuhalten. Als es ihm auffiel, wurde er langsamer.

»Ist es schlimmer geworden?«, fragte er und überrumpelte sie mit seiner Direktheit.

»Kann es noch schlimmer kommen? Ich habe Angst vor ihm.«

»Das solltest du auch.«

Jo blieb stehen. »Alex, willst du mir wirklich helfen? Ich kann dir das nicht richtig abnehmen. Er ist dein bester Freund!«

Sein Blick wich dem ihren aus. »Lass uns in den Park gehen. Da können wir uns setzen.«

Sie gingen ein paar Minuten schweigsam nebeneinanderher. Jetzt passte er sich ihren Schritten an. Als sie den Park erreichten, wählte er eine Bank, die etwas abseits unter einer Esche stand.

Eine Esche, wie bezeichnend!

Jo knirschte mit den Zähnen. »Unter einer Esche haben Rick und ich uns das erste Mal geliebt«, gestand sie ihm.

Alex warf ihr einen schrägen Blick zu. »Hat er ein Picknick vorbereitet?«

»Ja. Es war total romantisch.«

Alex seufzte tief, fuhr sich durchs Haar und bedeckte dann das Gesicht mit den Händen. »Jo, das ist seine Masche. Das hat er damals für Elena getan und für jedes weitere Mädchen danach auch.«

Jo hatte plötzlich Mühe, zu atmen.

Diese Information durchbohrte ihr Herz und hinterließ graue Asche auf dem Pfad zu ihrer gequälten Seele.

Mein Geburtstag und mein erstes Mal waren für Rick also

nur ein Standard-Programm, das er abspult, um seine Freundinnen rumzukriegen? Dann bin ich also nichts Besonderes für ihn, sondern auch nur eine von vielen. Als hätte ich es nicht gewusst …

Sie dachte an Samantha, die Kellnerin. Jo biss die Zähne zusammen und atmete tief durch.

Es tat weh, ja.

Aber war es nicht so, dass sie ihre Beziehung eh als gescheitert betrachtete? Was bedeutete es dann noch, dass er sie herumgekriegt hatte wie alle anderen?

Es war dennoch der schönste Abend meines Lebens.

Alex fuhr fort: »Du musst wissen, dass ich Rick schon sehr lange kenne. Wir sind im selben Heim aufgewachsen. Rick ist drei Jahre älter als ich und er war für mich immer der große Bruder, den ich nicht hatte. Ich habe ihn bewundert, weil er so mutig und wild war. Als Teenager nahm er mich mit auf seine Streifzüge, obwohl ich noch ein Kind war. Es schmeichelte mir, dass er mir vertraute. Er klaute und ermutigte mich, es ihm gleichzutun. Ich wollte ihm beweisen, dass ich ebenso cool war wie er. Ich war so lächerlich stolz auf meine kleinen, mickrigen Erfolge als Taschendieb. Zum Glück hat man uns nie erwischt. Die Heimleitung war streng und wir kassierten immer wieder Prügel, weil wir uns unerlaubt draußen rumtrieben. Wir schlossen uns einer Gang aus Teenagern an, die in Los Angeles nicht unbekannt war. Dort lernte er Elena kennen und verliebte sich sofort in sie. Rick war damals siebzehn und es schien plötzlich keine andere mehr neben Elena zu geben. Sie hatte ihm völlig den Kopf verdreht. Selbst mich ließ er links liegen. Er überraschte sie mit einem Picknick und gestand ihr seine Liebe. Sie wurden ein Paar, obwohl ich immer vermutet habe, dass er für sie nur Zeitvertreib war. Elena war ein ganz anderes Kaliber. Sie verdiente eine Menge Asche über so eine Website, die Sugardaddys anwarb. Sie war sich für nichts zu schade und zog auch die härteren Sachen mit ihren Kunden durch. Als Rick das erfuhr, tickte er aus. Er verlangte, dass sie das für ihn aufgab. Sie lachte ihn aus und meinte, dass er das nicht wert sei, weil er nie so viel Asche verdienen würde wie sie. Auf einer Party eskalierte das Ganze … das Übliche … Wahrheit oder Pflicht, Shots, Drogen … irgendeiner forderte von Elena, dass sie sich auszog. Sie sollte einen Strip hinlegen. Dass sie es tat, war das eine. Das andere war, dass einer der Arschlöcher darauf wettete, sie im Anschluss ficken zu dürfen. Dummerweise hat Rick das mitbekommen. Er prügelte den Typen windelweich und nahm sich danach Elena vor. Er ist komplett durchgedreht. Ich habe versucht, ihn von ihr wegzuzerren, doch das war kaum möglich. Die anderen Arschlöcher filmten das Ganze auch noch und stellten es ins Darknet! Irgendeiner rief zum Glück dann die Bullen. Doch für Elena war es zu spät. Sie starb wenig später an den schweren Kopfverletzungen, die er ihr zugefügt hatte. Rick heulte wie ein Kind und erklärte der Polizei, dass er das nicht gewollt habe. Dass sie ihn gereizt habe und er ausgetickt sei. So war es ja auch. Die anderen und ich haben damals bezeugt, dass es im Affekt geschah. Ich war vierzehn, verdammt! Ich konnte es irgendwie nicht fassen, dass er so weit gegangen war! Und dennoch fühlte ich mich irgendwie verantwortlich für ihn, wollte loyal sein.

Er wurde zu fünf Jahren Jugendknast verurteilt wegen Totschlags. Ich hielt den Kontakt zu ihm, brachte es nicht fertig, ihn allein zu lassen. Als er wieder freikam, war ich neunzehn und er zweiundzwanzig. Rick bekam aufgrund der Vorstrafe keinen Job. Er kam zu mir und bat mich um Hilfe. Ich ließ ihn bei mir wohnen und brachte irgendwie uns beide durch. Ich arbeitete zu der Zeit am Band in einer Fabrik und das kackte mich total an. Rick überredete mich, wieder mit ihm zu klauen. Das würde uns deutlich mehr einbringen, meinte er. Ich habe sofort ja gesagt. Ich brauchte den Kick, wollte nicht in diesem öden Job versauern. Jav kannten wir aus der damaligen Gang. Rick kontaktierte ihn, damit er für uns die Ware vertickt. Jav ist echt gut darin, hat ein Händchen dafür. Aalglatt und heuchlerisch. Er schlägt immer den besten Preis raus. Und wenn nicht, dann bescheißt er. Kenny kenne ich von der Arbeit. Ich war oft einen trinken mit ihm. Er hatte damals Schulden bei seinem Vermieter, weil er seine Kohle dauernd für Gras ausgab. Er sah, dass ich plötzlich mehr Geld hatte als früher und wollte wissen, woher. So kam es, dass auch er da hineinrutschte und zack: Rick hatte seine kleine, feine, eigene Gang. Kenny und ich haben unsere Jobs gekündigt. Seither reisen wir durchs Land und halten uns mit Gelegenheitsjobs über Wasser. Den Rest kennst du.« Alex sammelte sich kurz und fuhr dann fort: »Um nochmals auf Rick und die Frauen zu kommen … Die Masche mit dem Picknick habe ich ihn viele Male wiederholen sehen. Hat immer geklappt. Er kriegt die Mädels einfach immer rum. Picknick – und sie sind fällig. Diese ganze Romantik scheint sie so zu flashen, dass sie immer die Beine für ihn breit machen.«

Jo sog scharf die Luft ein und wandte beschämt den Blick ab.

»Nach Elena hat er sich lange Zeit nicht ernsthaft und länger auf ein Mädchen eingelassen. Ihm schien es zu genügen, dass er seinen Spaß hatte. Meist zogen wir dann auch weiter und er war das jeweilige Girl wieder los. Ausgetickt wegen eines Mädchensist er lange Zeit nicht. Er schien geläutert zu sein. Aber auch irgendwie kalt und unzugänglich. Ich dachte, der Knast hätte das aus ihm gemacht. Als wir dann vor drei Jahren in Chicago waren, ist es wieder passiert ... Vielleicht hast du das damals mitbekommen. Vor einer Disco wurde ein Mädchen von mehreren Kerlen verprügelt und danach vergewaltigt. Sie hat zum Glück überlebt. Irgendein Arsch hat das Ganze gefilmt und dann im Netz gepostet. Das gab einen Riesenwirbel. Die Typen wurden zum Glück alle festgenommen, bis auf einen.« Er warf ihr einen unbehaglichen Blick zu. Über Jos Haut kroch Gänsehaut.

»Bis auf einen?«, fragte sie, obwohl sie die Antwort zu kennen glaubte.

»Ja. Rick. Diese Gruppenvergewaltigung war abscheulich. Ab dem Moment war mir klar, dass er ein Problem hat. Diese krasse Gewalt Frauen gegenüber ... Er kann sie nicht kontrollieren. Ich befürchte, dass er irgendwie krank ist im Hirn. Weil Rick sich nicht sicher war, ob man ihn identifizieren würde, musste er sich den neuen Chip setzen lassen.« Alex' Stimme klang gepresst, beinahe erstickt. Er fuhr sich wieder über das Gesicht.

Jo stieß Luft aus. Sie hatte gar nicht gemerkt, dass sie

sie angehalten hatte. Nie hätte sie vermutet, dass es noch schlimmer kommen konnte. »Scheiße! Was für eine Geschichte! Wie kommt es, dass du nicht einfach gegangen bist? Du scheinst Ricks Verhalten ja schon lange nicht mehr ertragen zu können.«

Er sah sie düster und mit traurigen Augen an. »Ich fühlte mich irgendwie verantwortlich für ihn. Hoffte immer, dass ich ihn ändern kann, auf ihn einen positiven Einfluss habe. Und seit du bei uns bist, hoffe ich jeden Tag aufs Neue, dass er sieht, was für ein Glückspilz er ist. Dass er checkt, dass er mit dir die Chance auf ein besseres Leben hat. Dass er sich ändern kann, wenn er will.«

Jos Augen füllten sich mit Tränen.

Das habe ich mir auch gewünscht. Doch wenn es stimmt, was Suzie sagt, dann wird Rick eine Frau nie so nah an sich ranlassen, um sich für sie zu ändern.

»Wann hast du dir deinen Fake-Chip setzen lassen?«, fragte sie Alex, um sich nicht in ihren Gefühlen zu verlieren.

Verwundert sah er sie an. »Wieso Fake-Chip? Ich habe kein Fake.«

Jo runzelte verwirrt die Stirn. »Rick hat mir erzählt, dass du und Kenneth auch einen neuen Chip hättet.«

»Nein, das stimmt nicht. Wieso hat er dir diesen Blödsinn erzählt? Nur Rick hat sich damals einen neuen implantieren lassen. Damit hatte er auf einen Schlag das Stigma ›Knast und vorbestraft‹ los und konnte der Fahndung nach der Gruppenvergewaltigung entgehen. Seither ist er Richard Montgomery. Kenny und ich hatten einfach Glück, wenn man das so sagen kann. Wir sind nie erwischt worden.«

»War Javier eigentlich bei der Vergewaltigung auch dabei?«, fragte Jo nachdenklich.

»Nein. Aber den Chip braucht er dennoch dringend. Er hat viele kleine Anzeigen kassiert. Zwischenzeitlich ist es schwierig für ihn, einen Job zu kriegen. Meist klappt es nur, weil wir ein Wort für ihn einlegen.«

»Aha.«

Fassungslos starrte Alex sie an. »Ist das alles, was dich interessiert? Mehr sagst du nicht dazu? Jo, Rick hat seine Freundin umgebracht und eine Unbekannte missbraucht. Wenn du nicht auf dich achtgibst, wird er auch dir etwas antun.«

»Ja, ich weiß.« Sie kaute auf ihrer Lippe. Es hatte sich also genau so abgespielt, wie Kyle es vermutete: *Alex Gewissen plagt ihn bis heute, weil er Elena nicht retten konnte. Seither hat er ein Auge auf Rick und schwankt zwischen Schuldgefühlen und Loyalität zu seinem Kumpel.*

Ich glaube, ich kann ihm wirklich vertrauen.

»Alex, ich habe mit Kyle geredet. Er hat meine Verletzungen gesehen und nicht mehr lockergelassen. Da musste ich ihm die Wahrheit sagen. Das mit den Bikes hatte er eh schon herausgefunden und auch die Story um Elena und Rick. Deswegen war ich schon darauf vorbereitet. Und nun noch die Vergewaltigung in Chicago! Das ist harter Tobak! Und ich weiß, dass ich Rick verlassen muss.«

»Es ist vermutlich das einzig Richtige. Er wird sich nicht ändern.«

»Nein. Es ist auch einfach zu viel passiert. Ich habe lange überlegt, wie ich es anstellen soll. Bis hin, meinen eigenen Tod vorzutäuschen und ihm davonzulaufen.«

Alex schnaubte. »Als ob er das nicht checken würde! Sollten wir nicht viel eher zur Polizei gehen? Du könntest ihn anzeigen, Jo.«

»Das schlägst *du* mir vor? Als sein ältester Freund?«

Er sprang auf und fuhr sich wild durch die Haare. »Ja, verdammt. Als sein ältester Freund! Ich hab lang genug weggesehen. Immer habe ich gehofft, dass das mit Elena ein Ausrutscher war. Aber dann kam Chicago. Und nun du. Es geschieht immer wieder. Dieses Mal will ich es richtig machen. Jahrelang habe ich nachts Alpträume von Elenas zerschlagenem Gesicht gehabt. Ich hätte sie vermutlich retten können.«

»Alex, wie alt warst du damals? Vierzehn? Wie hättest du ihn davon abhalten können? Und all die Jahre hast du versucht, auf ihn aufzupassen – ihn davon abzuhalten, Scheiße zu bauen. Ich verstehe, dass du es irgendwie wiedergutmachen willst, was er verbrochen hat. Warum sonst hast du mir damals mit dem Diebstahl im Dillard's geholfen? Du hättest dich damit selbst strafbar gemacht!«

Jo wusste, dass sie ins Schwarze getroffen hatte, als sie in seine traurigen Augen sah. Leise sagte sie: »Alex, das ist nicht deine Aufgabe. Er muss selbst für seine Taten büßen. Du hast gerade gesagt, dass wir ihn anzeigen sollten. Stehst du dazu?«

Er massierte sich die Schläfen. »Natürlich stehe ich dazu. Ich hatte genug Zeit, darüber nachzudenken. Ich werde bezeugen, was passiert ist. Es gibt keinen schlauen Weg für dich, ihm davonlaufen. Denn er wird dich niemals gehen lassen.«

»Was, wenn ich es schon getan habe?«

»Was?«, fragte er alarmiert.

»Was wenn ich ihn schon angezeigt habe?« Nervös knetete Jo ihre Finger, gespannt auf seine Reaktion.

Fassungslos ließ er sich wieder auf die Bank fallen. »Nicht dein Ernst!«

»Doch. Heute auf der Arbeit hat mir Kyle eine Frau vorgestellt, die Mädchen nach Missbrauchsfällen betreut. Sie hat mir erklärt, dass Rick eine Persönlichkeitsstörung hat. Das hat damals ein Therapeut im Knast so bescheinigt. Rick kann sich tatsächlich nicht ändern, weil das krankhaft ist. Es könnte besser werden, wenn er eine Therapie macht. Aber wir wissen beide, dass er das niemals tun würde. Kyle und die Frau haben mich zum Nachdenken gebracht. Mir ist klar, dass – auch wenn ich heil davonkomme – er die nächste Frau misshandeln wird. Und das ertrage ich nicht. Nicht, wenn ich etwas dagegen tun kann. Ich bin mit Kyle vorhin bei der Polizei gewesen.«

Alex holte tief Luft. »Was bedeutet das? Werden sie ihn festnehmen?«

»Ja. Heute noch.«

Er warf ihr einen Blick zu, den sie nicht deuten konnte. »Respekt! Du bist mutiger, als ich dachte.«

»Nein, Alex. Ich bin nicht mutig. Ich habe verdammt großen Schiss, glaub mir. Was, wenn er schon nach kurzer Zeit wieder freikommt? Dann wird er sich garantiert an mir rächen. Davor habe ich Angst.«

»Vergiss nicht, dass er auch anderes verbrochen hat. Er wird nicht so leicht davonkommen.«

»Ich hoffe es. Alex, wirst du wirklich für mich aussagen,

wenn sie Zeugen für die Vergewaltigung brauchen?«

Er kaute eine Weile auf seiner Unterlippe, als ihm vermutlich klar wurde, dass es zu einer Gegenüberstellung kommen würde. »Ja, das mache ich. Selbstverständlich. Habe ich doch gesagt.«

Jo fiel ein Stein vom Herzen.

Nachdenklich fuhr er sich über die Stirn. »Sein eigener Fake-Chip, der Vertrieb von Fake-Chips, versuchter Diebstahl, Erpressung, Nötigung und Vergewaltigung. All das bringt ihn lange Zeit hinter Gitter. Aber ich verstehe, dass du Angst hast. Es ist nicht leicht, seinem Peiniger ins Gesicht zu sehen und gegen ihn auszusagen. Ich habe es bisher nicht fertiggebracht. Das erfordert viel Mut.«

»Wäre ich richtig mutig, hätte ich es schon früher getan.« Jo verzog das Gesicht. Ihre Hände zitterten und ihr war kalt.

»Du hast ihn geliebt, Jo. Du hast – wie ich – geglaubt, dass es besser wird.«

»Ja, das habe ich. Und mich immer weiter mies behandeln lassen. Ich war feige.«

»Du hast dir selbst deinen ID-Tag entfernt und bist aus New Orleans abgehauen, als jeder andere auf Hilfe von außen gehofft hat. Ich hatte schon damals das Gefühl, als würdest du vor deinen eigenen Dämonen abhauen. Du hast dich einer Gruppe Fremder angeschlossen und ein neues Leben begonnen. Du hast dich verliebt und hast mehrmals ertragen, dass dein Freund dich misshandelt. Du hast versucht, dich freizukaufen mit einem riskanten Diebstahl. Mag sein, dass deine Entscheidungen nicht immer schlau und rechtskonform waren. Aber feige waren sie nicht.« Er sprach mit weicher, emotionaler Stimme, in der Bewunderung mitschwang.

Jo schnaubte. »Ich kann nicht glauben, dass dich das beeindruckt. Ich finde es eher erbärmlich. Viel zu lange habe ich gewartet, um die Konsequenzen zu ziehen.«

Ernst sah er ihr in die Augen. »*Erbärmlich* ist ganz sicher nicht das Wort, das ich wählen würde, Jo. Ich habe es in all den Jahren nicht geschafft, ihn ans Messer zu liefern. Du kannst stolz auf dich sein, dass du das durchgezogen hast!«

Jo ließ die Worte wirken. Verrat schmeckte schal – das wusste sie nun. Gleichzeitig fühlte sie ganz zaghaft das Gefühl von Freiheit und Macht in sich aufsteigen. Und das fühlte sich verdammt gut an. Endlich hatte sie gehandelt. Endlich hatte sie sich gewehrt und war für sich selbst eingestanden. Die Zeit der ewigen Grübelei und Vorsicht war vorbei. Und bald schon wäre sie wirklich frei von ihm! Frei, um ein neues Leben zu beginnen. Ein zaghaftes Lächeln schlich sich auf ihre Lippen.

»Du hast recht. Ich bin tatsächlich stolz darauf, dass ich mich für diesen Weg entschieden habe. Komm, lass uns jetzt nach Hause gehen. Mir ist kalt. Zwischenzeitlich haben sie ihn sicher bereits abgeholt.«

Sie machten sich auf den Weg zurück. Dieses Mal war es Jo, die weit ausschritt. Freude, Stolz und Erleichterung ließen sie sicher und bestimmt auftreten.

ES EXPLODIERT

Als sie in die Walnut Street zurückkamen, war nur Javier anwesend. Jo erschrak. Mit ihm hatte sie nicht gerechnet. Sie versuchte, in seinem Blick zu lesen, ob er die Verhaftung miterlebt hatte.

Doch Javier wirkte wie immer. Er folgte Alex und Jo mit herablassendem Blick in die Küche. Jo stellte ihre Tasche auf den Tisch und zog ihre Jacke aus.

»Wo kommt ihr denn her, ihr zwei?«, verlangte Javier zu wissen und lehnte sich in den Türrahmen.

»Wir kamen zufällig mit demselben Bus an«, gab Alex mit kühler Stimme zurück. Er schenkte sich ein Glas Wasser ein. »Hast du ein Problem damit, Alter?«

»Nö. Nicht wirklich. Aber Rick wird eins haben.« Javier grinste böse und zwinkerte Alex zu. Alex tat, als ließe ihn die Provokation kalt. »Du musst es ihm ja nicht stecken, Jav.«

Alex gibt sich unwissend … Sicherlich eine Vorsichtsmaßnahme Javier gegenüber. Gut, dass er so schlagfertig ist! Es war dumm, dass wir uns nicht abgesprochen haben, wie wir mit Javier und Kenneth umgehen.

In diesem Moment öffnete sich die Haustür und Rick trat ein. Er trug seinen verschmierten Arbeitsoverall.

Jos Herz blieb beinahe stehen und sie erstarrte zur Salzsäule. Auch Alex versteifte sich, bemerkte Jo aus den Augenwinkeln. Ihre Gedanken rasten.

Wie kann es sein, dass er jetzt erst nach Hause kommt? Er hätte schon vor einer Stunde daheim sein sollen. Was ist geschehen?

»Was ist denn hier los?«, fragte Rick schlecht gelaunt und zog eine Augenbraue hoch, als er sie zu dritt in der Küche stehen sah. Er trat ans Waschbecken zu Alex, um sich die Hände zu waschen. Alex rückte zur Seite.

Keiner sagte etwas.

Wo ist die Polizei? Haben sie ihn verpasst oder treffen sie womöglich jeden Moment ein?

Ich muss Zeit schinden.

Jo versuchte, sich aus ihrer Angststarre zu lösen. »Habt ihr Hunger? Soll ich etwas zu essen machen?«, warf sie nervös in die Runde und rang die Hände. Weder Javier noch Rick antworteten.

»Lass uns lieber Pizza holen«, schlug Alex vor. Wieder keine Antwort.

»Wahnsinnszustimmung! Okay, können wir auch lassen«, brummte Alex und setzte sich an den Tisch.

Jo hoffte inständig, dass die anderen ihre flatternden Nerven nicht bemerken würden.

»Hier stimmt doch was nicht. Was ist los?«, verlangte Rick misstrauisch zu wissen.

Jo suchte Javiers Blick. Auch er sah zu ihr hinüber. In seinen Augen lag derselbe alte Hass, den er ihr schon immer entgegengebracht hatte.

Rick setzte sich neben Alex und starrte Jo an. Ihre Hände wurden feucht. Es war so still – man hätte eine Stecknadel fallen hören.

Javier grinste selbstgefällig. »Ich glaube, deine Prinzessin muss dir etwas sagen, Rick.« Seine Lippen kräuselten sich in Vorfreude darüber, was er ihr eingebrockt hatte. Jo warf ihm einen hasserfüllten Blick zu.

»Du bist so ein Arsch, Javier!« Sie setzte sich neben Rick. »Alex und ich haben uns zufällig an der Bushaltestelle getroffen und sind zusammen nach Hause gelaufen. Javier fand das seltsam.«

Rick schnaubte. »Ich auch, Babe.«

»Es war ein Zufall. Wäre doch affig gewesen, wenn sie drei Schritte hinter mir gegangen wäre«, warf Alex gelassen ein. Jo bewunderte sein Schauspieltalent.

Von einem Moment zum anderen explodierte Rick. Er sprang auf und knallte die Fäuste auf den Tisch. »Mach dich verdammt noch mal nicht lustig über mich!«, schrie er.

Alex hielt seinem Blick stand. »Das tue ich nicht, Rick.« Er blieb völlig ruhig. Jo hingegen legte ihre Hände in den Schoß, um zu verbergen, dass sie zitterten.

Plötzlich fuhr Rick zu ihr herum. »Hast du was mit Alex? Ich frage dich das nur ein einziges Mal, Schlampe!« Er starrte sie zornig an. Jos Herz flatterte wie ein eingesperrter Vogel. Alles Blut wich aus ihrem Oberkörper in die Beine, die ebenfalls zu zittern begannen. »Ich habe nichts mit Alex. Das musst du mir glauben. Bitte beruhige dich, Rick.«

»Sag mir nicht, dass ich mich beruhigen soll! Schon wieder machst du Ärger. Und schon wieder wegen Alex!«, brüllte er und pfefferte ihre Handtasche vom Tisch.

Mit einem Scheppern blieb sie liegen. Ihr Inhalt hatte sich auf dem Küchenboden verteilt. Alle vier starrten sie wie gebannt auf die Tasche. Das iPhone lag ganz nahe bei Ricks Fuß. Jo wurde speiübel. In Zeitlupe bückte er sich und griff danach.

Langsam legte er den Kopf erst nach rechts, dann nach links und ließ dabei die Nackenmuskulatur knacken. Es klang, als brächen Knochen. Das Geräusch durchbrach die absolute Stille in der Küche. Vorsichtig wie ein rohes Ei legte er das Smartphone vor ihr auf den Tisch. Jos Kehle wurde eng und ihr brach der Schweiß aus.

Scheiße, scheiße, scheiße!

Jo rang nach Luft. »Es … es ist nicht meines. Es … gehört Ariana«, stammelte sie. Sie wusste bereits, was passieren würde, bevor er ausholte. Die Ohrfeige traf ihr rechtes Ohr und Jos Kopf flog nach links. Sie kippte mitsamt dem Stuhl zur Seite. Ein unheimliches Dröhnen erfüllte ihr Inneres und Sternchen trübten ihr die Sicht. Sie spürte mehr, als dass sie es sehen konnte, dass Rick neben sie trat.

»Ich habe dir gesagt, dass du mich nicht verarschen sollst, Jo. Du tust es immer wieder! Wie blöd bist du eigentlich?« Sein Stiefel trat nach ihr und traf Jos geprellte Rippe. Sie heulte auf vor Schmerz.

»Hör auf, Rick!«, rief Alex. Jos Sichtfeld war begrenzt, doch sie sah, wie Alex' Sneakers neben Rick Boots traten. »Nimm die Finger von mir, Alex! Ich hab euch mehrmals gewarnt. Meine Regeln sind einfach. Ist es so schwer, sie zu begreifen und sich daran zu halten? Ich glaube, ihr fuckt mich mit Absicht ab!«

Jo sah, wie Alex stolperte und auf den harten Holzdielen landete.

Hat Rick ihn gestoßen?

Rick setzte Alex nach und schlug mit den Fäusten auf ihn ein. Sie hörte, wie Alex röchelte.

O Gott, nein!

Im nächsten Moment war Rick wieder über ihr. »Ich hab dich sowas von satt, Bitch!« Erneut traf sie ein Tritt. Jo wimmerte vor Schmerz und krümmte sich zusammen wie ein Fötus.

»Jav, komm her!«, befahl er seinem Freund. Er nahm Jos Handgelenke mit einer Hand, mit der anderen griff er nach seinem Gürtel und löste ihn vom Overall. Jo riss panisch die Augen auf.

»Nein, nein, nein, bitte tu mir nichts, Rick!«

Rick ignorierte ihr Flehen. »Halt sie fest, Jav.«

Javier hockte sich hinter Jo und grinste dämonisch auf sie hinunter. Er griff nach ihren Händen und zog ihr die Arme über den Kopf. Mit einem *Ratsch* riss Rick ihr die Bluse vom Leib. Jo nahm wahr, wie Javier ihr lüstern auf die Brüste starrte. Sie begann zu weinen.

Bitte lieber Gott, lass Alex wieder zu sich kommen, bitte, bitte, bitte, lieber Gott, hilf mir!

Rick ließ den Gürtel durch die Luft pfeifen. Jos Weinen wurde haltlos. Laute Schluchzer schüttelten sie.

Er wird mich zu Tode prügeln, wie Elena.

Verzweifelt versuchte sie, sich zu winden, doch Javiers Griff war stahlhart.

Der Gürtel schoss durch die Luft und traf ihre Brust. Jo

keuchte auf und kniff die Augen zusammen. Die nächsten Schläge prasselten auf sie ein und sie schrie, schrie sich die Seele aus dem Leib. Die Striemen, die der Gürtel auf ihrer Haut hinterließ, brannten wie Feuer!

Als er endlich von ihr abließ, beugte er sich über sie. Sie hörte ihn keuchen und Schweiß tropfte auf sie herab.

»Ich bin noch nicht fertig mit dir, Schlampe!«

Er zerrte an Jos Hose und riss sie ihr schließlich vom Körper. Er presste ihre Schenkel auseinander und zwängte sich dazwischen.

Javier feuerte ihn an: »Gibs ihr, Rick!«

Jo begann wieder zu schreien. Javiers Fingernägel krallten sich in die weiche Haut ihrer Unterarme. Sie war den beiden Irren hilflos ausgeliefert.

Bitte lieber Gott, lass mich hier nicht sterben! Lass es nicht so enden! Ich will nicht sterben, betete sie verzweifelt und kniff wieder die Augen zusammen, um nicht in Ricks wahnsinnige Augen sehen zu müssen.

Plötzlich vernahm sie ein Krachen, gefolgt von einem Scheppern und einem Knurren. Rick war auf einmal nicht mehr da, der Druck auf Jo ließ nach. Javier gab ihre Hände frei. Jo riss die Augen auf und warf sich gleichzeitig zur Seite, um den beiden Männern zu entkommen.

Sie nahm wahr, dass Rick und Javier mit dem Rücken zu ihr in geduckter Haltung vor einem dritten Mann standen. Sie bewegten sich langsam. Erst als sich der Kreis der drei enger zog, erkannte Jo, dass der Mann Alex war. Aus seiner Nase floss unaufhaltsam Blut und sein linkes Auge war zugeschwollen.

Alex, Gott sei Dank!

Pure Erleichterung durchflutete Jo.

Doch rasend schnell begriff sie, wie unterlegen er den beiden anderen war. Auch er schien das zu erkennen und holte blitzartig aus, um Rick einen Kinnhaken zu verpassen. Wie wild schlug er auf ihn ein, so dass Rick kaum die Hände heben konnte, um einen Schlag anzubringen. In dem Moment griff Javier wie eine Schlange von hinten an, legte Alex einen Arm um den Hals und drückte zu. Alex' Gesicht verzerrte sich. Rick platzierte einen Boxhieb direkt in sein Gesicht.

Sie schlagen Alex zu Brei! Er hat keine Chance gegen die beiden. Ich muss Hilfe holen!

Jo bemühte sich, auf die Knie zu kommen. Sie schwankte bedenklich. In wilder Panik fuhren ihre Hände über den Boden. Wo war das verdammte Smartphone? Als sie es schließlich auf dem Tisch entdeckte, grapschte sie danach und tippte wie irre darauf herum, ohne sich an den Entsperrcode erinnern zu können.

Verdammt!

Ein verzweifeltes Schluchzen entrang sich ihr. Mit fliegenden Fingern versuchte sie es erneut und erwischte endlich den richtigen Code. Sie hatte Kyle auf die Favoritenliste gesetzt und drückte erleichtert seine Nummer.

Als die Leitung tutete, warf Jo wieder einen Blick auf die Männer. Alex wand sich unter Javiers Händen, sein Gesicht blau angelaufen. Er schlug mit den Beinen nach Rick. Da ließ Javier von Alex' Hals ab und boxte ihm mit dem Ellenbogen in die Seite. Mit einem Keuchen verzog Alex das Gesicht und sackte in die Knie. Jo hörte ein klägliches Geräusch und merkte, dass es sie selbst war, die wimmerte.

Geh ran, Kyle, bitte!

Rick holte mit dem Fuß aus und sein Stiefel krachte gegen Alex Kiefer. Ein Knirschen ertönte und Alex kippte zur Seite. Seine Stirn traf auf die Tischkante. Danach sank er zu Boden. Wie in Zeitlupe breitete sich unter ihm eine rote Lache aus. Jo starrte das Blut an, als könne sie es rein mit ihrem Willen aufhalten.

»Nein, nein, du darfst nicht sterben, Alex«, flüsterte sie. In diesem Moment meldete sich Kyles Stimme an ihrem Ohr.

»Jo! Was ist los?«

»Alex stirbt«, keuchte sie.

»Was? Was ist mir dir?«

In diesem Moment entdeckte Rick sie, sprang auf sie zu und klatschte ihr das Telefon aus der Hand. »Du miese Fotze!«, knurrte er. »Jetzt hast du dich selbst ins Aus geschossen!« Er riss sie an den Haaren und knallte ihren Kopf auf den Boden. Ihr wurde kurz schwarz vor Augen.

Im nächsten Moment hörte sie, wie ein Auto in die kiesbestreute Einfahrt einbog. Türen wurden geknallt. Rick ließ von ihr ab und rannte zum Fenster. »Die haben die Bullen gerufen! Raus hier, Jav! Wir müssen verschwinden!«

Sie hörte Getrampel auf den alten Dielen und begriff, dass die beiden sich aus dem Staub zu machen.

Nein, das durfte nicht geschehen!

Jo schüttelte energisch den Kopf, um ihn wieder klar zu bekommen, und rappelte sich auf. Blaues Licht flackerte durchs Fenster.

Die Polizei ist hier! Sie sind gekommen, um Rick abzuholen – endlich!

Die Haustür krachte ins Schloss und sie hörte noch mehr

Stiefelgetrampel. Jo versuchte mühsam, sich am Tisch hochzuziehen und zu sehen, was passierte. Ihre Knie fühlten sich an wie Pudding. Als sie an sich hinuntersah und ihre Blöße bemerkte, griff sie sich rasch die kaputte Bluse, die als Häufchen zu ihren Füßen lag, um sich zu bedecken.

Da kamen Rick und Javier zurück in die Küche gestürzt – ihnen auf den Fersen mehrere Männer in Uniform, die Arme ausgestreckt und Pistolen schwenkend. Einer brüllte: »Hände hoch und stehen bleiben!«

Jo drückte sich ängstlich an die Wand, um den Polizisten nicht im Weg zu stehen. Rick und Javier rissen das Fenster zur Straße auf. Javier kletterte bereits über das Fensterbrett, als ein Uniformierter ihn zurückriss und Javier zu Boden stürzte.

Rick ging sofort in die Offensive und schlug dem Mann, der ihm am nächsten stand, die Waffe aus der Hand. Der Polizist zögerte jedoch nicht lange und schlug Rick die Faust ins Gesicht. Blut floss über Ricks Kinn. Er knurrte und boxte wie ein Irrer um sich, als sich ihm von hinten zwei weitere Männer näherten und versuchten, seine Arme zu packen.

Zu Jos Rechten lieferte sich Javier einen Kampf mit dem Uniformierten, der ihn am Fliehen gehindert hatte. Doch Javier konnte sich gegen den großen, schweren Officer kaum wehren. Jo sah an seinem Blick, dass auch er das erkannte. Javier tauchte unter einem Schlag seines Gegners hindurch, richtete sich schnell auf und floh Richtung Tür. Doch er hatte nicht damit gerechnet, dass der Officer ebenso flink war. Dieser hatte ihn nach drei großen Schritten eingeholt, packte Javiers Arme und zerrte sie ihm in beinahe unnatürlichem Winkel auf den Rücken. Javier kreischte. Handschellen klickten.

Jos Augen suchten Rick. Er steckte in der Umklammerung der beiden Polizisten und kämpfte wie ein Berserker, um sich zu befreien. Mit Wucht warf er sich nach hinten und hob gleichzeitig seine Beine an, um dem dritten Polizisten gegen die Brust zu treten. Die beiden, die ihn festhielten, taumelten nach hinten, stolperten und ließen los. Rick packte die Gelegenheit beim Schopf, drehte sich blitzschnell herum und rannte, durch seinen eigenen Schwung unkontrolliert schwankend, Richtung Haustür.

»Stehen bleiben!«, brüllte der Bulle, der sich mit schmerzverzerrtem Gesicht an die Brust gegriffen hatte. Er fischte auf dem Boden nach seiner Pistole, fand sie und zielte. »Stehen bleiben oder ich schieße!«, schrie er.

Jos Blick fuhr zu Rick, der nicht einen Gedanken daran verschwendete, langsamer zu werden. Er war an der Haustür angelangt und zerrte am Türknauf. In dem Moment, als sie sich öffnete, warf er Jo einen hasserfüllten Blick zu. Dann drehte er sich wieder zur Tür um.

Ein durchdringender Knall ertönte. Jo schlug reflexartig die Hände auf die Ohren. Schlagartig war alles still um sie herum. Ein seltsamer Geruch stieg ihr in die Nase. Es war eine Mischung aus Schwefel, Rauch und Metall. Rick riss die Arme nach oben. Auf seinem Rücken, etwa auf Höhe des Herzens, bildete sich ein dunkler Fleck, der schnell größer wurde. Er knickte ein und sank wie in Zeitlupe auf den Boden, wo er reglos liegen blieb.

Jo schrie. Doch ihre Ohren schienen nicht mehr richtig zu funktionieren. Ihr eigener Schrei drang wie durch Watte zu ihr durch. Sie aktivierte ihre bleischweren Beine und schleppte sich zu ihm. Neben dem Tisch lag Alex in seinem Blut. Er bewegte sich nicht. Jo schluchzte, ging an ihm vorbei zu Rick und legte ihm ihre Hand auf den Rücken.

Er darf jetzt nicht einfach sterben! Es kann nicht wahr sein! Das ist alles komplett schiefgelaufen!

»Rick?« Sie schüttelte ihn an der Schulter. Es dauerte einen Moment, bis die Tatsache in ihren Verstand sickerte, dass er nie wieder aufstehen würde. Langsam sank Jo neben ihm zu Boden. Die Tränen flossen unaufhaltsam und konnten dennoch den Schmerz in ihrem Herzen nicht mitnehmen, den Schmerz darüber, was er ihr angetan hatte und die Erleichterung darüber, dass es nun vorbei war. Ihr Körper zitterte unkontrolliert. Den kalten Boden unter ihrer nackten Haut bemerkte sie kaum.

Ein Schatten fiel über sie und Jo nahm Kyles Duft wahr. Er kniete sich neben Rick und sie. Seine warme Hand ergriff die ihre. Mit der anderen tastete er an Ricks Hals nach seinem Puls. Jos Blick hob sich und suchte Kyles. Ernst wartete er ab, doch dann schüttelte er den Kopf. In Jos Hals bildete sich ein dicker, fester Kloß und ihr wurde schlagartig übel. Kyle rückte näher und hielt sie fest, als sie zu kippen drohte.

GONE WITH THE WIND

Es regnet. Wie passend.

Selbst das Wetter verabschiedet sich von Rick Mendoza und Richard Montgomery.

Jo sah hoch in den bleischweren Himmel. Tropfen rannen ihr übers Gesicht – oder waren es Tränen? Eine Hand legte sich auf ihre Schulter.

»Lass uns nach drinnen gehen, Jo.« Behutsam führte Kyle sie ins Haus. Kenneth folgte ihnen langsam und bedächtig. Jo warf einen Blick nach links in die Küche und Gänsehaut kroch über ihre Haut. Doch Kyle dirigierte sie entschlossen an der erinnerungsbehafteten Küche vorbei ins Wohnzimmer. Dort lag Alex auf dem Sofa. Sein Kopf trug noch immer einen Verband und über seine Nase zog sich ein fettes Pflaster. Er öffnete die Augen, die noch immer von dunklen Ringen umschattet waren.

»Habt ihr es erledigt?«

»Ja, wir haben die Erde unter den Bäumen draußen verteilt«, antwortete Kenneth. Alex nickte matt. Er hatte sie nicht nach draußen begleiten können, da der Arzt ihm strickte Bettruhe verordnet hatte. Jo hätte sich auch gerne davor gedrückt, die traurige Zeremonie durchzuführen. Gleichzeitig gestand sie sich aber ein, dass es eine Genugtuung gewesen war, sich von Ricks Überresten zu befreien. Und einen solchen Push hatte sie dringend nötig. Sie steckte fest in den schmerzlichen Erinnerungen an den Abend, als Rick und Javier über sie hergefallen waren.

Makaber, dass ich es nun bin, die auf ihm herumtrampeln kann.

Jo sank mit einem tiefen Seufzen in den Sessel neben Alex und starrte auf seinen Verband. Sie alle schwiegen betreten, jeder beschäftigt mit seinen eigenen Gedanken.

»Was wird jetzt mit Javier geschehen?«, fragte Alex.

Jo betrachtete ihn genau. Doch es schien kein Mitleid zu sein, das ihn zu dieser Frage bewegte.

Kyle warf ihnen einen beruhigenden Blick zu. »Ich kann euch nicht sagen, wann die Verhandlung stattfindet. Aber er wird nicht so schnell wieder freikommen. Da ist zunächst einmal der versuchte Diebstahl auf der Farm, der ihm anhängig ist. Dazu kommt die schwere Körperverletzung in deinem Fall, Alex, und unterlassene Hilfeleistung in Jos Fall.«

Seine unverbindliche Aussage war nicht wirklich das, was Jo gerne gehört hätte. »Was passiert, wenn er nach kurzer Zeit freikommt und sich an Alex und mir rächen will? Gibt es eine Möglichkeit, wie wir uns schützen können?«, fragte sie unbehaglich.

»Wichtig ist, dass er jetzt erst einmal unschädlich gemacht ist. Im Moment habt ihr nichts zu befürchten«, beschwichtigte Kyle sie.

Alex wandte sich mit seiner nächsten Frage direkt an Jo: »Was machen wir mit dem Haus?«

»Das habe ich mich auch schon gefragt. Ich will so schnell es geht weg von hier. Ich kann hier nicht wohnen bleiben.«

»Das geht mir genauso«, antwortete Alex bedrückt.

Kenneth schüttelte den Kopf und brummte: »Wem sagt ihr das?«

Jo hatte die zerstörte Küche vor Augen und schauderte. Kenny ging es bestimmt nicht anders. Als er an jenem Abend nach Hause gekommen war, hatte er die Küche blutig und demoliert vorgefunden – von seinen Freunden keine Spur. Stattdessen wimmelte es von Polizeibeamten, die ihn anschnauzten, was er hier verloren habe.

Die Nächte waren schlimm für Jo: Sie schlief nur unruhig in ihrem einsamen Schlafzimmer und schreckte in unregelmäßigen Abständen aus Alpträumen auf. Doch tagsüber war es beinahe unerträglich: Wenn sie an der Küche vorbeiging, schrillten alle Alarmglocken in ihrem Gehirn. Der animalische Impuls, davonzulaufen und sich nicht umzudrehen, war unwiderstehlich.

Etwas mehr als zwei Wochen ist es jetzt her.

Ihre Hand legte sich ganz unbewusst auf ihr Schlüsselbein. Sie spürte noch immer das leichte Ziehen der Striemen, die der Gürtel hinterlassen hatte. Ihre Rippe war durch die Tritte angeknackst und blaue Prellungen zierten ihre blasse Haut. Sie und Alex hatten mehrere Tage zur Beobachtung im Krankenhaus bleiben müssen.

Die Polizei war bei ihnen gewesen, um sie zu befragen. Auch ein psychologischer Berater hatte sich ihnen angenommen, um das »Trauma«, wie er es nannte, aufzuarbeiten. Jo hatte sich schwergetan, sich diesem Mann sofort zu öffnen. Zu frisch war das Erlebte in ihrer Erinnerung. Der Psychologe hatte versucht, ihr etwas zu erklären, doch so sehr sie sich auch konzentrierte, es kam nicht bei ihr an. Grob ging es ihm darum, dass Jo sich nicht die Schuld geben dürfe, nach vorne schauen solle und sich jederzeit an ihn wenden könne, wenn sie Fragen habe.

Während Alex und Jo im Krankenhaus lagen, hatte sich Kyle um Ricks Leichnam gekümmert. Da Rick keine Angehörigen hatte, kam der Staat Missouri für seine Bestattung auf. Er war kompostiert worden.

»Das ist schlicht die kostengünstigste Bestattung in Missouri«, hatte Kyle ihr erklärt. Nur Kyle und Kenneth waren anwesend, als Ricks Leichnam in einem Abschiedsgebäude des Bestattungsunternehmens in den mit pflanzlichem Material ausgelegten Behälter gelegt worden war. Binnen zweier Wochen war die Leiche mithilfe der Mikroben abgebaut gewesen – mitsamt den Knochen. Den übriggebliebenen Kubikmeter Erde hatten Jo, Kenneth und Kyle heute im Garten verstreut.

Rick ist tot. Und ich bin frei.

Schwer zu begreifen, dass Rick mir nie wieder wehtun wird.

Die Angst loszulassen, fiel ihr nicht leicht. Ihre körperlichen Verletzungen heilten nur langsam. Ihre Seele ebenfalls. Als Jo nun mit den Männern im Wohnzimmer saß, versuchte sie in Worte zu kleiden, wie es ihr ging: »Ich habe ständig das Gefühl, er biegt gleich um die Ecke und greift mich an. Ich sehe ihn überall, rieche ihn und höre seine Stimme flüstern.« Sie schluckte krampfhaft.

»Jo, das ist ganz normal nach dem, was du durchgemacht hast. Es ist ja noch gar nicht lange her! Gib dir Zeit. Redest du regelmäßig mit dem Therapeuten?«

»Ja, und auch mit Suzie. Ich sehe auch ein, dass das gut für mich ist. Ich lerne viel darüber, was in einem Menschen wie Rick vorgeht. Doch verdient hat er diesen Tod trotzdem nicht. Ich fühle mich … irgendwie dafür verantwortlich«, gestand sie und vergrub ihr Gesicht in den Händen.

»Verantwortlich für seinen Tod?«, hakte Kyle nach. Unterdrückte Wut lag in seiner Stimme. »Jo, deine Gefühle in allen Ehren, aber meiner Meinung nach hat Rick kein Mitgefühl verdient. Er hat sich ein Gefecht mit der Polizei geliefert. Er hätte sich auch ergeben können. Hast du vergessen, was er dir angetan hat? Er hatte so viele Möglichkeiten, anders zu handeln. Sich zu ändern. Jeder Mensch wählt seinen eigenen Weg und fällt seine Entscheidungen eigenverantwortlich. Man hat immer eine Wahl!«

»Ganz genau, Kyle. Auch *ich* hatte die Wahl! Darum geht es ja gerade!«, rief Jo. Aufgebracht rang sie mit den Händen. »Hätte ich mich *nicht* in die Opferrolle drängen lassen, dann wäre er noch am Leben! Wäre *ich* mutiger gewesen und hätte ihn früher angezeigt, wäre er noch am Leben. Ich hatte so viele Möglichkeiten zu reagieren! Und ich wählte die schlechteste und habe mich wie ein Häschen im Loch versteckt und gezittert.«

Kyle lachte bitter auf.

»Ich persönlich bin der Meinung, er hat genau das bekommen, was er verdient hat. Natürlich war sein Tod nicht geplant. Aber ist es nicht besser so? Du würdest dich doch genau wie bei Javier ständig fragen, was passieren würde, wenn er aus dem Knast käme! Und glaub mir, Rick hätte sich auch nach *dieser* Haftstrafe nicht geändert! Er hätte sich das nächste Opfer gesucht. Oder aber dich ausfindig gemacht und sich an dir gerächt. Jo, bitte versprich mir, dich nicht mehr seinetwegen fertigzumachen.«

Alex nickte zu Kyles Worten.

»Jo, erinnere dich daran, was ich dir im Park erzählt habe. All die Jahre habe ich gedacht, Rick sei ein guter Mensch, weil er für mich da war. Immer habe ich ihn verteidigt und Ausreden für ihn gesucht. Rick *ist* kein guter Mensch gewesen! Dem einzigen Menschen, dem er sich verpflichtet fühlte, war er selbst.«

Jo nickte. Ihr Verstand hatte erfasst, was die Männer ihr sagten. Und sie hatten recht.

Es wurde still und dunkel im Zimmer. Die Sonne war untergegangen.

Es war nicht ganz einfach, zur Normalität zurückzukehren. Jo war sich bewusst, dass sie funktionieren musste. Sie sollte wieder zur Arbeit gehen, Geld verdienen und eine Lösung für das Haus finden. Und sie musste sich bei Brenda melden.

Sie begann mit dem Problem, das ihr am dringlichsten erschien. Sie kontaktierte die Maklerin und informierte sie, dass Rick tot sei und sie aus dem Haus ausziehen werde. Die Maklerin erklärte ihr in verschnupftem Ton: »Meine Liebe, verstirbt der Wohnungsmieter müssen Sie als Hausangehörige in den Mietvertrag eintreten. Sie können den Vertrag natürlich kündigen, doch die Kündigungsfrist beträgt dreißig Tage. Sie schulden dem Vermieter also auf jeden Fall noch eine letzte Monatsmiete.«

Fassungslos saß Jo am Telefon und konnte die Argumentation der Maklerin nicht nachvollziehen.

Als sie das den Jungs erklärte, zuckte Alex mit den Achseln. Gefasst antwortete er: »Das habe ich mir fast gedacht. Damit müssen wir uns abfinden. Die Zeit kriegen wir auch noch rum. Und wir nutzen die vier Wochen, um zu entscheiden, was jeder von uns nun anfangen will.«

Kenneth schüttelte sich und entgegnete: »Ich will in diesem Haus auf gar keinen Fall bleiben! Es gruselt mich hier! Aber es ist auch nicht ganz einfach, etwas Neues zu finden. Die Preise in Springfield sind enorm. Darum hatten wir uns ja damals für diesen alten Kasten entschieden.« Die letzten Tage war er wie paralysiert gewesen. Auch er tat sich schwer, mit der Situation klarzukommen.

Alex stimmte ihm zu: »Du hast echt. Es ist schwer, in Springfield etwas Günstiges zu finden. Ich schätze, dass jeder für sich genommen keine Chance hätte. Lasst uns versuchen, das Beste daraus zu machen.«

»Was anderes bleibt uns ja nicht übrig. Keiner von uns weiß im Moment, wies weitergeht. Nutzen wir den Monat, um es herauszufinden. Wir teilen uns natürlich die Miete«, sagte Kenneth.

Jo war erleichtert, dass die Jungs sie mit dem Haus nicht hängen ließen. Zu dritt war die Miete zu stemmen. Sie lächelte die beiden dankbar an.

Ohne Rick und Javier sind wir irgendwie ein seltsames Gespann.

Ihr wurde bewusst, dass sie Alex und Kenneth gar nicht

richtig kannte. Alex hatte ihr nur einen kleinen Einblick in seine Vergangenheit gewährt.

Wie konnten es die beiden so lange mit Rick aushalten? Färbt der schlechte Charakter eines Menschen auf seine Freunde ab? Heißt es nicht, dass man sich meistens mit den Menschen umgibt, die einem ähnlich sind?

Doch wer war sie, dass sie über die menschliche Psyche urteilen konnte?

Jo hatte selbst tiefe Abgründe durchlebt und wusste, dass sich nicht immer alles logisch erklären ließ. Und sie kannte Ricks charismatische Ausstrahlung hautnah. Auch sie war ihr erlegen.

»Jo, du siehst uns an, als wären wir Monster. Hast du Angst vor Kenneth und mir?« Alex hatte erraten, was ihr im Kopf herumspukte. Sein unergründlicher Blick bohrte sich in ihren. »Komm schon, raus damit!«, forderte er sie brüsk auf.

»Ja, Alex! Genau das habe ich gerade gedacht!«, fuhr sie ihn an, in die Enge gedrängt. »Ihr seid seine Freunde gewesen! Wie kann man mit jemandem befreundet sein, der seine Ex zu Tode geprügelt hat, stiehlt und betrügt und Menschen missbraucht?« Ihre Augen funkelten herausfordernd.

Kenneth nickte bedächtig. Seine Lippen kräuselten sich zu einem spöttischen Lächeln. »Schätze, das haben wir verdient. Für einen Außenstehenden sieht unsere Verbindung zu Rick sicher seltsam aus. Du weißt aber absolut gar nichts darüber, Jo. Du weißt nichts von mir und ich auch nicht von dir. Dennoch habe ich nicht vorschnell über dich geurteilt. Was ich durchaus hätte tun können. Eine junge Frau, fast noch ein Mädchen, die mit vier Typen mitgeht, die sie auf der Straße aufgabeln … Wie würdest du sie nennen? Mir fallen auf den Schlag drei Begriffe ein, die alle nicht schön klingen. Bist du eine Schlampe, Jo?«, schoss er zurück.

Jo stieß empört und wütend Luft aus. »Ah, alles klar! So denkst du also über mich? Sorry, Kenneth, mehr daneben kannst du nicht liegen!« Sie sprang auf, um in ihr Zimmer zu rennen, doch Alex griff nach ihrer Hand.

»Sei ehrlich, Jo, könnte es nicht den Anschein erweckt haben, dass du es nicht so genau nimmst mit der Auswahl deiner Bettgefährten? Als Rick dich damals in New Orleans angesprochen hat, hast du nicht so gewirkt, als hättest du Angst vor uns. Wir waren vier Kerle! Wir hätten dich locker hinter die Baracke zerren und unseren Spaß mit dir haben können. Du hättest keine Chance gegen uns gehabt! Hast du nie darüber nachgedacht, was hätte passieren können?«

Jo sah ihn mit großen Augen an. Dann setzte sie sich wieder. »Natürlich habe ich das.« Tief atmete sie durch und fuhr fort: »Ich gebe zu, dass es seltsam gewirkt haben muss. Natürlich hatte ich Angst vor euch und habe mir vorgestellt, was passieren könnte. Aber meine Lage war so beschissen, dass ich nicht nein sagen konnte. Ich musste unbedingt raus aus New Orleans, weg von Pam und der Kneipe.«

»Wer ist Pam?«, hakte Kenneth nach.

Jo zögerte, doch Alex und Kenneth hatten das Recht, ihre wahren Motive zu kennen.

»Ich war damals nicht ganz ehrlich mit euch, weil ich euch nicht vertraute. Pam ist meine Pflegemutter. Sie hat eine Kneipe in New Orleans und fand, dass ich ihren

Kunden hie und da einen Gefallen schuldete, um das Geschäft anzukurbeln. Deswegen bin ich abgehauen. Da ich nicht volljährig war, hatte ich Schiss, sie lässt mich suchen. Ich sah keinen anderen Ausweg, als mir den Chip herauszuschneiden und so schnell wie möglich New Orleans zu verlassen.«

Alex hakte nach: »Du warst also in einer Zwangslage. Glaubst du nicht, dass auch Kenny und ich unsere Gründe hatten, mit Rick zu gehen? Deswegen sind wir noch lange keine schlechten Menschen.

Kenny brauchte das Geld aus den Überfällen, um seine Grandma zu unterstützen. Sie hat keine Rente. Ohne dass er ihr regelmäßig Geld zukommen lässt, würde sie verhungern.«

In Kenneths Augen las Jo, dass es die Wahrheit war. Alex fuhr fort: »Meine eigenen Gründe kennst du bereits. Ich fühlte mich Rick verpflichtet. Jahrelang hat er auf mich aufgepasst im Heim. Er war für mich wie ein Bruder. Ich bin ein treudoofer Idiot. Heute weiß ich, dass ich viel früher hätte handeln müssen.«

Jo schossen unaufgefordert die Bilder des Abends in den Kopf, als Alex sie vor Rick und Javier beschützen wollte.

Du warst mein Schutzengel.

Betreten gab sie zu: »Du hast recht, ich habe vorschnell geurteilt. Das war falsch und es tut mir leid. Du hast mir das Leben gerettet. Dafür danke ich dir, Alex.«

»Keiner von uns konnte ahnen, dass Rick so austickt. Oder dass Jav so einen Hass auf dich schiebt. Das haben wir alle unterschätzt«, entgegnete Kenneth.

»Lasst uns ehrlich sein. Wir haben die Augen verschlossen davor, was diese Gang eigentlich ist. Nämlich eine zusammengewürfelte Gruppe von kaputten Existenzen«, sagte Alex.

»Jeder von uns hatte also seine Gründe, in dieser Gang zu sein. Mein Grund ist nun gestorben. Und ich darf mich erst wieder darauf besinnen, was ich vom Leben will«, flüsterte Jo.

Ja, was genau will ich?

Einen Neuanfang? Den habe ich schon in New Orleans gewollt. Ich habe nur einen Umweg gemacht. Einen Umweg, der mich fast das Leben kostete.

GEDANKEN

Immer wieder überlegte sie, was alles hätte anders laufen können.

Was, wenn ich damals nicht mit den Jungs zusammen New Orleans verlassen hätte? Was, wenn ich mich Rick gegenüber von Anfang an stark und selbstbewusst gezeigt hätte? Dann hätte er sich womöglich gar nicht auf mich eingelassen. Was, wenn ich an jenem Abend nicht mit Alex im Park gewesen wäre? Wenn Rick rechtzeitig von der Arbeit nach Hause gekommen wäre? Oder was, wenn ich Rick früher angezeigt hätte?

Da sie an all den Fragen beinahe verzweifelte, entschied sie, am nächsten Tag erneut den Psychologen zu kontaktieren.

Tyler Baines war in seinen Vierzigern. Er wirkte auf Jo wie ein zerstreuter Wissenschaftler oder ein Lehrer.

»Ich drehe mich in Endlosschleifen – mein Kopf ist das reinste Chaos! Tausend Gedanken rasen durch mein Hirn. Dabei will ich das alles bloß vergessen! Ich will ein neues Leben anfangen! Doch immer wieder kreisen meine Gedanken um Rick. Er lässt mich nicht los. Ich kann nicht damit umgehen, dass ich vermutlich Schuld an seinem Tod habe«, gestand sie. »Immer wieder läuft dieser schreckliche Abend vor meinen Augen ab! Ich schlafe nicht gut, wache auf, weil ich Alpträume habe und Rick vor mir sehe. Er klagt mich an.«

»Jordan, es ist gerade mal vier Wochen her. Sie versuchen, mit dem Kopf zu lösen, was Sie eigentlich fühlen müssten. Es ist völlig natürlich, dass Sie den Schmerz nicht zulassen wollen. Es ist aber keine Lösung! So entstehen Panikattacken. Sie wurden mit dem Tod eines geliebten Menschen konfrontiert. In Ihrem Fall ist es nicht nur ein geliebter Mensch, sondern der geliebte Mensch, der plötzlich zum Aggressor in Ihrem Leben wurde. Erinnern Sie sich daran, was ich Ihnen über sein Krankheitsbild erzählt habe?«

»Ja, schon.«

Im Grunde waren es dieselben Dinge, die mir bereits Suzie

erklärt hat.

»Das zu verstehen, unterstützt Sie in Ihrem Heilungsprozess. Wichtig ist zu erkennen, dass ihre Beziehung eine toxische war. Nicht auf Augenhöhe, wenn Sie so wollen. Ricks Persönlichkeitsstörung nannte man früher Narzissmus, doch diesen Begriff verwenden wir in der Psychiatrie nur noch ungern. Der Einfachheit halber tue ich es, um Ricks Wesenszüge zusammenzufassen, auch auf die Gefahr hin, dass ich ihm und seinem Krankheitsbild vielleicht nicht gerecht werde. Wenn der Narzissmus in einer Beziehung krankhafte Züge annimmt, kann er zerstörerische Auswirkungen haben. Eine abfällige Bemerkung oder Kritik können einen pathologischen Narzissten auf eine steile Talfahrt schicken. Wenn das passiert, sieht er rot. Er rastet aus. Typischerweise sind Narzissten zudem extrovertiert – das ergibt mitunter eine explosive Mischung.«

Jo nickte versonnen. »Ja, so war es bei Rick tatsächlich. Ich konnte nie nachvollziehen, warum er von jetzt auf gleich so ausgetickt ist. Ich wusste nie, wie ich darauf reagieren sollte. Widerworte waren meistens die schlechteste Wahl.«

Der Psychologe verzog keine Miene. »Jordan, eines kann ich Ihnen versichern: Menschen mit einer solchen Persönlichkeitsstörung tun sich immens schwer in einer Partnerschaft. Diese sind dann typischerweise von Demütigungen und Wutanfällen geprägt. Der oder die Partner:in muss sich dem Narzissten unterwerfen. Meist hofft der oder die Partner:in, den Narzissten ändern zu können, was leider ein Irrglaube ist. Emotionale Appelle prallen an Narzissten ab. Streit und Vorwürfe führen nicht selten zum Eklat. Auf Dauer hält das kaum ein:e Partner:in aus. Trennung ist dann die beste Option. Der Eklat am Ende war also quasi schon vorprogrammiert. Dass Richard Montgomery den Tod gefunden hat, ist nicht Ihre Schuld, Jordan. Er hätte sich stellen können, anstatt zu versuchen, sich der Verhaftung und der Strafe für sein Handeln zu entziehen.«

Jo atmete tief durch. Ein wenig wurde es ihr leichter ums Herz.

Ich habe das alles nun schon so oft gehört. Dennoch tut es gut, es noch ein weiteres Mal zu hören.

»Ich kann Ihnen nur den Rat geben: Öffnen Sie sich für die Gefühle, die kommen. Ihre eigene Heilung hängt stark davon ab, ob Sie Ihre Emotionen zulassen können. Sie haben Todesangst, Panik, Schmerzen, Wut und Demütigung erlebt. Drücken Sie das nicht weg. Um zu verarbeiten, müssen Sie die Gefühle zulassen. Nur dann können Sie alles loslassen.«

Jos eben gespürte Erleichterung sackte winzig klein in sich zusammen. Stattdessen verwandelte sich ihr Magen in einen kleinen, kalten Klumpen Angst.

All die Gefühle zulassen? Auf gar keinen Fall! Das ist genau das Gegenteil dessen, was ich will!

»Ich sehe in Ihren Augen, dass Sie Angst davor haben. Und das ist okay. Lassen Sie die Angst zu. Und lassen Sie auch die Trauer und die Liebe zu. Richard Montgomery war Ihr Geliebter! Bestrafen Sie sich nicht dafür, eine falsche Wahl getroffen zu haben. Öffnen Sie Ihre Augen wieder für das Gute, das Ihnen widerfahren ist. Verdrängen Sie den liebevollen Richard nicht, nur weil der bösartige überhandgenommen hat. Erinnern Sie sich daran, warum Sie sich in ihn verliebt haben. Er hatte auch gute Seiten, nicht wahr? Alle Seiten dürfen in Ihrer Erinnerung leben. Sicher gibt es noch Dinge, die Sie ihm gerne gesagt hätten: Sehnsüchte, Wünsche, Vorwürfe, was auch immer. Vielleicht tut es Ihnen gut, ihm all das noch zu sagen. Lassen Sie alle Emotionen zu und schreien Sie Rick ins Gesicht, was Sie schon immer einmal rauslassen wollten und sich nie getraut haben. Sehen Sie mich bitte nicht so überrascht an! Ja, ich weiß, dass er tot ist. Ihre Botschaft wird dennoch ihren Zweck erfüllen, glauben Sie mir! Sprechen Sie mit Richard in Ihren Gedanken, wenn Sie es zulassen können.«

Jo nickte. Das drang zu ihr durch. Was er sagte, klang verlockend.

Ja, ich würde ihm gerne so einiges ins Gesicht schreien, nun, da er mir nicht mehr wehtun kann! Vielleicht wird dann das Gedankenkarussell in meinem Kopf endlich aufhören, sich zu drehen. Vorwürfe, Mitleid, Schuld, Trauer, Wut, Hass, Liebe, Angst, ich habe genug von dieser emotionalen Achterbahnfahrt!

»O ja, da gibt es noch so einiges, was ich ihm sagen will«, entgegnete sie grimmig.

Als Jo nach Hause kam, raste sie in ihr Schlafzimmer, riss die Türen des Kleiderschrankes auf und zerrte Ricks Klamotten heraus. Wutentbrannt trampelte sie auf dem Kleiderberg herum und schrie aus Leibeskräften all ihre Wut und ihren Schmerz heraus, die noch in ihr steckten. Und als das noch nicht genug war, nahm sie jedes der Kleidungsstücke auf, riss es in Fetzen, schlug auf die Kissen ein und kickte nach dem Bett. Keuchend und schluchzend stand sie vor dem Metallgestell und erinnerte sich an die Szenen, die sie hier erlebt hatte. Die Gefühle, die sich Bahn gebrochen hatten, sickerten langsam aus ihr heraus und übrig blieben eine lähmende Trauer und die Gewissheit, etwas Wichtiges in ihrem Leben verloren zu haben.

»Rick, du Monster! Ich hasse dich! Ich hasse das, was du aus unserer Liebe gemacht hast. Ich hasse, was du aus mir gemacht hast! Und ich hasse mich, weil ich es mit mir geschehen ließ!«, heulte sie und erschrak zutiefst, als sie erkannte, dass sie am meisten Wut auf sich selbst empfand.

Niemals wieder, niemals wieder in meinem ganzen Leben lasse ich mich von einem Mann so sehr verletzen. Niemals mehr verbiege ich mich für einen Mann. Niemals mehr gebe ich einem Mann so viel Macht über mich.

Als es sachte an der Tür klopfte, zuckte sie zusammen, zog die Nase hoch und wischte hektisch die Tränen auf ihren Wangen weg.

»Ja?«, rief sie dann.

»Darf ich reinkommen?«, fragte Alex leise.

»Ja, komm rein.«

Jo stand mitten im Raum, die Haare klebten ihr im Gesicht. *Was muss ich bloß für ein Bild abgeben?*

»Du siehst aus, als würdest du Frust ablassen«, bemerkte Alex verlegen und trat näher. Der Verband war ab. Die hässliche rote Wulst an seiner Stirn war noch nicht verheilt. Sein Kiefer schimmerte in allen Regenbogenfarben.

»Schau, was ich gefunden habe. Es lag in der Garage, unter seinem Helm.«

Jo starrte den Gegenstand fassungslos an und begriff erst Sekunden später, dass Alex ihr das ReFlex entgegenstreckte.

Schluchzend sackte sie in sich zusammen.

Alex umfing sie, bevor sie zu Boden stürzte.

»He, he, he. Sachte.«

Behutsam führte er sie zum Bett und sie setzten sich. Er hielt sie wortlos im Arm und gab ihr Halt, während sie um ihre verlorene Liebe weinte.

ZURÜCK INS LEBEN

Jo entschied sich nach diesem Wutanfall, wieder arbeiten zu gehen. Sie wollte nicht mehr still und heimlich vor sich hin leiden. Der Therapeut hatte ihr geraten, kleine Schritte zu wagen und einen Tag nach dem anderen anzugehen. Sie sollte sich nicht darauf fokussieren, dass ab jetzt alles in Ordnung sein müsse.

Immer nur einen einzelnen Tag überleben – das scheint machbar.

Mr. Foggerty war durch Kyle im Bilde, was geschehen war. Kyle hatte den Boss auf dem Laufenden gehalten, was Jos Genesung betraf. Er warnte Jo davor, dass ihre Kolleginnen neugierig nach ihr gefragt hatten. Kate und Ariana hatten natürlich von ihm wissen wollen, was geschehen war. Jo hatte keine Ahnung, wie sie ihnen das erklären sollte.

Am Ende war es gar nicht so schwer. Kate und Ariana empfingen sie so herzlich, als hätten sie Jo erst gestern noch gesehen.

»Süße, bist du okay? Warst du krank? Foggerty und Harris haben ein Riesengeheimnis um dich gemacht«, überfiel Ariana Jo mit einer stürmischen Umarmung.

Kate schob sie in Richtung Personalräume. »Lasst uns kurz in die Teeküche gehen. Da spricht es sich leichter«, schlug sie vor und zwinkerte verschwörerisch.

Jo entschied sich, ihnen die Wahrheit zu sagen. Sie musste sich daran gewöhnen, dass die Geschichte mit Rick zu ihrem Leben gehörte.

»Nein, ich war nicht krank. Ich hatte Probleme mit Rick. Er hat mich geschlagen. Und … missbraucht. Ich habe niemandem davon erzählt, weil ich mich schämte. Auch jetzt fällt es mir schwer, darüber zu reden. Jedenfalls ist Kyle dahintergekommen und hat mich ermutigt, Rick anzuzeigen. An dem Abend, als die Polizei ihn festnehmen wollte, ist es eskaliert. Ich dachte, Rick prügelt mich zu Tode. Alex ist zum Glück dazwischen gegangen und hat mir geholfen. Als die Polizei endlich kam, hat Rick versucht abzuhauen. Dabei ist er erschossen worden.«

Kate und Ariana standen wie vom Donner gerührt vor ihr, sprachlos. Ariana hatte die Hände vor den Mund geschlagen.

»Waaas?«, hauchte sie.

»Scheiße, Jo! Wie krass!« Kate stürzte auf Jo zu und nahm sie fest in den Arm. »O Mann, es tut mir so leid, Jo! Wenn ich gewusst hätte, was du durchmachst, hätte ich den Scheißkerl angezeigt!«

Jo lächelte freudlos in Kates Umarmung.

»Ich kann nicht glauben, dass dieser zauberhaft schöne Mann so eine böse Seele hat!«, stammelte Ariana.

»Um seine Seele müssen wir uns jetzt nicht mehr kümmern. Ich glaube, Jo ist einfach nur froh, dass es vorbei ist, nicht wahr, Süße?«, entgegnete Kate trocken. Jo hatte gar keine Chance, darauf zu antworten, da Ariana theatralisch die Arme ausbreitete und rief: »Ja, aber tot? Ich meine: tot? Das muss man doch auch erst einmal verkraften!« Ariana ergriff Jos Hände. »Ich kann nicht fassen, dass du uns nichts gesagt hast. Wir hätten doch versucht, dir zu helfen. Ich meine, du warst ganz allein! Wer hält sowas denn bitteschön aus?«, fing Ariana wieder an.

»Ach, Ari … Ich habe ja zunächst gedacht, es sei eine vorübergehende Laune. Und als es dann noch mal passierte, haben die Ereignisse sich irgendwie überschlagen. Ich wollte niemanden mit hineinziehen.«

»Einfach nur übel«, murmelte Kate.

»Ja, echt krass. Du bist voll mutig, Jo«, flüsterte Ariana.

Jo kam sich wie ein Alien zwischen den Mädchen vor. Sie war ihnen so unähnlich und dennoch breitete sich ein warmes Gefühl der Dankbarkeit in ihr aus, Freundinnen zu haben. Freundinnen, die sie einfach umarmten, wenn sie sich hilflos und allein fühlte.

Nachdem Jo diese Hürde geschafft hatte, entschloss sie sich, Brenda anzurufen. Das schuldete sie ihr. Sie hatte sich noch nicht einmal für das Geld bedankt. Da Rick tot war, hatte Kyle Jo den Bonus und das Gehalt der Farm transmittet. Erloschen war Ricks Zugriff auf Jos Konto.

Sie starrte ihr ReFlex an. Der Moment, in dem Rick es ihr abgenommen hatte, stand ihr lebhaft vor Augen: Sie hatte Brenda angerufen und Rick hatte sie dafür bestraft.

Entschlossen tippte sie die Nummer der Farm ein.

»Brenda? Ich bins, Jo.« Ihr Herz klopfte zum Zerspringen.

»Jo! Gott sei Dank! Was bin ich froh, dass du anrufst! Ich habe mir Sorgen gemacht.«

»Es tut mir leid, dass ich mich jetzt erst melde. Es hat sich alles ganz schnell zugespitzt und …« Brenda gegenüber war es viel schwerer, alles in Worte zu fassen.

»Kyle Harris hat mir gesagt, was der Mistkerl dir angetan hat, Jo. Ist er jetzt hinter Gittern?«

»Nein. Er ist … tot.«

Stille in der Leitung. Dann: »Möge er in der Hölle schmoren. Was ist passiert?«

»Ich will dir lieber nicht erzählen, was alles in den letzten Wochen passiert ist, Brenda. Die Kurzfassung: Ich habe Rick angezeigt. An dem Abend, an dem die Polizei ihn abholen wollte, ist er ausgetickt. Alex Bennet und Kyle Harris haben mir vermutlich das Leben gerettet. Als die Polizei kam, wollte Rick abhauen. Da haben sie ihn …«, Wieder kam sie ins Stocken.

»Gut so. Den Teufel haben sie unschädlich gemacht.«

Kurze Stille.

»Brenda, ich danke dir für deinen Brief und vor allem für das Geld.«

»Schon gut. Was hast du jetzt vor, Jo?«

Sie seufzte: »Ich weiß es nicht. Es fühlt sich alles noch so unwirklich an.«

»Komm einfach zurück, Kind.«

Jo schluckte mehrmals krampfhaft. Dann hauchte sie mit Tränen in den Augen: »Ja. Ja, sehr gerne, Brenda, das wäre wundervoll.«

Alex und Kenneth hatten die Nachricht, dass Jo zur Farm zurückkehren wollte, verständnisvoll aufgenommen.

»Ich denke, wir schaffen es auch ohne dich, das Haus zu halten. Schön, dass du wieder lächeln kannst, Jo«, beruhigte Alex sie.

Kenneth legte den Kopf schief und entgegnete: »So ein Angebot darfst du nicht ausschlagen! Und wer weiß, vielleicht kannst du für uns die Wogen glätten und wir dürfen auch wieder zurück. Mir hat es in Lowell echt gut gefallen.«

»Mir auch. Dass Jav uns die Scheiße eingebrockt hat, heißt aber nicht, dass wir unschuldig sind, Kenny. Wir hätten damals bleiben und die Suppe auslöffeln sollen«, seufzte Alex und fuhr sich durch die Haare.

Interessant, wie anders die Jungs drauf sind ohne ihren coolen Anführer Rick.

Es freute Jo, dass die Jungs anscheinend kein Problem damit hatten, sie gehen zu lassen. Dennoch fiel ihr der Abschied am Ende schwer.

Drei Tage später hatte sie ihre Sachen gepackt und Kyle trug die Reisetasche, die Jo sich im Dillard's mit Personalrabatt gekauft hatte, zum Auto. Unbehaglich sah sie sich nach dem Haus um. Alex stand in der Haustür und hob die eine Hand zum Abschied. Die andere hatte er in die Hosentasche gesteckt. Kenneth war bei der Arbeit.

Sie hob ebenfalls die Hand.

»Pass auf dich auf, Alex!«, rief sie ihm zu.

Er nickte. »Du auch!«

Sie drehte sich um und stieg zu Kyle ins Auto. Als sie losfuhren, zwang sie sich, den Blick geradeaus zu richten.

Alex sah so traurig aus.

Von ihren Kolleginnen und Kollegen hatte sie sich am Tag zuvor verabschiedet. Kate und Ariana hatten sie mit Tränen in den Augen im Arm gehalten und ihr versprochen, sie auf der Farm zu besuchen.

Foggerty hatte ihre Kündigung ganz unkompliziert behandelt und ihr mit der Kündigungsfrist keine Steine in den Weg gelegt.

All das hatte Jo tapfer überstanden, doch nun holte sie die Traurigkeit ein. Es schien so endgültig. Sie hatte Freunde gewonnen und verlor sie nun wieder. Nie hätte sie gedacht, dass es ihr so schwerfallen würde, zu gehen.

Kyle fuhr langsamer als sonst. Den Blick auf die Straße gerichtet, sagte er leise: »Es war die richtige Entscheidung.«

»Ich weiß«, schniefte sie.

»Und Brenda freut sich auf dich. Du wirst sehen, auf der Farm kannst du das alles viel besser vergessen.«

»Dennoch werde ich euch alle vermissen.«

»Ich werde dich auch vermissen. Ruf mich an, wenn du mich mal besuchen kommen magst. Du kannst übers Wochenende bleiben. Ich hole dich sogar ab.« Er lächelte verschmitzt und Jo grinste vor sich hin.

»Netter Versuch, Kyle! Kannst du vergessen! Nie im Leben werde ich bei dir übernachten!«

»Schön, dass du wieder lächeln kannst. Ich überlasse dir auch die Matratze und schlafe auf dem Sofa.«

Er zwinkerte ihr zu und sah dabei aus wie ein kleiner Junge, der einen Streich plante.

»Mein Held«, gab Jo zurück und ließ sich entspannt in den bequemen Beifahrersitz des Camaros zurücksinken.

Zwei Stunden später fuhren sie unter dem Schild »Evans-Fruit-Farm« hindurch. Über Jo brachen Erinnerungen herein: Wie sie hier zum ersten Mal aufgeschlagen waren, um Arbeit bittend, und besonders der letzte Abend, als sie die Farm fluchtartig verlassen hatten.

Ihr Herz pochte schneller und ihr war etwas mulmig zumute, als sie ausstieg.

Dass Brenda und Fred mich hierhaben wollen, ist wundervoll! Doch wie werden die anderen reagieren? Immerhin war unser Abgang mehr als schäbig!

Die beiden standen auf der Veranda, so als würden sie Jo erwarten. Langsam gingen sie sich entgegen. Jo drängte die Freudentränen zurück, die in ihr hochstiegen. Auch in Brendas Augen schimmerte es verräterisch. »Komm her, mein Kind und lass dich drücken«, rief sie und streckte die Hände aus.

Erleichtert ließ Jo sich in Brendas weiche Arme fallen. »Es tut mir so leid, was passiert ist, Brenda … Ich hätte nie … Es war nie meine Absicht …«, stammelte sie.

»Schon gut, Mädchen. Vergeben und vergessen!« Brenda tätschelte ihr beruhigend den Rücken.

»Willkommen zurück«, sagte Fred leise hinter ihnen. »Wollt ihr nicht reinkommen? In der Küche ist es wärmer und ich mache uns eine schöne Tasse Tee. Harris, kommen Sie mit und bringen Sie Jos Tasche rein.«

Auch die Verabschiedung von Kyle an diesem Abend war für Jo eine Herausforderung. Auf der Veranda druckste sie herum, ohne die Worte zu finden, die sie ihm gerne geschenkt hätte.

»Es ist in Ordnung, wenn dir das hier schwerfällt, Jo. Mir fällt es auch nicht leicht.« Er nahm sie in den Arm.

»Kyle, ich will dir sagen, dass … Du warst der Einzige, der … Nun, was ich dir, glaube ich, sagen will, ist danke. Ohne dich hätte ich den Schritt nie gewagt. Ich hoffe, dass mein Leben jetzt normal wird.«

Er strich ihr über den Kopf wie einem kleinen Kind. Jo fühlte sich getröstet.

»Ich bin froh, dass du den Schritt gewagt hast, Jo. Egal, was am Ende geschehen ist: Du hast die kraftvolle Entscheidung getroffen, ihn zu verlassen und anzuzeigen. Nur das zählt. Denk immer daran, wie stark du bist. Der Tapetenwechsel tut dir gut. Hier kannst du jetzt zur Ruhe kommen.«

Jo schnaubte belustigt an seiner Schulter.

»Das klingt wie bei einer alten Frau: zur Ruhe kommen … «

Kyle schmunzelte. »Vergib mir meine Ausdrucksweise. Ich bin halt doch ein alter Knacker.«

Sie knuffte ihn. »Okay, alter Mann. Dann geh. Ich komm schon klar.«

Er hob ihr Kinn an und schaute ihr tief in die Augen. »Versprich mir, dass du mich anrufst, wenn du dich einsam fühlst oder einfach nur reden willst.«

»Ja, das werde ich.«

»Und vergiss mein Angebot nicht: Mein Bett wartet auf dich!«

Sie brachen beide in Lachen aus.

»Nur in deinen wildesten Träumen, Harris!«

»Wir werden sehen. Pass auf dich auf, Jo!«

»Du auch.«

Lächelnd ging er zum Camaro und winkte ihr nochmals zu, bevor er einstieg. Er stieg nicht auf sein weißes Pferd, wie der Prinz in Dornröschen. Dennoch wurde Jo das Gefühl nicht los, als wäre Kyle ein edler Ritter.

LOWELL

ENDE FEBRUAR 2036

Bereits nach einer Woche hatte Jo sich wieder eingelebt. Sie hatte keine Zeit mehr, viel zu grübeln, dafür sorgte Brenda. Sie veranstaltete mit Jo einen Großputz im Laden, um ihn für die Saison vorzubereiten. Und als sie diesen nach drei Tagen Schrubben und Umräumen endlich geschafft hatten, schlug Brenda vor, Jos Kämmerchen im Dachgeschoss zu verschönern und zu streichen.

Jo bemerkte amüsiert, dass Brenda gar nicht auf die Idee kam, ihr ein Zimmer in den Arbeiterhäusern anzubieten. Das wäre durchaus möglich, nun da sie über den Winter leer standen. Und es hätte definitiv weniger Arbeit bedeutet. Jo kommentierte das nicht, war sie doch dankbar, im Haus bei Brenda und Fred wohnen zu dürfen. Hier fühlte sie sich sicher und geborgen.

Zumindest tagsüber und solange sie unter Menschen war. Abends, wenn sie allein auf ihrem Zimmer war, fiel es ihr schwer, nicht an Rick zu denken. Trotz der vielen Arbeit lag sie meist lange wach, aus Angst vor dem Schlaf und den Schatten, die sie noch immer plagten. Wirre Träume begleiteten sie nachts oft. Tyler Baines hatte sie vorgewarnt, dass sich ihre Psyche auf diesem Wege noch eine Weile mit Rick beschäftigen würde.

Meist erwachte sie schweißgebadet oder keuchend, weil sie seine Hände wieder an ihrem Hals zu spüren glaubte, oder weil sie sein Gewicht niederdrückte. Manchmal sah sie ihn blutend am Boden liegen. Und ganz häufig fühlte sie seinen düsteren Blick, der sie beim Schlafen beobachtete. Das waren die schlimmsten Träume, weil sie die Bedrohung subtil wahrnahm, und sie sich nicht wehren konnte.

Das war nicht das Einzige, das Jo Sorge bereitete. Sie hatte einen schlechten Appetit und fühle sich schlapp. Seit einer Woche begleitete sie eine ständige Übelkeit. Sie schob es darauf, dass sie zu wenig aß. Sie wachte morgens auf und hatte das Gefühl, sich übergeben zu müssen. Dementsprechend gering war ihr Appetit.

»Warum isst du nichts, Fräulein? Schmeckt dir mein Porridge neuerdings nicht mehr?«, fragte Brenda eines Morgens, als sie zu zweit in der Küche beim Abwasch standen.

»Doch, natürlich. Das ist es nicht. Ich glaube, ich habe mir eine Magen-Darm-Grippe eingefangen. Mir ist ständig übel«, antwortete Jo mit flauem Magen. Bereits der Geruch des buttrigen Porridge-Topfes ließ sie würgen.

Brenda beobachtete sie genau. »Aha. Und wo bitte schön hättest du dir die einfangen sollen? Hier sind alle gesund.« Sie berührte sachte Jos Arm. »Ich will dir nicht zu nahetreten, mein Kind. Aber hast du deine Tage regelmäßig?«

Jo stand wie vom Donner gerührt. »Wie bitte?«

»Na, so schwer ist die Frage nicht. Wann hast du zuletzt deine Periode gehabt?«

Jo sammelte sich und dachte nach. Wenn sie ehrlich war, hatte sie den Überblick verloren.

»Du weißt, worauf ich hinauswill, Kleines? Habt ihr verhütet?«

Jo errötete. Es war ihr unangenehm, so offen mit Brenda zu reden. Sie räusperte sich verlegen.

»Ja, Rick hat eigentlich immer …«

»Hat er etwa bei der Vergewaltigung noch Zeit gehabt, sich einen Gummi überzuziehen?«, unterbrach Brenda sie und ihre sarkastischen Worte trafen Jo.

Nein, natürlich hat er das nicht.

»Wann ist er das letzte Mal über dich hergefallen?«

Jo versuchte nachzurechnen. Ihre Gefühle standen Kopf und sie brauchte einen Moment. »Das war in der ersten Januar-Woche.«

»Also vor sieben Wochen«, überschlug Brenda. »Das könnte hinhauen.«

Sie besorgte für Jo einen Schwangerschaftstest. Beide beobachteten sie mit Argusaugen den Stick. Als die rote Linie sich abbildete, war Jo fassungslos. Eine Welt stürzte für sie ein.

Brenda griff nach Jos Hand. »Wir schaffen das. Es ist noch jedes Kind groß geworden – mit oder ohne Vater.«

Jo lag in ihrem Bett. Ihre Augen brannten vor Übermüdung. Wieder rasten tausende Gedanken durch ihr Hirn und raubten ihr den Schlaf. Ungläubig betastete Jo ihren schmalen Leib.

Ich bin schwanger. Eigentlich glaubte ich, hier auf der Farm vergessen zu können. Doch noch aus dem Grab heraus bestimmt er über mein Leben!

Sie erinnerte sich an Tyler Baines Rat: Gefühle wollen gefühlt werden, sonst können sie sich zu einer Panikattacke aufbauschen.

Was muss ich hier fühlen und zulassen? Wut, Trauer? Nein, es fühlt sich an wie Machtlosigkeit. Ohnmacht!

Ich hasse das Gefühl, dass er noch immer mein Leben bestimmt! Ich will verdammt noch mal selbst entscheiden!

Okay, aber wie soll mein Leben aussehen?

Geplagt von Alpträumen? Nein!

Von Rick bestimmt? Nein!

Von Ricks Baby bestimmt? Nein!

Ich kann es nicht bekommen. Jeden Tag würde ich in ihm nur Rick sehen.

Jo schluchzte trocken und schlug die Hände vor das Gesicht, wie um die Wahrheit auszusperren, die sie in Form des Schwangerschaftstestes angegrinst hatte.

»Es ist auch *dein* Baby, Jo. Lässt du es wegmachen, tötest du einen Teil von dir selbst«, warf Brenda am nächsten Tag ernst ein.

»Ja, verdammt! Es ist genau dieser Teil, den ich nicht haben will!«

»Bitte tu nichts Unüberlegtes, Kind. Du musst das nicht gleich entscheiden. Ein Baby ist das Wunderbarste, das einer Frau passieren kann.«

»Wenn es aus Liebe gemacht wird, Brenda! Versteh doch! Dieses hier wird mich auf ewig an die Schmerzen und die Demütigung erinnern, die er mir angetan hat«, weinte Jo verzweifelt.

»Das Baby ist völlig unschuldig daran, so wie du. Es ist ein Teil von dir. Rick ist ein Teil von dir. Dein Hass bringt dich nicht weiter, er schadet dir nur. Du richtest ihn gegen dich selbst. Auch ich hab was gegen den Mistkerl, keine Frage! Doch du musst deinen Frieden mit ihm machen, es abschließen. Denk darüber nach.«

Natürlich tat sie das.

Sie konnte gar nicht aufhören zu denken.

In dieser Nacht versuchte sie, sich vorzustellen, wie es wäre, ein Kind großzuziehen. Ausgerechnet sie, die selbst nie eine liebevolle Familie gehabt hatte, sollte nun eine Mutter sein? Wie könnte sie jemals eine gute Mutter sein, wo sie doch kein Vorbild hatte?

Hatte sich so ihre eigene Mutter gefühlt?

Sie war beinahe im selben Alter schwanger geworden. Jo riss die Augen weit auf und erstarrte! *Ja, genau so muss sie sich gefühlt haben!*

Plötzlich verstand Jo die immense Belastung eines jungen Mädchens, wenn es erfuhr, dass es schwanger war. Ohne festen Partner und die Möglichkeit, dem Baby eine liebevolle Familie bieten zu könne, dachte vermutlich jedes Mädchen erst einmal über eine Abtreibung nach.

Wieviel Zweifel hatte sie wohl, als sie das entschied? Wer hat ihr geraten, abzutreiben und wer hat ihr geraten, mich zu behalten? Wieviel Mut hat es sie gekostet, die Schwangerschaft durchzustehen, um mir das Leben zu schenken? Und wieso hat sie sich schlussendlich dafür und nicht dagegen entschieden?

Jo empfand auf einmal so etwas wie Respekt und einen Anflug von Dankbarkeit dieser Unbekannten gegenüber.

Es war falsch, über sie zu urteilen. Es ist etwas ganz anderes, wenn man selbst eine ähnlich schockierende Erfahrung durchmacht.

Ihre Mutter hatte einen Weg gewählt, den Jo nicht begehen wollte: Sie hatte ihr Baby zur Welt gebracht und es dann weggegeben.

Jo wusste genau, was das mit einem Kind machte. Der Stachel der Ablehnung würde es auf ewig begleiten.

Das Baby abzutreiben bedeutete, wie Brenda es gesagt hatte, dass Jo einen Teil ihrer selbst tötete.

Werde ich das bereuen? Und werde ich dann je die Chance haben, diesen Mutter-Teil kennenzulernen? Ist es nicht eine riesige Chance für mich, es besser zu machen als meine Mutter? Ja, ich wäre ganz sicher eine bessere Mutter! Ich bin anders als sie. Ich bin stark. Ich habe so viel durchgestanden, warum nicht auch das?

Vorsichtig streichelte sie über ihren Leib. Es fühlte sich

noch immer nach nichts an. Es war keine Verbindung zu dem Leben da, das in ihr heranwuchs.

Leise flüsterte Jo: »Du kleines Wesen! Hörst du mich?«

Keine Antwort.

Sie hörte nur ihr Herz leise klopfen.

Nein, es war nicht mehr nur ihr eigenes Herz. Nun klopften zwei Herzen in ihrer Brust. Lächelnd schlief Jo ein, die Hand auf dem Bauch.

NEUANFANG

Es war Ende März und trotz einigen frühlingshaft schönen Tagen war es wieder kalt geworden. Das Wetter war wechselhaft und wusste nicht recht, ob es den Sprung in den Frühling schon wagen wollte oder lieber nicht.

Jo hatte wieder den Laden übernommen. Noch war um diese Jahreszeit nicht viel zu tun. Heute hatte sie nur die Bestellungen und die neuen Preise vorbereitet. So langsam würde der Verkauf des Gemüses anlaufen: Brokkoli, Kohl, Gurken, Rhabarber und Kräuter. Ab Mai kam dann das Obst dazu, was den größten Umsatz einfuhr. Bis dahin wollte Jo sie viel Planungs- und Lagerarbeit wie möglich verrichten, um den Laden optimal auf die Hauptumsatzzeit vorzubereiten.

Sie sortierte den restlichen Papierkram in den Ordner, erhob sich dann und ging zur Ladentür, um abzuschließen. Sie hatte Hunger und freute sich auf das Essen. Und vor allem darüber, dass sie es nicht selbst kochen musste. Jo hatte angeboten, auch wieder in der Küche mitzuhelfen.

»Nein. Auch wenn ich deine Hilfe überall gebrauchen könnte, musst du dich und das Baby schonen. Ihr müsst zu Kräften kommen. Ich habe Clara für Haus und Küche eingestellt«, war Brendas Antwort gewesen.

Jo lächelte und erinnerte sich daran, wie erfreut Brenda sie in die Arme schloss, als sie ihr erklärte, das Baby behalten zu wollen. »Ich bin stolz auf dich, mein Kind. Wir schaffen das!«, hatte sie liebevoll geflüstert und tröstend über Jos Rücken gestreichelt. Jo hatte ihre Entscheidung noch nicht bereut. Ja, sie war körperlich nicht wirklich belastbar. Auch der Arzt hatte ihr geraten, an Gewicht zuzulegen. Die geregelten Mahlzeiten, die frische Farmluft und das Gefühl von Geborgenheit halfen ihr dabei. Es überraschte Jo, dass das Baby sie tatsächlich von Rick und dem Horror in Springfield ablenkte. Seit sie sich dafür entschieden hatte, es zu behalten, schien etwas in ihr zu heilen. Sie begann, sich auf das neue Lebewesen zu freuen. Jo selbst konnte es am wenigsten begreifen, dass es so war. Ihre anfänglichen Bedenken, ständig an Rick erinnert zu werden, hatten sich nicht bestätigt.

Ja, das Baby ist nicht in einem Akt der Liebe gezeugt worden. Dennoch war Rick mein Freund und es hat eine Zeit gegeben, in der ich mir nichts sehnlicher wünschte, als mit ihm auf immer und ewig zusammen zu sein.

Sie erinnerte sich an seinen Trick bei der Maklerin, als er von Verlobung gesprochen hatte. Wie sehr hatte sie sich gefreut, dass er es tatsächlich in Betracht zog. Damals hatte die Phase begonnen, in der sich seine aggressiven Launen gezeigt hatten.

Ich beschließe jetzt einfach, das Baby als ein Kind aus der ersten Phase unserer Liebe zu betrachten. Vielleicht ist es das, was Brenda und der Therapeut meinen, wenn sie sagen, ich müsse diesen Teil in mir annehmen.

Gedankenversunken betrat Jo den Speisesaal. Clara hatte schon das Essen aufgetischt und eingedeckt. Jo registrierte, dass es heute Abend mehr Teller waren als sonst.

»Ja, du siehst richtig. Brenda hat die Jungs und ihre Schwiegertöchter eingeladen«, erklärte Clara auf Jos verwunderten Blick hin.

Als James mit Sybil, Matthew mit Karen und die Kinder eintrafen, war die Stimmung angespannt. Sie hatten offensichtlich nicht vergessen, in welchem Zusammenhang Jo damals verschwunden war. Ihre Blicke sprachen Bände. Sie waren offensichtlich nicht einverstanden mit der Entscheidung ihrer Eltern, Jo wieder ins Haus zu lassen. Die Gespräche am Abendbrottisch waren mehr von Schweigen geprägt als von regen Unterhaltungen. Ungute Blicke flogen hin und her, und am Ende hatte Jo die Nase voll.

Angriff ist die beste Verteidigung!

»Hört mir zu«, begann Jo und räusperte sich, so dass sich ihr alle Blicke zuwandten. »Ich weiß, was ihr alle denkt. Ihr seid enttäuscht von mir und das kann ich euch nicht verdenken. Aber ich habe mit dem Überfall nichts zu tun. Ich schwöre euch, dass ich davon nichts wusste. Am Abend des Erntedankfestes schlief ich im Schuppen, als Javier und Rick ins Haus einbrachen. Dass Rick sich meinen Schlüssel genommen hatte, erfuhr ich erst im Nachhinein.«

»Warum bist du dann mit ihm abgehauen, wenn du nichts damit zu tun hattest?«, verlangte James zu wissen.

»Er hat mir nicht gesagt, was genau vorgefallen ist. Er meinte, ihr würdet mich für eine Komplizin halten und mich davonjagen. Niemals hätte ich euch so etwas Gemeines antun können. Ich bin Brenda und Fred bis heute dankbar dafür, dass sie mir im letzten Jahr eine Chance gegeben haben.«

»Sagen kann das jeder. Wie können wir sicher sein, dass du die Wahrheit sprichst?« James war wohl der Wortführer der Familie. Die anderen waren mucksmäuschenstill und verfolgten den Wortwechsel aufmerksam. »Warum bist du nicht zurückgekommen und hast das Ganze aufgeklärt? Zumindest anrufen hättest du können! Meine Mutter hat sich Sorgen gemacht! Und das, obwohl wir dich alle zum Teufel gewünscht haben.«

»Nun ist es gut, James. Jo *hat* mich angerufen und das Ganze aufgeklärt«, unterbrach ihn Brenda wütend.

»Wie bitte? Wann soll das gewesen sein? Du hast nichts davon gesagt«, klagte James seine Mutter an.

»Nein, das habe ich nicht. Jo hat in Springfield mit diesem Gauner schlimme Dinge erlebt, über die ich nicht sprechen werde. Dass sie sich dennoch bei mir gemeldet hat, zeigt, dass sie eine ehrliche Haut ist. Beschließen wir das Thema jetzt.«

James und die anderen Familienmitglieder beäugten Jo misstrauisch. Es schien, als wüssten sie nicht, ob sie Brenda Glauben schenken oder lieber ihre Abwehrhaltung aufrechterhalten sollten.

»Ich habe die Wahrheit über den Abend erst sehr viel später erfahren, James. Rick hat mir verboten, euch zu kontaktieren. Als ich es doch tat, hat er mir mein Telefon weggenommen und mich verprügelt. Rick ist ein sehr aggressiver Mensch gewesen, das habe ich am eigenen Leib erfahren müssen. Ich hatte Angst vor ihm, Angst um mein Leben, um ehrlich zu sein. Ich traute mich nicht, ihn zu verlassen oder gar, mich gegen ihn zu wehren. Ich will das gar nicht ausführen. Und ich will auch gar kein Mitleid von euch. Wichtig ist, dass ihr mir glaubt: Javier allein war schuld an dem Überfall und vor allem an dem Brand. Und Rick hat ihm mit dem Schlüssel geholfen. Weder Alex, Kenneth noch ich waren eingeweiht«, schloss Jo.

Sie alle schwiegen. Häusliche Gewalt war ein Tabu-Thema in Amerika und es war ihnen sichtlich unangenehm, vor allem den Frauen. Sie konnten ihr nicht in die Augen sehen. Die Minuten zogen sich in die Länge. Plötzlich legte James' Frau Sybil, die neben Jo saß, die Hand auf ihre.

»Es tut mir leid, was geschehen ist. Du hast viel durchgemacht, wenn es stimmt, was du sagst.« Ihre klaren Worte taten Jo weh und zeigten, dass Sybil ihr trotz ihres Lächelns nicht vorbehaltlos traute. »Wir werden sehen, was die Zeit bringt und hoffen, dass du das Vertrauen, das Brenda in dich setzt, nicht ausnutzt. Ich weiß, wie gut du dich damals im Laden angestellt hast und würde mir wünschen, dass du dich wieder so einbringst. Es hilft uns allen hier, wenn der Laden in guten Händen ist.«

Die Männer nickten und sie widmeten sich ihrem Nachtisch. Sie hatten gesagt, was zu sagen war. Die Fronten waren klar. Nun galt es für Jo, sich zu beweisen.

ÜBERRASCHUNG

Sie tat ihr Möglichstes. Sacht und stetig stieg das Arbeitspensum an. Woche für Woche spürte man, wie fleißig die Natur daran arbeitete, Nahrung auszuspucken. Alles wuchs und gedieh.

Die Morgenübelkeit begleitete Jo nach wie vor, und der Geruch und Geschmack von fettem, säuerlichem oder stark gewürztem Essen löste stets Brechreiz in ihr aus. Brenda und Clara trösteten sie mit der Information, dass bei ihnen diese unangenehme Begleiterscheinung etwa ab der sechzehnten Schwangerschaftswoche nachgelassen hatte. Es war rührend, wie sich die beiden älteren Frauen um sie bemühten.

Dennoch vermisste Jo Tag für Tag ihre Freundinnen ein

bisschen mehr. Ariana, Kate und ihre fröhlichen, unbeschwerten Gesichter fehlten ihr. Das belanglose Geplauder auf der Arbeit, dem sie nie viel hatte abgewinnen können, ging ihr tatsächlich ab. Sie versprach sich, sie bei Gelegenheit anzurufen. Auch Kyles Stimme würde sie gerne wieder einmal hören. Und, wenn sie ehrlich war, fehlte ihr Alex' beruhigende, ernste Art.

Doch was soll ich ihnen erzählen? Dass ich schwanger bin, löst sicher keinen Begeisterungssturm aus.

2036 schien ein gutes Erntejahr zu werden. Missouri verzeichnete normalerweise bis zu 65 Tornados pro Jahr. April und Mai waren die Monate, in denen die meisten Stürme übers Land fegten. Doch in diesem Jahr kamen sie bisher glimpflich davon. Brenda und Fred hatten jahrelange Übung darin, alles sturmfest zu machen und die Stunden verbarrikadiert im Haus auszuharren.

Jo kannte das aus New Orleans und half tatkräftig mit.

Missouri ist im Vergleich zu New Orleans keine schlechte Wahl. Im Gegenteil! In New Orleans zu leben, ist deutlich bedrohlicher.

Das Meer war eine unberechenbare Gewalt, die New Orleans regelmäßig terrorisierte.

Natürlich ging der Klimawandel auch nicht an Missouri vorbei. Brenda berichtete von Jahren der Wasserknappheit, erschreckend vielen gewaltigen Tornados oder auch von Überschwemmungen, die der Farm böse zugesetzt hatten. Dennoch hielten sich die Naturgewalten die Waage und die üppige Vegetation machte Missouri zur ertragreichsten Ernteregion des Landes.

Ende Mai stellten sich auf der Farm die Erntehelfer wieder ein. Die Ernte der Kirschen, Erdbeeren und Blaubeeren begann.

Und eines Tages wehte ein warmes Frühlingslüftchen Alex und Kenneth in Jos Laden.

Jo hatte das tiefe Brummen eines Automotors vor dem Laden gehört. Sie war so vertieft in ihre Abrechnung gewesen, dass sie erst aufsah, als die Klingel über der Tür ging. Sie erkannte Kenneths roten Haarschopf in der Tür, gefolgt von Alex strohblondem Strubbel-Look, und traute ihren eigenen Augen nicht.

»Kann es wahr sein? Ist das echt wahr? Mann, ist das schön, euch zu sehen!« Sie lachte voller Freude und rannte um den Tresen herum, um die beiden zu umarmen.

Alex und Kenneth wanden sich verlegen in der ungewohnten Freundschaftsbekundung.

»Was ist geschehen? Was treibt euch hierher?«, fragte Jo und ließ sie los. Doch bevor die beiden zu einer Antwort ansetzen konnten, erklang ein metallisches Knacken hinter ihnen und alle wirbelten sie gleichzeitig herum.

Fred stand im Türrahmen, sein Gewehr im Anschlag. »Keine Bewegung – oder ich schieße!«, knurrte er wütend. Ein Auge hatte er zugekniffen, mit dem anderen zielte er über den Lauf des Gewehres auf die Jungs.

»Fred, was tust du?«, rief Jo und stellte sich mutig vor die Jungs und somit in die Schusslinie, die Hände beschwichtigend erhoben.

»Geh mir aus dem Weg, Mädchen! Ihr habt hier nichts zu suchen, ihr nichtsnutziges Pack! Was wollt ihr, hä?

Wieder etwas klauen?«, verlangte Fred zu wissen.

Alex schob sich an Jo vorbei. Er richtete sich langsam und vorsichtig zu seiner vollen Größe auf, die Hände wie Jo in die Luft gereckt.

»Mr. Evans. Sorry, dass wir hier so einfach antanzen. Wir haben nichts Böses im Sinn. Bitte glauben Sie mir.«

»Wieso sollte ich dir noch ein Wörtchen glauben, Bürschchen?«, zischte Fred. »Das letzte Mal, als ich dich hier sah, bist du mit deinen feinen Freunden abgehauen. Einer von euch hat versucht, uns zu berauben und meinem Sohn den Schädel einzuschlagen, und der andere hat ein unschuldiges Mädchen misshandelt.«

»Fred, bitte leg das Gewehr weg. Alex hat mir in Springfield das Leben gerettet, erinnerst du dich? Ich habe euch erzählt, dass er mich vor Rick beschützt hat«, brachte Jo flehend hervor.

»Vielleicht, vielleicht auch nicht. Immerhin war er befreundet mit den anderen beiden. Das sagt eigentlich schon alles! Ich will euch nicht mehr hier haben. Ich vertrau euch nicht!«, insistierte der alte Bauer.

»Das kann ich nachvollziehen, Mr. Evans. Wirklich. Wir haben keinen guten Abgang hingelegt, das stimmt. Aber wenn Sie mich erklären lassen, wie es dazu kam, dann …«

»Ach, halt die Klappe, Junge. Was gibt es da schon zu erklären?«, unterbrach Fred ihn. Doch immerhin senkte er das Gewehr um ein paar Zentimeter.

Kenneth ergriff das Wort: »Mr. Evans, das alles ist auf Ricks und Javiers Mist gewachsen. Wirklich! Alex und ich hatten keine Ahnung, was da lief, also, was die beiden geplant hatten.«

»Dann hättet ihr zu mir stehen müssen, nicht zu diesem Windhund! Immerhin war *ich* euer Boss.«

Alex warf ein: »Er hat uns erpresst, Sir. Wir waren von ihm abhängig. Für Sie mag das wie eine Ausrede klingen, doch es war so! Seit er nicht mehr am Leben ist, führen wir ein normales Leben. Alles hat sich verändert. Bitte erinnern Sie sich: Solange wir bei Ihnen gearbeitet haben, haben wir immer gute Arbeit geleistet.«

Alex' Worte fielen auf fruchtbaren Boden. Fred war ein Mensch, das hatte Jo so erfahren, der einen anderen nach seinen Taten beurteilte. Und auf Alex und Kenneth war immer Verlass gewesen, bis auf ihren Abgang. Jo wartete ab und mischte sich nicht mehr ein. Fred musste selbst entscheiden, inwieweit er den Jungs vertrauen würde.

Er wackelte mit dem Kopf.

In dem Moment polterte Brenda über die Veranda in den Laden. Schwer schnaufend, als wäre sie gerannt, mischte sie sich ein: »Was ist hier los? Meine Güte, Fred, nimm doch die Knarre runter!«

»Nein, Brenda. Zuerst muss ich wissen, ob uns diese Kerle Böses wollen.«

»Na, dann lass uns anhören, was die Bengel überhaupt wollen. Sprecht!«, forderte Brenda die Jungs auf.

Freds Armmuskeln entspannten sich und er nahm das Gewehr herunter. Dass er weiterhin wachsam blieb, verriet sein kritischer Blick. »Ich hoffe, du weißt, was du da tust«, raunte er seiner Frau skeptisch zu.

Jo atmete erleichtert auf. »Ich mache allen einen Kaffee und ihr probiert meinen Test-Rhabarber-Pie. Dann können wir in Ruhe reden.«

Ich höre mich bereits an wie Brenda.

»Das hier ist doch kein Kaffeekränzchen«, brummte Fred, doch seine Frau ergriff seinen Arm, um ihn zu beschwichtigen.

»Ich will hören, was sie zu sagen haben. Auf eine gute Entschuldigung habe ich schon lange gewartet. Und wenn sie nichts taugt, mein Lieber, dann kannst du sie immer noch von der Farm jagen und wir ziehen Jo den Kuchen und den Kaffee vom Lohn ab.«

Meine Brenda – pragmatisch wie immer.

Fred seufzte: »Na schön«, und lehnte das Gewehr in den Türrahmen.

»Dann lass uns mal diesen Pie anschneiden, Jo.« Brenda kam zu ihr hinter den Tresen und half ihr, die Tassen zu befüllen.

»Der beruhigt sich schon, wirst sehen«, flüsterte sie. »Bist du froh, deine Jungs zu sehen oder ist es dir unangenehm?«

»Nein, Bren, ich freue mich total! Ich bin überrascht und neugierig, was sie herführt.«

»Na ja, ich habe da so meine Vermutung. Der Blonde mit dem Tattoo – wie heißt er gleich? Er mag dich. Für sowas habe ich ein Auge, das weißt du ja. Vielleicht wollte er dich einfach wiedersehen«, neckte Brenda und Jo stieß sie genervt mit dem Ellenbogen in die Seite.

»Das ist Alex, Ricks bester Freund. Und im Übrigen habe ich von Jungs erst einmal gehörig die Nase voll!«

»Das will ich sehen«, gluckste die Ältere.

In der angenehmen Umgebung des Ladens, mit dem Duft von warmem Kuchen und Kaffee, entspannte sich die Lage deutlich.

Alex bekam die Gelegenheit, sich zu erklären. Einige Teile der Geschichte kannten Brenda und Fred von Jo und Kyle und nickten wissend bei den Passagen.

»Es tut mir alles sehr leid, Mr. und Mrs. Evans. Wir haben immer gerne bei Ihnen gearbeitet. Kenneth und ich wollten nicht, dass Ihnen oder der Farm Leid zugefügt wird. Wir wussten wirklich nichts davon, dass Javier vorhatte, sie zu beklauen.

Rick und Javier kennen wir schon seit vielen Jahren. Ja, die beiden waren nicht immer gesetzestreu. Auch Kenneth und ich haben in unserer Jugend krumme Dinger gedreht, doch seit langer Zeit haben wir uns nichts zuschulden kommen lassen. Einzig, um nach der Flut aus New Orleans heraus zu kommen, haben wir uns die Bikes geklaut. Ich weiß, dass das kein gutes Bild auf uns wirft. Aber ich will Ihnen damit beweisen, dass wir ehrlich zu Ihnen sind.

Ich will, dass Sie die Situation verstehen, in der wir uns damals befanden: Rick hat uns den Lohn abgepresst und behauptet, der Gruppe Schutz zu bieten. Kenneth und ich hatten schon lange den Wunsch, aus der Gang auszusteigen, doch er hat gedroht, er würde uns der Polizei melden. Vermutlich ist aber eh alles schon längst verjährt. Wir hatten einfach gehörigen Respekt davor, nachträglich noch bestraft zu werden oder gar einen Chip-Eintrag zu bekommen. Nie wieder hätten wir dann einen anständigen Job bekommen.«

Diesen Teil der Geschichte kannte selbst Jo nicht. Es passte aber zu Jos Bild über Rick.

»Wir sind keine schlechten Menschen, Mr. Evans. Wenn Sie uns eine Chance geben, beweisen wir Ihnen erneut, dass wir treu und loyal sind.«

»Heißt das, ihr wollt auf der Farm bleiben?«, fragte Jo überrascht.

Alex räusperte sich verlegen. »Nachdem du weg warst, Jo, ist einiges passiert. Kenneth und ich haben keine neue Wohnung bekommen. Wir haben uns in einem Motel ein Zimmer gemietet. Du kannst dir vorstellen, dass das nicht gerade günstig war. Dann hat leider Regal Plastic Supply geschlossen.«

»Ja, das habe ich gelesen. Die sind den Bach runter, weil keiner mehr in Plastik investieren will«, warf Brenda ein.

»Ganz genau. Kenneth hat dort gearbeitet. Somit fiel ein Gehalt weg. Und dass ich uns beide durchfüttere, noch dazu in einem Motel, ist auf Dauer unhaltbar. Kenny hat sich zwar beworben, doch im Moment stehen die Chancen schlecht, weil natürlich alle Regal-Plastic-Leute auf Suche sind.

Wir haben beide die Schnauze voll von Springfield. Wir wollten eh nie dort hin. Wir sind beide keine Stadtmenschen. Wir sind damals ja nur Rick gefolgt. Viel lieber wären wir auf der Farm geblieben. Mr. Evans, Mrs. Evans, ich weiß, dass es schlechte Vorzeichen sind, unter denen wir hier aufschlagen. Doch ich bitte Sie, geben Sie uns eine Chance, alles wieder gut zu machen. Jetzt, da die Erntesaison wieder beginnt, brauchen Sie doch sicher zwei Paar kräftige Hände. Sie müssten uns nicht einmal mehr einarbeiten.« Sein Blick war offen und verletzlich.

»Es ist schon dreist, hierherzukommen und zu erwarten, dass wir euch mit offenen Armen empfangen«, sagte Fred kopfschüttelnd. Er schlürfte an seinem Kaffee und sah die Jungs griesgrämig an.

»Können wir Ihnen denn nicht beweisen, dass wir es ernst meinen? Was halten Sie davon, wenn wir zwei Wochen ohne Lohn für Sie arbeiten? Und damit Sie sicher gehen können, dass wir nichts Unanständiges planen, können wir irgendeine andere schlaue Vereinbarung treffen. Vielleicht fällt Ihnen da etwas ein.«

Alex schien fieberhaft zu überlegen, womit er Fred noch überzeugen konnte. Kenneth starrte betreten auf seine Hände. Offensichtlich wollte er sich lieber aus der Argumentation raushalten.

Brenda rettete die Situation, indem sie ihren Mann sein Gesicht wahren ließ: »Ich schlage vor, wir nehmen die Herren beim Wort, Fred. Sie schulden uns was. Mit den zwei Wochen ist es aber meiner Meinung nach nicht getan. Ihr arbeitet vier Wochen ohne Lohn, jeder von euch. Kost und Logis sind umsonst, wie immer. Wenn ihr danach noch bleiben wollt, reden wir weiter. Was hältst du von der Lösung, Fred?«

Alle Augen richteten sich auf den alten Mann. Er ließ sie lange zappeln. Doch am Ende knurrte er unwillig: »Meinetwegen. Versuchen wirs. Ich hoffe, du behältst recht, meine Liebe.«

Jo freute sich, die Jungs hier zu haben. Es fühlte sich fast wie Familie an. Gleichzeitig erkannte sie, wie traurig das war.

Die Jungs sind nicht meine Familie. Ich kenne sie noch nicht einmal ein Jahr.

Doch die harte Zeit und die gemeinsamen Erfahrungen schienen sie mit Alex und Kenneth zu verbinden.

Sie kennen meine Geschichte mit Rick. Und neben Kyle war Alex derjenige, der mich gerettet hat.

Alex und Kenneth holten ihre Taschen aus einem alten, rostigen Truck, den sie vor dem Laden geparkt hatten, und brachten sie in die Arbeiterunterkünfte. Als Alex gerade den Truck vom Parkplatz fahren wollte, schlenderte Jo zu ihm hinüber. Er stieg aus und kam ihr ein paar Schritte entgegen.

»Ich kann nicht fassen, dass ihr hier seid! Es fühlt sich gut an«, sagte Jo.

Am liebsten würde ich dich nochmals umarmen … Es tut so gut, dich zu sehen. Ich habe dich vermisst.

Er sah sie von unten herauf an und lächelte schüchtern. »Wirklich? Ich war mir nicht sicher, ob es dir recht ist.«

»Ernsthaft? Alex, es ist so schön, dich wiederzusehen! Es tut mir leid, dass ich mich nicht gemeldet habe.«

»Wenn ich es richtig sehe, hattest du ganz andere Sorgen.« Sein Blick wanderte über ihren Bauch. »Wie geht es dir?«, fragte er und biss sich dabei auf die Unterlippe.

»Du hast es gesehen? Ja … Das ist Ricks Erinnerung. So einfach wollte er sich nicht aus meinem Leben schleichen.« Zaghaft strich Jo sich über die Wölbung ihres Babybauches.

»Ich will dir nicht zu nahetreten, Jo, aber war es nicht schwierig, zu entscheiden, was du tun willst? Du scheinst dich damit arrangiert zu haben.« Ernst und beinahe besorgt sah er ihr in die Augen. Seine offene Art, das Thema anzusprechen, imponierte Jo. Es fiel ihr nicht schwer, ehrlich zu antworten. »Du hast recht. Ich war total geschockt, als der Test anzeigte, dass ich schwanger bin.

Mein erster Impuls war, das Baby abzutreiben.«

»Es ist dein Leben und dein Körper. Warum hast du dich anders entschieden? Hat dich etwa jemand dazu überredet?« Sein skeptischer Blick schweifte zur Farm.

»Denkst du dabei an Brenda?« Jo lachte unbekümmert. »Nein, Alex. Sie hat mir die Wahl gelassen. Warum ich mich für das Baby entschieden habe? Weil ich es besser machen will als meine Mutter. Ich will dem Baby eine Chance geben. Findest du das falsch?«

Kurz schwieg er, dann schüttelte er den Kopf. »Ich darf mir hier gar keine Meinung erlauben, Jo.« Seine blauen Augen glänzten plötzlich voller Bewunderung. Jo stockte der Atem, so sehr berührte sie sein Blick. »Ich finde es sehr, sehr mutig von dir, das Baby zu behalten. Rick hat dich gar nicht verdient.« Er zögerte, so als suche er nach Worten. »Ich glaube, dass dir das alles hier guttut. Die Luft, die Evans, dein Laden, ja, auch das Baby … Du siehst gut aus, gesund und glücklich.«

»Danke!«

Ihre Wangen röteten sich. Alex hatte recht. Ihre Seele und ihr Körper heilten in gleichem Zuge, wie das Baby wuchs. Es waren erst drei Monate vergangen, seit sie auf der Farm war, doch es fühlte sich wie ein halbes Leben an.

SCHMETTERLINGE

An einem der ersten Abende nach Alex' und Kenneths Ankunft nahm Brenda Jo in der Küche zur Seite. Schon immer hatte Brenda die Küche gewählt, um ernste private Gespräche mit ihr zu führen, erinnerte Jo sich schmunzelnd.

Zum Beispiel, um mich vor Rick zu warnen.

Wovor will sie mich heute warnen?

Vor Alex etwa?

Da lag sie gar nicht so falsch …

»Hör mal, Jo. Ich habe gesehen, wie du Alex Bennet ansiehst. Du magst ihn, richtig?«, neckte Brenda. Sie trocknete eine Pfanne ab und wies mit dieser auf Jo.

»Meine Güte, Brenda, dir entgeht auch gar nichts«, gluckste Jo und nahm ihr die Pfanne ab. »Ja, ich mag ihn«, gestand sie zögerlich, »aber nicht so, wie du denkst. Alex hat mir über eine sehr schwere Zeit hinweggeholfen. Und schließlich hat er mir das Leben gerettet. Ich glaube, er ist ein guter, anständiger Kerl.«

»Ja, das glaube ich auch. Ich denke, er wäre gut für dich.«

»Willst du uns etwa verkuppeln?«, lachte Jo. »Das kannst du dir abschminken. Ich habs dir schon gesagt – ich brauche keinen Mann. Ich habe genug erlebt und gefühlt.

Das reicht für zwei Leben.«

Brenda wurde ernst.

»Pass auf, was du da sagst. Du bist noch jung. Du kannst in deinem zarten Alter nicht schon der Liebe abschwören. Noch dazu, weil du bald an zwei denken musst. Es würde dir und dem Baby guttun, wenn ihr einen Versorger hättet.«

»Brenda! Heutzutage ist das nicht mehr so, hast du mir gesagt. Ich komme gut allein zurecht.« Sie tätschelte Brendas Arm.

»Mal dir das nicht zu einfach aus, Jo.«

»Mag sein, dass es einfacher ist, wenn man zu zweit ist. Aber ich habe trotzdem nicht vor, mir einen Mann zu nehmen, bloß, um versorgt zu sein«, ahmte sie Brendas Stimme nach und setzte dabei das »versorgt« mit Zeige- und Mittelfinger in Gänsefüßchen.

»Na, ich werde dich bei Gelegenheit daran erinnern. Für den Fall, dass du es noch immer nicht gemerkt hast: Er sieht dich auf eine ganz besondere Art und Weise an. Ich glaube wirklich, dass ihm was an dir liegt. Ich seh sowas. Bei Rick, dem Halunken, habe ich es auch gesehen.« Sie zwinkerte Jo zu und drehte sich dann um zur Spüle, so als beende sie das Thema hiermit.

Jo lag wach in ihrem Bett.

Typisch. Seit Brenda mir den Floh ins Ohr gesetzt hat, kann ich nicht mehr normal mit Alex umgehen.

Sie achtete gezielt auf ihre Blicke und Bewegungen und kam sich seltsam ungelenk dabei vor.

Ja, ich mag ihn, verdammt. Aber es ist nicht so wie

damals bei Rick, dass ich vor lauter Schmetterlingen nicht mehr klar denken kann.

Sie erinnerte sich noch lebhaft daran, wie ihre Knie weich wurden oder sich ihr Magen zusammenzog, nur weil Rick mit ihr sprach.

Das mit Alex war anders.

Er sieht gut aus und ich mag seine stille, nachdenkliche Art. Es tut gut, ihn wieder um mich zu haben. Aber ich bin nicht verliebt in ihn. Es fühlt sich nicht so an wie mit Rick.

Doch war Rick ein gutes Maß in dieser Sache?

Sie legte ihre Hände grübelnd auf ihren Bauch. Es war ein Uhr nachts und sie wünschte sich dringend, schlafen zu können. Doch immer wieder kreisten ihre Gedanken um Brendas Hinweis: »Ihr braucht einen Versorger.«

Und genau in diesem Moment sprach es zu ihr, zum ersten Mal! Es war ein Flattern im Bauch wie von tausend Schmetterlingen!

Schmetterlingstanz!

Mein Baby! Es hat sich bewegt! Kann das sein?

Voller Staunen hielt Jo den Atem an und wartete auf eine Wiederholung. Doch nichts geschah.

Der Juni stand vor der Tür. Sie war ungefähr in der 22. Schwangerschaftswoche. Ja, es konnte durchaus sein!

»Hallo, kleiner Schatz«, flüsterte sie glücklich in die Dunkelheit hinein. »Schön, dass du dich meldest. Ich habe mich schon gefragt, wann es passieren würde und wie es sich anfühlt … Und weißt du was? Es fühlt sich gut an!«

Sie betastete die angespannte Haut. Und in dem Moment bewegte es sich erneut. Wie eine winzige Wellenbewegung! Jo entrang sich ein zittriges Lachen. »Es fühlt sich wunderbar an. Bist du nicht müde? Dann gehts dir wie mir. Ich grüble nachts gerne. Ich hoffe, das erbst du mal nicht. Es macht nämlich keinen Spaß. Morgen früh muss ich bald raus und könnte den Schlaf gut gebrauchen.«

So redete sie eine Weile vor sich hin, bis sie endlich die Müdigkeit übermannte und sie selig einschlief, die Hand immer noch auf dem Bauch.

Brenda war entzückt, als Jo ihr am Morgen mit strahlenden Augen von den Bewegungen des Babys erzählte, und lachte gutmütig. »Ja, ich erinnere mich genau, wie überwältigend das ist. James war ein ziemlich aufdringliches Baby. Sobald er mit Treten angefangen hat, hörte er kaum mehr auf, bis hin zur Geburt.«

Brenda briet Jo ein Rührei, ohne auf ihre Proteste zu achten. »Das Ei ist gut für dich. Du brauchst Eiweiß und Fett. Und Proteine! Ich mach gleich noch eine Portion Bacon dazu.«

Brenda war nicht aufzuhalten. Zum Glück hatte sie recht behalten und die Morgenübelkeit war irgendwann verschwunden und der Appetit stattdessen zurückgekehrt. Jo hatte keine Lust, sich an diesem wundervollen Morgen mit ihr zu streiten und fügte sich.

Wenn ich schon mal im Leben bemuttert werde, sollte ich mich nicht dagegen wehren.

Der Juni verlief heiß und trocken. Die Temperaturen kletterten auf 38 Grad und kühlten nachts kaum ab. Fred war besorgt. Das ging ihm zu schnell. So gut es das Wetter in diesem Jahr mit ihnen bisher gemeint hatte – nun schien es umzuschwenken.

Jo schwitzte tagsüber im Laden und nachts in ihrer Dachkammer. Sie begann wieder damit, im alten Schuppen ihren Badezuber zu nutzen. Sie alle warteten sehnsüchtig auf Regen. Als er dann endlich kam, wütete er in Kombination mit schweren Stürmen, die mehrere Tage andauerten. Viele Apfelbäume der Farm und des Umlands wurden beschädigt und Fred sah schwarz für die diesjährige Apfel-Ernte. Auch der Juli blieb heiß und drückend und es bedeutete einen enormen Arbeits- und Kostenaufwand, die Felder zu bewässern.

Was Freds anfängliche Zweifel gegenüber den Jungs anging, so hatten sich diese nicht bewahrheitet. Alex und Kenneth strengten sich mächtig an, sein Vertrauen zurückzugewinnen.

Eines Abends setzte sich Alex beim Essen neben Jo. Er legte behutsam ein Stück Papier vor ihr auf den Tisch und strich es glatt. Es war sein Arbeitsvertrag. Jo sah überrascht auf. Dann warf sie Brenda einen dankbaren Blick zu. Diese zwinkerte verschwörerisch und Jo konzentrierte sich wieder auf Alex

»Glückwunsch! Ihr habt es geschafft! Das freut mich riesig, Alex!«

»Ist es dir auch recht?«, fragte er vorsichtig.

»Natürlich! Wie kommst du darauf, das Gegenteil zu denken?« Jo zog erstaunt die Augenbrauen nach oben.

»Na ja, ich kann mir vorstellen, dass wir dich an … du weißt schon … an Rick erinnern.«

»Ab und zu kämpfe ich noch mit meinen Geistern. Wie

du sicherlich auch, nicht wahr? Das heißt aber nicht, dass wir uns dem Leben verweigern müssen. Ich will mich gar nicht mehr mit der Vergangenheit abgeben …«

… wo die Zukunft doch in mir liegt.

Sie streichelte über ihren Bauch.

Alex nickte versonnen.

Ihre Worte schienen ihn zu berühren.

STURM

Waren Alex und Kenneth mit einem Frühlingswind auf die Farm geweht worden, so kam Kyle eines Abends Ende August mit der Ahnung eines Sommergewitters angedonnert. Dunkle Wolken hatten sich am Himmel zusammengebraut. Staub wirbelte auf, als er mit seinem Camaro in den Hof rauschte. Musik dröhnte in voller Lautstärke aus den geöffneten Fenstern.

»Ist das Billy Idol?«, gluckste Brenda. »Das habe ich ja schon seit Jahren nicht mehr gehört!«

Brenda, Fred und Alex hatten sich mit einem Bier auf die Veranda gesetzt.

Jo saß mit einem Eistee auf der Hollywood-Schaukel und hatte die Beine hochgelegt. Vor Überraschung verschluckte sie sich beinahe an ihrem Getränk. Dann lachte sie aus vollem Halse. Kyles Musikgeschmack war unverändert: altmodisch!

Er stieg aus dem Camaro und winkte ihnen.

Seine weiße Leinenhose und das rosafarbene T-Shirt hoben sich grell von seiner braungebrannten Haut ab. Mit einer Hand in der Hosentasche trat er auf die Veranda. »Hi, Mrs. Evans, hi, Mr. Evans! Schön, Sie wiederzusehen. Alex.« Er nickte ihm zu. Dann ging er zu Jo hinüber und umarmte sie. »Hi, Jo.« Er wich zurück. Sein Blick war an Jos Bauch hängen geblieben. Mit einem Seufzen ließ er sich neben sie auf die Hollywood-Schaukel sinken. »Ich sehe, es ist einiges passiert, das ich nicht mitbekommen habe! Was genau habe ich verpasst?«

Jo seufzte. »Ich gebe zu, ich hätte es euch sagen müssen. Ich hatte mehrmals vor, dich, Kate und Ariana anzurufen, aber ich hatte keine Ahnung, wie ich es euch erklären sollte.«

»Dann erklär es mir jetzt.« Seine Augen suchten Alex. »Seid ihr etwa zusammen?«

»Nein«, antwortete er.

»Nein, und Alex ist auch nicht der Vater. Es ist Ricks Baby. Bald nach Ankunft auf der Farm habe ich gemerkt, dass ich schwanger bin.«, ergänzte Jo.

»Oh.« Voller Mitgefühl sah Kyle sie an.

»Es braucht dir nicht leidzutun. Es ist okay. Ich habe mich für das Baby entschieden.« Schützend umarmte sie ihren Bauch. »Was führt dich zu uns, Kyle?«, fragte sie dann neugierig.

»Ich habe Nachrichten. Es gibt Neues von Javier LaCruz.«

Alex und Jo richteten sich gleichermaßen alarmiert auf und starrten Kyle an. »Hat sein Prozess stattgefunden?«, fragte Alex.

»Ja. Und er wurde verurteilt zu fünf Jahren Haft.«

»Halleluja!«, stieß Brenda juchzend aus.

»Das ist gut«, hauchte Jo.

»Das ist schlecht«, brachte Alex mühsam durch die zusammengebissenen Zähne hervor.

»In Anbetracht dessen, dass die Staatsanwaltschaft ihm nicht alles hat nachweisen können und sich der Prozess deswegen so lange hinzog, ist es ein gutes Urteil«, korrigierte Kyle.

Alex' Kiefer mahlten. »Bei guter Führung ist der doch nach drei Jahren wieder draußen! Was wird er wohl dann als Erstes tun? Er wird Jo suchen und sich an ihr rächen.«

»Nicht nur an mir, Alex. An dir vermutlich ebenfalls. Er muss davon ausgehen, dass wir ihn ans Messer geliefert haben.« Jo war mulmig zumute. Es war völlig unkalkulierbar, was geschehen würde, sobald Javier freikäme.

Kyle schüttelte den Kopf. »Ihr habt ihn doch nicht ans Messer geliefert. Die Beweislage war klar: Körperverletzung und unterlassene Hilfeleistung. So stand es im Polizeibericht.«

Brenda hob die Hände und warf ein: »Ich finde nicht, dass ihr euch darüber jetzt den Kopf zerbrechen müsst. Erst mal ist der Schuft hinter Gittern. Basta! Und darauf trinken wir einen Schnaps!« Sie klatschte sich auf die

Schenkel, erhob sich und marschierte in die Küche.

Während die anderen anstießen, hing Jo ihren eigenen Gedanken nach. Sie drückte sich das kalte Glas Eistee an die Stirn. Kopfschmerzen zogen langsam vom Nacken in ihre Schläfen hoch. Die alte Angst kam wieder angekrochen. Doch Brendas Einwand war völlig richtig: Im Moment mussten sie sich keine Sorgen machen. Javier war für fünf Jahre hinter Gittern. Entschlossen fokussierte sie sich auf das Jetzt.

Ganz ruhig, Jo.

Du bist in Sicherheit. Niemand wird dir wehtun.

Javier ist im Knast und Rick tot. Dein neues Leben ist hier, in Frieden. Das Baby wird gesund und unbelastet von deiner Vergangenheit aufwachsen.

Die Kopfschmerzen zogen sich etwas zurück und in Jo breiteten sich Ruhe und Dankbarkeit aus. Sie verspürte das dringende Bedürfnis, allein zu sein und erhob sich. »Leute, es tut mir leid, ich brauche einen Moment für mich. Ich geh noch ein paar Schritte.«

»Ja, tu das. Aber geh nicht zu weit. Der Sturm ist bald hier«, warnte Brenda.

»Ich bin bald wieder da«, beruhigte sie Jo.

Sie lief in Richtung Felder und sah vor sich die Esche auftauchen. Wollte sie wirklich dorthin?

Ja, genau da will ich hin. Ich will eine Verbindung zu Rick herstellen.

Als sie an dem alten Baum anlangte, versank die Sonne in glutroten Farben am Horizont. Der Wind hatte zugenommen und rauschte in den Ästen. Der Schweiß auf Jos

Haut begann zu trocknen und sie genoss die Brise. Lächelnd streichelte sie über ihren Bauch.

»Kleines, hier ist es passiert, an Jordans zwanzigstem Geburtstag. Hier habe ich deinen Vater zum ersten Mal geliebt. Es war wunderschön! Er schien mir so perfekt … wie ein wunderschöner Traum, der wahr wurde. Und später wurde er dann zu meinem Alptraum.«

Jo stockte. Längst hatte sie geglaubt, alle Gefühle gefühlt, alle Tränen geweint zu haben, doch noch immer ließ sie ihre verlorene Liebe nicht kalt.

Besonders nicht an diesem speziellen Ort.

Jo lehnte sich an den Baum. Sie fühlte sich Rick sehr nahe, ihrem geliebten Rick. Von dem anderen, dem verhassten, brutalen Rick, war sie meilenweit entfernt.

Ich bereue nicht mehr, dass ich mich in ihn verliebt habe. Es war eigentlich unvermeidbar. Sein Charme hat mich einfach umgehauen! Wie unerfahren ich doch war!

Doch selbst mit mehr Lebenserfahrung hätte sie sich wohl in ihn verliebt und seine Persönlichkeitsstörung vermutlich nicht als solche erkannt. Ricks Dämonen waren tückisch. Nie im Leben hätte sie sich träumen lassen, dass in ihm ein gewalttätiges Monster schlummerte. Wer hätte auch ahnen können, dass seine emotionalen Verletzungen aus der Kindheit ihn noch immer folterten und er nicht gegen sie ankam?

Auch ich habe meine Monster: Die Ablehnung durch meine Mutter, die kaltblütige Art Pams, wie sie mit den Männern und der Liebe umgeht, keine Liebe verdient zu haben und ständig etwas gutmachen zu müssen. Wird mich das je loslassen?

Doch vielleicht ging es ja gar nicht ums Loslassen, sondern vielmehr ums Annehmen.

Es ist so, wie es ist.

Rick hatte ihr nicht nur ein Leben geschenkt in Form des neuen Chips. Nein, er hatte ihr sogar ein weiteres Leben geschenkt – das ihres Babys. Sezierte man die Umstände nicht, so wäre sie ohne ihn gar nicht erst auf die Farm gekommen.

Das Leben auf der Farm, Brenda, Fred und das Baby waren etwas Gutes in ihrem Leben, ein Geschenk!

Ich will, dass dieses Glück in meinem Leben bleibt, am besten für immer.

Und kein Javier oder andere Umstände sollen mir das je wieder nehmen!

Ihr wurde bewusst, was für eine Transformation sie durchlaufen hatte. Ihr verhasstes Leben in New Orleans hatte sich zu einem glücklichen an diesem wunderschönen Ort gewandelt. Die Ausreißerin hatte eine Heimat gefunden. Aus einer einsamen Jo war eine Jo mit Freunden und einer wenn auch kleinen Familie geworden. Zorn, Schmerz und Verzweiflung hatten sich in Lebensmut verwandelt. Wie als Antwort auf diese Gedanken stupste sie das Baby an.

Schmetterlingstanz.

Ein neues Leben – MEIN neues Leben!

Aus der Raupe ist ein Schmetterling geworden. Musste nicht alles genau so geschehen, damit ich das begreifen kann?

Jo hörte ein Knirschen auf dem Kiesweg. Im schwindenden Licht erkannte sie Alex' Konturen und seinen lässigen Gang. Mit gesenktem Kopf trat er näher.

»Ich will dich nicht stören, Jo. Aber siehst du die schwarzen Wolken? Der Sturm zieht auf und ich wollte nur, dass du sicher nach Hause kommst.«

Wieder tanzten die Schmetterlinge in ihr. Doch dieses Mal blieb das Baby still.

Er macht sich Sorgen um mich, mein Schutzengel.

Jo lächelte ihn an. »Schon gut. Hast du gedacht, ich bin dir böse?«

»Ja«, gestand er schlicht. »Du wolltest allein sein.«

»Jetzt bin ich froh, dass du da bist.«

Der Himmel hatte eine intensive Mischung aus Bleigrau und Dunkelblau angenommen. Die Stimmung war apokalyptisch. Eine seltsame Verlegenheit breitete sich zwischen ihnen aus. »Hier haben Rick und ich uns das erste Mal geliebt«, sagte sie schließlich.

Alex nickte. »Du denkst immer noch viel an ihn, oder?«

»Manchmal.«

»Ich auch. So leicht kriegen wir den Scheißkerl wohl nicht aus unserem Kopf.«

»Vermisst du ihn? Ich meine, als Freund?«, fragte sie.

»Nein. Kenny ist mir ein viel besserer Freund. Seltsam, dass man das manchmal nicht checkt.«

»Das ist wahr. Ich habe mich auch oft gefragt, warum ich mich überhaupt in ihn verliebt habe.«

»Du kannst nicht beeinflussen, in wen du dich verliebst«, sagte er leise. »Du bist vielleicht die, die das am ehesten versteht. Meine Gefühle für Rick waren immer Bewunderung und die Art von vorbehaltloser Liebe, die man einem Menschen entgegenbringt, der nichts falsch machen kann. Er war ein Held für mich. Aber er hat mich auch viele Male in meinem Leben enttäuscht. Ich bin müde geworden, müde ihn zu lieben. Ich habe das Gefühl, er verdient meine Liebe nicht mehr. Wie kann ein Mann einem schwächeren Menschen nur so wehtun? Seine Geliebte schlagen, ihr sogar im Affekt das Leben nehmen? Ich habe viel Zeit zum Nachdenken gehabt, Jo, und ich weiß nun, dass Rick Mendoza seinen Tod verdient hat.« Alex beschrieb auf seine Art die widersprüchlichen Gefühle zu einem Menschen, der einem wehgetan, den man aber dennoch geliebt hatte.

»Ja, das verstehe ich. Es ist, als habe Rick Narben in uns hinterlassen. Narben, die wir nicht mehr losbekommen«, flüsterte sie.

»Wie Tattoos, die uns das Leben gestochen hat. Wir müssen mit ihnen leben«, antwortete er.

Behutsam strich sie über sein Tattoo und fragte sich, welche Narbe es überdecke, vor welchem Schmerz es ihn beschützen sollte.

Bin ich bereit, mich so tief auf ihn einzulassen, um es herauszufinden? Bin ich jemals wieder bereit, mich auf jemanden einzulassen? Wenn ich eines gelernt habe, dann dass ich mich wichtig nehmen muss! Wichtig genug, um für meine Bedürfnisse einzustehen. Ich will mich nicht mehr verbiegen für meinen Freund!

Ich bin gerade dabei, zu mir selbst zu finden. Wie kann ich mich jetzt auf jemand Neuen einlassen?

Er betrachtete ihre Hand auf seinem Arm. Dann hob er seine Linke und legte sie behutsam auf ihre. »Eines habe ich gelernt durch Rick. Zu lange zu schweigen ist, als ob du dir selbst täglich ein Messer in den Bauch rammst. Jo, ich will, dass du eines weißt: Ich bin immer für dich da. Für dich und das Baby.«

Sie wusste, dass er das ernst meinte. Ihr Herzschlag beschleunigte sich.

Seine Augen sind so blau wie der Sommerhimmel. Warum sehe ich plötzlich nichts Kaltes mehr in ihnen? Liegt es an der Dunkelheit? Oder hat er mir gegenüber seine Maske fallen lassen?

Sein Blick war offen und klar.

In ihm lag Schmerz und Verletzlichkeit.

Und Sehnsucht.

Und noch etwas anderes erkannte sie darin …

ein Versprechen.

ENDE

Nachwort

An dich,
meine liebe Leserin, mein lieber Leser ❤!

Ich danke dir von Herzen, dass du mit Jo mitgefiebert hast und ihren Märchentrümmern bis zum Ende gefolgt bist.
Wie geht es nun weiter mit Jo?
Wird sie sich wieder für eine Beziehung öffnen? Wird Alex eine Bedeutung in ihrem Leben bekommen? Wird ihr Kind gesund zur Welt kommen? Das erfährst du im zweiten Teil von Jos Geschichte. Ursprünglich geplant hatte ich nur ein Buch, doch das wäre definitiv zu dick geworden 😊
Ich freue mich, wenn du mir und Jo treu bleibst und weiterliest. Wenn du Lust hast, folge mir sehr, sehr gerne auf Social Media:

https://www.facebook.com/Mia.M.Hope.Autorin/
https://www.instagram.com/mia.m.hope_autorin/
https://www.tiktok.com/@mia.m.hope_autorin

Danksagung

An meine wunderbare Tochter: Ich danke dir für deine Geduld und deinen Stolz, wenn du deinen Freundinnen und Freunden erzählst, dass deine Mutter ein Buch schreibt. Süße, ich hoffe, du verstehst irgendwann, dass ich dieses Buch schreiben und meine Botschaft in die Welt bringen musste. Für dich!

An meine Mama: Ich danke dir von Herzen für deinen unerschütterlichen Glauben an mich, deine hellsichtige Gabe und deine immerwährende Unterstützung.

Ein großes Dankeschön geht an meine Instagram-Kolleginnen und -Kollegen, die mich stets ermutigt haben, weiterzumachen. Besonders hervorheben möchte ich meinen lieben Autorenkollegen Mario Bekeschus, der mich immer an seinem Wissen teilhaben ließ und mir mit Rat und Tat zur Seite stand.
Meinen Testleserinnen verdanke ich darüber hinaus wertvolle Impulse und die ersten Tränen der Rührung! Danke, dass ihr »Märchentrümmer« eure Zeit geschenkt habt: @pathome.85, @mehr.als.lesen, @lebeninworten, @jella_benks, Bekki Reck, Katharina Möckelmann (mein Schwesterchen), Helene Schneider und Simone von Bank.

An meine Mentorin Evelyn Kühne, meine Coachin Katrin Ziebart, ihr Team und die BCM- und BHC-Gruppe: Ohne euch hätte ich abgebrochen.

Last but not least gilt mein großer Dank den Buch-Feen Laura Uhrhan, Désirée Riechert und Sandra Andrés, die »Märchentrümmer« den letzten Schliff gegeben haben. Ihr Künstlerinnen, ohne euer Feeling und Herzblut für die Geschichte und ihre Verpackung wäre sie nie so schön geworden!

Von Herzen danke!

Die Autorin

Mia M. Hope heißt im wahren Leben Michaela Metzner, ist Jahrgang 1974 und lebt mit ihrer Tochter und drei eingesammelten Katzen in einem Dörfchen in der Nähe Ulms.

Mit ihrem Debütroman »Märchentrümmer« verwirklicht sie sich neben ihrem Job bei einem Immobilienunternehmen den Jugendtraum, zu schreiben.

Die gelernte Fremdsprachenkorrespondentin verbrachte sechs Jahre in Schweden und träumt noch heute von klaren Seen, mächtigen Wäldern und Holzhäuschen.

Mit ihrem Roman will sie junge Frauen ermutigen, zu sich zu stehen und sich für nichts und niemanden zu verbiegen. Die Autorin hat jahrelang in einer toxischen Beziehung gelebt und will aufzeigen, dass es immer möglich ist, sich aus einer emotional giftigen Situation zu befreien und glücklich zu werden.

Mehr zur Autorin:

www.miamhope.com
https://www.facebook.com/Mia.M.Hope.Autorin/
https://www.instagram.com/mia.m.hope_autorin/
https://www.tiktok.com/@mia.m.hope_autorin

Triggerwarnung

Dieses Buch behandelt sensible Themen, die triggern könnten. Du erfährst, was Opfer eines narzisstischen Missbrauchs erleben und wie sich eine toxische Beziehung aufbauen kann. Es werden häusliche Gewalt, sexualisierte Gewalthandlungen, Vergewaltigung und Waffengewalt thematisiert und beschrieben.

Hilfe und Unterstützung

Wenn auch du unter Gewalt in der Partnerschaft oder anderen Übergriffen leidest, suche dir Hilfe. Bitte zögere nicht ❤ Du bist nicht allein!
Hier findest du zum Beispiel Unterstützung (um nur einige wenige Möglichkeiten zu nennen):

- Hilfetelefon »Gewalt gegen Frauen«
  0800 011 6016, rund um die Uhr
- Telefonseelsorge rund um die Uhr:
  0800 111 0111 oder 0800 111 0222
- Kinder- und Jugendtelefon 0800 111 0333
- Nummer gegen Kummer: 116 111
  (montags bis samstags von 14.00 bis 20.00 Uhr)
- Jugendamt
- Frauen-helfen-Frauen (Vereinigungen vor Ort)
- Online-Beratung für Jugendliche:
  www.youth-life-line.de
- https://weisser-ring.de
- https://www.wannatalkaboutit.com/de
- https://www.hilfe-portal-missbrauch.de
- https://www.wildwasser-stuttgart.de
- https://www.polizei-beratung.de

ISBN 978-3-7549-6670-9
00001
9 783754 966709
www.epubli.de